제복 制服 의 계절 季節

제복의 계절 상

초판 1쇄 인쇄 2023년 2월 15일
초판 1쇄 발행 2023년 2월 20일

지 은 이 전덕용
펴 낸 이 정연호
편 집 인 정연호
디 자 인 이가민

펴 낸 곳 도서출판 우리겨레
주   소 서울시 은평구 통일로 71길 2-1 대조빌딩 5층 507호
문의전화 02.356.8417
F A X 02.356.8410
출판등록 2002년 12월 3일 제 2020-000037호
전자우편 urikor@hanmail.net
블 로 그 http://blog.naver.com/j5s5h5
인스타그램 instagram.com.urikor0927
페이스북 facebook.com/urigyeorye

Copyright ⓒ 전덕용 2023

ISBN 978-89-89888-28-4 (04810)
ISBN 978-89-89888-27-7 (전2권)

제복制服의 계절季節

전덕용 지음

도서 출판 우리겨레

책머리에

내 문학은 개똥문학이다.

세상에서 가장 천한 것을 말할 때에 비유되는 것이 개똥이다.

지금까지 나는 살아오면서 "네 생각이 옳다."라는 소리를 별로 들어 본 기억이 없다.

"너무 엉뚱하다, 턱없는 소리 하지 마라!"라는 것이, 나의 가장 가까운 사람들의 일반적인 내 생각에 대한 평가다.

이번에도 나는 엉뚱한 소리, 턱없는 소리를 쏟아 냈는지 모른다.

이 글의 시대 배경이 4·19혁명 전후, 5·16군사쿠테타 시기로, "냄새별"들이 한창 기승을 부리던 시절의 사회현상이다.

그 시절 절대시, 신성시되었던 군대사회를 감히 정면으로 바라볼려고 버둥거려 보았다.

그 시대 사람들이 쓰던 말투, 말소리를 그대로 쓰려고 노력했다.

된소리되기 현상(예: 사껀, 물짜 등), 명사와 명사 사이의 '사이 ㅅ'을 살렸고, 발음 가능한 낱말은 두음법칙을 적용하지 않았다. 지방말도 살릴 수 있는 것은 살렸다.

언제쯤 제 스스로 곧추선 나라, 남·북녘이 하나 된 땅에서 외고 펴고 제대로 된 글 한번 써 보는 날이 올려는지…….

2022년 10월
전덕용

차례

책머리에

1. 병영兵營으로 가는 길 _9

2. 수용연대收容聯隊 _41

3. 제29교육연대 _83

4. 배출병들의 간이역簡易驛 _177

5. 영천永川부관학교 _213

6. 육군 병기기지사령부 _265

7. 보급창의 병사들 _315

8. 서울 _403

1. 명동明洞 뒷골목 _7

2. 다시 기어든 병영兵營 _35

3. 문현동 쌍과부집 _81

4. 억새 한포기 _147

5. 레바론의 백향목柏香木 _219

6. 마지막 휴가 _309

7. 악몽惡夢 한바탕 _385

1. 병영兵營으로 가는 길

1

항구의 하늘엔 눈발들이 흩날리고 있었다.

눈앞이 어지러울 정도로 수많은 눈발들이 흘러 내렸다.

거기 울근불근 솟아 오른 바위산 하나가 서 있었다.

산은 예나 지금이나, 얼컹덜컹 흘러 내린 바윗등길 투성이의 그대
로였다.

무수한 눈발들이 바위산 꼭대기에서부터 짤막하게 뻗어 내린 노적
봉露積峰 아래에까지 마구 어지럽게 흩날리고 있었다.

장정들이 도열해 있는 국민학교 운동장에도, 눈발들은 하염없이
쏟아져 내렸다.

이 항구의 제일 상징인 유달산儒達山 남쪽 자락에 자리 잡은 국민학
교 운동장에는, 흰 수건으로 머리띠를 두른 장정들이 가득했다. 남

녘 서남해안에 면한 여덟 개 시군市郡 의 입대 장정들이 모두 모인 것이다.

거리가 멀거나 운송 수단이 불편한 지역은, 어제 오후 시내에 들어와 여관잠을 잤다. 반면에 거리가 가깝고, 편리한 운송 수단을 이용할 수 있는 지역은 오늘 아침 일찍 들어와 여기에 집결한 것이다.

조금 전까지만 해도 앉아! 일어서! 구령 소리가 요란했었다.

하나! 둘! 셋!

앉음번호 부르기와 줄번호 부르기가 반복하여 계속 되었다. 아직도 뒤늦게 도착한 지역 장정들의, 줄서기와 인원파악을 위한 줄번호 부르기, 앉음번호 부르기가 계속되는 곳도 있었다.

다행히 한성욱韓聲郁이 소속한 함평咸平 지역은 어제 들어와 여관잠을 잤기 때문에 벌써 인원 파악을 다 끝낸뒤라 앉아서 쉬고 있는 짬이었다.

국민학교 본관 건물이 있는 쪽 조례대 부근에선, 각 시군 병사담당 직원들과 훈련소 입대 장정 인솔 책임장교와 하사관들의 움직임이 부산했다. 각 시군별로 입대 장정들의 인원수와 명단, 인적 사항 등을 확인 점검하는 절차가 진행되고 있는 것 같았다.

어지러운 구도를 긋는 눈발들이 한성욱의 시야를 가렸다. 그 사이로 낮은 하늘을 이고 있는 바위산 등걸들이 바라다보였다.

얼마 후면 한성욱은 이 항구를 떠난다.

육군 제2훈련소가 있는 충청남도 논산을 향해서 말이다.

호남선의 종착역인 이 항구의 역두驛頭에는 벌써 장정 수송 열차가 대기 중에 있었다.

바위산 상상봉에 아슬아슬하게 고개를 내밀고 있는 일등바위의 모습도 옛 그대로였다.

중학을 졸업하곤 이 도시를 다시 찾을 기회가 없었으니, 꽤 오랜
시간이 흐른 느낌이었다. 그래선지 조금 낯선 기분이 들기도 했다.

유달산 바람도 영산강을 안으니
님 그려 우는 마음 목포木浦의 사랑

이난영이 부른 '목포木浦의 눈물' 한 구절이다.

삼백 년 원한 품은 노적봉 밑에
님 자취 완연하다 애달픈 정조

이 구절 때문에 일제에 의해 저항가요로 분류되어 가창 금지곡이 되기
도 했었다는 것이다.

유달산 잔디 위에 놀던 옛날도
동백꽃 쓸어 안고 울던 그날도

이난영의 또 다른 고향 상징곡, '목포木浦는 항구港口다'에 나오는 구
절이다.

유달산, 영산강, 삼학도는 이 남녘 항구의 이름 옆에 붙어 다니는
삼 형제, 세 자매 같은 정겨운 이름들이다.

여기서 유달산 하면 빼놓을 수 없고 떼어버릴 수도 없는 이름, 그
것이 곧 노적봉인 것이다.

유달산 밑에는 항상 노적봉이 꼭꼭 따라붙는다.

오랜 세월의 생활 정취, 이 고장이 주는 낭만과 향수, 전설을 일깨우게 하는 것이 유달산, 영산강, 삼학도라면, 반면 유달산 밑뿌리에 꼭꼭 따라붙는 노적봉은 왜구가 강토를 짓밟았던 임진왜란이 만들어낸 생생한 민중사의 산물인 것이다.

노적봉을 벼 낟가리 더미로 쌓아 올린 산덩어리 나락섬은 실재가 아니었다. 민중의 염원이었다. 유달산 봉우리에서부터 뻗어내린 짧은 능선이 불쑥 비어져 나온 엄지발가락 형상이 되었다. 왜구에 짓밟히고 찢긴 백성들의 염원이 이 얼컹덜컹한 바윗등걸에 볏짚 마름을 입히고 싶었던 것이다.

그리하여 덩실한 나락섬으로 만들었다. 이름도 없는 바윗등걸, 바로 그 돌출 코지뱅이 돌곶石串을, 쪽발이들이 지레 겁을 먹는 에비! 백두산 조선호랑이로 둔갑을 시켰던 것이다.

이 고장 사람들에게 노적봉은 원한이었다.

이난영의 노적봉은 당시를 살던 전 조선인의 가슴에 얼룩진 피멍울이었다. 풀리지 않는 응어리 매듭이었다.

눈발들이 노적봉을 스친다.

한성욱의 마음 속에서도, 얼컹덜컹한 바윗등걸들이 솟아오르고 있었다.

그것은 꼭이 강혜임姜慧任이라는 여자가 머물다 간 자리이거나, 버리고 간 자리만은 아닌 것이다.

"니가 이놈아, 군대엘 안 갔다 오면 어떻게 되는지 빤히 다 알지?"

"평생 기피자 노릇을 어찌 감당할 것이냐?"

"취직을 제대로 할 수 있겠느냐, 사내 대접을 받겠느냐?"

또,

"아, 사지가 멀쩡헌 놈이 군대엘 왜 안 가? 불알 달린 놈이 뭐가 무서워서 군대엘 안 가?"

"군대 안 간 놈, 누가 딸이나 준다더냐?"

"전쟁도 안 허는 이 판국에 아, 옷 주겠다, 밥 주겠다, 군대엘 왜 안 가?"

심지어,

"너 마음 그렇게 약해서 앞으로 세상을 어찌 살래? 사내자식이 참말로 큰 문제다, 문제……."

"너 서울서 지난번 데모 때(4·19), 매 맞고 뭐가 잘못된 것 아니냐?"

한성욱의 아버지 진만眞滿씨의 걱정은 태산 같았다.

"너, 병역의무, 국방의무가 무엇인 줄은 알지?"

큰아버지를 비롯한 가까운 친척들은, 성욱이 정신에 이상이 있는 것이 아닌가 하는 의구심을 갖고 있는 것 같았다.

만에 하나, 성욱이 어떤 정신질환이라도 앓고 있다면 어찌해야 할지 참 걱정스러운 표정들이었다.

그중에서도 한성욱의 종조부從組父가 되는 동촌교회 한찬섭 장로의 걱정은 남다른 데가 있었다. 한찬섭 장로의 우려는 진만씨가 가장 두려워하는 측면이기도 했다.

한찬섭 장로와 진만씨는 숙질간이었지만 나이 차이가 별반 많지 않아서, 사회적 사상갈등이 극심했던 해방공간과 6·25전쟁 시기의 체험과 기억을 공유하고 있었다.

이들은 사상의 이단성異端性이, 얼마나 가공할 결과를 초래하는가에 대해서 너무도 잘 알고 있었던 것이다. 한성욱이 처음 징집 영장을 받고 지난해 오월 귀향했을 때만 해도, 진만씨는 별걱정이 없었다. 그저 다른 집 아이들처럼, 군대 복무를 몸 성히 마치고 무사히 돌아와 줄 것을 바랐을 뿐이었다.

지난 번 데모 때, 이승만 정권이 물러가기까지 진만씨는 걱정이 많았었다.

그의 아들 한성욱의 성격을 너무 잘 알고 있었기 때문이었다.

대학생들이 일어나고 경찰의 발포, 계엄령으로 이어지는 기간 동안, 진만씨 내외는 밤잠을 이룰 수가 없었다. 성욱이 체포되어 몰매를 맞고 고문을 당했다는 소식에, 온 식구가 어찌할 줄을 몰랐었다.

그런데 막상 성욱이 귀향한 후, 군 입대를 정면으로 거부하고 나서자, 진만씨 내외는 억장이 무너져 내렸었던 것이다.

지금은 전시가 아니었다.

38선에 총성이 멎고 싸움을 멈춘 지가 벌써 10년이 다 되어가고 있었다.

사람들은, 지금은 전쟁이 완전히 끝났다고 여기는 경향이 있었다. 너무도 참혹한 동족끼리의 전쟁이었다. 해서는 아니 되는 싸움이었다. 그래선지는 몰라도 사람들은 휴전 상태를 곧이곧대로 인정하려 들지 않았다. 너무 지긋지긋하고 몸서리 처지는 전쟁이었기 때문이었다. 거짓으로라도, 억지로라도 이 전쟁을 잊어버리고 싶었던 것이다.

너무 참혹하거나 무서운 것은, 한 번 보면 두 번 다시 보고 싶지가 않은 것이다. 다시 보고 싶지 않은 것에 눈길조차 주기 싫은 그런 심사였던 것이다.

그러니까 지금 사람들의 마음속엔, 전쟁은 없는 것이고 평화 시기인 것이다.

이런 판국인데, 한성욱이 군대엘 안 가겠다는 것이다. 정색하여 무릎 꿇고 아버지 진만씨에게 병역거부를 고한 것이다. 이유는 지금 당장 말씀드릴 수가 없고, 차차 자연스럽게 알게 될 것이라는 진언이었다.

그날 이후, 한성욱은 사랑채 뒷방에 틀어박혀 두문불출이었다.

2

오후 4시, 열차가 목포항을 출발하고 있었다.

입대 장정을 가득 실은 열차는 육군 제2훈련소가 있는 논산 연무대鍊武臺를 향해서 길게 기적을 울렸다.

칙칙푹푹! 열차는 검은 연기를 뿜어내기 시작했다.

이제 정말 군대에 가는구나. 이제 정말 강혜임姜慧任이 있는 이 남녘 항구를, 멀리멀리 떨어져 가는구나.

한사람의 남자가 되어, 총자루를 잡으러 가는구나. 강혜임과는 이제 다시는 얼굴을 대할 수 없는 강을 건너버린 것인가. 과연 이런 일들이 아무렇지도 않게 이렇게 일상으로 일어나도 되는 것인가. 한성욱에게 이렇게 마구 다가와도 되는 것인가.

지금 한성욱은 꿈을 꾸고 있는 지도 모른다.

사랑채 뒷방에서의 8개월, 한성욱은 지금 땅속에서 살다가 허물을 벗고 땅 밖으로 나온 한 마리의 곤충이었다. 눈이 꺼벙하고, 사물이 제대로 보이지 않는, 아직 그런 몸이었다. 어떻게 적응하고 살아야 할지 엄두가 안 나는 그런 상태인 것이다. 도대체가 발이 땅에 닿지 않아서 공중에 붕 떠 있는 기분이 들기도 했다.

임성, 일로—ば역을 지나서야, 겨우 한성욱은 열차 안을 휘둘러 볼 수 있었다.

열차 안은 분위기가 묘했다. 기쁨도, 슬픔도, 희망도, 절망도 아닌 기묘한 분위기였다.

언제는 커서 제 길로 한 길 자랐다고, 군대라는 것을 가게 되었다고, 풋내 나는 숫기를 내보이는 애들이라도 한두 명쯤은 있을 법했지만 그런 모습은 보이지 않았다.

호기심, 불안, 자포자기 같은 것이 기묘하게 열차 안을 감돌고 있었다. 각오나 결의, 젊음의 열정 같은 것은 전혀 보이지 않았다. 물론 값싼 애국심 같은 것도 느낄 수가 없었다.

열차 안 분위기는 밝아 보이는 것이 없었다. 어느 한 가지도 확신 같은 게 보이지 않았다. 장정들의 눈빛은 한참 빛을 발해야 할 시기이다. 하다못해 어설픈 객기라도 넘쳐나야 했다. 하지만 열차 안은 너무 싱거운 평상 분위기를 유지하고 있었다.

창밖엔 황혼이 내리고 있었다.

짧은 겨울 해가 저물고 있는 것이다.

깔깔거리고 웃기를 좋아하던 혜임이, 손뼉을 치며 웃어대던 혜임의 얼굴이 차창 밖에 멎는다.

아까 한성욱 앞에 나타난 혜임은 옛 모습이 아니었다. 혜임은 많이 변한 모습이었다.

한 남자의 아내가 되기로 작정한 여자, 1년이 채 안 된 기간에 너무 많이 변해버린 여자였다. 크고 까만 눈망울에 그렁그렁한 물끼를 머금고 있었던, 적어도 그런 순진한 여자는 아니었다.

"저 좀 보세요!"

아까 정오 무렵 국민학교 운동장에서였다. 강혜임이 찾아온 것이다.

뜻밖이었다.

그녀는 낯익은 빠이로 외투의 깃을 세우고 한성욱 곁으로 다가오고 있었다. 그녀 곁에는 묘령의 애띤 여대생 하나가 서 있었다. 지난해 봄 한성욱과 두 번째로 서울에서 만났을 때, 원남다방에 나와 한 시간 이상 둘이서 같이 성욱을 기다렸다는, 바로 그 손밑 여동생이었다.

그녀들은 때마침 더 거세게 쏟아지는 눈발 속에 서 있었다.

한성욱은 자신들에게 쏠리는 장정들의 눈길을 의식하지 않을 수 없었다. 어쩔 수 없이 대오를 벗어나 그녀들 쪽으로 다가갔다.

"아직 점심 전이잖아요? 저쪽으로 가서 점심 들어요……."

강혜임은 밝은 표정을 지으려고 애쓰는 모습이 역력했다.

그녀가 약혼했다는 소식을 들은 건 지난해 늦은 가을이었다.

그렇게 보아서 그런진 몰라도 그녀의 미소는 공허했고, 눈빛은 메말라 있었다.

번쩍번쩍 성에가 번져나던 크고 까만 눈망울, 티 없이 해맑던 웃음소리도 전과 같지 않았다. 끝내 남의 여자가 되어버린 강혜임, 아무리 생각해도 믿기지 않는 일이었다.

"나 점심 생각 없어요. 괜찮아요. 어서 그냥 들어가요"

한성욱이 눈발이 계속 거세지는 하늘을 보며 강혜임더러 어서 그냥 집에 들어가라고 말했다. 무작정 그냥 혜임을 뿌리쳐 보내기가 그래서, 운동장 밖에 있는 포장마차 앞까지 따라 나와서였다.

"속이 비면 더 추워요. 뜨끈한 국밥 한 그릇 들어요……."

혜임이 살가운 목소리로 거듭 국밥을 권했다.

"그러세요, 날씨 추운데……."

혜임의 여동생 강혜선도 안타까운 표정으로 국밥을 권했다.

"그럼, 차를 한잔할게요. 같이 들지요"

드디어 해결점을 찾았다는 듯, 한성욱이 그녀들에게 차 한잔을 같이 들자는 손시늉을 했다.

"그렇게 해요."

그나마 다행이라는 듯, 혜임이 서둘러서 차 석 잔을 시켰다.

추위를 막느라, 머리에서 얼굴까지 수건을 덮어쓴 아주머니가 빠른 손놀림으로 쌍화차 석 잔을 차려냈다.

퍼런 불꽃이 이는 연탄 드럼통 위엔 커다란 주전자가 푸푸 뜨거운 김을 뿜어내고 있었다. 물이 얼마나 뜨거웠던지, 찻잔 속의 달걀노른자가 찻숟갈 끝에서 거의 반숙이 되어 풀어지고 있었다.

말중치가 막혀버린 한성욱은 얼른 다른 할 말을 찾지 못하고 있었다.

강혜임도 마찬가지였다. 그래서 따끈한 국밥 한 그릇을 들라고 그렇게 의례적으로 매달렸는지 모른다.

어젯밤 늦게 귀가하여 전해 들은 한성욱의 출정 소식에, 강혜임은 여간 저어하였다. 무섭거나 두렵다는 뜻이 아니고, 마음이 망설여지고 얽히고설켜서 풀리지가 않는 것이었다. 이제 한성욱으로부터 마음을 옮기고, 다른 사람과 혼인을 약속한 사이였다. 그런데 뒤돌아보면 마음 가닥 한줄기가 끊어지지 않고 긴 끈이 남아 있었다.

오늘도 여간 저어되는 발걸음이 아니었다.

몇 번을 망설인 끝에 한마디 말은 해 주어야 할 것 같아서 저도 모르게 한성욱 앞에 나타난 것이다.

아무리 휴전 상태고 평화 시기이지만, 목숨을 담보한 출정出征이 아닌가. 이제 한성욱과 만나는 일은 없을 것이다. 서로 다시 얼굴을 대할 수 있는 입장이 아니다. 큰 의미를 담지 않아도 꼭 몸 성히 다녀오라고 한마디 말은 해 주고 싶었다.

"건강하게 잘 다녀와요."

사람과 사람이 나누는 평범한 대화 한마디, 그런데 혜임은 얼른 말이 되질 않았다. 성욱의 얼굴을 한 번 더 똑똑히 보아두고 싶었는데, 눈을 정면으로 마주치기가 그렇게나 어려운 것이다.

성욱도 성욱대로 마음의 여유가 없었다.

"아들딸 많이 낳고, 잘 살아."

혀끝에 뱅뱅 돌기만 할 뿐 쉽사리 말이 나오질 않았다. 사내가 그만한 여유도 보일 수 없느냐고, 스스로를 꾸짖었지만 쉽지가 않았다. 얼른 혜임과의 자리를 피하고 싶은 생각만이 앞섰다.

한성욱은 어젯밤까지만 해도, 혜임이 보고 싶었다. 한 번만이라도 다시 만나보고 싶었다.

그래서 한성욱은 어젯밤 시내에 도착하자마자, 친구 고이석의 여동생 이순이의 기숙사를 찾았다. 이순이에게 강혜임과의 연락을 부탁하기 위해서였다.

때마침 혜임은 집에 없었고, 한성욱과 이순이는 몇 시간씩이나 다방 구석 자리를 지켜야 했다.

제과점에선 빵과 우유를 두 번씩이나 시켜 먹었다. 다방 레지나 제과점 아줌마의 눈총을 피해, 자리를 이리저리 옮겨 다니길 여러 번

했다.

끝내 혜임은 밤늦도록 집에 돌아오지 않고 있었다.

어쩌겠다는 것이었을까.

남의 여자가 되어버린 혜임이, 그래도 젖을 먹는 아이가 젖을 보채 듯 혜임이 보고 싶었다.

그런데 막상 혜임이 눈발 속으로 그녀의 모습을 드러냈을 때, 한성 욱은 저으기 당황하고 있었다. 그녀를 만나는 반가움이 아니었다. 다시 보는 얼굴에 대한 감동이 아니었다.

그녀는 너무 변해 있었다.

어린애처럼 깔깔대고 웃기를 잘했던 혜임이, 해사한 얼굴, 티 없이 맑은 미소가 아니었다. 크고 까만 눈망울에 번쩍번쩍 성에가 번져나 던 혜임이 아니었다. 그녀의 얼굴에 그렁그렁한 물끼가 빛나던 크고 까만 눈동자가 보이지 않았다.

혜임이는 분명 혜임인데, 혜임이가 아니었다. 한성욱은 당황하지 않을 수 없었다. 성욱은 분했다.

혜임이 여간 뻔뻔한 여자라는 생각이 들었다.

어떻게 여기에 천연덕스럽게 나타난 것일까.

그렇게 뱃심 좋은 여자가 아니었는데 그새 사람 참 많이 변했다는 느낌이었다. 사람이 그렇게 얼굴이 두꺼워질 수도 있는 것인가.

세상엔 상상을 초월하는 별의별 일이 일어나고, 인심은 조석변개 이니, 사람의 마음은 부질없어서 믿을 수가 없다는 걸 실증적으로 잘 보여주는 것 같았다.

만약 한성욱이 배신자라고 따귀라도 한 대 갈길라치면 어쩌려고 이 렇게 불쑥 나타난 것일까.

이제 '우리'가 아닌 '너'와 '나'는 남남이라는 것을 확인시켜 주기 위한 행사 치례였을까? 아니면 만남의 종착終着 휘날레를 장식하기 위한 소품小品으로서의 해후邂逅라는 의식이 필요했을까…….

지난해 오월이 다 가는 어느 날이었다.

들창을 열면, 동촌 앞 들녘은 온통 누렇게 익어가는 보리밭 물결이었다.

한성욱은 등이 터지고 숨이 막힐 것 같았다.

병역 거부를 고하고, 방구석에 처박힌 지도 한 달이 다 지나고 있었다. 그는 세수도 잊는 날이 많았고, 몸도 씻지 않았다. 그러니 턱수염을 깎는 일도 없었다. 그는 땅으로 들어갈 수도, 하늘로 솟을 수도 없는 자신의 처지가 답답했다.

아무리 생각해도 길이 없었다.

어디로 가야 하는 것일까. 어디에 구멍을 뚫어야 탈로脫路가 생기는 것일까. 앞과 뒤, 양옆을 가로막고 서 있는 이 두꺼운 사면의 벽을, 어떻게 무너뜨리고 출구를 찾아내야 하는 것일까.

한성욱은 절망이었다.

도저히 출구를 찾아낼 수가 없었다.

한성욱의 힘과 지혜로 꿰뚫을 수 있는 그런 허술한 절벽 따위가 아니었다. 가파른 수직으로 그를 둘러싸고 있는 이 두꺼운 절벽들은, 그 정체를 감출 것도 없이 투명한 모습으로 서 있었다. 매우 발칙하고 방자한 모습이었다.

한성욱의 지혜와 힘을 흡사 조롱이라도 하듯, 그 절벽들은 견고했다. 한성욱 따위의 도전쯤은 안중에도 없는, 전혀 상대가 되지 않는, 그런 거대 철옹성이었다.

너무 거대하고 압도적인 수직의 절벽 앞에서 그는 차마 죽어버릴 수조차 없는 가련하고 초라한 형국이었다. 계란으로 바위 치기, 아니 바늘로 태산을 뚫는 것 같은 엄청난 우화寓話가 생산되고 있었다.

그것은 한성욱의 턱주가리에 돋아나는 어설픈 풋내기 턱수염의 생성 구도만큼이나 우스꽝스러운 전설이 되어버릴 가능성이 많았다. 동촌 면장 한찬국 영감이 물려준, 아들 면장 한진만씨의 사랑채 뒷방 버러지처럼 처박힌 한성욱은, 화석이 되어버릴 것 같은 환상을 떨구기 위해 몸서리를 쳤다. 철두철미한 좌절이었고, 완전무결한 절망이었다.

한성욱은 자리를 차고 벌떡 일어섰다.

바람벽에 걸려 있는 진만씨의 헌 베옷을 주워 입었다. 언제 입어도 편안하고 품이 넉넉한 조선옷 바지저고리, 아버지 진만씨의 헌 옷이었다.

방문을 나서니 오월 볕에 눈이 부셨다.

밝은 태양이 동촌 앞들과 푸른 산등성이에 쏟아져 내렸다.

마루 밑에 놓여 있는 검정 고무신까지 꿰어 신고 곧바로 길을 나섰다.

그는 숨이 차오르는 듯 푸푸 가쁜 숨을 토해냈다. 누런 보리밭 두렁길이었다. 어디선가 쑥국새 울음소리가 가슴앓이를 했다.

그가 목포 역두의 시외뻐스정류장에 내린 것은 오후 3시가 조금 지난 시각이었다.

마침 강혜임은 집에 있었다.

미국 유학에서 돌아오는 그녀의 맏이오빠를 마중하기 위해, 온 식구가 다 나가고, 그녀만이 집을 지키는 중이었다. 그녀의 집은 넓은 정원으로 둘러싸인 2층 양옥이었다. 예상했던대로 숲속의 대저택이었다. 성욱은 계단을 올라 위층 응접실로 안내되었다.

혜임은 짙은 감색 비로오도 치마에 분홍색 저고리를 입고 있었다. 오랜만에 귀국한 맏이오빠를 위해서, 한껏 이쁜 차림을 선보인 것 같았다.

창경원 벚꽃이 비바람에 다 꺾이고 저버린 어느 날, 그러니까 4·19가 지난 4월 30일 토요일이었다. 한성욱과 강혜임은 광나루 건너 천호동 약수터 길을 걷고 있었다. 그날도 강혜임은 이 옷을 차려입고 있었다.

사뭇 검은 빛이 도는 감색 바탕에, 커다란 장미 무늬가 듬성듬성 짙게 찍혀 있는 비로오드 치마에, 복사꽃 꽃물을 들인 것 같은 분홍 뉴똥本絹 저고리는 화사했다. 아름다웠다. 그녀의 몸 모양은 가녀리고 고와 보였다.

쥬스 컵을 받쳐 들고 온 그녀의 몸 냄새가 눅진하게 한성욱의 코를 스쳤다.

그 순간, 한성욱은 기우뚱하는 자신의 내면을 보았다.

쥬스 한 컵을 들이킨 한성욱은 자신의 손가락 한 개를 으드득 소리가 나게 깨물어 피를 내었다. 탁자 위의 공책을 끌어다가, '遠원!'이라는 글짜 한 자를 썼다. 그리고 그는 그녀의 집을 나섰다.

"이쪽으로요……."

다급하게 뒤쫓아온 그녀와 함께 그들은, 유달산 쪽 밭두렁 길을 걸었다. 사람들이 없는 산밑 길을 택한 것이다.

푸른 오월의 한 자락을 벤 탐스런 보리이삭들이 누렇게 이랑을 이루어 일렁이고 있었다.

"쉬었다 가시겠어요?"

그녀가 물었다. 그녀 목소리가 곧 쏟아져 내릴 것 같았다. 묻는 것이 아니고, 발걸음을 멈추고 말 한마디라도 나눠 보자는 뜻인 것 같았다.

"……."

그냥 걷는 한성욱.

"그냥 가시겠어요?"

발을 멈추고 그대로 서버리는 강혜임.

한성욱은 멈추지 않고 그대로 계속 걸었다.

유달산자락 밭두렁길이 끝나는 곳에서 한성욱은 좁은 골목을 따라 시내로 내려섰다. 곧바로 병원을 찾아 간단한 치료를 끝낸 성욱은 역두의 뼈스정류장으로 향했다.

그날 유달산자락 보리밭 언덕에 피어났던 찔레꽃 무더기들은 너무도 탐스러웠다. 그날따라 찔레꽃 무더기가 한창 피어나는 계절이어서, 목포에서 함평까지 백리길 차창 밖 들녘에는, 찔레꽃 무더기들이 무더기로 피어 있었다.

오월 바람에 흩어지는 찔레 향기와 함께, 아침부터 울어대던 쑥국새 울음소리가 하루 종일 지나는 들판을 울렸다.

어느 새 장정 수송 열차는 나주평야의 시작을 알리는 학다리들에 접어들고 있었다.

영산강 강줄기가 펑퍼짐하게 퍼져서 잠시 쉬었다가 가는, 몽탄夢灘역을 지나 조금 전 사창역沙倉驛을 통과했던 것이다.

텅텅 빈 넓은 겨울 들판을 열차 저 혼자서 칙칙푹푹 검은 연기를 뿜어내고 있었다.

들판을 울리는 기관차 소리가 가쁜 숨을 몰아쉬었다. 서녘 하늘엔 빨간 북새가 물들고, 차창엔 황혼이 내리고 있었다.

저녁 식사가 배식 중이어서 차 안은 매우 어수선한 분위기였다.

말로만 듣던 퀴퀴한 군대 된장국 냄새가 열차 안에 가득 퍼졌다.

장정들이 점심 겸 저녁 식사를 끝내는 동안, 그 이름도 정겨운 영산포역榮山浦驛을 서행하며 무정차 통과 중이었다. 한성욱의 고향 역인 학다리鶴橋, 고막원古幕院, 다시역多侍驛을 다 지나온 것이다.

이제부턴 줄곧 오른쪽으로 끼고 왔던 영산강을 뒤로하고, 송정리를 향해 달리기를 계속해야 하는 것이다.

멀리 무등산 봉우리가 뭉뚝하게 희미한 그림자를 지었다.

어둠이 짙게 깔리는 차창에 혜임의 모습이 다시 떠올랐다. 눈발 속으로 혜임의 모습이 점점 멀어져 가고 있었다. 다시 돌이킬 수 없는 시간 속으로 혜임은 점점 멀어져 가고 있었다.

3

한밤중이었다.

차창 밖은 칠흑처럼 어두웠다.

무정차로 통과하는 역사驛舍의 희미한 전등불들만, 끄물거리듯 흔들리며 지나쳐 가고 있었다.

연무역鍊武驛을 얼마 남겨놓지 않고 있었다.

성욱에게 있어서의 지난 8개월은, 저 차창 밖의 암흑처럼 칠흑 같은 어두움이었다. 제 몸을 불사르며 혜성처럼 다가온 여자 강혜임도, 순간적으로 찾아온 사월혁명의 환희도, 너무나 짧게 빛나는 한 찰나의 섬광이었다. 그렇지만 그것들이 남기고 간 흔적은 너무 깊고 큰 폐허가 되어 남았다.

4·19 날 다리에 부상을 입고, 한성욱이 잠시 찾아들었던 곳은 전쟁의 폐허 바로 그곳이었다.

효자동 종점, 경무대 앞에서 쫓겨 내려온 한성욱은, 조선호텔 건너편에 있는 505 특무대를 습격하다가 그만 다리에 작은 부상을 입었다. 한성욱이 급하게 몸을 피한 곳이 조선호텔 원구단圓丘壇과 반도호텔 사이에 있는 6·25전쟁의 폐허 바로 그곳이었다.

거지 부랑자들이 깡통 솥을 걸고 밥도 끓여 먹고, 거적을 치고 잠도 자고, 오줌도 싸고 똥도 싸던 곳이었다. 폭격으로 무너진 건물의 잔해와 벽돌 쪼각들이 그대로 방치되어 있었다. 온갖 잡동사니들이 흩어져 뒹굴고, 깨어진 솥단지, 떨어진 냄비 쪽, 그을린 깡통들이 여기저기 널브러져 있는 전쟁의 폐허…….

황량하기 그지 없는 전쟁의 폐허, 그 전쟁의 폐허가 어쩌면 그렇게도 꼭 닮은 한성욱의 마음속에 남아 있었다.

하늘은 낮게 드리워져 있었다.

태평로의 반공회관 서울신문이 불길에 휩싸였다. 민중이 던진 불꾸러미를 맞은 것이다. 검은 연기가 도심의 하늘을 덮고, 검붉은 화염이 치솟아 올랐다.

한성욱이 몸을 숨기고 있는 전쟁의 폐허에까지, 먼지와 티끌들이 바람을 타고 날아들었다. 광장을 우짖는 총성, 효자동 종점 경무대 앞, 여기 저기서 민중의 가슴을 정조준하던 총구들……. 민중의 머리통을 향하여 날아오던 총알, 금속성……

그것들이 주는 의미를 한성욱은 새삼스럽게 되씹고 있었다.

그리고 그는 잠시 몸을 숨겼던 폐허를 떠나고 있었다.

한성욱은 머릿수건을 찢어 다리를 동여매고 나섰다. 그는 광장에 다시 서고 있었다. 손에는 커다란 몽둥이가 쥐어져 있었다.

"동지들이여! 총을 들자!"

한성욱은 있는 힘을 다해 부르짖었다. 마구 몽둥이를 휘두르며 그는 날뛰고 있었다.

"역도 이승만이는 물러가라!"

경무대 앞, 효자동 종점, 해무청 앞에서 계속 밀려 내리는 데모대들로, 시청 앞 광장은 성난 민중의 물굽이가 소용돌이쳤다.

엠뷸렌스의 싸이렌 소리, 실려 내리는 시체들……, 시발차의 지붕 위에도, 불자동차 위에도, 하얀 광목에 싸인 시체들이 실려 내렸다.

점점 가까이 오는 총성, 광화문 쪽 군중의 물굽이가 움씰거렸다.

장갑차를 앞세운 경찰의 진압부대가 위협적으로 군중을 밀어내고 있었다.

한 무더기의 까까머리 고등학생 교복들이 쫓겨 내렸다.

"우린 다 죽었어요!"

피범벅이 된 친구들을 부축해온 까까머리들이 땅바닥을 치며 부르짖었다.

"우리들은 다 죽었어요!"

한성욱은 춤을 추듯 허우적거렸다.

"동지들이여, 총을 들자!"

한성욱은 목마르게 절규하며 제자리 뛰기를 했다.

군중의 노호, 우뢰 같은 박수 소리가 광장을 출렁거렸다.

그러나 한성욱의 손은 빈손이었다.

총이 없는 손은 공허했다. 한성욱은 몽둥이를 던져버리고 아예 빈손이 되었다.

총이 없는 민중은 종이호랑이였다.

그날 민중의 광장엔 총이 없었다. 그렇게나 갈급하고 목이 말랐던 총, 그런데 지금 한성욱은 그 총을 잡으러 가는 것이다.

총…….

4

김석강金石剛 선생을 만난 것은 행운이었다.

물론 그 행운은 개인의 이익, 권력, 명예, 재력과는 상관이 없었다. 요행이 따르거나 운수대통같이 속된 것과는 아무 상관이 없는 행운이었다.

찔레꽃 무더기가 흐드러지게 피었던 오월, 강혜임을 만나고 온 지도 달포가 지난 뒤였다.

한성욱은 다시 사랑채 뒷방에 처박히는 몸이 되었다.

그런데 이와는 상관없이 남녘땅에 선거 바람이 불고 있었다.

그동안 허정許政 과도정부가 임시내각을 운영하며 두 달여를 끌다가, 오는 7월 29일을 총선거일로 잡아 놓고 있었던 것이다.

12년 동안 이승만의 1인 반공독재, 자유당의 농단에 시달려온 백성들은 자유선거에 의한 완전한 민주주의를 염원하고 있었다.

일반 백성들은 진정한 민주주의가 무엇인지, 민주주의의 구체적인 실체가 무엇인지도 잘 모르고 있었다. 명색이 대학생인 한성욱도 인류에게 가장 유익하고 한국 백성들에게 꼭 알맞은 민주주의가 무엇인지 정확하게 알고 있지를 못했다.

밑바닥 백성들을 억압하지 않는 인민민주주의, 가진 자보다는 없는 사람을 잘살게 하는 서민민주주의 정도를 선호할 뿐이었다. 사실은 잘 모르는 상태였다. 이런 상황에서 미국식 민주주의만이 가장 좋은 것이라는 풍조가 사회 전체를 휩쓸고 있었으니, 민중이 주인 대접을 받는 정치 실현은 요원할 수밖에 없었다.

정치인들은 내각제만이 살길이라고 목소리를 높이고, 국회도 참의원參議院과 민의원民議院, 양원제가 이상적이라고 주장하고 있었다. 백성들 보기에는 정치제도보다는 제도를 운영하는 주체, 즉 정치인들의 양심과 능력문제인 것 같은데, 그것은 뒷전이었다. 그냥 맹목적으로 미국이나 일본을 본따라가고 있는 형상이었다.

백성들은 목구멍이 포도청이라, 우선 먹고살게 굶기지나 않았으면 좋겠다는 것이었다. 괜스리 죄 없는 백성들 끌어다가 뇌물 내놓으라 족치지나 말고, 사상과 주의가 무엇인지도 전혀 모르는 백성들을 빨갱이라고 잡아 죽이지나 않았으면 하는 것이었다.

이번 선거의 특색은 사회당 계열의 기지개였다.

진보라는 말은 입에 담기도 어려웠고, 평화니 통일이니 하는 말은 곧 죽음과 연결되는 말이었다. 민족이니, 동포니, 겨레니 하는 말도 되도록 쓰지 못하게 하는 세상 분위기였다.

4·19혁명 덕택에 언론 자유가 조금 풀려서, 재일교포 김삼규金三奎 씨가 제3중립국 영세통일중립국론을 들고나왔다. 분단 반공국가 일

색으로 억압되어, 일체의 다른 국체를 상상할 수조차 없었던 남한 사회에 신선한 충격을 주었다.

이 영향인지는 몰라도 사회당 계열의 새로운 이름들이 속속 얼굴을 드러내었다. 여기에 힘입어 상해임시정부 김구 주석 계열의 한독당韓獨黨 인사들도 속속 출사표를 던지고 나섰다.

이른바 혁명선거인 7·29 총선에 대한 기대가 그만큼 대단하다는 반증이었다.

세상이 다 아는 바대로 김구는 사회주의자가 아니었다. 그런데 공산주의자가 아닌 김구 주석을, 친미 이승만 일파와 미군정청이 합작으로 죽여버린 것이다. 김구는 어떤 의미에서는 이승만보다도 더 맹목적 우익일 수 있었다. 다만 주체성과 자주독립성향이 강해 강대국의 일체의 약소국 지배를 반대했기 때문에 그는 죽임을 당했다.

김구 주석을 죽인 자는 남한군 현역 육군 소위였다. 김구를 죽인 일당들은 남한 사회에서 승승장구했다. 이승만 정권이 쓰러진 4·19 후에도, 김구 암살범은 아직도 눈 빤히 뜨고 건재하고 있다. 수수께끼다. 하지만 참말로는 수수께끼가 아니다.

이승만 일당은 하수인이고, 코쟁이 키다리 진짜 진범들이 용산 캠프에 건재하기 때문인 것이다.

이런 판국인데도, 열혈 독립투사 김석강 선생이 고향 함평 선거구에 출사표를 던졌다.

김석강 선생은 일제하 '나주羅州 금융조합 백주 권총강도사껀'의 주범이었다.

약관의 나이에 육혈포를 꼬나들고 대낮에 조선 농민의 원부怨府인 나주금융조합을 단신 급습했다. 일제의 허를 찌른 이 사껀은 국내 신문에 대서특필 되고, 조선총독부의 식민 지배에 큰 충격파를 던졌다.

이 대담한 열혈청년 김석강은 독립군자금 탈취에 성공했으나, 일제 국경수비대에 체포되어 압록강을 건너지는 못했다. 20년형을 살다가 해방으로 옥고가 풀렸다.

김석강 선생의 아버지는 상해임정 교통부장을 지낸 김철金鐵 선생이다.

김철의 아내 김해 김씨金氏는 일제 고등경찰에 시달리다가 대들보에 목을 매어 몸을 나라에 바쳤다. 김철에게 대물린 삼천 석 가산은 모두 임정 운영자금이 되었다.

한성욱과 열혈 독립투사 김석강 선생과의 만남은, 동촌교회 한찬섭 장로가 다리를 놓았다. 한찬섭 장로는 임정 요인 김철 선생을 존경했다. 은밀하고도 오랜 교류가 지속되었다. 한찬섭 장로의 배일사상, 신사참배 불복 등의 일제에 대한 저항은 모두가 다 김철 선생의 영향이었다.

사랑채 뒷방에 폐인처럼 처박혔던 성욱을 움직인 건 한찬섭 장로였다.

한성욱이 움직이기 시작했다.

한찬섭 장로의 권유를 뿌리치기도 어려워서였지만, 열혈청년 김석강 선생의 독립 의지와 사나이다운 결단력이 한성욱의 마음을 동하게 했던 것이다.

한성욱은 한번 마음을 정하자 신들메를 단단히 조이고 덤벼들었다.

아침 일찍 신발을 조이면 밤 늦게사 양말을 벗었다. 하루에 양말 한 켤레씩이 결딴났다. 산골 구석구석 안가는 데 없이 마을과 사람을 찾아 헤매고 다녔다.

마을 공터, 정자나무 아래, 면 소재지 장터, 동네 모시밭 귀퉁이, 발동기칸(방앗간) 앞마당, 동네 뒤 언덕 등 자동차를 댈 만한 곳이 보이면 차를 대고 나발을 불었다. 찦차 뚜껑 위에다 길고 커다란 나발 마이크를 달고 다녔다.

상대 후보는 대단한 거물이었다.

민주당 중진으로, 경찰 국장 출신의 혁혁한 공비토벌 경력을 자랑하고 있었다. 민주당 대통령 후보와 미군정 경무부장을 지낸 조병옥과, 수도청장, 국무총리를 지낸 장택상의 명성을 바짝 뒤좇는 경찰 출신 거물 정치인이었다. 게다가 이미 견고한 정치조직을 가진 재선의 국회의원 경력을 가지고 있었다. 집권 여당이나 다름이 없는 민주당 소속인지라 그 힘이 막강했다.

한성욱은 상관없이 뛰었다.

김석강 선생은 해방이 되자, 옥문을 나와 도道 자치위원회 청년대장으로 청년조직을 지휘했다.

적산敵産 처리 문제를 놓고 미군정청 시책과 사사껀껀 맞닥뜨렸다. 김석강 선생의 자주정신은 한찬섭 장로로부터 익히 들어서 잘 아는 김석강 선생의 특장이었다. 이번 선거에 힘을 보태는 한성욱의 목표는 독립투사 김석강 선생의 당선이었다. 이것저것, 이쪽저쪽 따지고 자시고 할 틈이 없었다.

지방선거에서 시골 장터의 지원 유세는 특별한 의미를 갖고 있었다. 이렇다 할 통신수단이 없는 농촌에서, 시골 장터는 모든 것이 모이고, 비교 판단되어 결정이 이루어지는, 물물거래와 여론교환의 기본 터전이고, 판단의 깃점이 되는 곳이었다.

장터 유세에서 잘하고 기선을 제압하면, 선거의 절반은 이기는 셈이 되는 것이었다.

한성욱의 연설 실력은 정평이 나 있었다.

산골 구석구석에서 모여든 사람들의 표정, 옷차림, 눈동자에서, 그들의 염원을 읽어냈다. 진실에 뿌리를 둔 현실 농민의 고통, 그 깊은 뱃속을 긁어내는 것이다. 뭐 어려울 것도 없었다. 한성욱 자신의 창자 속에 숨어 있는 바로 그것이었다.

한성욱은 베옷 입은 장꾼들의 뱃속 깊은 곳을 긁어내고, 자신의 창자 밑바닥을 한꺼번에 긁어내어, 있는 힘을 다해 거기에 내팽개치고, 갈기갈기 찢어서 그들 머리 위에 떼기장을 쳐버리는 것이다.

"옳소!"

장꾼들은 제 뱃속이 시원해서 함성을 질렀고, 박수 소리가 장바닥을 뒤흔들었다.

"뉘 집 자식인지 몰라도, 그놈 참 잘 났다! 말 잘헌다!"

"뭔 소린지는 잘 몰라도 옳기는 옳은 말이여!"

아무튼 한성욱이 나발대를 들고 장바닥에 나타나면 장꾼들은 아낌없는 갈채를 보냈다.

"우리의 해방은 코쟁이 군대가 가져다준 것이 아니고, 김석강 선생과 같은 열혈 독립투사들, 북만주 벌판의 눈보라 치는 칠백 리 장백산맥을 넘나드는 독립군 유격대들의 혈투로 얻어진 것이다! 처자식 버리고, 가산을 털어 풍찬노숙하며 오로지 조국독립에 헌신하는 것이 어디 쉬운 일인가?

모처럼 이 나라의 분단을 극복하고, 전체 우리 민족의 대동 통일과 진정한 독립 국가 건설의 기틀을 마련할 기회가 왔다! 고귀한 학생들의 뿌린 피를 헛되지 않게 진정한 민족 국회, 진정한 민족주의 국회 구성을 위해, 김석강 선생을 당선시키자!

민중이 제정신을 차리고 깨어나야 한다. 참일꾼 열혈 독립투사 김석강 선생을 국회로 보내자!"

한성욱은 목이 쉬었다. 기필코 이겨야 하는 싸움이었다.

이렇게 숨 가쁘게 돌아가는 선거 막바지의 어느 날이었다.

김석강 선생과 뜻밖에도 망중한忙中閑을 즐길 기회가 생겼다. 함평 해보면의 문장 장터 유세를 마치고 읍내로 되돌아가는 길이었다.

문장 장터는 광주光州에서 영광靈光으로 가는 국도변에 위치한 주요 선거 거점 면 소재지였다.

여름철 폭우가 쏟아진 뒷날이어서 자갈 깔린 흙탕 도로가 온통 물웅덩이 투성이였다. 끊임없이 기우뚱거리고 출렁거리던 찦차 바퀴가 결국 못 견디고 중간에 튜브가 찢어져서 터져버리고 말았다.

바퀴를 갈아 끼우는 동안, 도로변 나무 그늘에서 김석강 선생이 들려준 몇 마디는, 한성욱이 직접 체험하지 못한 것에 대한 확실한 증언이 되고도 남는 것이었다.

"이 사람아, 독립군들이 그때 당시, 반드시 이긴다고 생각하고 싸운 사람은 아마 한 사람도 없었을 걸세. 당시 일제의 욱일승천하는 기세가 얼마나 대단했는데 ……, 나라를 다시 찾아야 하고, 그러자면 싸우는 수밖에는 다른 도리가 없으니까 싸운 거야.

나는 그때 피가 끓는 청년이었고 총을 들고 싸울 수 있는 힘이 있었지, 그래서 내게 그런 임무가 맡겨진 거야. 나는 우리 조선이 독립해야 한다는 것밖에는 다른 생각이 없었지……. 나라라고 하는 것은 독립을 전제로 하고, 건국되고 존재하는 것이거든. 다른 나라가 우리나라의 독립을 짓밟는 것은 용납할 수 없다. 빼앗긴 나라는 반드시 되찾아야 한다. 나라 되찾으려면 내 목숨 하나 거는 수밖에 없다. 내 나라 조선을 찾을려면 내 모가지 하나 내던져야 한다. 다른 도리가 없다. 그 생각 하나는 투철했지.

왜놈들은 구구식 삼팔식 장총에 공랭식 중기重機를 가지고 있었지. 잘 훈련된 포병과 기마부대가 위협적이었지……. 독립군 진영은 주로 소련에서 지원받거나 구입한 무기가 대부분이었고, 자금만 있으면 무기 거래상을 통해 체코제 개인화기를 얼마든지 사들일 수가 있었지. 우리 쪽도 경기輕機나 중기로 무장한 부대도 있었고, 개인화기 성능은 크게 뒤질 것이 없었지만 부대의 기동성, 작전체제, 전투 지원, 정규군의 대병력, 전술적 이동 등이 독립군 진영을 압도했었지…….

당시 세계정세나 일제의 막강한 무력 앞에서 우리 조선이 무장투쟁으로 독립을 쟁취하거나 해방을 이룩할 수 있다고 확신하기엔 매우 형세가 각박하고 삼엄했었지……. 그렇지만 지금 북녘 정부의 핵심인물들이나 그 체제를 이끌어가고 있는 그룹들은 상해임정 쪽 인사들의 생각과는 사뭇 다른 견해를 갖고 있었던 거야. 그것은 제정러시아의 봉건제국을 뒤엎고, 프롤레타리아 혁명에 성공한 쏘비에트 군대와의 연관성 때문이었을 걸세……. 또 하나는 전인미답前人未踏의 특유의 유격전술로 10억 대륙 인민의 절대적인 지지 성원을 받는 모택동 노선의 영향력 때문이기도 했을 거야. 김구 주석의 총애를 받고 임정에 몸을 담고 있는 내 눈으로 봐도 좀 그런 면이 있었다네……. 밑으로부터의 힘, 저층 민중을 힘으로 조직하여 독립을 쟁취하기보다는 장개석을 움직여 중국 정부의 지지를 받거나 미국의 힘을 빌리려는 경향이 있었지. 스탈린 휘하의 쏘비에트 군대의 확신에 찬 자신감, 모택동의

새 인민혁명노선의 폭발적인 위력을 직접 체험했거나, 가까이서 보았거나, 그렇지 못한 자의 판단 차이일 수 있었을 것이야!

전술면에서, 노동자 중심의 쏘비에트혁명과 중국 대륙의 인민혁명노선을 어떻게 보느냐의 견해 차이일 수도 있어. 나라 찾고, 독립쟁취 목표는 서로 같았지만, 방법과 전술이 서로 달랐던 거야.

임정노선이 너무 유약하고, 소극적이고, 외세 의존적이고, 치열하지 못하다는 것이었지. 외교를 앞세워 중국에 손을 잘못 벌리고, 미영美英에 잘못 기대면 이리를 내쫓기 위해 호랑이를 불러들이는 격이라는 비판도 있었다네."

그때, 나는 젊은 혈기에 김두봉金斗奉이나 무정武亭 사령관, 김원봉金元鳳 대장을 찾아가고 싶었지. 그렇지만 연로하신 선친이 맺어 놓은 임정과의 관계 때문에 그만 주저앉고 말았지⋯⋯. 김일성 장군이 이끄는 부대와 조직은 극동 지역에⋯⋯, 너무 먼 곳에 있었거든."

그 순간, 한성욱은 깜짝 놀라듯 몸을 움찔거렸다.

김석강 선생은 평소 호쾌한 성격에 비해 말수가 많은 편이 아니었다. 오늘따라 김석강 선생의 차분하고도 자상한 술회에, 한성욱은 눈빛을 빛내며 경청하고 있었다.

그러던 한성욱이 눈을 크게 뜨고 김석강 선생을 주시하며 물었다.

"선생님! 죄송합니다만 말씀 중간에⋯⋯."

"어, 그래? 할 말 있으면 말하게."

김석강 선생이 흥미롭다는 듯 한성욱의 질문을 재촉했다.

연일 계속되는 땡볕 유세로 검게 탄 얼굴인데도, 미소를 띠는 여유까지 보였다.

"저희처럼 젊은 사람들은 그간의 사정을 정확히 알 수 있는 기회가 없었습니다. 남쪽 정부에선 김일성 수상이 가짜라고만 가르치고 선전을 하는데……, 방금 선생님께서는 '장군'이란 호칭을 쓰셨습니다. 무슨 근거라도? 정확한 말씀을……."

한성욱의 말이 미처 끝나기도 전에 김석강 선생의 대답이 이어졌다.

"응, 그래. 자네는 솔직해서 좋아. 하하, 그 점이 자네 장점이야. 나는 자네가 아는 대로 한독당원이고, 김구 선생을 믿고 지금도 존경하지. 김구 선생은 공산주의자가 아니고, 세상이 다 아는 대로 철저한 민족주의자라는 것을 자네도 잘 알 걸세.

그 김구 선생이 중국에 계실 때, 평소 늘 쓰던 말씀이야. 장백산 지구에 근거지를 가진 김일성을 지칭할 때 장군이란 호칭을 쓰시곤 했지.

국내에 들어와서도 한독당 관계 회의나 민족주의자들의 회합이 있을 때에도, 장군 또는 수상이란 호칭을 쓰셨던 것으로 나는 기억해. 사이팔공(단기 4280년, 서기 1947년)년도에 간행된 '백범일지白凡日誌'에도 그렇게 쓰셨어. 그랬기에 김일성이 제안한 남북단일정부를 세우기 위한 '남북 제정당사회단체 평양회의'에 참석하고, 김규식, 김일성, 김두봉과 함께한 4자 회담에 임하기도 했던 것이야.

내가 임정의 사환처럼 뛰어다니며 어른들의 온갖 심부름을 다 맡아할 때에도, 대부분의 독립투사들은 김일성 장군이라 불렀고, 나 또한 그렇게 부르며 지금까지 살아오고 있는 것일세……."

그때껏 김석강 선생은 김석강 선생대로, 한성욱은 한성욱대로 정신없이 바쁘기만 했다. 그래서 언제 허심탄회하게 의견을 나눌 기회가 없었던 것이다. 다만 한성욱은 열혈 독립투사이자 청년 시절 조선의 젊은 사나이인 김석강에 대한 믿음과 존경을 갖고 있었다. 김석강 선생 역시 4월혁명의 대학생 대오의 선두이자 이승만 하야 담판 대학생 대표의 1인이었던 한 젊은이에 대한 신뢰 하나를 가지고 있었을 뿐이었다.

오늘 한성욱은 비로소, 김석강 선생은 독립투쟁의 신화 속 인물이 아닌, 살아서 현재 자신과 함께 시대를 호흡하는 동지적 입장의 선배 투사임을 피부로 실감할 수 있었다.

한성욱은 어렸을 때, 나주금융조합 육혈포사건을 귀동냥으로 듣고서, 어서 커서 청년이 되면 김석강 선생처럼 육혈포를 꼬나들고 왜놈들과 싸우고 싶었다. 그래서 어머니의 반짇고리에서 길다란 양척洋尺을 꺼내들고, 날마다 바람벽에 금을 그어 어서 키가 자라나기만을 기달랐다.

한성욱은, 김석강 선생의 일을 돕는 자신이 새삼스레 자랑스러워졌다. 기쁨이 샘솟는 것 같았다. 사람이 세상을 살면서 진실 하나를 얻는다는 것, 참된 진실 하나를 알고 죽는다는 것이 얼마나 귀하고 아름다운 것인가를 다시금 깨달은 것이다.

한성욱은 이 일이 있는 후, 새벽잠을 마다하고 뛰었다.

신들린 사람 같았다.

아무런 대가를 받지 않았다. 먹여 주는 밥 세 끼만 얻어먹고 뛰었다. 구멍 난 양말짝도 제 돈으로 사서 신었다. 한성욱에게 선거는 이것이냐, 저것이냐의 양자택일의 정치 행위가 아니었다. 정의와 애국자 지지 옹호, 겨레의 장래와 민족의 통일독립을 희원하는 민중행위, 백성행위이고, 인민들의 결정권 행사라는 생각이었다.

김석강 선생이 무조껀 이겨야 하는 선거였다.

학생들의 순수한 피로 이룩한 혁명 선거가 아닌가?

비누 한 장, 점심 한 상, 야밤에 돌리는 현금 봉투나 어떤 달콤한 감언이설에 속아서는 아니 되는 선거였다. 백성들이 이겨야 하는 선거, 민중 정신, 진정한 민주주의, 진정한 통일독립국가를 세우기 위한 자주적인 주권행사가 되어야 하는 것이다.

이런 한성욱의 간절한 바람과는 달리 선거결과는 참담했다.

몰표가 나온 것이다.

상대 후보의 압도적인 당선이었다.

고무신, 수건, 막걸리의 위력이 아낌없이 발휘된 것이다. 6·25 때 하도 혼이 나서 그런지, 백성들은 주눅이 들어 있었다. 정신에 병이 든 것이다. 현실을 이겨 낼 힘이 없었다. 왜놈 때도 물론이었지만, 해방공간과 6·25전쟁 때에도 정신이 제대로 살아 있는 놈은 다 죽어 나갔다. 눈에 핏종지께나 들어 있는 놈도, 다 죽거나 병신이 되거나 가난뱅이 거지가 되었다.

한성욱은 죽지 부러진 새가 되어 옷밥골재를 넘고 있었다.

한 달 전, 쑤세미처럼 얽힌 긴 머리를 깎고, 신들메를 조이고, 이 고개를 동촌에서 읍내를 향해 넘었다. 한찬섭 장로의 권고로 자리를 털고 일어나 열혈 독립투사 김석강 선생께 작은 힘이나마 보태고 싶어서였다.

삼백여 년 전, 한성욱의 중시조들이 주린 창자를 안고 넘나들던, 바로 그 장령長嶺 진재를 넘고 있는 것이다.

일제가 함평만咸平灣의 일부를 가로막고 농지를 간척하기 전까지는 그저 장령, 진재라고만 불렀다. 일제에 의해 바다를 막은 광활한 농지가 열리면서 이 고개의 이름이 어느샌지 옷밥골재로 바뀌어 불리고 있었다.

그의 조상들이 넘던 수모의 고개, 농지가 개척된 지도 30여 년이 지났다.

그러나 한 세대가 지났지만, 아직 동촌 사람들은 옷과 밥이 넉넉하게 쌓이거나 돈벼락을 맞아 죽는 사람은 한 사람도 없었다.

한성욱은 지금 옷밥골재를 넘고 있는 것이 아니었다. 진재, 장령을 터벅터벅 혼자 넘고 있었다. 등어리에선 식은땀이 흥건하게 흘러내렸다.

2. 수용연대收容聯隊

1

"따따라따, 따따라따…… 라따라따, 라따따…… 라따라따 라따
따……"

귀청을 찢는 듯한 나팔소리.

병영에서의 첫날 아침이 밝은 것이다.

정신을 빼어갈 듯한 템포 빠른 나팔소리가 넓게 자리 잡은 병영 전
체에 울려 퍼졌다.

수용연대에서의 첫날 아침은 한성욱에게 용기와 힘을 주는 것이 아
니었다. 새로운 각오나 희망 같은 것을 갖게 하는 것도 아니었다. 무
엇에 쫓기는 듯한 빠른 템포의 나팔소리, 날카로운 금속성이 한성욱
의 가슴팍을 칼끝으로 내리긋는 것같은 통증이 섬광처럼 스쳤다.

한성욱은 저으기 긴장했다.

희망을 갈망했었지만 조짐이 무겁다.

혼을 빼어갈 듯한 강력하고 빠른 템포의 금속성이 바짝 신경을 곤두세우게 했다.

여기는 수용연대다.

본격적인 군대 생활이 시작된 것이다. 하룻밤 사이에 자신의 주위가 전혀 다른 세상으로 바뀌어 버린 것이다. 모든 것을 제약받아야 하는 것이다.

제한된 공간, 규제받는 몸뚱이. 결국, 남모르게 머릿속에 상상하는 것 외에는, 모든 활동이 억압되고 규제를 받아야 하는 것이다.

인간들은 어쩌자고 이런 부질없는 제도를 만들어 낸 것일까. 이런 부도덕하고, 불합리하고, 범죄적이고, 야만적인 조직을 운영하는 것일까.

지난밤, 연무역에 도착했을 때에도 이와 비슷한 생각을 했었다.

가슴에 섬찟한 동통도 같이 따랐다.

자기 조국을 지키기 위해, 외적을 막아내기 위해, 불법적인 침략자를 징치하기 위한 연성鍊成과 연무, 연마라면, 이 얼마나 기쁘고 영광된 일이랴.

한밤중의 연무역은 칠흑처럼 어두웠다.

희미한 전등불 몇 개가 끄물거리고 있었다. 장정들의 대오가 빠르게 출렁거렸다. 수용연대까지의 도보 이동을 위한 정렬작업이 준비 중이었다.

"잇 쌔끼들, 동작이 이게 뭐꼬?"

"개쌔끼들 이거, 꾸물대긴?"

"앉아! 일어서! 5열 종대다! 5열 종대도 모르나!"

"우측 선두 기준, 5열 종대 앉음 번호!"

인솔 조교들의 욕설 고함소리가 난무했다.

오늘 오전, 남녘 서남해안 8개 시군市郡의 입대 장정들이 머릿수건을 질끈질끈 동여매고 모두 모여 있었던 국민학교 운동장이나, 장병 수송 열차 안 분위기와는 영 딴판이었다. 여기서부턴 일반 사회와 차단된 군대만의 밀폐된 공간이다. 바짝 군기를 잡겠다는 것이 훈련소 인솔 조교들의 생각이었다.

장정들은 장정들대로, 번호 부르기에 악이 받쳐서 고래고래 소리를 질러댔다.

기적소리는 언제 들어도 사람의 마음을 스산하게 한다.

고향에 두고 온 모든 것을 다 잊으라는 듯, 열차가 길게 길게 기적을 울렸다. 장병들을 다 내려놔 버린 홀가분함에서 그렇게 긴 기적을 울리는지도 모른다. 일반 사회와 철조망을 두른 군대와의 거리와 깊이를 생각하고, 냉수 먹고 마음 돌려서 철저하게 근무 잘하라는 의미를 담았는지도 모른다.

연무역은 전쟁으로 새로 생긴 역이다.

제주도에 급조된 모슬포 육군훈련소만으론 늘어나는 전쟁 수요를 감당할 길이 없었다. 전쟁이 치열해질수록 병력 손실도 눈덩이처럼 불어났다. 전선이 가까운 육지 논산에 육군 제2훈련소가 설치되었다. 입대 장병과 출소 신병 수송을 위해 연무역이 신설되었다.

그 후, 이 땅 수많은 젊은이들의 한과 눈물이 서리게 되었다.

특히 단기 4283년(1950년)에서 4286년(1953년)의 전쟁 시기, 이곳을 거쳐 간 돈 없고 빽 없는 농촌 출신 자제들의 피눈물이 어린 곳이다.

재력과 힘 있는 집 자제들은 철저하게 이곳을 외면했다. 권력자나 재력가의 자제는 단 한 사람도 이곳을 거쳐 가지 않았다. 애초 이곳에 끌려올 필요가 없었다. 총성이 멎은 지금도 돈 있고 빽 있는 집 자제들은 아무도 이곳에 오지 않는다.

군복을 입는 것 자체가 불명예요, 가문의 치욕인 것이다. 행세깨나 하는 집안의 불명예요, 수치인 것이다. 사람이 오죽 못났으면 군대엘 다 가나? 그 집안이 얼마나 보잘 것 없으면 자식 하나 군대 못 면하나?

군대는 비천한 바보들이나 가는 것이다. 고생만 찍 싸게 하고, 전쟁 터지면 괜스레 죽기나 하고……. 나라 안에 돈 없고 빽 없어서, 군대 갈 놈이 천지인데 뭐하러 금쪽같은 내 자식을 군대에 보낸단 말인가.

나라를 지켜서 뭐하고, 민족 같은 걸 보전해서 어디다 쓸 것인가?

사람들이 다 어리석고 미련해서 뭘 몰라서 그러는 것이다. 나 배부르고 벼슬 높으면 되는 것이다. 세상은, 세계 대세를 잘 보고 시국에 따라 힘 쎈데 붙으면 되는 것이다. 피난 갈 때는 코쟁이만 잘 따라가면 되고, 병역이니 국방이니 그런 것은 못난 놈들의 몫인 것이다.

국토수호, 민족수호라고 하는 것은 참으로 어리석은 짓인 것이다. 골이 비어도 한참 헤매는 사람들의 짓인 것이다. 국토나 민족이라고 하는 것은 그대로 가만히 내버려 두어도 강대국이 대신 보호해 주거나, 꼴에 못난 백성들이 들고일어나서 지켜오지 않았던. 국방이니 병역이니 하는 것은 저 아래 백성들이 하는 짓임을 명심해야 하는 것이다.

2

"기상! 기상!"

선임하사의 서릿발 같은 기상명령이다.

기상나팔 소리가 끝나기가 무섭게, 선임하사는 벌써 복장을 갖추고 고함을 질러댔다.

"뭐야, 이거! 이것들 동작 좀 봐라! 여기는 군대다! 정신 바짝 차려라!"

선임하사는 멍에떼 한 개의 하늘 같은 일등병이었다.

땅딸막한 키에 동글동글 굴러다니는 폼이었다.

"동작 빠르게 침구 정돈 마치고, 아침 점호 준비다!"

군대라더니, 번갯불에 콩 구워 먹는 판이다.

잠시도 틈과 여유를 주지 않았다.

군대에선 잡념을 가질 여유를 주지 않는다는 말이 있다. 이런 방법이 대규모의 인간 군집을 통제하는데 기본적이고 가장 효과적인 수단이 된다는 것이다.

군대 첫날, 병영의 첫 아침이어선지, 숨 쉴 틈새도 없이 마구 몰아치고, 족치고, 다그치고 들었다. 아주 정신을 쏙 빼어버릴 것 같았다. 정신이 하나도 없었다.

점호시간이다.

침구들을 가지런하게 정돈했다.

어젯밤, 수용연대 내무반에 도착해서 처음 보았던 그대로의 정돈 상태인 것이다.

막사 통로도 깨끗하게 쓸었다.

석탄가루를 물에 개어 불을 지피는 난로 주위도 깨끗하게 쓸고 닦았다. 들쭉날쭉하게 줄을 지은 장정들의 신발도 일직선이 되게 줄을 맞췄다. 개개인의 복장도 최대한 단정한 모습을 갖추기 위해 노력했다. 단추 하나까지도 모두 점검 대상이었다.

"잇 쌔끼들, 이것 봐라, 이거! 무신 놈의 동작이 이래? 빨리빨리 못 움직이나, 각 열, 출입구 쪽 우측 선두 기준! 야 인마! 출입구 쪽이 어디야? …… 키 큰 놈, 니가 기준 아니야, 엉?"

"자, 다시! 각 열 우측 선두 기준! 좌우로 나란히 …… 좌우로 나란히도 모르나, 이 게 줄이 뭐꼬? 너, 너! 세 번째 핫바지 입은 놈, 너 땜에 줄이 다 틀렸잖아!"

땅딸이 선임하사의 주먹이, 통로 왼쪽 세 번째 장정의 배때기를 세차게 쥐어박았다. 볼따귀라도 한 대 갈길 기세였지만, 선임하사의 키가 워낙 작아서 역부족이었다. 침상 위에 선 장정의 키가 워낙 큰 데다가 선임하사의 키는 너무 작아서 아주 대조적이었다.

땅딸이 선임하사의 팔팔거리고 굴러다니는 동작이 여간 우스운 게 아니었다.

"잇 쌔끼들, 첫날 아침부터 인상 더럽게 구네. 느그덜 임마, 훈련소 수용연대 이름도 못 들어 봤어?"

잔뜩 부어오른 얼굴로 도열상태를 점검하던 선임하사의 눈에, 장정 하나가 걸려들었다. 이 긴박한 순간에, 웃음을 못 참고 실소를 흘린 장정이 발각된 것이다.

"야, 야. 웃어? 너, 너!"

선임하사가 달려간 곳은 침상 우측의 후미 쪽이었다.

"잇 쌔끼!"

핫퉁이에 검정 조끼를 입은 장정이었다.

선임하사의 두발걸이가 사정없이 이 장정의 몸통을 향해 뛰어올랐다. 땅딸이 선임하사는 달리는 탄력을 이용했다. 저보다 두 배나 더 커 보이는 그 장정을, 저만치 침상 위에 나가떨어지게 발차기를 해버린 것이다.

선임하사의 시범 군기 잡기는 여기서 끝나지 않았다.

다시 일으켜 세운 그 장정의 볼따귀를 향한 주먹치기가 몇 번이고 되풀이되었다.

"쌔에끼, 일어 서! 바로 못 서나? 여기가 어딘 줄 알고? 너희 집 안방으로 아나?"

장정들은 쥐 죽은 듯 조용했다. 분위기가 얼어붙기 시작했다.

그렇다고 수용연대 첫날 아침의 일은 여기서 끝나지도 않았다. 이것은 지극히 작은 서막이었다.

땅딸이 선임하사의 말대로 훈련소 수용연대의 명성은 대단했다. 육군 제2훈련소 장정 수용연대의 명성에 걸맞은, 기상천외의 토막극이 장정들을 기다리고 있었다.

"앉아! 일어서!"

앉아, 일어서 벌주기 구령에 앉아, 일어서 벌서기 동작이 되풀이되고, 몇 번이고 '좌우로 나란히'가 되풀이되었다.

한참 만에 겨우 선임하사의 눈 기준에 맞는 일직선 도열이 끝났다.

선임하사의 가차없는 두발걸이에 장정들은 기가 질렸다. 그러잖아도 잔뜩 주눅이 든 군대, 그것도 첫날 아침인 것이다. 여기에 선임하사의 배때기 주먹치기, 위력적인 두발걸이는 몸을 바짝 얼어붙게 하는 공포의 대상이었다.

"소대 우측 선두 번호!"

선임하사의 불호령이 떨어졌다.

물론 아직 예행연습이었다. 부대 주번사관이 나타나기 몇 분 전의 예비점검이었다.

군대조직의 생명인 인원파악은 전투력의 기본인 전투원을 점검하는 행사인 것이다. 특히 수용연대에서의 인원파악 점검보고는 부대 특성상 철두철미하게 파악되고 점검되는 행사가 아니면 아니 된다. 내무반장인 선임하사의 정확한 인원파악 보고, 부대 주번사관의 철저한 확인 점검이 삼엄할 정도인 것이다.

군대는 집합이다.

동원할 수 있고 집합할 수 있는 개개인의 무장력, 이것이 군대이고 힘, 무력이다. 힘, 무력은 전쟁 승패의 기본 결정이다.

군대는 집합으로 시작해서 집합으로 끝난다. 다시 말해서, 인원 점검 파악으로 시작해서 다시 인원 점검 파악으로 끝난다.

군대는 전쟁에 대비해서 소집되고 집합한다. 인원파악은 전쟁 전투 규모에 따라서 적당한 전력을 투입하기 위한 사전 조치다. 또한 전쟁에 투입한 개개인의 전투력 점검은 전투가 끝난 뒤에도 즉시 지체 없이 시행된다. 전쟁으로 인한 인원 손실을 파악하고, 언제 있을지 모르는 다음 전투에 대비하기 위한 필수 조치인 것이다. 정확 신속을 요한다.

전쟁과 전투는 예고편이 없다. 장난도 아니다.

이런 전쟁 전투를 위해서 공밥을 먹이는 것이 군대다.

그렇기 때문에 군대는 이에 부응하며 앉아도 집합, 서도 집합, 가도 집합, 와도 집합, 잠을 자도 집합이다. 집합은 곧 인원파악 점검이다. 장소가 바뀌어도 인원파악, 시간이 지나거나 어떤 때 기회가 바뀌거나 주어져도 인원파악이다. 집합, 집결, 인원파악은 군대 군집의 기본행위다.

전투집단, 무장을 갖춘 대隊, 싸우는 떼무리는 결집(집합)에서 시작해서 인원파악으로 끝난다.

전투력의 기본은 무장을 갖춘 개개인의 수, 그 개개인을 종합한 집단이다. 이 집단의 수는 보통 국력에 비례한다. 아울러 이 집단들이 신속하게 집합과 이동을 되풀이할 수 있을 때, 그 군대는 용기와 단결력이 강한 군대가 된다. 따라서 나라는 강한 국방력을 보유하게 되는 것이다. 군대 내부적으로는 공고한 통솔력과 지휘 기강확립을 과시하게 되는 것이다.

"하나! 둘! 셋! 넷!"

선임하사의 번호 구령이 떨어지기가 무섭게, 도열 장정들은 큰소리로 목청을 돋구었다.

"다섯!"

장정들은 제각각 도열순서에 따라 각자 제 번호 부르기에 긴장했다.

자신의 순번을 크게 외치며, 고개를 돌려 차 순번 장병을 응시한다. 그랬다가 재빨리 원위치, 그리고 정면을 향해 시선을 고정시킨다.

조금 전 검정 조끼를 입은 장정에게 가차없는 응징이 있었다. 내무반 분위기가 꽁꽁 얼어붙었다. 장정들의 몸동작이 빳빳하게 굳은 것이다.

수용연대의 내무반 단위는 평상 전투단위의 소대원 수보다도 훨씬 많았다. 좌우 침상 난간에 빽빽하게 늘어선 장정들은, 숨을 죽이고 번호 부르기에만 신경을 쏟았다.

우측 열 번호 부르기가 신속하게 끝나고, 통로 건너 좌측 열 번호 부르기가 시작되었다. 탄력을 받은 번호 부르기는 일정한 순간의 간격을 두고 리듬을 타고 흘렀다. 어느새 중간을 넘어서고 있었다.

"사, 사아 …… 사암십 다다아서엇!"

이게 어찌 된 노릇인가.

잔뜩 팽팽한 긴장에 휩싸였던 내무반은 장정들의 폭소로 뒤죽박죽이 되어버렸다.

보통 학교 체육 시간이나 일반 단체 행사 때는 물론, 군대 집합이나 이와 유사한 인원파악 시, 번호 부르기는 하나, 둘, 셋, 넷으로 구창한다. 이것은 상식이고 상례였다. 한문식 일, 이, 삼으로 시작되는 십진법이나 아라비아 숫자의 이름을 소리 내어 구창하지 않는다.

그런데도 이 장정은 서른에다가 한문 십진법 명칭이나 아라비아 숫자를 읽을 때 소리 내는 삼십을 붙이고, 그 뒤에 오는 다섯을 붙인 것이다. 삼십은 한문식 발음이요, 다섯은 순수한 우리식 발음이다. 이런 한문식과 우리식 순수 발음의 엇박자는 경상도식 화법에는 흔하게 쓰인다. 그러나 어젯밤 입소한 장정들의 출신지인 전라도식 화법에서는 잘 쓰이지 않는 어순語順이었다.

더구나 한참을 뜸을 들였다가 속사포처럼 쏟아져 나오는 말더듬이 소리가, 긴장에 싸였던 장정들을 순간적으로 포복절도하게 만들어 버린 것이다. 이 장정의 목소리는 유난스레 옥타브가 높고 음색마저 괴상스런 것이었다.

"옷 새끼들 봐라? 요것들이 아직 수용연대가 어떤 곳인가를 모르는구만!"

벌겋게 달아오른 선임하사,

"소대, 동작 그만! 안 들리나, 이 쌔에끼!"

선임하사의 고함소리와 함께 그와 가장 가까이 있는 장정 하나가 침상 위로 나가떨어졌다. 아무 잘못이 없는 장정 하나가 무작위로 당한 것이다. 선임하사의 숙달된 주먹치기가 장정의 배때기를 거세게 걷어쳐 버린 것이다.

"동작 그만! 지금부터 움직이는 놈은 가만두지 않는다! 좌우, 선두 기준! 좌우로 나란히! 동작 빠르게 열을 맞춘다! 바로!"

"다시 좌우로 나란히! 바로! 좌우로 나란히! 바로! 현 상태에서 열 중 쉬엇! 열중 쉬어도 부동자세다!"

화를 참느라 붉으락푸르락한 구령 소리가 거칠고 잔뜩 힘이 들어가 있었다.

대강 점호대형의 정렬을 끝내자, 선임하사는 땅딸막한 몸을 날려 출입구 쪽으로 뛰었다. 침상 밑 어디서인가에서 길다란 몽둥이 하나를 꺼내 들었다.

"이제 금방, 번호 부르기 개판 친 놈, 이리 나와! 빨리 뛰어나오라! 너 임마, 너 말이야!"

체격이 건장한 장정 하나가 침상을 내려섰다. 침상 통로의 선임하사 앞에 황급하게 부동자세로 선 것이다. 자기 해당 번호 서른다섯을 '사, 사아…… 사암십 다아서엇!'이라고 외쳤던 바로 그 장정이었다.

"잇 쌔끼, 너 서른다섯도 몰라? 서른다섯이 니 번호 아니야? 잇 쌔끼! 말은 왜 더듬어? 너, 생년월일, 니 이름 대 봐!"

"……으 다안기, 사사아…… 이 칠일……녀어언……."

"잇 쌔끼, 이거, 똑바로 못 해! 너 이름이 뭐야?"

선임하사의 몽둥이가 사정없이 장정의 가슴팍을 쥐어박았다.

"이름 대란 말이야! 니 이름 똑바로 대!"

"……기, 기임, 치, 치, 치일……수수우으……."

장정 김칠수는 심한 말더듬이었다.

말을 시작하려면, 한참을 입속에서 어물거리다가 막혔던 폭포가 쏟아지듯, 말을 쏟아내는 것이었다. 목에 핏대를 세우고, 허리를 잔뜩 뒤로 젖힌 상태에서, 말이 폭포수처럼 쏟아져 나오는 것이다.

그것만이 아니었다.

고개를 앞뒤로 흔들어 말장단을 맞추는 모습이 너무 우스꽝스럽고 희화적이었다. 그의 목소리 또한, 말의 굴곡에 따라 음색에 변화를 주어 듣는 사람으로 하여금 폭소를 자아내게 하고, 요절복통을 일으키게 하고도 남음이 있었다.

"뭐야, 이거? 대한민국 수용연대 우습게 보고……."

선임하사의 표정에 묘한 냉소가 흘렀다.

"잇 쌔끼, 엎드려! 바로 엎드려엇, 이 쌔끼!"

선임하사는 마구 무지막지하게 장정을 짓밟고 패고 걷어찼다.

"잇 쌔꺄!"

철석, 철석! 딱! 딱! 턱, 턱!

선임하사의 몽둥이가 정장의 엉덩이, 등짝 할 것 없이 마구 내려쳤다.

"잇 쌔꺄, 여기가 어딘 줄 알고 엉 부려? 멀쩡헌 새끼가 말은 왜 더듬어!"

씩씩거리는 선임하사!

"잇 쌔끼, 일어 서! 똑바로 서! 니 이름 다시 대봐! 어리버리허게 수작 부리다간 너 죽어! 니 이름 똑바로 대!"

"……기. 기임, 치 치, 치일…… 수수우으……."

김칠수는 역시 심한 어눌병 환자였다. 말투가 아까와 조금도 변화가 없었다.

"허 헛, 욧 쌔에끼 봐라!"

선임하사는 도저히 속을 수 없다는 듯, 몽둥이를 곧추들고 다시 몽둥이질을 시작하는 것이었다.

장정은 다시 엎드려뻗쳐 자세가 되었고, 선임하사의 몽둥이 찜질과 발길질이 한동안 계속되었다.

장정 김칠수의 맷집은 대단했다.

보통사람 같으면 까무라쳤거나 벌써 요절이 났을 것이었다.

몸을 뒤틀기도 하고 허리와 팔을 움직여, 몽둥이의 충격을 이겨내고 있었다. 몽둥이가 내려치는 속도와 압력에 따라, 엉덩이가 들썩거리고 몸이 뒤틀려 온몸에 경련이 일고 있었다. 그래도 김칠수는 비명 한마디 없이 매를 참고 있었다.

"야아, 잇 쌔끼 독종이네……."

시간에 쫓긴 선임하사가 몽둥이를 버리고 아침 점호 준비를 다시 시작한 것이다.

말더듬이 김칠수는 침상 위에 원위치 되었고, 장정들은 침상 양쪽에 아까처럼 도열했다. 찬바람이 도는 내무반 분위기에 장정들은 스스로 알아서 좌와 우의 열을 맞추었다. 먹줄을 퉁긴 듯 일직선이 되었다.

숨소리조차 죽인 부동자세였다.

드디어 주번사관이 등장했다.

노란 바탕에 빨간 줄이 세 개씩이나 둘러 있는 완장을 찬, 높은 사람이 나타난 것이다. 대한민국 육군 사병 최고의 계급, 야마가다(몽 에떼) 세 개에, 밑받침 작대기 세 개, 어마어마한 상사 계급장을 달고 말이다. 전쟁 때는 일등상사라고 불렀던 대단한 계급이었다. 전쟁 때 이등중사라 불렀던 하사 한 명을 부관으로 대동하고 말이다.

"단결!"

갈매기 한 개의 일등병 땅딸이 선임하사가, 출입구 문 앞 통로에서 부동자세로 거수경례를 올렸다.

"제9중대, 6소대, 일조 점호 인원 보고! 총원 46명, 사고 무, 현재 46명!"

절도 있는 동작으로 뒤로 돌아선 선임하사,

"번호!"

인원점검을 위한 번호 구령이 떨어졌다.

"하나! 둘! 셋! 넷!"

장정들의 목소리는 우렁찼다.

동작 빠르게 고개를 옆으로 돌려 차순위에 번호를 인계하고, 역시 동작 빠르게 고개를 바로 하고 시선을 정면 원위치에 고정시켰다. 절도 있는 고갯동작과 민첩한 번호 부르기는 침상 우측을 돌아 침상 좌측을 향해 대각선을 그으며, 아무 이상 없이 이어지고 있었다. 그렇지만 내무반의 공기는 무겁고 팽팽한 긴장감으로 장정들의 머리끝을 곧추세우고 있었다.

"서른 셋!"

"서른 넷!"

매우 민첩하고 신속 정확하게 진행된 번호 부르기였다.

"……"

아, 이 일을 어쩌랴.

잘 이어가던 번호 부르기가 여기서 갑자기 멎어버린 것이다.

장정들은 순간적으로 심장이 멎는 것 같았다.

이때였다.

"……사. 사. 사암십…… 다다아섯!"

막혔던 폭포가 터지듯, 말더듬이 번홋소리가 터져 나온 것이다. 그 괴상한 음색의 굴곡진 목소리와 함께……,

잔뜩 긴장했던 내무반에 순간적으로 짧은 소란이 일었다.

지극히 짧은 소란이었지만, 소대원들의 순간적인 탄성 소리는 용서할 수 없는 일탈이었다.

군대의 엄숙한 점호시간에, 어떠한 감탄사나 충성을 맹세하는 찬사도 이 순간만은 엄숙을 헤치는 잡소리였다. 더구나 수용연대의 입대 장정 첫 점호(행사) 시간이었다. 지극히 엄정해야 할 엄숙의 시간을 망쳐버린 것이다. 기본적인 군기 문란이었다.

엄숙, 절도, 직속상관에 대한 존경, 절대복종 예절의 파기였다. 용서할 수 없는 일이었다.

"군기가 이게 뭐야!"

주번사관의 진노에, 땅딸이 선임하사의 얼굴이 흙빛이 되었다. 탄성을 토해 낸 장정들은 순간적으로 잘못을 깨달았으나, 이미 때는 늦었다.

"소대 점호 다시! 십 분 내로 재점호에 임한다!"

추상같은 명령을 남기고 주번사관은 다음 소대로 발길을 옮겼다.

주번사관의 모습이 내무반 밖으로 사라지자, 제9중대 6소대 내무반은 쑥밭이 되고 말았다.

"잇 쌔끼들, 웃기는 왜 웃어! 뭐가 우숩다는 거야! 창자 빠진 쌔끼들, 웃음 밑구멍이 쏙 빠지게 해줄끼다!"

화가 머리끝까지 치민 선임하사가 닥치는 대로 장정들의 배때기에 주먹세례를 퍼부었다. 선임하사의 주먹세례에 장정들의 도열선이 파도처럼 출렁거렸다.

"너 때문이야! 주범은 너야! 잇 쌔끼 비겁하게 수작 떨어? 니 하나 땜에 여러 사람 잡아, 이 쌔끼 멀쩡헌 쌔끼가 말더듬이야?"

선임하사가 씩씩거리며 김칠수를 통로로 끌어내렸다.

김칠수의 얼굴에 주먹세례를 퍼붓고, 발로 걷어차고, 쓰러뜨린 후 또 발로 밟았다.

김칠수의 코에선 피가 터지고, 입술이 찢어져서, 온 얼굴이 피투성이가 되었다.

그래도 김칠수는 순한 양처럼 매를 맞았다.

끝내 김칠수는 선임하사의 몽둥이질에 완전히 구겨지고 말았다. 견디다 견디다 못한 김칠수는 통로 구석에 널부러져 버렸다.

장정들의 마음은 심란했다.

한성욱의 마음도 그랬다.

한성욱의 군대 생활, 군대 첫날 아침은 이렇게 막이 올랐다.

3

장정들은 야단법석이었다.

아침 식사가 끝나고 식기와 숟가락을 닦는 중이었다.

야단법석이 난 것은 수도시설이 제대로 되잖아서, 물이 부족한 것이 그 원인이었다. 장정들이 시끄럽게 떠들거나, 북새통을 이루거나, 분망하게 떠돌아다녀서 일어나는 일이 아니었다. 무엇을 서로 주고받으려고 아우성을 치거나, 빼앗고 빼앗기지 않으려고 서로 미닥질을 치는 것도 아니었다.

식사가 끝난 장정들은 머리에 털 나고 처음 보는 미식기美食器라는 것을, 한 짝씩 양손에 들고 있었다. 일렬로 줄을 서서, 먹을 물인 식수를 배당받고 있는 것이었다. 식사 당번으로 차출된 장정들이 식사 후 먹을 물을 미식기라는 것에 나누어 주고 있었다.

납작하고 요상하게 생긴 미식기에 적당한 량을 대강 찍찍 흘려 부어 주는 것이었다. 미식기의 운두는 채 한 치가 안 되는 높이여서, 식사 당번들이 찍찍 흘려주는 물을 받기에는 대단히 부적절한 용기였다.

여기에 담긴 량으로는, 식사 후 반드시 마셔야 하는 음용수로 너무 부족한 것이었다.

이렇게 적은 량을 받아 든 장정들은 우선 몇 모금, 마른 목을 축여야 했다. 다 마셔도 시원찮은 이 적은 량의 물을 더 이상 마실 수가 없는 것이다. 갈증을 참고 물을 아끼지 않으면 큰 낭패를 당하기 때문이었다.

여기서부터 장정들은 야단법석을 떨지 않을 수가 없었다.

식수로 마시기에도 적은 량의 물을 받아 든 장정들은, 미식기의 넓대대하고 되바라진 모양새에 높이가 낮은 운두를 원망하며, 목이 마른 갈증을 참는다. 그리곤 미식기 바닥 한쪽에 조금 남은 물로 수건 한쪽을 적시는 것이다. 그것으로 얼굴을 쓱쓱 문질러서 세수를 끝낸다. 겨우 눈꼽을 닦아내는 것이다.

아직 물기가 남아 있는 수건 한쪽을 그대로 이용하여, 국물 자국과 밥티 등속이 묻어 있는 미식기 두 짝을 깨끗하게 닦아내야 한다. 그러니까 한 보시기 정도의 물을 가지고 식후 음용수는 물론 양치질도 하고, 얼굴 씻고, 미식기 두 짝도 씻고, 숟가락까지 깨끗하게 닦아내야 하는 것이다.

사실 제대로 된 세수는 엄두를 낼 수가 없었다. 식기 닦은 수건 귀퉁이로 앞니를 쓱쓱 몇 번 문지르는 것으로, 양치질을 끝내야 하는 것이다. 몇 방울 아낀 물로 수건 한 귀퉁이를 적신다. 이마도 닦고, 눈꼽도 따내고, 앞니도 쓱쓱 문지른 수건으로, 물끼를 이용하여, 미식기에 묻은 국물 자국과 밥알 자국을 닦아낸다. 그다음에 물끼 없는 수건 다른 한쪽을 이용하여 물끼를 말끔하게 씻어내는 것이다.

그다음 순서는, 있는 힘을 다해 식기 표면을 빡빡 문지르면 얼굴이 비칠 정도로 빛이 난다. 이렇게 먼지 하나 없이 문지르고 닦아 놓아야 비로소 합격인 것이다.

몽둥이를 든 선임하사가 당번들의 물 배급을 감시하고 있었다. 만약 물을 잘못 부어 흘으려 쏟거나, 량에 넘치게 많이 부었을 경우, 가차 없이 몽둥이가 날았다. 막사 뒤쪽 출입문 밖에서 물을 배당하고 있었는데, 바로 그 자리에서 식기수입(닦는 일) 검열도 동시에 이루어지고 있었다. 미식기에 찌꺼기의 흔적이 남아 있거나, 물끼가 조금이라도 덜 닦였으면, 그것은 불합격이었다. 가차 없이 선임하사의 몽둥이가 장정들의 머리통을 강타했다.

식기를 닦은 수건에 시커멓게 얼굴 때가 묻었거나, 코가 묻었건, 눈꼽이 묻었건, 그것은 상관이 없었다. 어떻게 하던 물끼를 바짝 닦아서, 빛이 나고 얼굴이 비칠 정도면 되는 것이다.

군대란 참 재미있는 곳이란 생각이 들었다.

명령의 결과가 가시적可視的이고, 외형적으로만 훌륭하면 그만이었다. 그 성과물이 어떠한 경로를 거쳤는지는 중요하지 않았다. 식기를 닦은 수건에 축농증 환자의 고름 콧물이 묻었는지, 안질 환자의 눈꼽 고름이 묻었는지는 조금도 중요하지 않았다. 신속한 성과와 외형적 완성도만 높으면 그만이었다.

그런데 태어나서 처음 보는 그 미식기라는 것이 묘한 데가 있었다.

둥그스럼하고 약간의 타원형인 네모 몸통에, 가늘고 긴 강철 자루가 달렸다. 스테인레스라 녹이 슬지 않고, 은회색 강판이라 아주 단단해 보였다. 그 모양이 둥글지도 않고, 날카롭게 각진 네모도 아니어서, 그 생김생김이 동양인에게는 낯설고 생소해 보였다. 밥이나 국을 담아 먹는 식기라는 개념과는, 아무래도 좀 동떨어진 것 같았다. 한성욱의 머릿속에서도, 얼른 그 개념이 일치하는 것 같지 않았다.

점잖치가 못한 것이다.

그릇을 직접 손으로 잡는 것도 아니고, 가늘고 긴 강철 자루를 통해서 그릇을 운용하는 것이다. 또 여간 불편한 데가 있었다. 미식기를 사용하기 위해선 이 용기 사용에 익숙해지는 시간이 필요할 것 같았다. 두 짝이 한 쌍을 이루는데 한 짝엔 밥, 한 짝엔 국을 받는 식이었다. 한국 군대의 경우 밥과 국이지만, 미군일 경우 그 음식 받는 방법과 기능이 또 다를 것이 아닌가.

아무튼 가늘고 긴 자루 때문에, 국이나 물 액체 음식을 받는데 기술적으로 요령을 터득해야 했다. 국이나 물을 잘못 받으면 한쪽으로 쏠리거나 기울어서 허투루 쏟아버리기 십상이었다. 이런 용기에 익숙하지 못한 장정들이라, 미식기가 한쪽으로 기울거나 휘청거려서 아까운 식수 손실이 많았다.

이래저래 장정들은 물 때문에 고통이었다.

세상에 흔해 빠진 것이 흘러가는 물이었다. 물 때문에 이렇게 고통이 심할 줄은 꿈에도 생각해 본 적이 없었다.

어떤 장정들은 우선 목이 마른 데만 신경을 쓰다가 큰 곤욕을 치르기도 했다.

엉겁결에 갈증을 못 이기고 배당된 식수를 다 마셔버리는 경우가 있었다.

얼굴을 씻는 것은 그만두고, 당장 식기를 닦아내야 할 일이 문제였다. 얼굴이야, 세수를 했건 말건, 눈꼽이 껴 있건 말건, 선임하사의 지적 사항이 아니었다.

어찌하던지 식기만은 깨끗해야 했다. 군대의 집단 위생을 위해서 식기의 청결 유지가 필요했다. 무엇보다 시각적으로 청결해 보여야 했다. 일체 티끌이나 물끼가 있어서는 안 되었다. 높은 사람, 검열관의 눈에 무엇보다 청결하게 보여야 하는 것이다. 특히 일석점호 때, 식기의 정리 정돈, 수입, 청결 유지, 위생상태가 주요 점검 사항이었다.

물이 부족한 수용연대에서 벌어지는 식기 닦기 소동은, 일반 사회에선 상상도 할 수 없는 하나의 희한한 진풍경이었다.

입대 장정들은 각자의 고향 군청에서 나누어 준 머릿수건 하나씩을 가지고 있었다. 그런데 혹 가다가 그 머릿수건을 망쳐서 버렸거나, 잃어버린 경우도 있었다. 그랬을 때 여간 곤욕을 치르는 것이 아니었다. 이럴 땐 친구나 옆엣 사람의 도움을 받아야 하는데, 그것이 여의치 못할 땐 난감한 일이 벌어지게 되는 것이다.

어쩔 수 없이 제 옷자락을 잡아다가 식기를 닦거나, 발에 꿰고 있던 제 양말짝을 벗어서라도 식기를 닦는 수밖에 다른 도리가 없었다.

여기는 군대다.

까라면 까고, 빨라면 빨아야 하는 곳이다.

군대엔 이유가 없는 것이다.

4

흔히 군댓밥을 공밥이라 말한다.

그러나 군대엔 공밥이 없다는 것도 알아야 했다.

하루 종일 사역병 차출이 계속되었다. 각종 작업을 위한 인원 차출인 것이다.

연대는 연대대로, 중대는 중대대로, 여러 잡스런 일이 많았다.

소대는 소대 단위대로 침구 털어 말리기, 막사 주위 청소, 환경정리 작업, 각종 비품을 나르고 정리하기 등 할 일이 많았다. 이런 속에서도, 장정들의 교육연대 입소를 위한 여러 가지 정해진 절차와 행사가 규정에 따라 진행되고 있었다.

다리가 후둘후둘 떨릴 정도로 겁이 나고 무서운 점호 시간들, 그 공포와 긴장의 점호시간도 그간 여러 번을 겪고 지나갔다.

어느새 오늘로, 다섯 번째 맞는 일석점호 시간이 다가오고 있었다.

이 금단의 땅 수용연대,

자유가 박제되고 억압으로 얽힌 철조망 속에서도, 장정들 몸뚱이의 체세포는 증식을 멈추지 않는다. 그리고 밤과 낮은 서열을 지어, 때가 되면 서로 자리를 바꾸고, 바뀌어 가고만 있는 것이다.

이러한 엇바꿈에 따라 시간의 영속성은 이어지고, 수용연대에서의 복잡다단했던 여러 가지의 일정들이 거의 끝나가는 싯점에 이른 것이다.

각 분야별 여러 단계의 신체검사와 각종 기능 적성검사, 장병 인사 기록카드의 기초조사 기록 등이 마무리 단계에 이른 것이다. 번거롭고 꽤 까다롭고, 유난히 대기시간이 지루하고 길어서, 장정들은 지치고 녹초가 되었다. 꼭 국민학교 일학년생을 다루듯, 모든 것이 유치하고 철저하게 바보 수준에서 다루어지고 진행되었다.

입대 전, 각 시군에서 실시하는 장정 신체검사 때와는 전혀 달랐다.

시시콜콜히 따지고 들고 필요 이상으로 엄격했다.

보통 '징병검사'라고 말하는, 적령기 장정 각 시군별 신체검사는 허술하기 짝이 없었다. 시·군청 소재지, 학교 교실을 빌려 실시되는 이 징병검사는 마치 해당 군의관들과 위생병들의 심심풀이 주말 휴가의 한 싱거운 과제물에 지나지 않았다. 대강 보고 검사하고, 대강 수치를 맞추어 갑종甲種 합격을 량산해 내는, 형식적인 행사로 치루어지는 것이었다.

해마다 예정된 연례 정기적인 병무행사였다.

이 병무행사는 돈 있고 빽 있는 사람들의 병역기피를 위한, 적당한 기회제공이 되기도 했다. 시, 군, 면의 병사계들이 다리를 놓고, 시장 군수 경찰서장들이 한 뭉치를 받고 묵인하면 끝나는 것이다. 군의관이라고 돈 보고 침 뱉을 리가 없는 것이다. 적당한 구실을 붙여 신체에 결함이 있다고 판정만 내리면 일은 끝나는 것이다. 육군 쫄병 병역 면제 하나쯤 별문제가 되지 않는 것이다.

식은 죽 먹기는 이마에 땀이라도 난다. 이것은 콧등에도 땀 한 방울 안 나고, 글짜 몇 자 써놓고 도장 하나 잘 찍으면, 끝나는 작업인 것이다.

이렇던 군대 징병 신체검사가 수용연대에선 꽤 까다롭기가 이를 데 없었다.

여기엔 다 그럴만한 은밀한 의도가 숨어 있었다.

대한민국의 국토방위 의무는 신성한 것이다. 천민이나 상민의 자제를 막론하고 고관대작의 자제, 부자 장자의 자식들도 다 평등하다. 국토방위 의무 앞에선 병무 행정은 공정하고 투명하다. 병역의무를 이행하는 데 필요한 국민개병제國民皆兵制에 의한, 평등하고 차별 없는 군대임을 과시하려는 의도가 숨어 있었다.

그 밖에도, 수용연대에서의 장병 신체검사가 엄격하고 철저하게 진행되는 원인 몇 가지가 있었다.

그 첫째가, 이미 수용연대까지 넘어온 장정 중에는 신경 써서 가려내고 빼내야 할 고관대작 명문거족의 자제가 없다는 것이다. 얼마든지 엄정, 엄격, 철저를 과장하고 강조하여 실시해도 아무 걸거칠 것이 없는 것이다.

하다못해 산골동네 밥술깨나 먹는 집 자손, 리장 면장 집 자식까지도, 빠질 사람 다 빠지고, 면제받을 사람 다 면제받고, 돈 없고 빽 없는 사람들만 여기 모인 것이다. 어쩌다 쌀에 뉘처럼, 양심 정직한 사람, 차마 사대삭신 육천마디가 멀쩡한 사람이 국민개병의 병역의무를 저버릴 수 없어서, 여기 끌려온 사람도 있기는 있었다. 하지만 거개의 장정들은 돈 없고 힘없는, 맨 밑바닥 사람들의 자제들이었다.

여기 끌려온 모든 장정들은 이런 속내를 충분히 알고도 남음이 있었다.

한성욱 자신의 고향 출신지에서도 오지奧地로 소문난, 함평 대동면 서호리 산골 숯구덩이 속에서 살다 온 김 아무개나 동촌면 군유산 밑 사기소沙器所 점등(店점원), 옹기쟁이 핫바지 촌놈까지도 환히 알고 밝히 다 아는 일이었다.

권력자의 자제들은 아예 이런 곳엔 얼씬거리지도 않는다.

설사 무슨 계책 때문에 이곳에 왔다 해도, 합법적이고도 교묘한 공식 절차를 거쳐서, 벌써 다 빠져나가고 없는 것이다. 문제는 빽도, 돈도, 요령도 없는 농촌 산골 빈곤층 영세민 자제들이었다. 늙은 부모 봉양해야 하고, 처자식 먹여 살려야 하는, 가정형편 딱한 장정들이었다. 가난이 죄가 되어, 죽기도 살기도 어려운 사람들인 것이다.

개중에는 징병검사 전, 미리 작두로 손가락을 잘라 병역을 면제받는 사람도 있었다. 또는 세간에 떠도는 비법을 써서, 장기臟器에 이상이 있는 것처럼 속이는 자도 있었다. 어쩌다 다리나 허리, 팔에 이상異狀을 조작하여 병역 면제를 꾀하는 수도 있었다. 심지어 제 손가락으로 제 눈을 쑤셔 한쪽 눈을 멀게 하는 자도 있고, 눈에 독을 넣어 안질을 유발케 하는 자도 있다는 것이다.

어제도 큰 소동이 벌어졌다.

한 장정이 불합격 판정을 받기 위해 몰래 숨겨 온 잉크 한 병을 통째로 들이마신 것이다. X레이 검진 때 폐병 환자로 위장하기 위한 수법이었던 것이다. 또 다른 장정은 간질병, 속칭 지랄병 환자로 가장

하려다 발각되어, 온 부대가 뒤숭숭했다.

이들 두 장정은 속사정이 비슷했다.

불우한 가정환경, 이들 두 장정은 자신들의 몸뚱이가 아니면, 일곱 식구 여덟 식구가 살아갈 길이 없었다. 고지를 내다 먹고, 일 년 내 남의 일을 해 주거나, 품팔이나 나뭇등짐을 장마당에 가져다 팔지 않으면 식구들 입에 풀칠할 수 없는 가정형편이었다. 이들은 죽지도 살지도 못해서 잉크병을 마시고, 입에 거품을 물고 간질병 흉내를 냈던 것이다.

이런 딱한 사정이 장정들의 입을 타고 번지자, 하루 종일 부대 안 분위기는 무거웠다.

"각 소대 전다알! 각 소대 일석점호 준비!"

전달 소리와 복창 소리가 요란스럽게 되풀이되었다.

기간병 숙소가 있는 중대본부 쪽에서 전달 소리가 들리고, 장정 막사가 늘어 서 있는 소대 막사 쪽에서, 각 소대별 복창 소리가 요란스럽게 겹쳐 들리고 있었다.

흡사, 나락밭에 메뚜기 떼들처럼 후닥닥거리며, 장정들은 저마다 하던 일들을 멈추고 점호 준비 상태에 돌입했다.

제일 급한 것이 관물 정리정돈 상태였다. 그리고 그 관물함 바로 밑에 정돈된 침구류의 정리정돈 상태였다. 내무반 내부 청소 상태, 특히 좌우 침상과 침상 사이, 내무반 통로, 양쪽 출입문 가까이 설치된 두 개의 석탄 난로 주위가 문제였다. 가지런하게 놓인 신발들도 일직선으로 질서정연하게 줄을 맞춰 정렬되어 있어야 했다.

각자 장정 자신의 복장 단정, 침상 도열 부동자세 견지, 번호 부르기의 신속 정확, 반드시 절도 있는 동작을 보여야 하는 것이다.

"동작 그만! 0.5초 내로 점호대형으로 정렬한다!"

"잇 쌔끼들, 말 안 들리나? 무신 동작이 이 모양이야!"

땅딸이 선임하사의 끼가 또 발동한 것이다.

소대 통솔에서, 어느 경우 어느 때를 막론하고, 선임하사의 악발이 근성이 발동하지 않는 경우는 없었다. 아침저녁 되풀이되는 점호시간에는, 선임하사 최치곤 일병 특유의 기질이 유난히 잘 드러나는 시간이었다.

최치곤 일병의 군대 복무 신조는 '투철한 군인정신'이었다. 유독 '투철한 군인정신'을 입에 달고 사는 최치곤 선임하사는 훈련소 조교 내무반장(선임하사) 체질에 너무 잘 어울리는 꼭 알맞은 군인이었다. 만약 그가 장기복무 직업군인으로 지원한다면 고속승진에 유능한 하사관으로 승승장구할 능력과 자질이 출중한 병사였다.

땅딸막한 몸뚱이가 이리 뛰고 저리 뛰고, 앞으로 뒤로 굴러다니고, 휙휙 날아다니는 모양새였다.

"소대 차려엇!"

순간, 내무반은 찬물을 끼얹은 듯 조용했다.

부관을 대동한 하늘 같은 주번사관이 나타난 것이다.

"단결!"

수용연대에 들어와서 다섯 번째 밤, 일석점호가 시작된 것이다.

"제9중대 6소대, 일석점호 인원보고! 총원 46명! 사고 1명! 사고 내용, 사고는 환자 1명! 현재, 45명!"

선임하사의 신속 정확, 속빠른 보고, 절도 있는 동작이 빛났다.

최치곤 선임하사는 지체 없이 거수경례를 풀고, 뒤로 돌아 자세로

"번호!"

침상 좌우에 도열한 소대원을 향해 벽력같은 큰 목소리로 번호! 구령을 외친 것이다.

"하나! 둘! 셋! 넷!"

숨을 죽였던 장정들의 입에서 우렁찬 번홋소리가 터져 나왔다.

신속하고 절도 있는 고갯동작과 함께 파도가 출렁거리듯 번호 부르기가 짧은 간격을 두고 리듬을 탔다. 점호대열이 규칙적으로 일정하게 일렁거리는 것 같았다. 우측 대열의 번호 부르기가 통로를 건너 숨 쉴 틈도 없이 침상 좌측 대열로 물결치듯 옮겨 가고 있었다.

팽팽한 긴장 속에서의 번호 부르기, 장정 한 사람에서 다른 한 사람으로 이어지는, 짧고 짧은 순간순간이 두려움이었다. 그 짧은 사이사이가 섬찟섬찟한 공포가 아닐 수 없었던 것이다.

"서른 하나! 서른 둘! 서른 세엣!"

"……"

이 일을 어찌하랴.

장정들, 9중대 6소대 장정들은, 이미 예상하고 있었다. 한두 번 당하는 일이 아니었다.

그렇지만 가슴이 철렁 내려앉았다.

'서른 세엣!'에서 번호 부르기가 멈춰버린 것이다. 잘 흘러가던 물줄기가 갑자기 멈춰 선 것이다. 숨이 멎는 듯한 긴장이 흘렀다.

"사, 사아, 사암십 다다아……."

한순간이 지나고, 느닷없는 번호 소리가 적막을 깨고 터져 나왔다. 꽉 막혔던 폭포수가 쏟아져 나오는 것 같았다.

"아니, 아니, 사, 사아, 사암십, 네, 네에엣!"

놀라운 일이었다.

말더듬이 김칠수는 머리가 좋았다. 어제 잉크를 병째 들이키고, 침상 뒤쪽에 환자가 돼서 누워 있는, 진도군 하조도 섬 놈을 생각해 낸 것이다. 잉크를 들이킨 녀석이 제 앞자리에 있었으니 번호 하나를 줄여야 한다는 것을 알고 있었다.

소대원들은 누구 한 사람, 표정을 풀거나 부동자세에서 손가락 하나 흐트러뜨리는 일이 없었다. 숨소리조차도 들리지 않았다. 소대원들은 소대원들대로, 군대 수용연대 풍속에 어지간히 익숙해졌다.

그것이 기특했는지, 주번사관은 사고병 김칠수를 곧바로 열외 조치, 그 자리에 선 채 재점호 보고를 명령했다.

"열주웅 쉬엇! 소대 차려어엇!"

"단결! 제9중대 6소대 일석점호 인원보고 총원 46명! 사고 2명! 사고 내용, 사고는 환자 1명! 열외 1명! 현재, 44명!"

선임하사의 등골에선 식은땀이 흘러내렸다.

"번호!"

점호 때마다 주번사관의 질책을 받고, 전에 없이 자존심에 상처를 입었다.

"하나! 둘! 세엣! 네엣!"

번호 부르기는 거침이 없어서, 현재원 44명의 우렁찬 복창이 다 끝났다.

"이상! 일석점호 준비 끄읕!"

절도 있는 최치곤 선임하사의 거수경례 손끝이 떨렸다.

칼끝처럼 날카로운 인상의 주번사관이 마지 못해서 굳은 표정으로 경례를 받았다.

"정돈 불량! 정돈 상태가 이게 뭐야! 쌔에끼들, 정돈 불량!"

주번사관의 경례가 끝나기가 무섭게, 주번부관이 단걸음에 침상 위로 뛰어올랐다.

침구 정렬 상태를 두고, 고함을 지르고, 군홧발로 침구들을 마구 걷어차 던지고, 난리굿을 치는 판이었다.

지금까지 말더듬이 김칠수 때문에 몇 날 며칠을 두고, 점호 때마다 기분을 잡쳤다. 오늘에야 현지 경찰서장의 전언통신문에 의해 그게 가짜임이 밝혀졌다.

이에 대한 분풀이 겸 잉크사껀 등, 벼르고 벼른 주번부관의 분노가 폭발한 것이다.

"잇 따위가 뭐야? 여관방 이불이야? 각을 세워 일직선으로 개켜야지. 개판이야!"

노기가 충천한 주번부관이 침구를 내동댕이쳤다. 그리고는 다시 한걸음에 미식기와 양재기를 쌓아 놓은 구석지로 달려갔다.

와장창! 와장창!

땡그르르 챙 챵! 와장창! 와장창!

식기들을 닦아서 층을 지어 올려 정돈했기 때문에, 그 무너져 내리는 소리가 가히 천둥소리를 압도하고도 남는 것이었다.

장정들은 혼비백산, 정신이 다 나가버렸다.

미식기와 양재기를 포함하여, 일백여 개가 넘는 식기들이 와장창 와장창 무너져서 침상으로 떨어졌다. 그것들이 겹치기로 무너져 내리고, 침상 위를 굴러다니고, 서로 부딪치는 소리가 얼마나 날카롭고 시끄러운 금속성인지, 장정들은 혼비백산 제정신을 똑바로 차릴 수가 없었다.

"식기수입 불량! 지극히 불량!"

주번부관은 하나도 남김없이, 식기 무더기를 모조리 쓸어 내려버렸다.

얇은 강철판으로 된 미식기들의 충돌음은 어찌나 깡마르게 신경을 곤두세우는지, 귀청이 찢어지고 머리끝이 하늘로 솟구치는 느낌이었다.

한술 더 뜨는 주번부관의 노기에 주번사관도 어쩔 수 없다는 듯,

"야, 선임하사! 십분 후, 재점호 실시!"

"넷! 재점호 실시!"

선임하사 최치곤 일병의 복창이 끝나면서, 대한민국 육군 제2훈련소 수용연대 제9중대 6소대는 벌집을 쑤셔 놓은 것처럼 요란스럽고 수선스런 상태가 되었다. 10분 내로 정리정돈을 마치고 재점호를 받아야 하는 것이다.

군대가 재미 있다고 하면 약간 맛이 갔다고 할는지 모른다.

그렇지만 군대엔 참 재미 있는 일도 많았다. 무릎을 '탁' 치게 현실 상황에 꼭 들어맞는 군대용어가 많다. 당연히 개중에는 너무 엉터리로, 전혀 이치에 안 맞는 말도 많다.

군대는 전투적이어서, 젊고 빠른 행동, 속도가 중요하기 때문에, 무엇이든지 빠른 판단에 의한 신속한 명령 지시가 요구된다. 또 이에 따른 신속한 실천 실행이 뒤따라야 하는 것이다.

그래선지 우선 급한 대로 명령 지시가 있어야 한다. 상황 판단에 의한.

그로 보면 아까 주번부관의 첫 번째 말은 맞는 말이었다.

침구정리 정돈 불량! 아니 적용 가능한 말이었다. 상관의 명령이 곧 법인 병영에서 그렇다. 전투 마당에선 더 이치에 맞는 말이 된다.

명령의 옳고 그름의 기준은 상관이 정하고, 지휘관의 마음 자세에 따라, 정正과 부否의 기준이 달라지는 것이다.

그런데 주번부관의 두 번째 말은 틀린 말이다.

식기수입 불량!

'지극히 불량!'이란 판정 말이다.

수용연대 제9중대 6소대 막사 우측 맨 끝에는 식기류를 쌓아 두는 선반이 있었다.

길다랗고 가느다란 강철자루를 개켜 몸통에 붙인 미식기 아흔두 개와, 주로 국 식기로 쓰이는 양재기 육십여 개가 가지런하게 층을 이루어 쌓여 있었다.

울화가 치민 주번부관이 한걸음에 달려가서 산더미처럼 쌓여 있는 이 식기 무더기를 단숨에 휘저어 버린 것이다. 단 한 개의 미식기나 양재기를 들어 봐서, 청결 상태를 확인할 틈도 없이 '식기수입 불량! 지극히 불량!'을 내뱉었다. 그러므로, 주번부관의 두 번째 판정 명령은 틀린 말이라는 것이다.

인간의 육체 기능은 한계가 있었다.

군대는 무無에서 유有를 창조한다. 안 되면 되게 하라 등의 말이 있다. 군대 생활의 금과옥조金科玉條요, 제일 제이의 군대 금언金言이다.

하지만 제9중대 6소대 장정들은 정신이 없었다. 재점호 실시 명령을 받았지만, 어디서부터 어떻게 정리정돈을 해야 할지, 엄두가 나질 않았다. 어안이 벙벙해서 허둥지둥 헤매고만 있었다. 절반은 혼이 나가버린 것이다.

어떻게 지났는지, 10분이 지나고 재점호가 실시되었다.

주번사관이 나타나고, 선임하사의 인원보고가 진행되었다.

선임하사 최치곤 일병의 다리가 후둘후둘 떨리고 있었다. 이마에는 땀방울이 돋아올랐다. 침상에 도열한 소대원들도 떨리기는 마찬가지였다. 만에 하나 실수라도 나오면, 9중대 6소대는 또 한 번 쑥밭이 되는 것이다. 오늘 밤 밤잠은 다 자는 것이다.

조상들이 도왔는지, 마음을 졸였던 번호 부르기가 무사히 끝났다.

가짜 말더듬이 김칠수가 열외인 상태에서, 어쩌다 번호 부르기가 잘못되었더라면 9중대 6소대는 구원할 길이 없는 상태가 되었을 것이다.

그렇게나 난리를 쳤던 침구정리, 식기수입 상태는 제대로 눈 한번 주지도 않고 재점호가 끝났다.

"다안결! 제9중대 6소대 일석점호 끄읕!"

선임하사는 '살았다'는 듯, "끄읕" 소리를 크고 길게 외쳤다.

빨간 줄 완장의 주번사관의 모습이 막사 밖으로 사라졌다.

"소대, 제자리 앉아!"

철저하기 짝이 없는 선임하사도 소대원들이 측은해 보였던 것 같았다. 부동자세로 세워놓질 않고 침상에 앉힌 것이다.

"개엣 쌔끼! 이 거, 어리버리한 쌔에끼가 사람 잡아!"

말더듬이 김칠수는 재점호 실시 명령 이후, 통로 구석에 엎드려뻗쳐 자세로 방치되어 있었다.

"너 이 쌔에끼, 대한민국 군대 우숩게 보지 마! 너 같은 가짜배기가 한두 놈이 아니야!"

선임하사의 발길질은 가차 없었다.

주번사관에게 아침저녁으로 질책을 당하고, 중대 직속 상관들로부터 무능한 기간병으로 평가를 받은, 그간의 화풀이가 계속되었다.

선임하사는, 잉크를 병째로 마셔버린 하조도 섬놈 추삼식이를 훨씬 더 높이 평가하고 있었다. 양잿물 성분인 조달曹達이 들어있는 잉크를 들이킨 추삼식이는, 남자다운 화끈한 맛이라도 있다는 것이다. 김칠수는 여러 날을 두고 9중대 6소대 전원을 괴롭혔다는 것이다.

선임하사의 추앙에도 불구하고, 추삼식 장정은 독극물이 장기 전체에 퍼져, 중환자가 되어 누워 있었다. 위장이 헐고, 식도가 심하게 부어, 제대로 물 한 모금 넘기기가 어려운 형편이었다.

내일은 군번을 받고, 하루 휴식 후, 교육연대로 넘어간다는 소식이었다.

김칠수와 추삼식이는 어떻게 되는 것일까?

제9중대 6소대 장정들은 착잡했다.

김칠수도 몸 상태가 정상이 아니었다. 동작이 둔하고 얼굴이 퉁퉁 붓고 눈동자가 이상했다. 점호 때마다 몰매를 맞아서 맷독이 오른 것이다.

그렇다고 이들이 당장 귀가 조치될 가망은 전혀 보이지 않았다.

민간인 신분도 군인 신분도 아닌 상태에서, 더구나 신성한 국민의 3대의무인 병역, 국방의 의무에 반하는 범죄행위를 범한 자들이 아닌가. 군 병원에 이송될 리도 없는 것이다.

추삼식이는 잉크 독성으로 내장이 녹아나고, 김칠수는 매만 죽도록 맞고, 병역 면제는커녕 몸만 버리는 꼴이 될 것만 같았다.

5

수용연대에서의 마지막 밤이었다.

취침나팔 소리가 울린 지 오래였다.

오늘 저녁에 울린 취침나팔 소리는 어쩐지 새삼스러운 데가 있었다.

군대, 군대, 군대……, 실로 많이 들었고, 입대 적령기가 다가오면서는, 군대라는 용어의 낱말 뜻이 하나의 수수께끼가 되었다. 구체적인 생활과제이기도 했다. 이 땅에 태어난 남자의 어쩔 수 없는 운명이라고들 했다. 3년간의 꽃 같은 젊음을 조껀없이 할애해야 한다는 것이다.

일제 때는 병대, 병대라고 했고, 해방이 되자 경비대, 국방군, 국군이라 했다.

6·25 때는 군인, 유엔군, 국제연합군, 중공군, 의용군, 미군, 온갖 잡동사니 군대가 다 들어와 온통 군인 세상이 되었다. 나라 안은 온통 군인들로 들끓었다.

그 후 휴전이 되고 평화가 왔다고 해도, 미군들은 전국 방방곡곡에 남아, 휴전 아닌 최신예 무기를 들여오고, 남한 군대를 증강하는 데 혈안이 되었다. 평화 아닌 전쟁 도발을 위한 대규모 기동 훈련을, 일 년 내내 끊임없이 감행하고 있는 것이다.

휴전 협정이 조인되고, 총성이 멎은 지 십 년이 다 된 오늘날까지, 미국 군대는 그대로 둥지를 틀고 남아 있는 것이다. 원자무기를 탑재한 항공모함을 앞세우고, 남한 땅 어디에라도, 미국 군대를 상륙시킬 수 있는 만반의 준비를 갖추고 있는 것이다.

이런 전시 분위기 속에서, 군인들을 일상으로 대하며 살았다. 민간 사회라고 해도, 피부 색깔이 다른 외국군 주둔 부대가 서울 도심 곳곳에 있고, 시골 마을 근처엔 한국군 부대들이 산재해 있는 판이었다. 재향군인, 청년단, 호국단, 여기에 방공훈련이니 간첩신고 교육이니 하여, 민간인들도 절반은 군대 생활을 하고 있는 것이나 진배없었다.

그러나 한성욱 자신이 실제로 군대 집단의 일원이 된 것은, 지난 일주일간의 수용연대 생활이 처음인 것이다.

일제 때의 일이었다.

한성욱은 앞마당에서 뺑돌이(팽이)를 치고 있었다.

동넷집 수수깡 울타리 너머로 아득하게 멀리 보이는 남쪽 하늘엔, 엷은 조개구름이 일고 있었다.

부릉, 부릉, 부릉! 비행기 소리가 아련하게 들려 왔다. 그리고도 한참을 뺑돌이를 치고 놀고 있어야, 비로소 비행기의 모습이 조개구름 사이로 나타나기 시작하는 것이다.

비행기는 곧 전쟁이었다. 전쟁의 상징이었다.

큰 나라 강한 나라를 꾸려가는 쪽발이 왜놈들이나, 하늘을 날아다니는 비행기를 띄우고, 전쟁이라는 무서운 난리판을 벌일 수 있는 것이다. 조선같이 힘아리 없고 가난한 나라는 비행기 같은 것은 하늘에 떠 있는 달과 해와 별과 같은 것이었다. 그야말로 하늘에 흘러 다니는 구름이요, 공중에 떠 있는 하나의 그림에 지나지 않았다.

그때 사람들의 머릿속엔 하늘에 비행기가 뜨는 것은 전쟁이요, 난리요, 큰 싸움이 터지는 것이었다.

태초부터 유사 이래, 피땀으로 이룩한 값진 인류의 재산과 모든 문화유산이 검붉은 화염에 휩싸이는 것이었다. 뿐만 아니라, 자연 자원 환경이 폭격으로 찢기고, 수많은 사람들이 아무 죄도 없이 죽어가는 것이었다.

조선인들에겐 더욱 그랬다.

비행기는 조선이 만들 재주도 기술도 돈도 없었다. 조선 땅에는 민간인을 태우고 다니는 비행기가 한 대도 없었다. 쌀이나 장작, 장롱을 실어다 주는 비행기도 없었다. 부릉 부릉 비행기 소리가 하늘에서 들리면 그것은 전쟁 난리를 몰고 오는 소리였다.

전쟁 난리가 났다 하면 조선 땅은 항상 쑥밭이 되었다. 힘세고 강한 놈들이 하필이면 꼭 조선 땅에서 싸움질을 했다. 크고 강한 놈들이 전쟁을 벌이면 조선 땅은 개평으로 갈라지고, 짚신감발에 배가 고픈 조선 놈들만 불쌍하게 죽었다.

"히고끼! 히고끼! 야아…… 할매! 나, 커서 병대 가! …… 할매! 나, 커서 헤이따이 가!"

배때기가 빨간 '쭉나무 비행기'가 머리 위로 날아오자, 꼬마 한성욱은 신바람이 났다. 뺑돌이 치는 것도 잊고, 두 손을 흔들며 환호성을 질렀다. 할매! 할매!를 불러대며 뜀뛰기, 땅뛰엄을 하고 덤비는 것이었다.

"이 불알 같은 놈아! 니가 커서 병대에 가면, 세상이 어떻고 되겠냐? 어서 전쟁이 끝나야제! 어서 평란이 되어야제……."

할매는 혀를 끌끌 찼다.

무섭고 몸서리 처지는 이 전쟁이 어서 끝나야지, 코흘리개 니가 커서 군대에 갈 때까지, 전쟁이 계속되면 아니 되는 것이다. 이 무서운 전쟁은 곧 끝날 것이다. 꼭 그렇게 어서 평란이 되어야 한다. 아마 그런 뜻이었을 것이다.

그러나 할머니의 예측은 빗나갔다.

할머니의 간절한 소원은 이루어지지 않았다.

저 어린 손자가 청년이 되도록, 전쟁 난리가 계속되어선 아니된다. 한시바삐 어서 평란이 되어, 평화가 찾아와야 한다. 할머니의 간절한 소원은 끝내 이루어지지 않았다.

전쟁은 끝이 없었다.

일제가 쫓기어 몰려가자, 엠원총과 따발총을 든 털발들이, 나라 땅을 찢고 두 토막으로 갈랐다. 조선 백성들은 졸지에 남북으로 갈라지게 되었고, 엠원총과 따발총을 들고 서로 죽이고 죽었다. 아무 때상구도 모르고, 빨갛다고 죽이고 파랗다고 하얗다고 죽였다.

이 싸움에, 세계의 온갖 잡동사니 군대가 다 모여들어 미친 개싸움에 반도 땅은 국제 공동묘지가 되었다. 죄 없는 조선 사람들은 개평으로 죽어서 시산혈해屍山血海가 되었다.

할머니는 이런 일을 상상도 못 했을 것이다.

지까다비군대가 물러가고, 또 이렇게 험상궂은 털발들의 세상이 계속되리라곤 상상도 못 했을 것이다.

그것뿐인가?

전쟁이라고 하는 것은 일본놈이나 미국놈, 청국놈이나 아라사俄羅斯, 덕국德國놈, 영국놈들끼리 싸우는 것이다. 씨알머리가 다른 백성끼리, 민족 씨종자가 다른 것들끼리, 맞붙어 싸우는 것이 정상이다. 같은 종자, 같은 민족, 한뱃속, 한탯집에서 비어져 나온 한배새끼끼리 맞붙어 서로 죽이고 죽는 전쟁을, 그런 나라를 어디 꿈속에서라도 상상이나 했었을 것인가.

할머니는 전혀 상상할 수가 없었을 것이다.

사람들이 사는 세상에서는 있을 수가 없는 일이었다.

크고 힘센 놈들이 총을 들려 주고 시킨 일이었다.

그래서 할머니는 6·25를 전쟁이 아닌 '난리'라고 했다.

할머니의 '난리'는 천지개벽, 천재지변, 하늘이 내리는 대재앙을 말한다. 사람들이 저지르는 일이 아니고, 사람들이 저지를 수도 없고, 사람들이 저질러서도 아니 되는 일인 것이다. 인두겁을 쓴 사람들이 어찌 한배새끼끼리 죽이고 죽일 수 있다는 말인가?

이것도 뿔 난 귀신들의 놀음이고 털발들의 장난질이지, 사람들이 하는 짓은 아니라는 것이다.

사람들의 일, 사람들의 짓은 아니라는 것이다.

그래서 전쟁이 아니고 난리다.

그 난리가 이렇게 오래 갈 줄을 누가 알았으랴.

할머니는 그래도 이 세상엔 천도天道가 있다고 생각했다. 그 천도가 설마하니, 저 어린 손자새끼를 지켜주겠지 했다. 그런데 6·25 난리를 겪고 보니 세상엔 천도가 전혀 없었다.

휴전, 전쟁이 멈췄다고, 전쟁이 끝났다고는 하는데, 손자뻘 되는 동네 아이들은 계속 병대로 끌려갔다. 코를 찔찔 흘리고 오줌도 제대로 못 가리던 불알쟁이 손자 녀석이, 어느새 고등학생이 되고 키가 부쩍부쩍 커 올랐다.

어느 날 할머니는 겁이 덜컥 났다.

천도도 없는 세상에 내가 너무 오래 살았구나! 내가 손자 저것, 병대 끌려가는 꼴을 어찌 보랴! 푸른 보리밭 두렁이 두렁지게 푸르르고, 분홍 살구꽃이 구름처럼 피어오르던 봄날, 할머니는 이 세상을 버리고 저세상으로 가셨다. 그 원수놈의 난리에 쫓겨서, 어서어서 서둘러서 이 세상을 떠나신 것이다.

"할머니! 할매 손자 성욱이가 커서 군대에 왔습니다!"

한성욱은 취침 자세에서 목에 걸린 군번, 인식표認識票를 들어 올렸다. 흡사 그것을 돌아가신 할머니에게 보여 드리려는 것처럼……,

보통 군번軍番이라 일컫는 이 인식표는, 기본 기초 전투단위인 전투 성원 개인의 군인격軍人格을 상징한다. 판에 박힌 아라비아 숫자는 이 군인의 이름을 대신한다. 한 군인을 호칭하는 대명사이고, 동시에 그 군인의 성명과 동일한 고유명사가 되는 것이다.

군인은 군번을 부여받음으로써 비로소 군대 구성원, 군인이 되는 것이다.

이 군번(인식표)은 입대해서 전장을 누비다가 죽을 때까지, 당해 군인의 목을 떠나지 않는다. 죽은 다음에도, 뼛가루와 함께 영원히 같이 묻힌다.

군번은 순번 상하 질서가 생명인 군대 질서 유지를 위한, 기본 순서 바탕 서열이 된다. 글짜 그대로, 비상시 전쟁마당에선 모든 것이 비정상이 된다. 뒤집어지거나 꺼꾸러져서 뒤죽박죽 엉망진창이 된다. 이럴 제, 전투원 개개인의 신원을 정확하게 식별해 주는 유일한 증표가 되어 주는 것이다.

군대는 죽음, 전사를 전제로 조직된 인간 무리다.

군대는 전투 대비 조직이고, 전투는 전투원인 군인의 죽고 죽임을 뜻한다. 격전일수록 피아의 구별이 어렵다. 진지 쟁탈을 위한 근접전일 경우, 아군과 적군이 서로 얽히기 마련이다. 야간 근접전의 경우, 아군끼리도 얽혀 싸운다.

근대전은 항공기에 의한 폭격이나 우수한 성능의 곡사포탄에 의한 전투원의 손실이 막대하다. 이런 상황에서 전사자들의 신원파악, 시신 개별 확인이 불가능하다. 이때 무엇보다도 가장 과학적이고 정확한, 개인 신원을 확인해주는 증표가 되는 것이다.

전사자는 화장을 하여 뼛가루가 되어 국군묘지에 묻힌다.

화장할 때엔, 반드시 장의장교나 장의하사관 입회하에 시신의 입에 물린 인식표가 확인된다. 입을 벌려 위 아랫니에 인식표를 끼우고, 입을 꼭 닫으면 인식표가 안정적으로 물리게 되어 있다. 인식표 상단부에, 윗 이빨과 꼭 물릴 수 있도록, 타원형의 작은 홈이 파여 있다. 인식표는 가벼운 알루미늄 강판이라, 열에 모형이 변하거나 녹지 않도록 제조되었다.

단기 4294년(1961년) 2월 13일, 오늘부터 한성욱은 10818512라는 군번(숫자)으로, 이 세상에 다시 태어난 것이다.

한성욱이라는 똑같은 이름, 열 명 스무 명이 있어도 상관이 없다.

대한민국 동촌 촌놈, 한진만 김선숙의 아들 한성욱은, 10818512라는 고유명사, 단 한 명뿐인 것이다.

10818512는 이 너른 세상에 단 하나밖에 없다. 이 얼마나 대단하고 자랑스런 이름인가. 나라가 주는 제복을 입고 제 조국을 지키는, 이 얼마나 영광스런 고유의 유일성명唯一姓名인가.

지금 자정이 지났으니, 군번을 받은 것은 벌써 어제의 일이 되었다.

이제 날이 밝으면, 수용연대 생활도 마무리 절차에 임한다.

내일은 교육연대로 넘어가는 것이다.

성욱은 도저히 잠을 이룰 수가 없었다.

나이 스무 살이 넘어, 제 나라 지키는 군인이 되었다는데 왜 이다지 마음이 칙칙하고 스산할까.

"이놈아, 대장부 사내로 태어나 나이 십오 세가 되면, 아, 나라를 부양하는 법이여."

할아버지 한찬국 영감의 무릎에서 귀가 아프게 들었던 교훈이었다.

"사나이는 나이 십오 세가 되면 부모 봉양은 물론, 나라를 부양해야 한단다."

아버지 진만씨에게서도 귀에 못이 박히도록 들었던 말이었다.

3. 제29교육연대

1

군대는 모든 것이 기밀이고 비밀이다.

군사 기밀 때문에, 자신과 함께 입대한 장정의 수가 몇 명인지도 모른다.

같이 입대한 장정들 중, 몇 명이 수용연대에서 군번을 받았고, 교육연대로 넘어온 숫자는 몇 명인지 알 길이 없는 것이다.

군번을 갓 받은 햇병아리 신병, 군번을 받았으니 군인은 군인인데, 아직 군복을 얻어 입지 못한 어정쩡한 병졸이다.

모든 것이 불안하고 모든 것이 새로운 체험이다. 떼어 딛는 발자국마다 미지의 세계인 것이다. 전투, 사람을 죽이는 전문교육을 받으러 왔으니, 모든 것이 불안하고 공포스럽다.

사람을 살리고, 사람끼리 서로 돕는 것이 인간의 근본이고 기본 윤리였다. 지금까지 그렇게 배우고 살아왔다. 그런데 군대는 그것이 아니었다. 사람을 되도록 많이 죽이고, 어떻게 하면 되도록 살아남지 못하게 할 것인가를 배우고 익혀야 하는 것이다. 사람이 행복하게 살아갈 수 있는 환경을 어떻게 하면 더 가혹하게 때려 부수고, 철저하게 파괴하도록 체력을 연마하고 기술을 습득하게 하는 것이다. 사람이 사는 방향을 백팔십도 거꾸로 돌려야 하는 것이다.

그러니까 불안하고 공포스러운 것이다.

아는 사람, 낯익은 얼굴만이 유일한 위안이었다.

군대에서는 줄을 잘 서야 한다. 그런데 자신의 의지만으로 줄을 잘 설 수 있는 것은 아니었다. 종대, 횡대, 한줄 두줄, 시키는 대로 줄을 서다 보니, 아는 사람 낯익은 얼굴들이 하나둘 모두 다 뿔뿔이 흩어져 버렸다. 고향 동무들은 말할 것도 없고, 유달산 자락 국민학교 운동장에 집결했을 때 만난 얼굴들도 어디론지 사라지고 없었다. 수용연대 소대 편성 때 만나서, 고생을 같이했던 친구들의 얼굴도 보이지 않았다.

스무 살 넘은 다 큰 아이들이 불안했다.

아는 얼굴들이 안 보이는 것이다.

군대에선 줄을 잘 서야 한다는데, 줄을 잘못 선 것일까.

보통 군대에선 신장 크기의 순서대로 열을 만든다. 3열이나 4열 종대, 5열, 6열 등 키 크기의 순서대로 정렬한다.

세로(종대) 줄 서기는 부대가 보행으로 이동을 하거나 시가행진, 행군대형에서 주로 쓰인다. 대대나 연대 단위의 큰 행사를 위한 대부대 집결 시의 대오 이동, 제식훈련 연성을 위해서도 쓰인다.

횡대(가로) 줄 서기는 옆으로 늘어서기인데 소대 단위 복장검사나

인원파악, 지시사항, 공지사항 전달 숙지에 주로 쓰인다. 조교가 시범을 보이거나, 교관의 교범(차트) 설명 때에도 쓰인다. 소대 단위 총검술 교육이나 개인 동작 시범교육의 경우, 횡대정렬은 필수적이 되는 것이다.

군대는 줄서기라고 할 만큼 줄 서기를 자주한다.

자주하는 것이 아니고, 모이면 줄을 서야 하는 것이다. 군대는 혼자가 아니고, 무리 대隊이기 때문에, 줄 서기에서 시작하는 것이다. 무리, 대를 이루는 기본 형태가 집합이고, 집합은 곧 줄 서기 동작인 것이다.

자나 깨나 집합이고 앉으나 서나 줄 서기다.

흩어졌다 모이면 집합이고 헤쳤다 집합이면 줄 서기다.

부대 이동 땐, 반드시 대오를 형성, 줄을 서야 한다. 집합이 없는 군대는 죽은 군대이다. 대오를 형성하지 못하는 군대 역시 죽은 군대이다. 집합과 대오는 군대의 기본 형태이다. 집합과 대오 형성 능력이 없는 군대는 그야말로 죽은 군대이다.

그래서 군대에선 집합능력을 잃었거나, 대오를 이탈한 군인을 낙오병이라 한다. 개별적으로 패퇴한 군인을 패잔병이라고도 한다. 전투집단에서 떨어져 나간 군인은 낙오병이고, 전투대오에서 패퇴한 군인은 패잔병이 된다. 전투원으로서의 생명력을 잃어버린 것이다.

낙오병이나 패잔병들은 이미 집단을 형성하는 집합능력, 대오 형성 능력이 없는 것이다. 줄, 대오는, 군대 집단의 외형적 응집력을 가장 잘 보여주는 형식 요건이다. 줄 서기는 한 군인의 운명을 좌우한다.

가장 흔하게 쓰이는 줄 서기 방법은 키 크기에 따른 것이다. 이렇게 세운 줄 서기에서 상급자나 선임자 지휘자의 뜻에 따라 필요한 만큼의 숫자를 무작위로 끊어 낸다. 끊어 낸 무리를 가지고 부대 편성, 부대 보충, 어떠한 임무를 부여한다.

선착순, 군번순, 가나다순의 줄 세우기도 있다.

행정상 문서상으로 줄 세우기는 학력순, 생년월일순, 성명의 알파벳순 등이 있을 수 있다.

병력 분류나 병력 차출권자의 취향에 따라, 다양한 이유를 붙인 순서 서열이 있을 수 있다. 이에 따른 부대 편성, 일정 목적이 부여된 차출, 병과 분류, 근무지 배속, 보직 결정 등이 이루어지기도 한다. 이때, 줄을 잘 서느냐 못 서느냐에 따라, 사병 생활 3년간의 자기 개인운명이 결정되는 것이다.

평화 시에도 이럴진대, 비상상태나 전시의 군대 줄 서기는, 곧장 죽고 사는 것과 직결되는 것이다.

이런 생사의 갈림길, 일반 사병들의 군대 생활 3년, 모든 군 장병들의 5년 6년, 10년 20년의 행 불행을 결정 짓는다. 장기복무 하사관, 장교들의 30년 40년의 전 생애에 결정적인 영향을 줄 수 있다. 운명의 줄 서기인 것이다.

줄 서기의 순順에 의해 끊고 자르고 뽑거나 골라내는 등 법으로 정해진 공식 규정은 따로 없다.

횡대냐 종대냐, 3열이냐 4열이냐, 키순서냐 선착순이냐, 가나다순이냐는 어디까지나 선택권자의 마음대로다. 어디서 끊느냐, 몇 번째에서 자르느냐, 뒤에서 뽑느냐, 앞에서 골라내느냐, 중간쯤에서 호명하느냐, 맨 끝쪽에서 지명하느냐는 권한을 위임받아 행사하는 자의 자유의사다. 엿장수 마음대로다. 군대용어론 제 좆 꼴리는 대로다.

그렇게 무작위로 뽑고 자르고 끊어 냈기 때문에 함평군청에서 만났던 고향 동무는 한 사람도 없었다. 한성욱과 가장 가까운 지역 출신으로는 무안군 해제면 양간다리에 산다는 조명진이라는 친구가 있었다. 무안 해제면 양간다리는 함평만咸平灣에서 영광靈光 칠산七山바다로 나가는 뱃길을 사이에 둔, 빤히 건너다보이는 곳이었다.

수용연대에서 군번을 받기 하루 전날, 지능지수(IQ) 검사, 소질특성(QT) 검사 등을 받았다.

그렇지만 아직 그 검사 결과에 따른 장병 분류가 적용되는 것은 아니었다. 군번 순서에 따른 훈련부대 편성, 즉 교육연대의 중대 소대 편성이 이루어졌을 가능성이 가장 큰 것이다.

그동안 거칠고 살벌하기만 했던 수용연대에서 그나마도 서로 우접友接이 되어 주었던, 낯익은 친구들과 헤어지게 된다는 것은 참으로 허전하고 쓸쓸한 일이었다. '다 큰 아이들'이라고 하는 생각도 있지만, 이 황막하고 거친 벌판 같은 군대 환경에서, 옆에 아는 얼굴이 하나도 없다는 것은 여간 견디기 어려운 공허가 아닐 수 없었다. 실제로 당해보지 않으면 그 절실하고 황막함을 잘 모른다.

육군 제2훈련소, 신병 교육대 기간병들은 유난스럽게도 매몰찼다. 아무 데서나 아무렇게나, 낫으로 풀을 베듯 싹둑싹둑 잘라갔다. 그들이 필요한 만큼씩, 불러내어 뽑아가고, 호명하고 지명하여, 따로 떼어 세운다. 이쪽에서 고르고 저쪽에서 고르고, 앞쪽에서 떼어내고, 뒤쪽에서도 떼어낸다. 가운데서도 뭉텅이로 뽑아내다가, 그들이 편리한 대로 편성하고 임무를 부여한다.

기간병들로선 상관 지휘자들의 지시나 명령에 따라 부여받은 임무 수행의 효율성에 충실할 뿐이었다.

하지만 지명을 받거나 뽑힘을 당하는 훈련병 쪽에선 그때그때가 운명의 고비이고, 그 순간순간이 한 삶의 갈림길이 되는 것이다.

이런 매몰찬 병역 분류 편성에 의해 한성욱은 육군 제2훈련소 제 29교육연대, 제5중대 5소대, 제1분대에 소속되었다.

군대 내에서 4짜는 철저하게 터부시되었다.

숫자로 표현되는 모든 부대의 이름에서, 아라비아 숫자인 4짜는 이유 없이 제외되었다.

그 발음이 한짜 죽을사死짜와 같다 하여, 4군단 4사단은 물론, 제4중대 제4소대 등으로 호칭하거나 쓰지 않는다.

재수 없고 불길하다는 것이다.

단기 4281년(1948년) 10월에 일어난, 여수麗水 주둔 국방경비대 제14연대의 반란 사껀 이후, 절대 사용 불가 금기사항이 되었다.

그래서 군번 10818512 한성욱 훈련병은 제4중대 4소대가 아닌, 제5중대 5소대의 소대원이 된 것이다.

한성욱은 훈련병이 군인인지는 아직 실감으로 느껴지지 않았다.

제 이름 앞에, 훈병이라는 군사병兵짜가 붙고, 민간인 생활과 구별짓는 철조망이 자신을 둘러싸고 있었다. 군대 지역으로 구획 짓는 부대 막사에서 먹고 자는 몸이 되었으니, 아무래도 군인인 것만은 틀림없는 것 같았다.

수용연대에서 아침을 먹고 교육연대로 넘어오는데, 철조망을 사이에 두고 길이 엇갈리는 곳에서, 마침 훈련소(교육연대) 출소出所 병력과 마주친 적이 있었다.

그들은 헐어빠진 방한복에 우거지 같은 겨울 방한모를 착용하고 있었다. 흡사 만화책이나 반공 포스터에서 보는, 우스꽝스런 중공군의 형색과 똑같았다. 매우 희화적이었다. 전의戰意도, 용기도, 신념도, 의

욕도, 애국심도, 충성심도, 아무것도 없는 오합지졸烏合之卒이었다.

논산벌 겨울바람에 거칠고 검게 탄 얼굴에, 눈 두 개만 퀭하게 뚫려 있는 꼴이었다.

그들은 한성욱 자신의 자화상이었다.

6주 후면, 한성욱 자신도 저렇게 구겨진 모습의 출소병이 될 것이다.

한성욱은 부끄러웠다.

한성욱은 치욕과 모멸감으로 부르르 몸이 떨렸다.

군대가 왜 이렇게 힘이 없는 것일까. 눈빛 하나 제대로 살아 있질 않았다.

한성욱이 어려서 본 헤이따이, 일본 군대는 겡끼勇氣 있고 동작에 절도가 있었다. 아니, 그들의 황제와 조국을 위해 기꺼이 목숨을 던질 충의忠義에 불탔다.

한성욱이 키를 늘려서라도 어서 커서 지키고 싶었던 나라는 반만년을 이어온 조선이었다. 동촌면 한찬국 영감, 한진만씨, 김선숙 여사가 살아온 흰옷 백성의 나라, 백의민족의 땅이었다.

어린 한성욱이 염원했던 군대는 정신이 팔팔하게 살아 있는 군대였다. 흥이 살아서 펄펄 넘치는 군대였다. 기백 있는 군대였던 것이다.

패기와 기상이 넘치는 군대, 나라와 인민을 위해 신명을 바치는 군대, 전의에 불타는 군대였던 것이다. 자기 목숨 하나쯤, 대의를 위해 초개처럼 던질 수 있는 군대였던 것이다. 부모형제, 같은 피를 나눈 겨레붙이를 지키는, 전투적이고 공격적인 용감무쌍한 전투집단, 개개의 전투원이었던 것이다.

저 오합지졸의 무리는 발걸음에 희망이 없었다. 승리에 대한 확신도, 열망도 갈망도 없는, 한 무리의 전투대일 뿐이었다. 싸워서 이기겠다는, 자기 땅을 지키고 이 땅에 태어난 인민을 보호하겠다는, 스스로의 의지가 보이지 않는 군대였다.

맹목적인 전투집단은 인류의 정의와 평화, 나라의 자주독립을 지키는 군대가 아니었다. 정의와 자주가 고용되어 버린 군대, 저것은 하나의 치욕이었다.

전투기술을 연마한 완성품 전투원을 거느린 부대, 한 무리의 무장집단에서, 한성욱은 희망과 용기가 아닌 비극을 보고 있었다.

저들은 정의와 국토수호, 자유로운 정신, 스스로 자기 겨레 삶의 결정권 행사를 보장하는 군대가 아니었다.

저런 무장집단, 저런 무장력이, 한성욱 자신의 자화상이라는 데 한성욱은 절망과 분노로 치를 떨었다.

한성욱의 이런 지극히 비현실적인, 어림도 없는 생각과는 달리, 교육연대에 입소한 첫 행사가 진행 중이었다.

대한민국 군대의 외형 가꾸기 행사가 진행되고 있었다.

군대 겉껍질 갖추기, 군복 입히기 행사였던 것이다.

훈련소 입소의 첫 만남이었던 수용연대에선, 군인을 만들기 위한 첫 행사로서 군번을 받는 일에 모든 행사의 촛점이 맞추어져 있었다.

교육연대에선 겉껍대기는 물론, 군인 전사戰士의 내용 모두를 갖추어 내야 하는 것이다.

총을 쏘고, 칼로 찌르고, 전진 후퇴 돌격 기습을 감행하는, 인명 살상 전투기술을 습득 연마케 하는 것이다. 고성능 무기를 조작하여 사람을 되도록 많이 죽이고, 인간의 생존환경을 파괴하는 데 주력하는,

맹목적인 냉혈인간을 생산해 내는 것이다. 인간, 인간성을 빼어버린 직립보행 인간형 동물을 단기간 내에 연성, 연마, 량산量産해내야 하는 것이다.

모든 보급품, 군대 생활에 필요한 각종 개인 장구, 잡다한 관물이 지급되었다.

훈련병들에게 소모품은 큰 관심거리가 되지 못했다. 소모품 따위에 기대할 것도 없고, 정량 보급이 될 리도 없는 것이다. 형식적인 보급 규정에 의한 소모품 지급이니 의례 그러려니 하고 지내버린다. 소모품은 이름 그대로 써버리고 말면 되는 것이다. 그러니 사병들은 소모품 같은 것엔 별 관심을 두지 않는 것이다.

그러나 나중에 반납해야 하고, 오랫동안 사용해야 하는 관물이나 장기적으로 착용 보관해야 하는 장비裝具일 경우, 신경이 안 쓰일 수가 없었다.

우선적으로 신경이 쓰이는 것이 직접 몸에 걸치는 피복류였다. 피복류 중에서도 내의 등속은 그렇다 쳐도, 겉으로 드러나 보이는 겉옷일 경우, 달랐다.

옷이란 묘한 것이었다.

군인이건 민간인이건, 어떠한 신분 어떠한 계층이건, 옷에 대해 무관심할 수는 없었다. 멀쩡한 민간인에게 군복을 입히면 군인이 되고, 멀쩡한 군인에게 민간복을 입히면, 삽시에 민간인이 된다. 옷이란 참으로 묘한 재주를 부린다. 비단 민간인과 군인에게만 해당되는 말은 아닌 것이다.

옷은 사람의 외형을 결정지어 주는 동시에, 신분과 지위, 직위, 인격의 일부분까지도 결정지어 주는 이상한 마력을 지니고 있었다.

군인도 인간이어선지 알 수 없지만, 옷차림 복장에 관심이 많았다.

오히려 한술 더 떠서, 군인이 겉차림이나 복장을 갖추는 일에, 더 많은 신경을 쓰는 것 같았다. 군대는 특수집단이고, 그에 따른 특수 복장이어서 그러는지도 모른다.

"와, 이건 미제다!"

"미제라도 다 헐었다!"

출입구 쪽 기준, 왼쪽 침상에서 대가리 **빡빡** 깎은 영암靈岩 출신 훈련병, 두 녀석이 주고받는 말이다.

선임하사가 아무렇게나 손에 잡히는 대로 던져 준 양말짝을 받아들고는 다시금 티격태격한다.

"야 자식아, 그래도 촌놈이 게毛 양말이 어디냐? 게 양말이……."

"아따 새끼, 미제에 허천병 걸렸냐아?"

내무반 안은 온통 와글와글 난리가 났다.

뿌연 먼지 속에서 기간 사병(선임하사) 두 명이, 양쪽 침상을 향해 마구 보급품을 던져 대고 있었다.

훈련병들은 침상 중간에 도열해 앉아 있었다.

어미가 먹이를 물어다 주면, 서로 먹이를 받아먹으려고 설쳐 대는 제비 새끼들 같았다. 서로 먼저 받으려고 용용거렸다.

던져 주는 보급품을 먹이를 나꿔채듯 받아들고는 이리저리 펴 보는가 하면, 다른 사람의 것과 비교하고 무슨 호기심이 그리 많은지, 말들이 많고 소란스러웠다.

"다 받았나?

한 사람당, 양말 여섯 켤레, 빤스가 넉 장씩이다!"

제 일차로 갈라 준 보급품의 품목과 개인별 지급 인수因數를 다시 한번 확인시키는 것이다.

가볍고 숫자가 많은 양말과 빤스가 제일 먼저 보급되었다.

"기 지급된 양말과 빤스는 동일하게 모두가 중고품이다! 신품은 없다!"

선임기간병 조봉길 병장이 동작을 멈추고 허리를 펴면서 외쳤다. 신품이 아닌 중고품이라, 이를 받아 든 훈련병 사이에 두선두선 말이 많은 데 대한 답변이었다.

느린 충청도 말씨에 걸걸한 목소리의 조봉길 병장은, 제대가 며칠 남지 않은 고참 내무반장이었다. 교육연대에선 소대를 통솔하는 기간 사병을, 선임하사가 아닌 내무반장이라 불렀다. 중대 선임하사는 중대 인사계라 불렀다.

"다음은 동내의다! 동내의는 두 벌씩이다! 싸이즈는 동일하다! 무조껀 착용이다!"

후임 내무반장 석병달 상등병이 외쳐 댔다.

훈련병 다루는데 이골이 난 후임 내무반장, 싸이즈는 동일하다고, 목에 핏대를 세우는 것이다.

군대의 모든 보급품에는 정확하게 그 크기, 용도, 재질이 기록되어 있다.

그런데도 싸이즈는 동일하다고, 크게 목소리를 높인 것이다.

지금은 전쟁이 멈추고 있어서, 군수품 생산 보급이 비상상황은 아닌 것이다. 그러나 전쟁 수요에 의해 갑작스럽게 팽창한 병력은 세계 제4위의 70만 대군이 되었다. 이를 다 만족하게 먹이고 입히기란 아직 역부족이었다. 너무 힘에 겨운 일이었다.

그런데도 불구하고 훈련병들의 군복에 대한 관심은 대단했다. 곧

멋진 제복에 대한 갈구와 선망이 유별난 것이다. 군복을 착용했을 때의 자신의 모습에 대한 호기심, 제복에 싸인 자신의 모습에 대한 관심이 유별난 것이다.

문제는 보급품 모두가 신제품이 아니라는 데 문제가 있는 것이다.

보급품 모두가 신제품일 경우, 훈련병들은 그 제품의 형태, 디자인과 크기에만 신경을 쓰면 되는 것이다. 피복의 경우 말이다. 그런데 모두가 다 헐어빠진 중고품이 지급되고 있으니, 훈련병들은 신경이 곤두서고 서로 말이 많고, 내무반 전체가 뒤숭숭해질 수밖에 없는 것이다.

이런 정황을 석병달 후임 내무반장은 너무도 잘 알고 있는 것이다.

"이것은 동정복冬正服이다! 동정복 상·하의와 여기 딸린 동정복 와이샤쓰가 지급된다! 우리 군대의 겨울철 정복이란 말이다! 훈련병들은 빈번하게 착용하진 않는다. 훈련병들의 평상복은 전투복, 즉 훈련복으로 방한복과 작업복을 말한다! 겨울, 동절기에는 방한 전투복이 지급된다!"

이렇게 해서 뒤숭숭한 가운데 동정복, 작업복, 방한복 지급이 끝났다. 군모에는 작업모와 방한모가 따로 있었다. 야전잠바, 훈련화, 군화 지급이 아직 남아 있었다.

내무반 분위기가 여간 어수선했다.

크게 소리만 지르지 못하지 두런두런, 북적북적, 들썩거렸다. 넝마에 가까운 양말짝이나 속내의를 들고, 불만을 토로하는 훈련병도 있었고, 땟국이나 오물 자국이 그대로 남아 있는 빤쓰나 작업복을 펴 보이며, 울상을 짓는 훈련병도 있었다. 또한 피복들의 크기와 몸 크기가 서로 맞지 않아 크기에 맞는 것을 바꾸거나, 견주어 보느라 내무반

안이 복닥거렸다. 수용연대 이래 모처럼의 풀어진 분위기가 되었다.

"이 새끼, 그것은 내 것잉께 이리 내놔!"

"인마, 으째 그것이 니 껏이냐? 내가 먼저 받았는디……."

작업모가 지급되었다.

소대원들의 머리통 크기가 전혀 같을 수가 없는 것이다.

그래서 석병달 후임 내무반장은, "싸이즈는 동일하다! 모든 군대 물품은 동일 싸이즈다! 이유는 달지 말라!"라고, 미리미리 경고해 두었던 것이다. "군대엔 이유가 없다!"라고도, 여러 번 경고를 했다.

"앗따 이 새끼, 해남 물감자 새끼, 불량허네! 잉……."

"하, 말하는 것 좀 봐라 잉! 느그 째보선창 목포 깡다구는?"

이때였다.

"너거 이 새끼딜 조용히 못 하나! 훈련소 첫날부터 인상 쓰게 할래?"

벌겋게 얼굴이 달아오른 석병달 후임 내무반장이, 금방이라도 달려가 한 대 갈길 것 같은 기세다. 홧김에 서방질한다고, 엉겁결에 집에서 쓰던 말투가 그대로 튀어나온 것이다.

그 많은 보급품을 나누어 주는데도 여간 힘이 드는 것이 아니었다.

동내의 한 벌씩을 제외하곤 양말에서 빤쓰, 동정복, 방한복, 작업복에 이르기까지, 모든 피복류가 낡아빠진 중고품이었다. 앞서 배출된 훈련병들이 추운 겨울 날씨에 물도 부족한데, 대강 빨아서 말린 것들이었다. 그 퀴퀴한 냄새 하며, 먼지 또한 숨을 쉬기가 거북스러울 지경이었다.

방한모, 방한장갑, 요대, 요대바클, 스푼(젓가락은 없다) 등속과 관물함에 보관된 배낭, 철모(화이바 포함), 곡괭이, 야전삽, 수통, 권총반도, 탄창, 대검, 칼빈과 엠완소총에 이르기까지 삼십여 종이나 되는 모든 보급품과 관물 지급을 점심시간 안으로 끝내야 하는 것이다.

여기에 모포, 침낭 등 침구류, 분대나 소대의 공용이면서, 훈련병 개개인이 신경을 써서 관리해야 할 것이 한두 가지가 아니었다.

총기 관리 수입을 위한 분대 공용 기름통, 수입포, 꽂을대, 소대 공용 공동관리 식기류, 실내화(검정 고무신), 세면통(탄약통), 청소도구 등 무려 40종이 넘는 물품을 지급, 책임 소재를 숙지시켜야 하는 판이었다.

기간병 둘이서 정해진 시간에 쫓기며 쩔쩔매는 작업을 하고 있었다.

이 판국에, 새카만 훈련소(교육연대) 입소 첫날인 훈련병들이 감히 장난질 쌈질이라니? 석병달 후임 내무반장은 기가 꽉 찼다.

그러나 군대는 역시 고참이었다.

"군대는 이유가 없다! 여기는 여러 사람들이 군인의 길을 처음 걷는 훈련소다! 훈련소는 군대를 훈련시키는 엄연한 병영이다! 훈련병도 군인이다! 군대는 명령에 죽고 명령에 산다! 모두, 입 다물라!"

"……."

소란스럽던 내무반이, 고참 선임 내무반장 조봉길 병장의 일갈에, 적막감이 들 정도로 조용해졌다.

"작업모의 싸이즈가 동일하지 않다는 것은 사실이다! 그렇지만 여러 사람들은 동일하다고 생각해야 한다. 그것은 의무다! 다시 말하지만, 여기는 군대이기 때문이다!"

선임 내무반장의 느리고 걸걸한 말씨가 계속 이어졌다.

"여러 사람들은 단 한 가지를 탓할 수 있다. 그렇지만 그것은 숙명이다! 이 세상의 모든 여성들의 두 다리 사이에 위치한 둥근 공간은,

하나같이 그 크기가 다르다. 따라서 여러 사람들의 머리통 크기도 하나같이 각각 다 다르다! 여기에서 누구를 원망할 것인가? 모두 다 여러 사람들의 팔자소관인 것이다! ……. 군대에 인물 자랑하러 온 것 아니다. 모자 크기에 따라 여러 사람들의 머리통을 맞추어라! 명령이다! 여러 사람들 알겠나?"

"네엣!"

이렇게 해서 제29교육연대 제5중대 5소대 내무반은 다시 평정을 되찾고, 보급품 지급이 다시 시작되었다.

이번에 지급되는 품목은 야전잠바다.

미제 중고품이어서 미군들 몸통 싸이즈가 대부분 너무 컸다.

이른바 헐렁 싸이즈다.

이것은 속옷이 아니고, 겨울철에 훈련 내내 겉에 착용하고 지내는 것이었다. 성욱처럼 키가 크거나 몸집이 뚱뚱한 장병들에게는 별문제가 없었다. 그러나 몸집이 작고 홀쭉한 병사들에게는 여간 거북스러운 것이 아니었다.

우선 신장이 짧은 병사에게는 헐렁한 두루마기를 입혀 놓은 것 같았고, 가을 들판의 새뱅이(허수아비)를 연상케 했다. 키도 작은 데다 비쩍 마른 체구일 때는 더욱 꼴불견이 되었다. 어린 꼬맹이에게 아버지의 헌 옷을 입혀 놓은 것 같았다. 나이 차이가 많은 형님의 물림옷을 입혀 놓은 것 같기도 했다.

단정하고 씩씩해 보여야 할 군인의 모습이 아니어서 더욱 희화적이었다. 그래도 어쩔 수가 없었다. 불만을 꾹꾹 눌러 참아야 했다.

이어서 전량이 국산인 훈련화가 지급되었다.

일제 때, '지까다비'와 비슷한 것이었다. 엄지발가락이 찢어진 쪽발이 신발과 달리 발바닥이 통발이었다. 모처럼 신품이라고 장병들의 얼굴에 화색이 돌았다.

지금까지 신품이라곤 동내의 한 벌이 고작이었다. 국산 면사綿絲로 짠 쑥색 동내의였다. 두 벌 중 다른 한 벌은 미제 털(wool) 동내의였는데, 구렁이 허물처럼 속살이 다 들여다보이는 닳고 닳은 중고품이었다. 폐품처리가 되어도 두세 번은 되었음 직한 폐품 중의 폐품이었다.

동내의와 빤쓰는 직접 사람의 속살에 닿는 것이어서 그 불결함에 몸서리를 치지 않을 수 없었다. 한국군 피복창을 거쳐 온 국산 제품이었다. 미제 면빤쓰 흉내를 내어 그대로 닮았는데, 싸이즈만 한국군 체형에 맞게 줄인 것이다.

우선 색깔부터가 이상하고 요상하고 묘했다.

미제처럼 흰 것도 아니고 파랗게나 빨갛거나 검은 것도 아니다. 회색도 아니고 갈색도 아니다. 분홍색인가 하면 분홍색도 아니다. 황토색도 아니고 미색이나 고동색, 국방색도 아니다. 그야말로 요령부득의 묘한 색깔이었는데 굳이 어떤 색에 비유하자면 흙색과 엇비슷하다고 할 수 있을 것 같았다. 그것도 절반쯤 썩은 흙색이었다.

옷의 상단부 벼리에 끈이 꿰어져 있었는데, 거기 주름살 사이사이엔 서캐가 무더기로 슬어 있었다. 남성의 주요 부위를 감싸는 두 가리장이 사이엔, 징그러운 얼룩들이 이상한 구도를 긋고 있었다. 그것들은 전쟁 때 만연했던 매독 임질 등을 연상케 했다.

당장 몸에 꿸 일을 생각하니 몸서리가 쳐지는 것이었다.

"군화다아!"

훈련병들의 눈이 빛났다.

군모와 총과 군화는 민간인과 군인을 외형적으로 확실히 다르게 구획 짓는, 가장 특색 있는 복장 중의 하나다.

군복은 각 국가가 선택한 색깔을 염색하여, 두 팔과 몸통, 양다리를 감싸는 평상 민간복의 기본 디자인에, 단정하고 굳센 인상에 위압적인 모형으로 변용한 것이다.

근본적으로 깃과 두 어깨통, 갈라진 바짓가랑이 등은 변형이 어렵다. 군복 바지의 디자인은 어쩔 수가 없어서 민간 복장이나 별로 다를 수가 없는 것이다.

그렇기 때문에 미제 겨울 군복 바지는 탈색만 하면 멀쩡한 민간 신사복 바지가 되는 것이다. 요즘 유행하는 마카오 신사복이 들어오기 전, 전쟁 때는 물론 전쟁 후까지도, 군복 탈색 사지(serge) 쓰봉이, 명동거리를 휘젓는 일류 한국 신사의 신사복이었다.

이에 비해, 군모와 총과 군화는 다르다.

처음부터 민간인과 군인을 구획 짓는, 겉모양이 명확한 외형 결정이었다.

일제 때에도, 일반인들의 고무장화는 물론 일본군의 지까다비(훈련화), 커다란 군용가죽방한화, 가죽을 거꾸로 덧씌운 헨조까는 조선인들의 관심 대상이었다. 그것은 아마 지구상에서 비교적 추운 지방에 속했던 조선 땅에서, 일반 민중이 일상적으로 착용했던 신발의 재질이 너무 허약하고 실용적이지 못했던 데 그 원인이 있을 것 같았다.

여름에 비가 많이 올 때는 말할 것도 없고, 눈이 많이 내리는 조선 땅의 겨울은, 볏짚을 이용한 짚세기 착용은 여간 불합리하고 비실용적이었다. 그리고도 너무 원시적이었다. 노동, 논밭일을 할 때에도 별 도움이 되는 것이 아니었다. 눈비가 오지 않는 날, 마른날 버선에 흙이 묻지 않을 정도의 구실에 머물 뿐이었다. 사냥을 하거나 땔나무를 하기 위해 산을 탈 때에, 작은 가시나 돌멩이로부터 겨우 발바닥을 보호받을 정도의 도움을 줄 수 있을 뿐이었다.

짚신은 너무 소모가 심했다.

호남이나 영남 나그네가 서울 길 한양 천 리를 갈려면, 열 켤레 한 죽을 넘어 열대여섯 켤레를, 괴나리봇짐에 꿰차고 가야 하는 것이었다. 시골 동네 사랑방에선, 민가의 가장들이 열 식구 열두 식구 신발을 삼아 대기에도 여간 바쁜 일이 아니었다.

이런 비실용적이고 불편하기 짝이 없는 짚신 신기에 골머리를 앓던 조선 백성들의 눈에 근대화된 고무신, 운동화, 지까다비가 보였으니, 이 얼마나 신기하고 놀라운 일인가.

거기에다 전쟁용으로 제조된 가죽 장화, 털 방한화, 헨조까는 그 기능과 수명 면에서 조선인들을 감동시키고도 남음이 있었다. 짚신에 감발을 하고 살더라도, 왜놈들의 헨조까, 쪽발이 지까다비를 그렇게 좋아해서는 아니 되는 일이었다. 그럼에도 우선 급한 김에, 왜놈 헨조까와 쪽발이 지까다비는 조선 백성들의 인끼 품목이 되었다.

그때 그렇게 혼이 나고도 어찌 된 영문인지, 요즈음에는 코쟁이들의 전쟁 신발인 워카를 너나없이 좋아한다. 알다가도 모를 일이다.

요즘 세상에 쓸만한 물건은 모두가 양키물건이다.

양키물건은 모두가 군수 물짜이다.

남한 사람들이 가장 좋아하고 갖고 싶어하는 것 세 가지가 독구리 샤쓰, 사지쓰봉, 군화(워카)다.

미군 PX를 통해 흘러나오는 코티분, 콜드크림, 구찌베니, 네커치프는 멋쟁이 여자들이 좋아한다. 껌, 쪼코레트, 드로프스는 아이들에게 인끼다.

이 중에서 미군 독구리샤쓰는, 점잖은 한국 신사들이 꼭꼭 갖추어 입는 신사 복장 중 하나다. 한국군 고급장교들이 너나없이 자랑스럽게 특권처럼 갖추어 입는 것도 미군 독구리샤쓰다. 미군 동정복 사지 쓰봉은 남학생 여학생 가릴 것 없이 공통으로 선망하는 인끼 독점 품목이다. 일제 때 명성 높았던 세루(serge)보다 훨씬 더 평판이 좋았다. 그러니까 명동신사들의 선호품이 된 것이다.

이 인기 품목 중 하나가 군화인데, 그 멋진 선망의 미제 군화가 까까머리 훈련병들을 향해 지금 막 던져지고 있는 것이다.

미제가 아니더라도 가죽구두는 그 자체가 귀중한 것이었다. 시골 출신 장병들이 가죽구두를 신는 것은 그렇게 흔한 일이 아니었다. 쌀 가마니를 주고, 읍내 사거리 양화점이나 광주 목포 대도시 구둣방에서 가죽 신발을 맞춰 신는 사람이 한 동네에 몇이 되지 않았다. 일생에 한 번뿐인 장가를 들 때에도 구두를 맞춰 신는 일은 흔한 일이 아니었다.

알싸한 구두약 냄새에 소가죽 향기가 온 내무반에 가득했다.

까까머리 훈련병들은 미제 신품 군화가 지급되자, 감동을 먹은 얼굴들로 벌겋게 달아올랐다. 뱃길이 먼 외딴 섬 출신들과 깊은 산골 출신들은 감동이 너무 많아서 어안이 벙벙한 장정들도 있었다.

그런데 일이 꼬였다.

기분이 최고로 좋다가 말았다.

그 멋진 주황색 가죽구두에 제 발목을 꿰어 넣었던 장정들은 한 가지로 모두 실망을 금치 못했다.

신발이 너무 컸다. 미군들은 빠다를 너무 많이 먹어선지, 몸통뿐만이 아니고 발목쟁이도 엄청나게 컸다. 풀뿌리 나무껍질을 먹고 자란 한국군에 비해, 살코기에 기름끼를 많이 먹어선지, 군화 싸이즈가 맞는 것이 없었다. 모두가 헐렁헐렁하고 헐떡거렸다. 조막손이 한국군들의 발목쟁이에는 LST 아구리선처럼 헐겁고, 바다에 산더미처럼 떠 있는 항공모함처럼 커 보이는 신발이었다.

너무 멋져 보이는 미제 신품 군화를 훈련병들은 신고는 싶은데, 크기가 발에 맞지 않았다. 발에 맞지 않는다고 누가 당장 빼앗아 가는 것도 아닌데 까까머리 장정들은 안달이 난 것이다.

서로 발에 맞는 것을 찾아다니고, 서로 바꾸어서 신어 보고, 김 훈병 쪽은 맞는데 이 훈병 쪽이 안 맞으면 서로 다투고 싸움질이었다. 욕설이 오고 갔다. 그런가 하면 웃음소리에 서로 바꾸어 신은 신발이 신통하게도 신을 만하게 신발 크기가 맞았다. 그러면 함성을 지르고 좋아서 손뼉을 치기도 했다.

내무반 질서가 엉망이 되었다.

"야아! 이 새끼덜, 이거? 여가 도떼기시장가? 동작 그만!"

드디어 석병달 후임 내무반장이 군화 때문에 소란스러워진 내무반 군기를 잡기 위해 버럭 소리를 질러 댄 것이다.

"내 말 안 들리나? 입 못 닥치나?"

석병달 후임 내무반장 사람이 무던하다.

수용연대 선임하사 같으면 벌써 배때기 치기, 두발걸이가 몇 번 올라갔을 것이다.

불안한 조급증에 걸린 훈련병들은 갑짜기 바뀐 비정상적인 환경에 적응하기 위해 이상한 저성장 저지능, 치기稚氣를 보이고 있었다. 판단력도, 자신감도, 철조망 생활의 공포에 위축되고, 군중심리에 이리저리 휘둘리는 초라한 모습을 보이고 있었다.

"다시 한번 말해 둔다! 여는 군대다! 느그 수용연대에서 안 배웠나? 군대는 까락카믄 까는 기고 죽으락카믄 죽는 기다! 느그 새끼덜, 군대는 이유가 없닥카는 것도 모리나?"

"군대 보급품은 싸이즈가 같닥꼬 안 카드나? 특히나 훈련소 보급품은 모든 싸이즈가 동일하다! 명심하라! 지금부터 너희들은, 군화를 발에 맞출 생각을 버린다! 여기는 군대다! 너희들의 발모가지를 군화에 맞춘다! 알았나?"

"……"

무슨 소린지, 훈련병들은 얼른 알아차리지 못했다.

"잇 새끼덜! 와, 대답이 씨원찮노? 다시 말한다! 군화 싸이즈는 동일하다! 너희들의 발모가지 싸이즈를 군화에 맞추라! 알았나아?"

"네엣!"

"다시 한번 크게 복창한다! 알았나아?"

"네엣!!"

2

훈련소 제29교육연대로 넘어온 지도 그새 일주일이 지났다.

눈코 뜰 새 없는 한 주일이었다.

군대 생활이라더니 과연 맵고, 짜고, 쓰고, 신맛을 다 보여주었다.

한성욱은 정신이 없었다. 지금 자기 자신이 사람인지, 짐승인지, 버러지 새끼인지 짐작이 가지 않았다. 짐작이 아니라 판단이 서지 않

았다. 기가 차고 멱이 차서, 숨이 콱 막혀 미치고 환장할 일이 한둘이
아니었다.

콧구멍이 두 개라, 살기는 아직 살아 있어도, 한 개 같으면 벌써 숨
이 막혀 죽었을 것이다.

"죽은 좆처럼 지내……."

서울 J대학에 다닌다는 2분대장 이정석의 말이다.

한성욱은 키가 큰 탓에 1분대에 배속되었고, 학력순으로 소대 일을
맡기는 바람에 1분대장이 되었다. 석병달 후임 내무반장이 제 좆 꼴
리는 대로 지명을 해버린 것이다.

그런데 일이 꼬였다.

재수에 옴이 붙은 것이다.

처음 소대 향도로 지명되어 소대 일을 맡았던 녀석이 실수를 저지
른 것이다. 이 녀석의 경박한 행동에 놀란 석병달 후임 내무반장이 그
냥 또 제 좆 꼴리는 대로 한성욱에게 소대 향도 감투를 덧씌워 놓은
것이다.

한성욱의 훈련소 생활의 앞날이 훤했다. 재수 없는 놈은 뒤로 자
빠져도 코가 깨진다더니, 한성욱 자신의 걷는 길은 항상 고달프기만
하다는 생각이 들었다.

일주일 전, 교육연대로 넘어온 첫날 오전은 군대의 외형인 겉모양,
복장을 갖추는 일로 보냈다.

오후엔, 수용연대에서부터 입고 뒹굴었던 모든 사복과 사물을 챙
겨서 고향 집으로 보내는 일이 시작되었다.

사복과 사물을 포장하기 전, 전장에 투입되는 병사들에게만 실시
되는 의식이 있었다. 손톱과 발톱 몇 개씩을 잘라내어 길고 좁다란 군

용 특수 종이봉투에 집어넣는 일이 진행되었다.

한성욱은 기분이 묘했다.

어렸을 적, 일제에 의해 강제 징집되었던 동촌 동네 집안 형님들 일이 생각되었다. 남양군도南洋群島나 비르마전선으로 끌려갔던 그 형님들이 전사했는데, 뼛가루가 못 오고 손톱과 발톱만 왔다는 것이었다. 전사통지와 함께 손톱과 발톱을 받아 든 가족들의 곡성哭聲이 온 동네에 울리던 일을, 성욱은 기억하고 있었다.

만약 전쟁이 터져서 한성욱 자신이 죽는다면, 그래서 시체를 못 찾거나 가짜로 보내 줄 뼛가루마저 확보하지 못한다면 지금 이 작은 봉지에 넣은 손톱과 발톱이 전달될 것이다. 이제 겨우 이십을 넘긴 팔팔한 젊은이가 뼛가루가 되어 동촌 선영에 묻힌다고 생각하자, 얼른 수긍할 수 없는 마음이 되었다.

다른 훈련병들도 기분이 별로였는지 옆 친구들과 장난질을 치는 사람이 없었다.

한성욱은 문득 고향 어머니 생각이 떠올랐다.

쑤세미가 다 되고, 땟국이 자르르 흐르는 옷가지(사복)를 개키다가 어머니 생각에 가슴이 멍먹했다. 성욱이 떠나올 때에도, 치마꼬리를 잡고 따라나선 막내 여동생의 손을 잡고 동구 밖까지 배웅을 나왔었다. 흰 치마저고리를 입은 어머니 김선숙 여사, 만약 성욱의 헌 옷 소포를 받아들고 또 얼마나 눈물 바람을 할 것이다.

"이거……, 이거 말이야. 얻을 수 있으면……."

선임 내무반장 조봉길 병장의 걸걸한 목소리가 다가왔다.

"……."

성욱은 처음 무슨 말인지, 말뜻을 얼른 알아채지 못했다.

"아…… 네, 그렇게 하세요."

조봉길 병장의 시선이 머무는 곳을 얼른 눈치로 잡은 성욱이 포장지에 둘둘 말은 신발을 거머들었다. 남대문 시장에서 헐값에 산 검정색 구두 켤레였다. 생각해보니, 이것도 시골에서는 귀한 신발이었다.

한성욱은 조봉길 병장에게 미안한 생각이 들었다. 중학교 다닐 때, 무거운 쌀자루를 읍내 궤도차머리까지 지게 짐을 져다 주던 일꾼(머슴) 아재 생각이 났다. 그 미안함이 조봉길 병장에게로 향했다.

이와는 성격이 전혀 다르지만, 모양새는 이와 비슷한 일을 수용연대에서 당한 적이 있다.

그날은 IQ검사와 QT검사를 끝내고 양팔에 예방주사를 맞던 날이었다.

공식적으로는 전염병 예방주사로 알려져 있지만, 그 내용은 사뭇 다른 용도의 효능을 가진 약물이라는 것이었다.

시쳇말로 청춘갈등 해소 주사라는 것이다. 불같은 이십 대 초반의 성욕을 억제하여, 장병들의 정신갈등과 고통을 덜어준다는 것이었다.

일렬 종대로 줄을 세워 좁은 출입문을 통과하도록 지시되었다.

위생병 두 명이 출입문 양쪽에 커다란 주사기를 들고 서 있었다. 위생병들이 들고 서 있는 주사기는 유난스레 큰 것이어서, 장정들 팔뚝 크기와 같은 초대형 주사기였다.

그 옆에는 하사관들이 몽둥이를 들고 문지기처럼 버티고 서 있었다.

상의를 벗어서 허리춤에 꿰어 차게 한 후, 출입문 문턱을 넘어설 때는 양팔을 수직으로 벌리고 통과하도록 지시되었다. 어쩔 수 없이 도축장 문턱을 넘어야 하는 소떼들의 행렬 같았다.

양팔을 벌리고, 의무대 막사 출입문 문턱을 넘는 장정들에게 도주하는 범죄자를 나꿔 채듯, 양팔을 동시에 잡아당겨 주사를 놓았다. 흡사 창대로 나락가마를 쑤셔 대듯 주삿바늘을 푹푹 찔러대는 것이었다. 참으로 무지막지한 예방주사였다. 장정들의 팔뚝에선 검붉은 피가 속수무책으로 흘러내렸다. 양팔을 동시에 지혈시키기가 쉽지가 않은 것이었다.

이러는 판에, "이거, 말이야……. 머리 깎기, 니부가리 해 줄께……." 라며, 성욱의 바지 뒷주머니에서, 누구인가가 다짜고짜로 장갑 두 짝을 쑥쑥 뽑아내는 것이었다.

같잖은 생각에 성욱이 뒤를 돌아다 보았더니, 멀쩡하게 생긴 상등병 계급장의 기간 사병이었다.

아까, 조봉길 병장에게 넘겨준 구두와 함께 남대문 시장에서 구입한 양피 장갑이었다. 속에 털이 들고 질감이 부드러운 것이었다. 윤기가 나는 민간용이어서 욕심이 난 것 같았다.

"네 알았습니다."

성욱은 엉겁결에 대답을 했다.

벌써 양피 장갑은 멀쩡하게 생긴 기간 사병의 손에 가 있었다. 한 껀 했다는 듯, 만족한 표정으로 장갑 두 짝을 한 손에 펴들고, 마치 제 물건인 것처럼 토닥거리고 있었다.

성욱은 불쾌하고 비굴한 자기 자신이 너무 초라했지만, 어쩔 수가 없었다. 참고 견디는 수밖에 다른 도리가 없었다.

성욱은 그날 오후 늦게 빡빡 깎은 중머리가 아닌, 보기 좋은 니부가리가 되어 수용연대 이발소를 나왔다. 수용연대 어느 한 곳 명성이 높지 않은 곳이 없지만, 이발소 역시 그 이름이 꽤나 요란한 곳이었다.

삭발 명령을 받은 장정 열명 스무명이 줄을 지어 앉으면 바리캉을 든 이발병들이 우르르 달려들어 이리저리 장정 머리통에 몇 줄 신작로를 내는 것이다. 아니면 빙빙 몇 줄을 긁어 올려 수박통을 만들어서, 내어 쫓는 것으로 유명하다.

한성욱은 양피 장갑 덕택에 이런 수모를 면했다.

하지만 옆 친구들에겐 겸연쩍고 미안했다.

자신이 원해서 그런 건 아니지만, 그 기간 사병이 안 지켰으면 더욱 좋았을 약속을 곧이곧대로 지켜주는 바람에, 졸지에 한성욱이 '빽쟁이'가 되어버렸다.

부끄러운 일이었다.

3

오늘 밤은 선임 내무반장 조봉길 병장의 제대를 축하하는 밤이다.

군대에서 제대를 축하한다는 것은 곧 송별을 뜻하는 것이다. 3년 동안 '생사고락'을 같이 한 친구도 아니고, 동료도 아니고, 전우(좀 실감이 안 나는 말이지만)들과 헤어지는 의식을 뜻한다.

오늘 밤 이 의식의 주인공은 두말할 것 없이 조봉길 선임 내무반장이다. 따라서 오늘 밤의 주빈을 접대해야 할 주최자는 후임 내무반장 석병달 상등병인 것이다.

그런데 문제는, 후임 내무반장 석병달 상등병은 아무런 대책이 없었다. 이 행사의 주빈이 되는 조봉길 병장과 생사고락을 같이 한 정식 군인은 단 한 사람 석병달 상등병뿐이다. 그 밖에는 모두가 며칠 전 군대에 들어온, 대가리 빡빡 깎은 햇병아리 훈련병들뿐인 것이다.

그러니 대책이고 나발이고가 없었다.

"야 야, 향도! 훈련소에선 다 그래. 니가 알아서 기어⋯⋯."

이래서 한성욱은 재수가 옴 붙었다는 것이다.

일석점호가 끝나자마자, 석병달 후임 내무반장은 서둘러서 소대원들을 취침시켰다. 그리곤 소대 향도인 한성욱을 불러 힘도 안 들이고 불쑥 한마디 내뱉은 것이다.

군대에선 까라고 하면 까고, 죽으라고 하면 죽어야 한다지 않던가?

한성욱은 졸지에 모사꾼이 되고, 강아지처럼 고분고분하게 일을 처리해야 하는 처지임을 자각하지 않을 수 없는 몸이 되었다.

그동안 며칠간의 짧은 기간이었지만, '충청도 아저씨'란 밉잖은 닉네임으로 통했던 조봉길 병장으로 보나, 앞으로 훈련이 끝날 때까지 한 내무반에서 '생사고락'을 같이 할 석병달 후임 내무반장으로 보나, 어쩔 수 없이 소대 향도로서의 책임을 다하지 않을 수 없다는 생각이 들었다.

피폐해진 우리 농촌에 튼실한 청년 일꾼 하나를 더 보태는 의식이라고, 성욱은 스스로를 달랬다.

성욱은 실내등이 소등되고, 취침등만 켜져 있는 내무반 통로를 따라, 앉은걸음으로 살살 기어 다니며 각 분대장들을 불러모았다. 그리곤 소리를 죽여 귓속말을 속삭이듯, 오늘 밤 충청도 아저씨 송별연에 관한 사항을 설명했다.

훈련소에선 다 그런다. 어쩔 수가 없다. 네 사람의 분대장 선에서 끝냈으면 좋겠으나, 그것은 어려울 것 같다. 분대원들에게 알리되, 자발적 참여자에게만 부담을 시켜라. 회식 참여 여부는 절대로 자유 의사에 맡겨라.

대강 설명을 들은 분대장들은 모두 흔쾌하게 동의를 표했다.

고마운 일이었다.

J대에 재학 중인 2분대장 이정석 외에도, 탁기수라는 지방대생이 5분대를 맡고 있어서, 이런 일쯤 눈치 빠르게 협조가 잘 되고 있었다.

훈련병다운 순진성을 보여선지 삽시에 예정된 분담금이 다 모였다. 성욱에 의해 석병달 후임 내무반장에게 즉시 전달되었다. 지폐를 돌멩이에 묶어 철조망 밖으로 던지면 액수에 따라 적당량의 소주와 마른오징어가 들어온다는 것이다. 장사치들과의 사전 연락과 바깥 세상과의 관련된 일은 전적으로 석병달 후임 내무반장의 소관이었다.

소대는 공식적으로는 취침 중이었다.

밝은 전등이 꺼지고, 희미한 취침등만이 내무반을 비추고 있었다.

군화끈을 조이고 나간 석병달 후임 내무반장이 찌그러진 항고 한 개와 수통 몇 개를 몸에 달고 들어왔다. 그의 야전잠바 주머니에선 불에 구운 오징어 안주가 나왔다.

소대원들은 취침 상태에서 다만 몸을 엎어서, 뱃가죽을 침상에 붙이고, 엎드린 자세가 되었다. 소대원들은 기대에 빛나는 눈빛을 빛내며, 항고 뚜껑을 술잔 삼아 한 잔씩 꿀맛 같은 소주 맛을 보았다. 화카한 술향기가 코끝을 즐겁게 했다. 금기의 땅에서 금기의 음식을 맛보는 재미 또한 짜릿하게 온몸을 감싸는 것 같았다.

훈련소식 제대 회식은 이렇게 끝이 나고, 다음 날 아침 조봉길 병장은 고향 앞으로 갔다. '여러 사람들'이라는 특유의 신조어를 만들어

쓰던 조봉길 병장, 느린 말씨와 걸걸한 목소리로 '충청도 아저씨'라는 별명을 가졌다. 그는 나쁜 기억은 다 버리고 건강하게 교육 잘 받으라는 말을 남겼다. 학과 출장에 바쁜 분대장들의 등을 두둘겨 주는 일도 잊지 않았다.

어젯밤 일을 보더라도, 소대 향도라는 것이 하는 일들이 얼마나 비공식적이고, 쓰잘데기 없는 것인가를 알 수 있는 것이다. 최전방 부대의 소대원 직책에도 향도는 없다. 최일선 부대뿐만 아니라, 대한민국 어떠한 기성 부대에도 소대 향도라는 직책이 없다. 훈련소에서만 통용되고, 훈련소에서만 그 임무가 부여되고 있는 현상이다.

내무반장을 도와서 자잘한 일을 처리하는 소대 심부름꾼인 것이다. 그만큼 교육연대 훈련병 소대에 자잘한 일거리가 많고, 기간 사병인 내무반장이 직접 처리하기 어려운, 은밀하고도 사사로운 일거리가 산재한다는 것을 말해주고 있는 것이다. 한성욱이 재수가 옴 붙었다는 것은 바로 이 복잡하고 골머리 아픈 향도 감투를 두고 하는 말인 것이다.

교육연대에 처음 오던 날 오후, 양말 빤스에서부터 야전잠바, 철모, 엠완소총에 이르기까지, 모든 개인 보급품의 지급이 끝나고 소대원들은 양쪽 침상에 도열해 앉았다. 사복을 벗어서 사물과 함께 소포로 포장하여, 고향 집 주소를 적은 다음 끈으로 꽁꽁 묶어 놓았다.

훈련병들은 서로 얼굴을 마주 보며 웃고 있었다.

무슨 재밌는 일이 있어서 웃는 것이 아니고, 서로의 모습이 너무도 우스워서 저절로 웃음이 터져 나오려는 것이다.

사복을 벗고 맨 먼저 착용한 군복이 미제 중고품 동정복이었다. 연대 단위로 이루어지는 훈련소 입소식에 대비한 육군 정복(?) 착용이었다. 중고품 헌 옷이란 것 외에, 바늘땀 하나 고치거나 변형된 것 없이, 미 육군 정복이 남한군 육군 정복이 된 것이다.

그것까지야 좋은데, 이건 생긴 모양새 볼품 꼬라지가 배꼽을 잡고 웃음보가 터지게 생긴 것이다. 빡빡 깎은 머리통에 수박무늬 하며, 이리저리 엇깎고 지나간 신작로가 사통오달인데, 펑덩한 미군 동정복을 헐렁 싸이즈로 입어놓았으니, 그 볼품이 가관 중의 가관이었다. 꽁지 빠진 할미새라더니 털 빠진 부엉이 신세가 되었다.

이런 것이야 아랑곳없이, 석병달 후임 내무반장은 연대 입소식에 앞서 소대 통솔을 위한 조직을 서두르고 있었다.

"어이, 대졸大卒 손 들어라! 대졸……."

석병달 후임 내무반장은 침상 좌우를 두리번거리며 큰 소리로 '대졸! 대졸!'을 외쳤다.

훈련소 관례상, 학벌순에 따라 소대 간부조직을 끝내려는 것이다.

이럴 땐 학력이 높을수록 손들기를 꺼려 하고, 남 앞에 나서기를 망설이는 것이 상례였다.

한데 이와는 달리 한 녀석이 기달랐다는 듯 손을 번쩍 들고 나서는 것이다. 보아하니 돼지감자처럼 싱겁게 생긴 녀석이었다.

"너 이리 나와! 니가 이제부터 소대 향도다! 소대 통솔 잘 부탁한다!"

"다음 대재大在, 대퇴大退? 어! 너, 너! 1, 2분대 맡고, 너는 자리를 저쪽으로 옮겨서 5분대! …… 이쪽에 고졸 없나? 고졸? 어, 그래! 먼저 손든 놈, 니가 3분대 맡는다!"

이렇게 해서 1분대는 한성욱, 2분대는 이정석, 5분대는 탁기수, 3분대는 고졸 출신 임인규가 맡게 되었다.

후진사회에서 볼 수 있는 학력 우대는 군대라고 예외가 아니었다.

군대가 되려 일반 사회보다 더 학벌 우대, 맹목적 학력 신봉에 매달리는 것 같았다. 대단히 비과학적이고 비현실적이다.

전쟁을 위해서 존재하는 무장집단에선 체력이나 용기, 전투능력이 최우선시되어야 하는 것이다.

하기야 6·25전쟁 때, 대한민국의 운명이 풍전등화風前燈火 백척간두百尺竿頭에 섰을 때에도, 고등학생 대학생들은 병역이 면제되었다.

상급학교에 진학을 못 한 저학력, 학교 문턱도 밟아보지 못한 가난한 집 자제들만 총을 들고 최전선에 투입되었다. 그래서 전쟁터에서 총을 맞아 죽을 때, 빽! 하고 죽는다는 말이 세상의 대유행어가 되었다.

돈이 없어서 가난하고, 가난하니 학교를 못 가고, 학벌이 없으니 권세 있는 좋은 자리를 차지할 수가 없다. 돈도 벌 수가 없다. 그러니 빽이 없어서 전쟁터의 총알받이가 되었다는 것이다.

소대 향도로 뽑힌 이 싱거운 녀석, 이름도 잘 알 수 없는 어느 종파의 신학대학을 졸업했다는 것인데, 행동거지가 불안하고 몸가짐이 꽤나 경망스러웠다.

아니나 다를까, 그가 향도로 뽑힌 삼 일째가 되는 날이었다.

군가도 배우고, 군대의 기본수칙인 군대 예절, 제식훈련을 받는 기간이었다.

학과출장을 위한 집합시간이었다. 인원파악을 실시했으나 소대원 3명이 부족했다.

번호 부르기를 두 번씩이나 되풀이했으나 역시 3명이 부족했다. 학과출장 시간은 그야말로 바쁜 시간이었다. 소대 향도는 마음이 퉁퉁

달았다.

이때 마침 바지춤을 서둘러 여미며 소대원 한 명이 뛰어오고 있었다. 변소에 갔다가 늦었다는 것이다. 다른 두 명은 아직 변소에서 담배를 피우고 있다는 것이다.

석병달 내무반장만 있었으면 간단히 끝날 일이었다. 석병달 내무반장은 교육용 차트 수령을 위해 중대본부에 가고 없었다. 향도 인솔하의 연대 연병장 집합이었다. 오늘의 교육장은 연대 의무반 막사 후면에서 50미터 지점이었다.

소대원 전원이 4열 종대 정렬상태에서 한참을 기다린 후에야, 3분대 소속 말썽꾸러기 두 녀석이 나타났다. 예의 '해남물감자'와 '째보선창 목포깡다구'였다. 시간이 촉박했다. 향도는 신속하게 대오를 수습하여 학과출장에 임해야 하는 것이었다. 조금만 늦어도 5중대 5소대 단체 기합이 내려질 수 있었다.

이러는 판에, 이 싱거운 향도 녀석이 소대 이동을 중지하고, 집합에 지참遲參한 두 명의 소대원에게 '엎드려뻗쳐'를 명한 것이다.

일이 잘못된 것이다.

지금 이러고 있을 계제가 아니었다. 학과출장 시간이 너무 촉박했다.

또 훈련병들의 마음 분위기에도 맞지 않았다.

아직 고향을 떠나온 울적한 마음이 남아 있었다. 이십여 년 익숙한 민간복을 생판 생소한 군복으로 갈아입은 지 불과 이틀 밤이 지났다. 그동안 무슨 대단한 군인이 되었다고, 같은 훈련병 처지에 엎드려뻗쳐를 시키는 것인가. 야박하고 괘씸한 생각이 들었다.

이 향도 녀석은 여기에서 끝나지 않았다. 일분일초가 급한 이 차제에 어디서 빼어 들고 나왔는지, 곡괭이 자루를 빼어 들고 이 바쁜 시간에 빳다를 치겠다고 나서는 것이 아닌가.

누가 보아도 이것은 아니었다.

당사자인 해남물감자와 째보선창 목포깡다구가 정색을 하고 코를 씩씩 불며 반항 자세가 되었다. 소대원들도 향도 녀석을 향해 비아냥거리고 야유를 보냈다. 이를 보다 못한 2분대장 이정석이 향도 녀석의 손에서 곡괭이 자루를 빼앗아 내던져버리고 말았다.

마침 차트 수령을 끝내고 달려온 석병달 내무반장이 이 장면을 목격하였다.

이날 밤 일석점호를 끝으로 이 싱거운 녀석의 향도 임무가 정지되었다. 앰한 놈 옆에 있다가 벼락 맞는 격으로, 한성욱 머리 위에 이 날벼락이 떨어질 줄을 누가 알았으랴.

이날로 한성욱은 재수가 옴이 딱 붙은 것이다.

중대에서 내려오는 지시사항에 슬슬 기어야 하고 소대원들 잔심부름, 석병달 내무반장의 개인비서 역할까지 모든 것을 도맡아야 하는 것이다. 바쁘기는 한없이 바쁘고, 일이 잘되면 그만이고 잘못되면 소대 향도가 튀미한 탓이었다. 만만한 것이 홍어 좆이라고, 모든 시시콜콜한 것이 다 소대 향도 책임이었다.

4

대한민국 육군 제2훈련소.

전쟁이 끝나고, 제주도 모슬포에 있던 육군훈련소가 문을 닫았다. 그 후 유일무이하게 남아 있는, 세계 제4위의 70만 대군의 병력을 유지 보강 보충하는 육군 전투교육의 요람이 되었다.

해군과 공군이 있다고 해도, 육·해·공 군대조직의 구색을 맞추기 위한 나라 방위의 면피용, 명목상 체면치레 병과에 지나지 않는 면이 있었다.

수명이 다한 연습기나 수송기 몇 대에, 퇴역 고물 전투기 정도의 공군이었다. 역시 고물 수송선에 미군이 쓰다가 물려 준 녹쓴 전투함 몇 척의 해군, 아직 걸음마 단계에 지나지 않는 것이다.

사실상 대한민국이란 체제를 지켜내는 실질적인 방위력은 육군이 주역일 수밖에 없다. 비록 육군 주력 화기인 엠완소총의 총알은 그만 두고, 놋쇠 탄피 하나도 만들어 내지 못하는 허약체질의 보병 위주의 전투력이지만 말이다. 자유당 시절 이승만은 국경일 기념식 때마다 국군 퍼레이드를 즐겼다. 이 자리에서 이승만은 세계 제4위의 막강 국군을 자랑했다.

그 막강 국군의 교육 요람, 논산 육군 제2훈련소 본부에는 별 세 개의 육군 중장 깃발이 휘날리고 있었다. 예로부터 황산벌로 전하는 너른 황토 벌판에, 펑퍼짐하게 자리 잡은 야산 하나를 온통 다 차지하고 있었다. 야산의 중앙부 가장 높으막한 곳에 소 본부가 위치했다.

이곳, 별 세 개의 육군 중장 깃발이 나부끼는 소 본부에서 울려 퍼지는 기상나팔 소리로 훈련병들의 하루가 시작된다.

각 교육연대 연병장에는 고성능의 라우드 스피카가 연결 설치되어 있었다.

이른 새벽 찬 공기를 뚫고 곤하게 잠든 훈련병 막사 지붕 위를 뒤흔드는 기상나팔 소리에 이 거대한 병영의 아침이 열리는 것이다.

모든 막사에 일제히 기상등이 켜지고, 불침번들의 '기상! 기상!'을 외치는 소리가 요란하다.

단잠에서 깨어난 훈련병들이 맨 먼저 해야 할 일은 잠자리에 깔렸던 침구 정리정돈이었다. 장병 1인당 모포가 3장씩이다. 모포의 네 귀를 장병 둘이서 움켜잡고, 가지런하게 개켜서, 칼로 두부모 자르듯, 날카로운 각이 서도록 기술적으로 정리정돈을 마친다.

기상에서 아침 식사를 마치고 학과출장까지의 아침 시간은 훈련병에게 가장 바쁜 시간이다.

식사당번은 지체 없이, 사람 몸통 두세 배쯤 되는 커다란 알미늄 밥통과 국통을 메고 취사장으로 직행이다. 훈련소에서 가장 군기가 센 곳이 취사장이다. 조금만 동작이 늦거나 잘못이 있으면 용서가 없다. 호되게 매를 맞거나 기합을 받는다. 밥삽을 들고 설치는 취사병들의 위세가 여간이 아니었다. 식사당번들은 눈꼽을 닦거나 오줌 쌀 새도 없이, 줄 하품을 내뿜으며 취사장으로 달려가야 했다.

다른 장병들은 다른 장병들대로 바빴다.

실내 청소, 막사 주위 청소정리, 소대 담당구역 청소, 중대 본부에서 차출하는 사역병으로 끌려가기, 그 외 각 특수부서에서도 어인 사역병 차출이 그리도 많았다. 관물 정리정돈은 기본이고, 각자 개인별 학과출장을 위한 군장 챙기기, 세수하기, 식사 전 똥 싸러 가기, 자고 새면 일이고 눈만 뜨면 작업이었다.

그래서 군대는 요령껏이라 했는지 모른다.

군대에서 요령껏이란 각자 가진 최고의 지혜를 최대치로 활용하고, 최선의 방법을 다 동원하는 양질良質의 수단을 말한다.

요령껏이란 말뜻을 잘 이해하고, 자기 나름대로 잘 요량料量을 해야 낭패를 면한다.

한성욱처럼 곧이곧대로 세상을 보고, 요령껏이란 말뜻을 도대체가 잘 이해도 못 하는 자는, 요령껏이란 요령부득이 되고 마는 것이다.

소대 향도인 한성욱은 한성욱대로 할 일이 많았다.

기상 후, 침구 정돈과 관물정리, 개인 군장 챙기기 등 일반 훈련병이 해야 할 일은 동일하다.

이 외에도 한성욱이 해야 할 일은 많았다.

중대 본부에서 지시하는 당일 학과출장 준비물 챙기기, 중대 본부를 비롯한 여러 특수부서에서 차출하는 사역병 보내기, 실내외 청소 인원배정, 막사 주위 담당구역 청소 정리상태 점검, 소대 공동관리 비품과 시설물의 이상 유무 파악, 석병달 내무반장의 여러 지시사항 이행, 소대원들의 이런저런 애로사항 섭렵, 밥과 국의 균형 배식 점검에 이르기까지, 자잘한 심부름이 너무 많은 것이었다.

아침 일이 끝났다고, 하는 일이 헐거워지는 것이 아니었다.

하루 종일 석병달 내무반장을 그림자처럼 따라다녀야 한다. 소대원의 집합 정렬에서부터 인원파악, 학과장 이동, 학과장에서의 잔심부름, 일과 끝 막사 생활, 소대원들의 인적관리에 이르기까지, 5중대 5소대의 모든 것을 파악, 관리, 통솔하는 일들을 한다. 석병달 내무반장의 책임 관장사항을 한 가지도 빼놓지 않고 빈틈없이 보좌해야 하는 것이다.

소대나 소대원의 개인적인 작은 잘못이나 실수도, 일단 소대 향도가 닦달을 당한다. 석병달 내무반장의 닦달은 그렇다 치지만, 중대 기간병이나 연대 기간병들의 질책 폭언은 여간 기분이 잡치는 일이 아니었다.

물론 공적 책임은 소대 내무반장 석병달 상등병이 지겠지만, 당장 질책을 받거나 얻어맞는 것은 소대 향도인 한성욱이었다. 똥 싸고 똥꾸멍이야 전혀 안 보이는 곳에 위치해서 볼라야 볼 수조차 없지만, 오줌 싸고 자지 볼 시간이 없었다. 이렇게 바쁘고 고달픈 일과를 보내는데도 칭찬이나 포상은커녕, 심심하면 기간병들에게 빳다를 맞아서 한성욱의 엉덩이에는 날마다 먹구렁이가 감겨 있었다.

날씨도 춥지만 물이 부족하여 세수조차 마음대로 할 수 없었다.

수용연대나 마찬가지로, 중대별로 한 군데씩만 수도시설이 되어 있었다. 수돗물의 급수량이 적어서 찔찔거리는 데다, 수조가 꽁꽁 얼어서 그나마 수도시설 이용이 불가능했다.

내무반에서 들고나온 탄약통 한 개에 물을 받으면 대여섯 명이 달려들어 손바닥이나 수건 귀퉁이에 물을 묻혀서 고양이 세수로 끝을 내는 것이다. 눈꼽 닦고 콧등에 물만 묻히면 하루 세수가 끝이 난다. 이것도 일주일에 두세 번이면 다행이었다. 대부분의 소대원들은 세수 같은 걸 잊고 지내는 편이 속 편하다는 생각이었다. 몸이 피곤하기도 하여 오히려 잘된 일인지도 몰랐다.

섣달그믐이 얼마 전에 지난 정초正初의 논산벌은 유난히 추웠다.

허옇게 눈이 쌓인 황량한 벌판 위를 휘몰아치는 겨울바람이 매섭게 살 속을 파고들었다.

억세고 그악스러운 까마귀 떼들이 극성스레 몰려들었다.

이것들도 훈련병쯤은 대수롭지 않다는 듯, 아무리 쫓아도 날아갈 줄을 몰랐다. 훈련소 짬빵(잔반)에 맛을 들인 탓인지, 사람을 보고도 겁내지 않고 막사 주위까지 날아들었다. 눈이 내리고 찬바람이 휘몰아치는 추운 날일수록, 까마귀 떼들이 더욱 극성이었다.

어제 아침에도 늦추위가 기승을 부렸다.

훈련소의 위치는 반도 땅 남부 충청남도 논산군 가야곡면이 틀림없었다.

충청남도는 반도 땅에서 그렇게 추운 지방으로 알려져 있지 않다. 통상적으로 비교적 따뜻한 고장으로 알려져 있었다. 그런데도 논산벌의 겨울바람은 유난스레 더 억세고 차갑다. 외세인 당군唐軍에 의지하여 이웃 나라를 기습한 김유신에 맞섰던, 계백장군 5천 결사의 원혼이 소리를 지르는 듯, 눈 덮인 황산벌의 삭풍은 아침저녁을 가리지 않고 음산하게 울었다. 가야곡면의 눈바람 맛은 쓰고, 맵고, 짠 군대 맛에 살을 에는 신맛을 더했다.

어제 아침, 한성욱은 차출된 사역병들과 함께 중대본부 막사 주위 배수로 정비에 나섰다. 섣달 강추위에 얼부풀었다가 무너져 내린 석축을 다시 쌓고 있었다. 털장갑이 속에 든 미제 군용 가죽장갑을 끼고 있었지만, 새벽바람에 손가락이 꽁꽁 얼었다. 손가락이 잘 굽혀지지 않았다. 감각이 얼얼하고 손놀림이 둔하여 거중스러운 동작이 되었다.

다른 장정과 둘이서 크고 무거운 돌을 같이 들어 올리다가, 돌 사이에 그만 손가락이 끼고 말았다. 성욱은 왼손 장지를 크게 다친 것이다. 완전히 문드러지거나 잘려나간 것은 아니지만, 손가락 절반이 깨어져서 살점이 떨어지고, 손톱이 으깨져서 피가 흘렀다. 손수건을 찢어서 응급 처치하였으나 계속 피가 배어나고 쓰라리고 아팠다.

성욱은 통증을 참고 아침 식사를 마쳤으나 상처가 심해서 통증과 출혈이 멎질 않았다. 잘못하다가 상처에 동상이 겹치면 손가락을 못 쓰게 되는 수도 있었다.

석병달 내무반장의 지시에 따라, 한성욱은 의무대 막사를 향해 뛰었다. 의무대 막사 앞에는 적십자 완장을 찬 위생병이 의자에 앉아 손톱을 깎고 있었다.

"단결! 훈병! 10818512, 한성욱! 의무대에 용무가 있어 왔습니다!"

한성욱은 우렁찬 목소리로 절도 있게 거수경례를 올렸다.

"용무가 뭐야?"

위생병은 고개도 돌리지 않고 손톱 깎는 일을 계속했다.

"배수로 정비 중, 손가락 부상으로 치료받으러 왔습니다!"

한성욱의 목소리는 씩씩했고, 제법 말을 간추려 깍듯하고 절도 있는 보고를 했다.

그런데 이때였다.

"잇 쌔끼 봐라? 여기가 어딘 줄 알고, 아침부터 기어들어?"

의자를 박차고 일어선 위생병이 한성욱 훈병의 성문다리(정강이뼈)를 사정없이 걷어찼다.

"이 어리한 새끼! 손가락 치료 좋아하네!"

인정사정 볼 것 없이, 한성욱의 볼따귀를 향해 주먹이 날아들었다.

"……."

한성욱 훈병, 요령이란 낱말 뜻을 아직도 잘 모르는, 역시 요령부득의 사나이였다.

쪼인트(정강이뼈)를 한번 까였으면 곧바로 행동을 취해야 했다. 아니 위생병 나으리께서 의자를 박차고 일어섰을 때 벌써 행동을 취했어야 했다. 쪼인트에 볼따귀 주먹세례까지, 행동이 늦어도 너무 늦은 감이 있는 것이다.

그제사 훈병 한성욱, 이러다 맞아 죽겠구나 싶었는지 삼십육계 줄행랑이라. 천둥에 개 쫓기듯, 다리야 날 살려라 식으로 도망을 치는 수밖에 다른 도리가 없음을 깨달은 것 같았다.

군댓밥이 얼마나 짜고, 맵고, 쓰고, 신가를 하나하나 맛보는 기간이 지나고 있는 것 같았다.

어제가 정월 대보름을 하루 앞둔 정월 열나흘이었다.

아침에 손가락을 다치고 의무대에 갔다가, 쪼인트를 까이고 볼따귀가 얼얼하게 주먹뺨을 오지게 얻어맞았다. 어제는 참으로 재수가 옴 붙은 날이었다.

내일이 정월 대보름이라, 막사 밖은 휘영청 달이 밝았다.

말은 하지 않아도 훈련병들의 마음은 착잡했다.

일제 때에도 겪었던 일이지만, 해방되고도 우리의 고유 명절, 설은 설이 아니었다.

모든 것이 미국식으로 바뀌다 보니, 들도 보지도 못했던 크리쓰마쓰라는 것이 대단한 명절이 되고, 왜놈들이 쇠던 양력설만 설이었지, 조선 사람들이 쇠던 음력설은 설도 아니었다. 이러는 판에 정월 대보름쯤이야 안중에나 있겠는가.

달력에서도 설날은 명절 표시가 없어져 버렸다.

관공서나 일반회사, 각급 학교, 다른 직장에서도 쉬어 주지도 않았다. 모든 기관이 정상근무였다. 군대에서도 마찬가지였다. 미 군사 고문관들이 정상 출근을 하니, 한발 앞서서 철저하게 정상 출근, 정상 일과 진행이었다.

자유당 정권이 망하고, 과도정부 제2공화국 민주당 정부와 현재의 군사정부가 들어서고도, 조상 전래의 세시풍속과 겨레 혼이 스민 우리네 고유한 큰 명절들은 철저하게 무시를 당했다. 이런 불손하고 발칙한 사회 억압이 아무런 이의 제기나 사회적 변론도 없이, 그냥 넘어가고 있는 것은 어인 일일까. 참으로 안타깝고 안타까운 일인 것이다.

하필이면 정월 대보름을 하루 앞둔 휘영청 달이 밝은 밤, 나이 많은 교보教補 출신 정춘기 훈병이 불침번을 서는 차례가 되었다.

정춘기 훈병은 무안군의 외딴 섬 작은 국민학교에서 교편생활을 했다. 서른이 훌쩍 넘은 늦은 나이에 군대엘 온 것이다. 분필 가루를 많이 마셔선지, 얼굴에 하얗게 백납이 핀 허약체질이었다. 바람이 불면 날아가 버릴 것 같은 모습이었다.

정춘기 선생보다 십여 년이나 젊은 이십 대 초반의 훈련병들도, 이른 아침부터 저녁까지, 연일 계속되는 훈련에 몸과 마음이 파김치가 되는 형편이었다.

조선 사람들의 체형에 맞지 않는 엠완소총 하나만 보아도 그렇다.

키에 비해서 총신의 길이가 너무 길다. 비가 올 때 총을 거꾸로 맬라치면 땅에 질질 끌릴 판인 것이다. 무게 또한 과중하여, 하루 종일 어깨에 메고만 다녀도 중노동이 되는 것이다. 훈련병들은 취침 중에도, 온몸이 쑤시고 아파서 자기도 모르게 끙끙 앓는다. 잠결에 신음 소리를 내는 것이다.

무쇠도 녹여 낼 만한 20대 한창나이의 팔팔한 훈련병들도 이러할진대, 허약체질에 나이가 든 정춘기 선생이야말로 감당하기 힘든 훈련訓鍊 노역勞役이었다. 불침번 위치에 서서, 어깨에 총을 메고 졸고 있는 정춘기 선생의 모습이 보였다.

정춘기 선생을 늘 형님처럼 돌봐 주던 곽형채 훈병도, 오늘 밤엔 어쩔 수가 없었다. 어젯밤에 불침번을 섰기 때문이었다. 정춘기 선생과 한마을 출신인 곽 훈병은, 정 선생을 그림자처럼 따라다니며 힘겨운 일을 도와주고 있었다. 곽 훈병과 12년 차가 나는 곽 훈병의 큰형님과 정춘기 선생은 동갑내기 불알친구로 막역한 사이였다. 제 몸을 아끼지 않고 정 선생의 어려운 일을 옆에서 돕고 있었다.

그렇지만 오늘 밤은 어쩔 수가 없었다. 소대원 명부순에 따라 어젯밤 불침번을 섰기 때문에, 연이어 이틀 밤을 뜬눈으로 새울 수는 없는 일이었다.

한성욱은 소대 향도로 이런 사정을 잘 알고 있었다.

오늘 밤이야말로 좋은 기회라고 생각했다. 한성욱은 향도 일을 맡고 있기 때문에 밤잠을 설치는 불침번 근무가 면제되고 있었다. 이 일에 대해서 항상 성욱은 소대원들에게 미안한 생각을 갖고 있었다. 오늘 밤엔 이 마음의 빚을 갚아버릴 수 있는 절호의 기회가 아닐 수 없었다.

성욱은 옆 사람 몰래, 슬그머니 자리에서 빠져나와 주섬주섬 복장을 갖추어 입었다. 발소리를 죽여 석병달 내무반장이 깨어나지 않게, 출입문 쪽에 붙어 서 있는 정춘기 선생에게로 갔다.

눈이 휘둥그레진 정 선생이 졸음에서 깨어나, 혹시 무슨 잘못이라도 있는가 하여 몹시 당황하는 몸짓이었다.

"불침번, 제가 대신 서겠습니다"

한성욱은 재빨리 '말을 하지 말라'는 손가락 신호를 보냄과 동시에, 정선생의 귀에다 대고 속삭이듯 말했다.

"걱정하지 마시고, 자리로 가십시오"

그리곤 한성욱은 정춘기 선생의 어깨에서 빼앗듯이 소총을 벗겨 내었다. 언제 말릴 사이도 없이, 성욱 자신의 어깨에 소총을 걸메고 나섰다. 뜻밖의 호의에 당황하고 미안해하는 정 선생의 등을 밀어서 침상 위로 올려 보내버린 것이다.

성욱은 복장을 고쳐서 단정히 하고, 불침번으로서의 소임을 다하기 위해 정위치에 서 있었다. 양쪽 출입문의 잠금장치를 다시 한번 확인하는 일도 잊지 않았다.

난생처음으로 어깨에 총을 메고, 소대원들의 생명을 지키는 야간초병 임무를 수행하고 있는 것이다.

모든 훈련병들의 생각도 그렇겠지만, 한성욱에게 군대는 낯선 곳이었다.

중머리가 된 훈련병들이 모포를 뒤집어쓰고, 일렬로 열을 지어 잠이 든 것을 바라보며, 한성욱은 새삼 낯선 곳에 와 있다는 생각이 들었다. 이상한 세상, 성욱 자신과는 아무런 관계가 없는 세상, 쌩뚱맞고 엉뚱한 세상에 자신이 편입되어 있다는 생각이 들었다.

앞으로도 이 엉뚱한 세상에, 자신이 긍정할 것 같은 생각이 전혀 없었다. 지금 오늘뿐만이 아니고, 아마 영원토록 이런 세상에 긍정을 보내리란 희망이 생길 것 같지 않았다.

성욱은 어렸을 적, 일본놈 시대에, 섣달 그믐날 밤 설빔을 지으시던 어머니를 떠올렸다.

여러 가지 색깔의 고운 비단 헌겁들과 베갯모에 수를 놓던 색실, 크고 작은 골무와 바늘들이 꽂혀 있는 바느질 동구리를 옆에 놓고 있었다. 밤늦게까지 동정을 달고 인두질을 하곤 했다.

섣달 그믐밤에 잠이 들면 눈썹에 서캐가 슨다는 말이 있었다. 어린 한성욱은 잠이 들지 않기 위해서 눈꺼풀을 치켜올리며 깔깔한 눈을 비벼대곤 했다.

정월 대보름 밤에는 논두렁 밭두렁에 쥐불을 놓고, 달빛이 허옇게 내려비치는 저수지 얼음판에서 밤늦도록 얼음을 지치던 일들도 기억해냈다.

한성욱이 모처럼 한가롭던 옛 생각들을 꺼내 보고 있었다.

밤은 깊어서 곧 자정이 가까이 올 무렵이었다.

이 조용한 시간에 어디선가 저벅저벅 발자국 소리가 다가오고 있었다.

"……."

한성욱은 총 끈을 잡은 손에 힘을 주고, 다른 한 손으로는 출입문 문고리를 단단히 잡고 서 있었다.

"야! 문 열어!"

무조껀 문을 열라는 명령이었다.

"누구야? 암호? 암호?"

다급해진 한성욱이 암호, 암호를 연발했다.

들은풍월이었다. 군대에선 야간에 사람을 만나면 암호를 묻는 것이 상식이었다.

"야, 잇쌔끼야! 나, 중대 인사계야!"

한밤중에 나타난 정체불명의 목소리가 욕설을 퍼부으며 호통을 치고 있었다.

"잇쌔끼, 이거! 뒈지고 싶나? 개쌔끼, 이거! 문 못 여나? 나, 인사계야 임마!"

"암호! 암호? 누구야? 암호!"

한성욱은 문고리를 더욱 거세게 붙들고 암호를 대라고 소리를 질렀다.

암호를 대지 않는 한, 문을 열어주어서는 아니 된다. 암호를 대지 않는 자에게 문을 열어주는 것은, 곧 죽음을 의미한다. 상대는 그것을 노리는 것이다. 암호 없이 공갈 협박, 회유 감언이설에 출입문을 개방하는 것은 불침번 수칙 제1호 위반이 되는 것이다.

"야아, 잇쌔끼 제법이야. 알았다. 이꿀쏘! 이꿀쏘!"

중대 인사계의 신경질적인 경상도 억양이 이꿀쏘! 이꿀쏘! 연거푸 두 번씩이나 암호를 댔다.

이럴 땐, 지체 없이 불침번 한성욱 훈병이 암호를 맞받고 문을 열어야 한다. 그리고 신속한 동작으로 근무 중 이상 유무를 보고해야 하는 것이다.

"......."

아뿔사! 한성욱 훈병, 응답 암호를 모르는 것이다. 아니, 정춘기 훈병으로부터 암호 인수인계를 받지 않은 것이다. 정춘기 훈병은 졸다가 엉겁결에 총을 넘겨주고 등을 떠밀려 잠자리에 들었다. 한성욱 훈병은 한성욱대로 처음 서 보는 불침번이라, 수수 중에 암호 인수 절차를 잊어버린 것이다.

"갯쌔끼, 이거, 문 안 여나? 암호 댔잖아! 왜, 응답이 없나?"

인사계의 성난 목소리, 그리곤 마구 문짝을 사정없이 발길로 차고, 고래고래 고함을 질렀다.

"갯쌔끼! 암호 까먹었구만! 문 열어 쌔꺄! 뒈질려고 쥐약 처먹었어!"

"......."

한성욱은 머리가 띵 울었다.

무슨 방법이 없었다. 자포자기 심정에서 문을 열었다.

시간이 갈수록 죄는 더욱 무거워지는 것이었다.

"이, 고문관 새끼!"

문이 열리자 인사계가 총알처럼 튀어 들어왔다.

"단결!! 근무 중 이상 무!!"

그 정신에도 한성욱 훈병이 불침번 근무 이상 유무 보고를 했다.

"핫하! 잇쌔끼 이거, 완전 똘아이구만……."

인사계의 발길질 주먹세례가 마구 쏟아졌다.

"근무 중 이상 무? 갯쌔끼, 엎드려!"

인사계의 손에는 몽둥이 대신, 개머리판을 비롯한 목질부가 완전히 분해된 알카빙을 들고 있었다.

오늘 밤, 아주 마음 다잡고 점검하는 소대 순찰인 것 같았다.

"세상에, 암호도 모르는 새끼가 다 있어? 이런 튀미한 새끼! 전시 같으면 넌, 총살이야!"

"이 튀미한 새끼! 너 같은 고문관쌔끼 땜에, 소대원 48명이 다 죽었단 말야! 전시 같으면 다 죽었다 이 말이야!"

한성욱은 비명도 지를 수 없었다. 알카빙 빳다가 엉덩이를 내려칠 적마다 척, 척, 살에 달라붙었다.

성욱은 숨도 제대로 쉴 수가 없었다.

성욱은 억, 억, 비명소리가 저절로 새어 나왔지만 이빨을 물고 참아야 했다. 지금 매가 문제가 아니고, 살이 찢어지는 것이 문제가 아니었다. 만약 불침번 근무를 대신 선 것이 폭로되면 정춘기 훈병은 물론 석병달 내무반장까지 영창이다. 쑥밭이 되는 것이다.

"이 얼빠진 새끼! 단단히 맛을 봐야 해!"

인사계는 무슨 분풀이라도 해 대듯, 알카빙 빳다를 휘둘렀다.

"불침번 새끼가, 암호를 다 까먹다니? 이런 고문관 새끼! 개엣쌔끼!"

한성욱은 완전히 구겨져 버렸다. 뙈기장을 친 개구리처럼 내무반 바닥에 배를 깔고 늘어져 버린 것이다.

성욱은 오히려 알카빙을 휘두른 인사계가 고마운 것이다. 한성욱이 소대 향도인 것을 기억해 낸다거나, 암호를 대지 못한 사유를 캐묻게 된다면 정말 일이 커지는 것이다.

그냥 분을 이기지 못해 빳다 치는 일에 열중하고 있는 것이 얼마나 다행한 것인지, 정말이지 고마운 생각이 들었다. 정춘기 선생은 물론, 석병달 내무반장에게도 너무 미안한 생각이었다.

"아, 새끼, 이거! 똑바로 서! 바로 서란 말야! 앞으로 너, 군대 생활 똑바로 해! 군대가 장난 아니야! 야간 근무자는, 암호가 생명이다! 알겠나?!"

"네엣! 잘 알겠습니다!"

인사계는 비틀거리는 한성욱을 똑바로 세우고 단단히 훈계한 다음, 다음 내무반으로 향했다.

"다안결! 훈병 한성욱 계속 근무하겠습니다!!"

한성욱은 절도 있는 동작으로 거수경례를 하고, 큰 목소리로 계속 근무를 복창했다.

천만다행이었다.

4·19 때 끌려가서 경찰에게 당한 것 다음으로, 매를 많이 맞았다. 그렇지만 빳다를 오지게 맞은 것과 고문관 취급을 당하는 것으로 일이 끝났으니, 다행이라면 천만다행한 일이었다.

나중에 안 일이지만, 이날 밤 한국군에 전달된 암호는 '이글스 (Eagles) ⟨⇄⟩ 플라잉(Flying)'이었다.

세계 제4위를 자랑하는, 70만 대군을 거느린 한국군에게는 독자적인 암호가 없었다. 한국 주둔 미군 사령부에서 수령한 영문 암호가 한국 육, 해, 공군 당직 사령실을 통하여 전국 각 부대, 말단 소대, 초소에까지 전달되고 있었다.

상급부대엔 영어암호가 알파벳 문짜로 수령 전달되는지 알 수 없었으나, 중대 소대 단위 일반 사병들에겐 구두전달 구두수령이었다. 이런 과정에서 여러 전송電送 단계를 거쳐야 하기 때문에 웃지 못할 넌센스가 야기되는 것이었다.

영어를 잘 알지 못하는 일반 병사들에게는 상급부대나 전달자가 들려주는 뜻 모를 음성상징, 일종의 소리시늉말擬聲語에 지나지 않았다. 그저 일러 주는 대로, 전달받은 대로, 앵무새처럼 다음 근무자에게 지저귀는(들려주는) 것뿐이었다.

조금 전 알카빙 빳다를 안긴 중대 인사계가 전달받은 암호는 분명 '이꿀쏘 빨라잉'이었다. 연대 주변 사령실에서 유선 전달받은 것이었다. 소가 빨리 달린다는 정도로 이해되는 것이었다.

5

연대 정문에서 얼마 떨어지지 않은 총검술 교장敎場.

조교들의 시범교육이 끝나면, 곧장 소대별 또는 분대별 훈련 연습이 되풀이되었다. 매우 지루하고 고달픈 훈련이었다.

총신이 길고 무거운 엠완소총에 대검까지 꽂혀 있어서, 그 길이와 무게가 두 배는 더 길고 더 무거워 보인다. 먼 데서 보면 긴 장대를 들고 설치는 형상이었다.

총검술 교장 여기저기에, 산개散開한 훈련병들의 기합소리가 요란했다. 젖먹던 기력을 다하여 발악에 가까운 고함소리였다. 절도 있는 동작은 그만두고, 우선 기합소리를 크게 질러야 했다. 훈련소 조교들은 무조껀적으로 훈련병들이 질러 대는 큰 기합소리를 좋아했다. 기합소리가 작으면 단체 기합이나 동일 동작을 되풀이시키는 벌을 내렸다.

엠완소총이 한국군 체형에 버거운 것은 이미 세상이 다 안다.

길다란 총신에 4키로그램이 넘는 무게는 아무리 생각해도 무리다. 여기에 총알과 탄창, 대검까지 꽂아야 한다. 이것을 하루 종일 매고 다니거나, 손에 꼬나들고 뛰어다녀야 한다. 몸집이 작은 5분대장 탁기수나 얼굴에 백납이 핀 정춘기 교사 같은 가냘픈 체구에는 영 어울려 보이지가 않았다. 총검술 교장에서 보는 그들의 모습은 더욱 고달파 보이기만 하는 것이다.

"야, 야! 기합소리 작다!"

조교들의 고함소리,

"야아, 얏! 얏! 야아……."

훈련병들의 기합소리,

"무릎을 절반 구부린 상태에서, 우측 발을 들어, 탄력을 주어 한 발 전진 자세를 취한다! 부릅뜬 눈으로 적병의 심장을 노린다! 동시에 번개처럼 힘껏 찌른다!"

"찔러이 총! 기합소리 작다!"

오후 4시가 지났다.

창자가 천정에 붙었다.

기합소리가 제대로 나올 리가 없는 것이다.

"야아! 얏, 얏!"

"동작 그만! 소대 원위치!"

"뭐가 이런 군대가 다 있나아? 동작에 절도가 없다! 적을 죽이지 못하면 내가 죽는다! 그런 김빠진 동작으로, 귀관들은 적을 죽일 수 있다고 생각하는가?"

"……."

훈병들은 동작을 멈춘 채, 찔러 총 자세의 기본동작인 차렷 총 자세가 아닌, 어정쩡한 자세가 되어 서 있었다.

장병들은 지쳐 있었다.

흙투성이가 되어 검게 탄 얼굴에 눈 두 개만 깜박거리는 꼴이었다. 헐거워 보이는 미제 중고품 야전잠바가 털 빠진 부엉이를 연상시켰다. 씩씩해 보이거나 적개심에 불타는, 정신이 바로 살아 있는 군대가 아닌 것 같았다.

"훈련소에서 땀을 많이 흘린 군대는 전장에서 피를 적게 흘린다! 절도 있는 동작과 큰 기합소리는 전장의 승리를 보장한다! 따라서 귀관들의 생명을 보장한다! 본 조교가 교육병들에게 항상 강조하는 말이다! 알겠나아?"

"네에엣!!"

"목소리 작다! 알겠나아?"

"네에에엣!!"

훈련병들의 목소리가 발악에 가깝다.

"식사 시간이 얼마 남지 않았다. 희망을 가져라!"

"네에엣!"

참다운 용기와 투철한 애국심은 스스로 나라를 지키려는 충성심에서 나온다. 나라를 위해 제 목숨 하나 초개처럼 던질 수 있는 애국 단심은 누가 강요해서 될 일이 아닌 것이다.

4281년(1948년) 5월 10일 남녘 땅에서 총선거가 실시되었다. 그해 8월 15일, 이승만을 정점으로 하는 남한만의 단독정부가 수립되었다.

이른바 정부 수립 두 달만인 10월 20일, 여순반란 사껀이 터졌다.

이를 계기로, 미국은 남녘 8도에 1개 연대씩 국방경비대를 설치 운영해 오던 것을 대대적으로 지원 보강하기에 이른다. 미 군사고문단의 전술 지원은 물론, 전투력 향상을 위한 물짜, 무기지원과 미 본토의 모병제를 본뜬 초모병 확충에 열을 올렸다.

그러면서 전투력 저변 확대를 위해 남한 8도의 청년들에게 전투훈련을 실시하였다. 제식훈련에서 사격, 침투훈련에 이르기까지 시, 군, 면 단위로 미국식 전투훈련 교육을 전면 실시하였던 것이다.

이에 앞서, 남녘 전역의 읍, 면, 동 단위의 자연부락에 청년단이 조직되었다.

밤이면 보초를 서고, 야경夜警에 동원되었다. 남쪽 전역에서 활동 중인 야산대野山隊와 지하조직 활동에 대응하기 위한 조치였다.

징집 적령기의 각 마을 단위 청년들이 총 대신 죽창 하나씩을 깎아 들고, 각 면 소재지 국민학교 운동장에 모였다. 흰 베 수건을 머리에 질끈질끈 동여매고, 일정 기간 군사훈련을 받아야 했다. 미리 차출되어 연성鍊成을 받고 돌아온 청년단 간부들에 의해, 새로 도입된 아메리카 합중국식 군사교육을 의무적으로 연수시키려는 것이다.

훈련교육은 철저하고 엄정했다.

순박한 농촌 청년들에게 맹목적인 적개심을 불러일으키고, 일제의 강탈 식민제국주의에 반기를 들었던 야산대의 무장투쟁을 왜곡 반대하도록 암묵적 의식개혁 교육도 병행되었다. 전 세계를 휩쓸고 있는 새로운 정치사상인 사회주의세력과 민족자주독립세력을, 극좌 공산주의 세력으로 매도하는 의식교육도 같이 진행되었다.

신생 대한민국의 정치, 경제, 사회, 문화 할 것 없이, 모든 것이 다 아메리카 합중국 문물을 그대로 받아들인 것이지만, 남쪽 군대조직 운영은 더욱 120%가 양키 군대 조직운영 방식을 그대로 따르고 있었다.

한성욱은 그때 이미 미국식 제식훈련, 총검술, 침투 사격 훈련 등을 다 익혔다. 3주간에 걸친 훈련 연수가 되풀이되는 동안, 이 군사훈련의 시시콜콜한 세부 동작, 용어, 행동요령, 구호, 모든 동작의 명칭까지, 숙달된 조교를 뺨칠 정도로 내용 전체를 통달하고 있었다. 심지어 기합을 주는 방식, 동작 순서에 따른 강약을 섞은 멋진 구령 소리까지를 다 꿰뚫고 있었다.

쉬는 시간, 점심시간은 물론, 방과 후 귀가 시간을 늦추고, 동촌 동네 형님 아재들의 훈련 모습을 구경했다. 어린 한성욱은 이런 군사훈련에 관심이 많았고, 매우 큰 흥미를 갖고 있었다.

문제는 숙달된 훈련이 문제가 아니었다.

진정한 용기와 참된 충성심이 문제였던 것이다.

일본놈이 물러가니, 양키 코쟁이 털발들이 몰려왔다.

전에도 그랬다. 중국, 몽고, 일본, 러시아 등 언제나 힘세고 땅덩어리가 큰 나라들의 세상이었다. 조선은 항상 웅크리고 당하고만 살았다.

중국 황제가 조선 처녀들을 원하면 김가 성娃, 이가 성의 양갓집 규수들이 대국 황제에게 바치는 공물貢物이 되었다.

쪽발이 두목 덴노 헤이까가 부르면 조선의 정숙이, 순례, 복순이는 열여섯 꽃망울 나이에 북으로 만주, 남으로 보르네오, 자바섬까지 끌려가 일군日軍의 노리개가 됐다.

요즘은 양코배기 군대가 딸라 몇 푼을 뿌리면 조선 가시내들이 치마를 홀렁홀렁 벗고 가리쟁이를 쩍쩍 벌린다는 것이다.

옛날엔 타국놈 군대에 당한 여자를 환향년還鄕女이라 홀대를 했는데, 요즘은 외려 공주公主라는 존칭, 귀칭貴稱을 붙인다는 것이다. 양놈 군대는 물건만 큰 것이 아니고, 그만큼 끗발도 쎄다는 것이다.

제 아버지가 지어 준 이름도 마구 바꾸어 부른다는 것이다.

박메리, 이에레나, 수잔 김金이 여러 명이고, 강아지 이름도 메리가 많고, 개를 '독꾸'라고 미국말로 불러야 출셋길이 열린다는 것이다.

이러는 판에, 핫퉁이를 입은 동네 청년들을 데려다가 유나이테드·스타테드·오프 아메리카식 전투 훈련을 시켜대니, 얼른 잘 돌아갈 리가 없는 것이다. 빠다 기름을 많이 치고, 우웃가루 반죽을 아무리 많이 넣어도, 바보 멍충이가 많이 나오고, 머저리 도라무통들이 량산되었다.

어린 한성욱은 그때 등하굣길에서, 핫퉁이를 입은 동촌 동네 형님들, 아재들을 많이 만났다. 일부러 바보 멍충이가 되고, 머저리 도라무통이 된다는 것이다. 보릿고개 넘기느라고 쑥버무리에 송기죽이나 먹는 판에, 도시락 지참 강제동원 군사훈련이라 무슨 흥이 그리 나고 힘이 솟을 것인가.

그 형님들과 아재들은 학교 운동장에서 훈련을 받을 때 바보 멍충이, 머저리 도라무통이 되어 벌을 많이 받았다. 각 훈련소대를 돌며, "나는 바보 멍충이요! 머저리요, 도라무통이요!"라고 큰소리로 외치며 죽창을 들고 뛰어다녔다.

한성욱은 그때의 형님 아재들 생각에, 저도 모르게 고개가 끄덕여졌다.

학교에 오가는 길에, 성욱은 동네 아재 형님들을 자주 만날 수 있었다. 그들은 대나무 동구리에 꽁보리밥 점심을 싸 들고, 훈련을 받으러 다녔다. 고된 훈련에 배가 고팠다. 귀갓길 대창으로 띠뿌리를 캐 먹거나 소나무 가지를 꺾어 송기를 벗겨 먹는 걸 여러 번 보았다.

제국 시대 일본놈들은 대동아공영권大東亞共榮圈을 내세우고, 전쟁의 이름도 대동아전쟁이라고 했다. 서양세력의 상징인 미영귀축米英鬼畜이 사무치는 적敵이라고 야단법석을 떨었다. 그 시절 국방색 당꼬바지를 입고 설치던 조선인 면장이 해방되고도 면장질을 하는데, 지금은 쏘련, 중국, 북녘이 적이라고 훈시를 하더라는 것이다.

그때, 황토 묻은 핫바지를 입고 훈련을 받았던 아재 형님들은, 밤이 되면 동촌 앞동산 두리봉에 올라 남쪽 단독정부 수립 반대를 소리 높이 외치며, 무더기무더기 봉홧불을 올렸다.

"귀관들이 소지한 엠완 총검에는 혈액을 분출하는 홈이 새겨져 있다! 총검이 잘 빠지지 않을 때, 오른쪽 발로 적병의 가슴을 걷어참과 동시에, 총신을 힘차게 후퇴시켜야 한다!"

"닷씨 시작한다! 소대 차리어엇! 총검술 동작, 준비잇!"

"야아앗!"

훈련병들은 소리를 지르며 일제히 착검한 장총을 꼬나들었다. 양쪽 다리를 절반쯤 구부린 자세에서 정면을 향하여 총검을 겨누었다.

"찔러 총 자세는 힘이 많이 들어가는 자세이다! 긴장을 풀지 말라!

다리와 다리 사이의 공간을 충분히 확보 유지한다! 총신을 잡은 두 어깨엔 탄력이 넘쳐야 한다! 바른 자세라야 보다 깊이, 보다 힘있게, 총검을 꽂을 수 있다!"

"찔러엇 총!"

"야앗! 얏! 야앗!!"

기합소리와 함께 적병의 가슴에 총검을 꽂고, 뒤로 후진, 다시 다른 적병을 향해 한걸음 전진하는 연속 동작이 이어졌다.

"찔러엇 총!"

"야앗! 얏! 야앗!!"

한성욱 훈병은 뱃가죽이 등에 붙어서 기합소리가 제대로 나오지 않았다. 입 모양을 움직여서 소리를 지르는 것 같은 입시늉만 하고 있었다.

"쉬어엇 총! 소대 원위치!"

훈련병들은 피곤과 허기에 지쳤다.

조교는 조교대로 기분이 잡쳤다.

훈련병들의 기합소리는 맥이 빠져서 기백이 없고, 동작은 힘이 빠져서 절도가 없다.

이럴 땐, 조교의 판단에 의해 두 가지 중 한 가지를 택해야 한다.

소리를 지르고 단체기합을 주어 분위기를 다시 수습하거나, 10분간의 휴식을 주어 힘의 재충전을 기하거나, 둘 중 하나인 것이다.

"십 분간 휴시익!"

정확한 판단이었다.

상황판단도 숙달된 조교의 경험, 결단력이 필요했다.

이 분위기에선 기합이나 긴장보단, 휴식이 약이었다.

"와아!!"

훈련병들의 환영 탄성이 터졌다.

조교의 판단력이 제대로 들어맞은 것이다.

10분간의 휴식, 오줌 싸고 자지 볼 시간이 없는 훈련병들에겐 참으로 대단한 은혜요, 축복이었다.

황량하기 짝이 없는 검붉은 황토 벌판에서, 하루 종일 훈련에 시달리는 훈련병들로선 휴식이란 낱말 자체가 반가운 위안이었다. 긴장에서 긴장으로만 이어지는 훈련소 생활에서 몸을 쉬는 것도 중요하지만, 잠시라도 마음을 쉬어 주는 것이 얼마나 다행이고 행운인지 모른다.

훈련병들은 선착자가 중심에 세운 소총 총걸이에 재빨리 둥글게 총들을 걸어놓고, 각자 용무를 찾아 흩어졌다.

피곤한 몸을 그 자리에 늘어뜨리고 누워버리는 사람, 담배를 피는 사람, 퍼질러 앉아서 조는 사람도 있었다.

뭐니 뭐니 해도, 10분간의 휴식은 훈련병들에게 첫째가 용변 해결이었다.

신진대사가 왕성한 장병들에겐 무엇보다 용변 해결처럼 급한 것이 없었다. 사람들이 긴장하면 용변이 잦다. 추운 날씨일수록 더욱 그렇다.

훈련소 문화 중에서 가장 싫은 것이 변소문화였다.

그중에서도 야외 교장의 뗏장변소였다.

연대 취사장 근처에 대형 변소가 있었다.

영 내 변소엔 판자로 무릎 높이의 칸막이가 있었다. 옆에 사람이나 중앙통로 건너편 사람과 빤히 마주 보고 앉아서 용변을 보아야 했다.

음식은 어떠한 음식이나 식구끼리 모여 앉거나, 아는 사람끼리 마주 보고 먹으면 맛이 있고 보기에도 좋다.

하지만 사람이 위로 먹은 음식을 아래로 배설을 할 때에는 아무리 친한 사람끼리도 한 장소에 같이 앉아서 쏟아 내는 법이 없다. 세상에 제일 가깝다는 부모 형제, 알몸으로 잠자리를 같이하는 부부 사이도, 배설 장소만은 서로 같이하는 법이 없는 것이다.

도대체가 반인륜적이고, 반도덕적이고, 반정신위생적인 훈련소 변소문화였다. 동물도 아닌 인간이, 두 눈 말똥말똥 뜨고 서로 마주 보면서 용변을 보고 있는 것이다. 과연 훈련병을 인간 반렬에 놓은 것일까, 축생 취급을 하는 것일까. 동물들도 서로 모여 시선을 마주하고, 똥오줌을 싸는 법은 없다.

이것은 인간 모독이고, 인간 스스로가 도덕적, 윤리적 인간이기를 거부하는, 지극히 반인륜적 패륜 행위인 것이다. 이것은 인륜 범죄이다. 아니면 인간집단이 공공행위로 사람을 죽이는 기술을 연마하는 데 대한 스스로가 모르고 내린 천벌일 것이다.

뗏장으로 둑을 쌓은 훈련소 야외변소, 이건 또 어떤 자가 내린 천벌인가?

이런 풍습과 문화가 20세기 문명의 이 밝은 대낮에서 지구상에 존재 가능한 것인가, 또 존재해서 되는 것인가?

휴전, 전쟁이 멈춘 지, 강산이 한 번 변하는 세월이 다 지났다.

여기는 현재 총알이 쏟아지는 전장이 아니다. 전황에 따라 작전지역을 옮겨야 할 최전선 전투부대도 아닌 것이다. 뗏장 몇 장으로 변소 시설을 유지해야 할 피치 못할 사유가 있는 것도 아니었다. 전쟁이 한창일 때 훈련소가 문을 열었으니, 야외 교장 뗏장변소는 장장 10년

동안 육군 훈련소 공공시설로 굳건하게 자리를 잡은 셈이다.

누구의 머리에서 나온 착상이었을까?

어디에서 배운 흉내일까?

한성욱은 매우 흥미 있는 일이란 생각이 들었다.

일본군? 만주군? 미군들에게서 배운 것일까? 어떤 한국군 장성의 특출한 머리가 만들어 낸 조형물일까.

야외 교장마다 모든 변소의 형태는 동일했다.

대강 직사각형으로 변소 외각을 만든다. 펫장으로 무릎 높이 정도의 외벽을 쌓는다.

옆 사람과 옆 사람 사이의 칸막이벽도, 마찬가지로 펫장 몇 장씩을 쌓아 놓는다. 밖에서는, 그러니까 외벽 밖에서는 환히 사람이 다 보이고, 안에서도 서로 볼일 보는 모습을 환하게 다 볼 수 있게 시설이 되어 있다.

내벽 칸이야 그렇다 치지만, 외벽마저 안쪽의 사람이 다 들여다보이는 판이었다. 엉덩이를 까내 놓고 허허벌판에 하릴없이 앉아 있는 모습이었다. 뒷 엉덩이야 내 눈에 안 보이니 누가 보건 말건 무슨 상관이랴만, 앞쪽에서 덜렁거리는 방망이와 늘어진 알주머니가 문제였다.

이런 것쯤이야, 훈련병 물건은 좆도 아니고, 따라서 훈련병은 사람이나 군인도 아니라서 별 상관될 것도 없다는 것이다.

"떡 사시오"

"고구마 있어요"

"쓰루메요"

"엿 사이소"

문제는 이 뗏장변소에서 불쑥불쑥 몰려나오는 이동주보(움직이는 가게) 아줌마들을 떼거리로 만날 수 있다는 것이다.

훈련병은 천금 같은 10분간의 휴식을 아끼거나 용변을 위해 단거리 선수가 된다. 지체 없이 바지춤을 까고, 오줌 줄기를 뽑거나 쭈그려 앉아 큰 것을 본다.

이때다, 때를 놓쳐서는 아니 되는 것이다.

뗏장변소 구석구석에서, 이동주보 아줌마들이 떼를 지어 몰려나오는 것이다.

"고구마 있어요"

"찐빵이요"

"떡이요"

"엿 사소"

"쓰루메요"

한성욱이 흥미(?)를 갖는 것은 그 시설이 원시적이라든가, 비위생적이라든가, 예술적이지 않다고 말하고자 하는 것이 아니었다.

변소는 근본적으로 먹은 음식을 소화하여 배설하는 곳이지, 음식을 사서 먹는 장소가 아니라는 것이다. 훈련병들은 배가 고프니 먹어야 하고, 아줌마들도 배가 고프니 장사를 해서 새끼들 먹여 살려야 하고, 저도 먹어야 한다. 배가 고픈데 변소니, 안방이니를 따지는 건 배부른 거드름, 한가한 까다로움이라고 탓하면 할 말은 없다.

훈련병들도 남의 집 귀한 자식이고, 사람으로 태어나서 사람대접을 받아야 할 존귀한 생명체들이다. 명색이 나라의 부름을 받고, 나라 땅과 백성들을 지키기 위해 고된 군사훈련을 받는 중이다.

긍지와 사명감이 있어야 애국심이 생기고, 전장에 나아가 충성스런 군인이 될 것이 아닌가.

아무리 나라가 시원찮고, 근본이 우스꽝스런 나라라고 해도 최소
한의 예절, 인간 본연의 규범은 있어야 할 것이 아닌가.

한켠 한성욱은 자신이 너무 호사스런 생각을 하고 있는 것 같았다.

훈련병은 사람이 아니라는데 혼자서 쓸데없이 반기를 든 공허가 그
를 엄습했다.

며칠 전에 한성욱도 겪었다.

그날은 일요일인데도 중대 깃발을 앞세우고 전 중대가 행군에 나
섰다. 훈련병들은 총 대신 커다란 보퉁이 하나씩을 옆구리에 끼고 있
었다. 겨우내 입었던 세탁물 보자기였다. 대강이라도 물빨래를 해서
후배 깃수들에게 물려줘야 하는 것이다.

훈련소에서 사오 키로쯤 떨어진 저수지에서, 돌덩이로 얼음을 깨
고 겨우 빨래에 물을 묻혀서 돌아왔다. 얼음물이라 비누칠도 제대로
헹궈지지 않았다.

그날 오후였다.

일주일 동안 훈련에 시달린 몸을 쉬고 있는 시간이었다.

훈련소 전체, 연대 전체가 조용하여 적막감이 돌았다.

한성욱 훈병은 사타구니가 가려워 속옷을 까뒤집고 이를 잡았다.
속옷 솔기들엔 서캐가 허옇다. 이가 얼마나 많은지, 허벅지 속살이
벌겋게 피가 베었다. 이도 이지만 관물함 틈새, 침상과 막사 벽 판장
틈새에 빈대가 많아서, 온몸에 피멍이 가실 날이 없었다.

한성욱이 취사장 근처, 변소에서 용변을 보고 소대로 돌아오고 있
는 길이었다.

오후 4시가 넘은 시각, 햇볕이 기울고 있었다.

"오요, 오요 요요, 오요 요요…"

등 뒤에서 무슨 소리가 들리는 것 같았다.

한성욱은 자기와는 상관이 없는 것 같아서 그냥 천천히 앞을 향했다.

"오요 요요…… 오요 요요욧, 요요욧……."

주위를 둘러보아도 아무도 없었다. 막사 뒤쪽이라, 철조망이 길게 주위를 둘러싸고 있어서, 한성욱 자신 외에는 사람의 그림자가 보이지 않았다.

"오요 요요욧, 오요 요요욧……."

분명 사람, 여자 목소리가 들렸다. 철조망 쪽이었다. 시골에서 어린아이가 마당귀에 똥을 싸면 아주머니 할머니들이 놀러 나간 강아지를 불러들이는 소리인 것이다. 혓바닥을 입술 안쪽에 구부려 깔딱거리는 소리까지, 틀림없는 강아지 부르는 소리시늉이 분명했다.

"오요…… 요요……"

제법 또렷하고, 더 큰소리로 한성욱을 부르는 것이었다.

처음엔 어리둥절하여 소리 나는 방향을 향해 눈을 두리번거렸으나 사람을 얼른 찾지 못하였다.

자세히 철조망 기둥 사이를 살피던 한성욱의 눈에 수건을 눌러 쓴 사람의 모습이 보였다.

한성욱이 발을 멈추고 시선을 고정시키자, 이 여자는 "오요요요욧…… 오요 요요요욧……" 하며, 더욱 큰소리로 한성욱을 불러대는 것이 아닌가.

막상 당하고 보니 성욱은 정신이 멍 했다.

훈련병하고 일반인이 걸어가면 훈련병과 '사람'이 간다고 말한다.

훈련병과 계급장을 단 병사가 걸어가면 훈련병과 군인이 간다고 하는 말이 사회에 널리 퍼져 있었다.

훈련소에 들어와 막장 생활을 체험하며, 훈련병들 스스로가 이 말 뜻을 뼈가 저리게 통감하게 된다. 훈련병 스스로가 '훈련병도 사람이 가?'란 말을 씹으며 자조하는 것이다.

그렇지만, 이렇게 직접 맞닥뜨리고 보니, 얼른 상황을 대처하기가 어려웠다.

한성욱은 지금 당장 돌맹이라도 주워 던지고 싶고, 입에 담지 못할 욕이라도 퍼부어 주고 싶었다.

"오요요요요욧…… 오요 요요요욧……."

한성욱은 돌처럼 몸이 굳어서 거기 서 있었다.

이상하게 생긴 그림자 하나가 비스듬히 옆으로 누워 있었다. 들판에 서 있는 허수아비 같았다. 헐렁한 방한복 누비바지에 부엉이처럼 커 보이는 야전잠바를 입은 한성욱 자신의 그림자다. 길게 목을 느리고 서 있는 것이다.

틀림없는 허수아비였다.

발길을 돌리는 한성욱의 눈에 왈칵 눈물이 솟구쳤다.

6

총알이 비 오듯 쏟아지고 있었다.

5백 야드 사격장 감측호다.

성욱은 2교대째 투입된 깃발 신호 담당 감측병이었다.

감측호의 통로는 비좁기로 유명하다. 깃발보다 깃대가 긴 깃발을 들고, 성욱은 비좁은 감측 통로 한쪽에 쭈그리고 앉아 있었다.

반대쪽 사선에서 쏘아대는 총소리가 어찌나 시끄러운지 정신이 하나도 없었다.

사선 통제 지휘장교의 마이크 소리 또한 너무 크고 요란스러웠다. 사격장 전체가 뒤흔들릴 정도로 혼을 빼놓을 지경인 것이다.

사격이 시작되면 총소리가 수없이 투두둑 댔다. 마치 가마솥에 콩을 볶듯, 한참을 후두둑 대다가 어느 사이 거짓말처럼 사선이 조용해진다.

이때 다시 사선 통제 지휘장교의 다음 명령이 연속 사격으로 쏟아져 내린다. 비행기에서 기총소사를 가하듯, 말 탄환을 계속 쏘아대다가 기관포 사격을 가하듯, 드넓은 사격장 전체를 마구 왕왕 울려대기 시작하는 것이다.

감측호에서 들리는 총성은 처음 콩을 볶듯 튀어나오다가 점점 그 소리의 예각이 꺾이는 것이다. 나중에는 가마솥 뚜껑 위에서 튀어 터지는, 튀밥 벌어지는 소리처럼 퍼퍼 퍼져서 내려앉는다.

총알 날아오는 소리 또한 묘했다.

총알이 타켓에 맞으면 틱! 택! 탁! 둔탁하고 짧은소리로 끝이 난다. 하지만 총질을 잘못해서 총알이 멀리 빗나가는 수가 있었다. 피웅! 피이웅! 피웅! 날카롭고 긴 금속성을 내는 것이다.

사격장 군기는 세상이 다 아는 대로, 수많은 훈련소 교육장 군기 중 가장 엄격하고 살벌하다. 그중에서도 사격장 감측호 군기는 몸서리가 나게 무서운 것이다. 훈련병들이 '죽었다!'고 복창하는 곳이, 바로 이 비좁은 통로로 이어진 감측호이다.

총은 감각, 감정이 없는 무쇠 막대다. 귀가 없다. 말을 알아듣지 못한다. 사선에 오른 훈련병들은 총을 다루는 데 아직 서툴다. 엠완총을 처음 쏘아보는 것이다. 그래서 사선은 군기가 무섭다. 엄격하게 통제되는 것이다.

감측호는 이에 비할 바가 아니다.

총알이 바로 날아오는 곳이다.

총알에는 눈이 없다. 아군이건 적군이건 맞으면 죽는다.

"개쌔끼, 고개 못 숙이나! 이게, 뒈질려고 색을 쓰나!"

감측호 조교들은 눈알이 뻘겋다. 생김새부터가 다르다. 인상이 험악하고, 우락부락 험상궂게도 생겼다. 전쟁터에서 전쟁을 막 치르고 나온 것처럼 말과 행동이 거칠다.

"야, 이 씹쌔꺄! 빨리 돌려! 타켓…… 빨리! 빨리!"

"빨리 임마! 종이 갈아붙이고, 다시 돌려서 올린다!"

몽둥이 빳다가 쉴 새 없이 나른다.

"저 쌔끼들은, 뭐 하는 거야! 동작이 왜 우물쭈물이야! 타켓 빨리 돌려세워!"

기간병들의 거친 발길질이 사정이 없다.

"갯쌔끼, 빨리빨리! 타켓 들어 올려 임마!"

훈련병들은 눈알이 핑핑 돌았다.

최대한 동작을 빨리하여 총알에 구멍이 뚫린 조준지를 떼어내야 한다. 그리고 새로운 조준지를 제빨리 타켓에 다시 붙여야 하는 것이다. 이어서 무거운 통나무 타켓을 돌려세워야 한다.

커다란 생 통나무를 대강 깎아서 만든 타켓은 보통 무거운 것이 아니었다. 무쇠로 된 고정장치를 풀고 올리고 내리는 일이 여간 어려운 것이 아니었다. 회전 손잡이를 돌려서 풀고, 잠그고, 올리고 내리는 일에 장병 두세 명이 붙어서 힘을 합해도, 낑낑대고 헐떡거릴 정도로 힘 드는 일이었다.

사선에서 사수가 약실검사를 끝내고, 다음 사격을 위해 새 탄창을 갈아 끼우는 시간은 별로 길지 않다. 이 짧은 시간에 감측호에선 타켓의 총알 맞은 조준지를 떼어내고, 새 조준지를 붙이고 타켓을 돌려 다시 원위치시켜야 하는 것이다. 이 작업이 결코 쉬운 일은 아니었다.

"잇 쌔끼들 이거, 동작 좀 봐라! 이거?"

무조껀 패고, 이래도 아구통 돌리고, 저래도 쪼인트를 깐다. 조별 단체 기합은 원산폭격, 한강철교다.

감측호에 들어와서 빳다 안 맞으면 몸이 간지럽고, 원산폭격 안 하면 밥맛이 떨어진다는 말이 있다.

한성욱과 같이 들어온 1분대는 아까 감측호에 들어오자마자 원산폭격을 했다. 다 3분대 녀석들 때문이었다. 동작이 느리고 행동 통일이 안 된다는 것이다.

조교가 각 조별로 간단한 감측호 수칙을 설명하고, 타켓 다루는 요령을 숙지시켰다. 곧이어서 타켓을 내리고, 조준지를 떼고 붙이고, 다시 타켓을 바로 돌려세우는 연습이 되풀이되었다.

물론 총알이 맞았는지 안 맞았는지, 어느 방향에 맞았는지를 알리는 깃발 신호 연습도 병행되었다.

대부분의 군대훈련은 신속, 정확, 절도 있는 동작이 강조되었다.

사격장은 달랐다. 무엇보다 안전이 제일이었다. 감측호는 더 말할 것이 없었다.

"잇 쌔끼들, 누가 일어서라고 그랬어? 잇 씹쌔끼들, 감측호가 즈그

동네 원두막인 줄 아나?"

또 걸렸다.

째보선창 목포깡다구가 소속된 3분대다.

해남물감자도 같이 걸렸다. 앰한 1분대는 3분대와 조가 같아서 개평으로 걸렸다.

단체 기합은 원산폭격이다. 땅바닥에 철모를 벗어 엎는다. 그 위에 맨 머리통을 거꾸로 박고 물구나무를 서야 하는 것이다. 양팔은 뒤로 돌려 포개고 열중쉬엇 자세가 된다.

몸의 중심이 철모 위의 맨 머리통으로 쏠리고, 감측호 벽에 두 다리를 걸치고 있는 형태여서, 대롱대롱 공중에 매달려 있는 뒤웅박 신세인 것이다.

"개에 쌔끼, 움직여? 씹쌔끼들, 초장부터 말썽이야!"

몽둥이, 발길, 인정사정 봐 주는 것이 없었다.

"쌔에 끼, 이거 똑바로 못 하나?"

훈련병들의 머리통도 둥글고, 땅에 엎어 놓은 철모도 둥글었다. 둥근 철모 꼭대기의 면적도 비좁고, 훈련병들 머리통 정수리 면적도 비좁았다. 몸무게의 중심이 이 비좁은 머리통, 꼭대기로만 쏠렸다. 그러잖아도 불안하고 미끌어질려는 훈련병들의 머리통들이 조교들의 발길질 하나에 툭툭 땅바닥으로 굴러떨어졌다.

"빌빌대? 쌔에끼들……."

빳다 치는 소리, 발길질, 훈련병들의 비명, 신음 소리, 감측호는 아수라였다.

"너 대학생이지?"

이러는 판에, 번쩍이는 대위 계급장이 성욱에게로 다가왔다.

"너 이쪽으로……."

무슨 일인지는 모르지만, 일단 한성욱은 물구나무에서 해방이 되었다.

한성욱은 아무 영문도 모르지만, 대위가 이끄는 대로 감측호가 ㄴ자로 꺾이는 곳에 이르렀다.

그곳 구석진 곳에 이르자, 대위는 땅바닥에 앉아, "너 이것 좀 도와 줘…… 내가 시험 일짜가 급해서……."라며 뭔가를 펼쳐 보였다. 한 눈에 봐도 군사학 교재인 팜프렛이었다.

성욱더러 영어 강사 노릇을 하라는 것이었다.

난감한 일이었다. 한성욱은 자신의 영어 실력을 스스로 너무 잘 알 기 때문이었다. 이런 일이 있을 줄 알았더라면 평소 영어 공부를 더 열심히 했을 것이었다.

자신의 신통찮은 영어 실력에, 대위에게 미안한 생각이 들었다. 그 렇지만 한성욱은 성의를 다했다. 다른 조와의 임무 교대 시간으로 길 지 않은 시간이었지만, 조금이라도 대위에게 도움이 되기 위해서 노 력을 아끼지 않았다. 대위는 너무 진지했다. 전문적인 군사학 연구 분야가 아닌, 일반적인 군사 관계 문장 해석이어서 그나마 큰 다행이 었다.

한성욱이 팔자에 없는 영어 강사 노릇을 마치고, 사선에 오른 것은 오전 일과가 끝나는 마지막 사격조와 함께였다.

"연일 계속되는 교육 훈련에, 교육병 여러분들의 수고가 많다!"

얼음 위에 배 밀 듯이, 혹은 속사포처럼 쏘아대는 사선 통제관의 달변이 너르고 너른 5백 야드 사격장 전체를 쩌렁쩌렁 울렸다.

한성욱이 서 있는 곳은 엠완 사격장이다.

최대 사거리 3천2백 미터, 유효 사거리 762미터에 이르는 세계 최강 미 육군이 자랑하는 개인 화기 사격장이다.

일주일 전에, 0점 조절을 위한 칼빙 사격이 있었다.

엠완에 비하면 칼빙은 장난감이다. 크고 날카로운 놋쇠 탄환 여덟 발을 장탄한 탄창 하나가, 순식간에 빈 탄창이 되어 튕기쳐 나오는 위력적인 연발 장총이다.

"사수는 지정된 번호를 확인하고, 엎드려 쏘아 자세에 임한다!"

사선에 오르자마자, 사선 통제관의 거침없는 사수 길들이기가 시작되었다.

"사수 일어−섯!

여기는 총알이 날아다니는 사선이다! 동작을 빨리한다!"

"기합 소리 작다! 사수, 엎드려 쏘아!"

"야앗!!"

사선의 기합 소리가 아까보다 제법 커졌다.

사수들이 일제히 배를 땅에 붙이고, 두 다리를 벌려 사격 자세를 취했다.

"사수! 긴장을 풀고, 안정된 자세에서, 호흡을 가다듬고, 전방을 향하여 거총!"

"사수! 거총 바로! 전방 목표물(타켓)을, 정확하게 확인한 사수는, 자세를 바로 한다!"

"사수! 탄환 일발 조여!"

드디어 사수들이 바른손을 움직여 신속하게 탄환 장전을 끝낸다. 노리쇠를 후퇴시켜 탄창 위로 튀어 오른 총알 한 발을 입을 벌린 약실 구멍으로 밀어 넣는 동작이었다. 노리쇠를 후퇴시켰다가 전진시키는 순간에 발생하는 날카로운 금속성, 5백 야드 사격장 전체를 한바탕 뒤흔들었다. 자극적이고 신경질적인 금속성을 남긴 뒤끝은, 조여드는 긴장으로 사선을 꽁꽁 얼어붙게 했다.

찬물을 끼얹은 것 같은 긴장을 깨고 "사수, 거총! 사수, 거총 바로!"라며, 갑자기 사선 통제관의 목소리가 빨라지고, 다급하게 쫓기는 것 같았다.

"긴급사항이다! 긴급! 아, 감측호! 감측호! 3번 타켓! 3번 타켓을 바로 세우라! 담당 조교는 뭘 하는가? 타켓이 3시 방향으로 기울었다! 3번 타켓 담당 조교!"

숨도 안 쉬고 쏘아대는 사선 통제관의 말대포가 긴장에 휩싸인 사격장을 뒤흔들었다.

잠시 후, 기울었던 타켓이 바로 서고, 맥이 풀렸던 사선이 정상을 되찾았다.

순간, 성욱은 감측호 참호 안 상황이 떠올랐다. 보나 마나 3번 타켓 담당병들은 죽었다. 앰한 같은 조 훈련병들도 개평으로 얻어맞을 것이다. 발길질, 빳다, 몽둥이가 날으고, 원산폭격 한강철교가 그들을 기다리고 있을 것이다.

"사수, 정위치! 동작을 신속히 한다! 사수는 양다리를 벌려, 바른쪽 발은 번호 표시목표에 고정시키고, 하복부가 땅에 밀착된 상태에서, 총을 잡는다!"

"사수 호흡을 가다듬고, 안정된 자세에서, 정면 목표물을 향하여, 거총! 거총 바로! 사수, 호흡을 가다듬고, 거총! …… 처녀 젖가슴을 만지듯, 방아쇠 일다안, 이다안…… 발사!!"

일시에 사선은 총성으로 휩싸인다.

화약 냄새가 바람을 타고 사격장 안을 가득 메웠다.

한성욱은 엠완소총의 위력을 실감했다. 총알 한 방이 발사되면서 분출되는 가스의 힘에 의해, 그 육중한 노리쇠뭉치가 자동으로 후퇴 전진을 감행한다. 이 반동에서 생기는 힘의 위력이 얼마나 대단한지, 한성욱의 어깻죽지가 저도 모르게 들썩, 한 발 뒤로 물러서는 것이다.

사선의 사수들은 귀가 먹먹했다.

"사수 약실 검사! 노리쇠를 후퇴시켜 고정시킨 후, 탄환 유무를 확인한다. 실시!!"

사선 통제관의 명령이 떨어지자 사선은 순간적으로 요란스러워졌다. 사수들은 일제히 노리쇠를 후퇴시키고 약실을 확인 점검해야 했다.

이때였다.

"중대장니임! 총, 총이 고장났어요오!"

훈련병 한 명이 사선에서 벌떡 일어서서 불문곡직하고, 사선 뒤쪽을 향해 뛰어 내려가는 것이 아닌가. 5중대가 집결해 있는 곳으로 내달은 것이다. 그곳엔 29교육연대 5중대장 차영주 대위가 대기 병력을 통제하고 있었다.

사선은 또 한 번 엉망이 되었다.

이 어처구니없는 5중대 5소대 박유식 훈병의 돌출 행동은, 사선 통제관의 권위는 물론 5중대장 차영주 대위의 체면까지 구겨놓은 꼴이 되었다. 훈련소 엄정 군기의 상징, 5백 야드 사격장 사선射線의 명예를 웃음거리로 만들어버린 것이다.

사선에서 통제관 명령 없이, 벌떡 몸을 일으켜 세우는 것은 곧 죽음을 의미한다. 절대 금기사항인 것이다.

차영주 중대장은 웃을 수도, 울 수도 없었다.

박유식 훈병에 대해 너무 잘 알고 있기 때문이었다. 박유식 훈병은 무학력에 핫퉁이를 입고 입대한 산골 장정이었다.

제식훈련 시, 행진을 하면 두 손이 한꺼번에 오르내리는 판이었다.

오늘도 탄환 일발 발사까지는 성공이었으나, 약실검사를 위한 노리쇠 후퇴에는 실패한 것이다. 탄환 발사 시에도, 방아틀뭉치에 얼굴을 잘못 밀착하여 광대뼈에 피멍이 들고 얼굴이 부어 있었다.

박유식 훈병은 제5중대 고문관으로 통했다.

교육장이 바뀔 때마다, 낯이 선 교관이나 조교들에게 지적을 받거나 매를 많이 맞았다. 안타까운 일이었다.

오늘 일로 인하여, 제29교육연대는 물론 육군 제2훈련소 제일 고문관으로 명성이 높을 것 같았다.

7

여러 우여곡절 끝에, P.R.I 교장에서 익혔던 사격술 교육이 끝났다.

다음 차례는 일명 '사꾸라 고지', 무릎과 팔꿈치에 사꾸라꽃이 핀다는, 고된 각개전투 훈련이 기다리고 있었다.

제1포복, 제2포복, 낮은 포복 등 적진 침투 교육이었다.

누에처럼 배를 땅에 붙이고, 꿈틀거려서 기어가는 동작에서부터 시작한다.

몸통을 옆으로 하고 어깨를 세워 팔꿈치로만 기는 동작, 엉덩이를 약간 들고 팔을 반 굽혀 오리 새끼처럼 어기적거리는 동작 등이 있다.

낮은 철조망이 장애물로 나타났을 경우, 꿩 새끼 전법으로 발랑 나자빠져서 뒤로 드러누워 기는 방법도 있다. 이때, 소총은 일직선으로 가슴에 얹고, 철모 뒤꼭지로 땅을 찍어서, 한발 한발 몸을 밀어 올리는 꼼수 포복이기도 하다.

이와 동시에 대검을 사용한 지뢰탐지, 제거요령, 수류탄 투척법, 총류탄 발사 교육 등이 실시되었다.

수류탄 투척장은 연대에서 상당히 먼 거리에 있었다.

비가 쏟아지는 날이어선지 몰라도, 행군 시간이 여간 많이 걸리는 것이 아니었다. 논두렁길을 지나 들판 건너 언덕과 야산 비탈을 돌았다. 산길도 꽤 많이 걸었다.

충청도 땅이 아닌, 전라북도 구역이라는 말도 있었다. 훈련병들끼리 희희덕거리는 말로는, 제27교육연대는 전북 땅과 충남 논산 땅에 양다리를 걸치고 있다는 것이다. 잠은 논산서 자고 아침은 익산서 먹는다고도 했다.

아무튼, 이 부대 옆을 통과해서 제법 깊은 계곡에 위치한 교장에서, 수류탄 투척교육과 총류탄 발사 시범교육이 있었다. 이를 정점으로, 6주간의 전반기 보병훈련 교육이 한고비를 넘긴 것 같았다.

뭐니 뭐니 해도, 보병 전투의 꽃은 침투사격과 진지폭파 고지점령이다.

끝이 보이지 않던 사쿠라 고지의 끝이(종착점) 보이기 시작한 것이다.

각개전투 훈련의 마지막 날이 다가왔다.

전방 고지에 위치한 적 토치카에서 불을 뿜는 맹렬한 기관총 사격이 계속됐다. 가장 낮은 자세로 몸을 땅에 눕힌 채 철조망 밑을 통과해야 하는 것이다. 속칭 꿩 새끼 전법이 바로 이런 때 쓰이는 것이다.

여기가 그 유명한 침투 사격장이다.

발뒤꿈치의 힘으로 허리를 움직여 몸을 밀어 올리고, 철모 뒷날개로 흙을 긁어, 한발 한발 적 진지를 향해 전진한다. 바로 코앞까지 내려앉은 가시 철조망을 한 손으로 헤집으며, 쉴 새 없이 쏟아지는 총알을 피해, 뒷포복(등 포복)으로 전진하는 것이다. 여기저기에 포탄이 떨어져 물기둥이 솟아오른다.

누운 포복으로 철조망 지역을 통과한 장병들은 마지막으로 적 진지를 향해 수류탄 일 발씩을 투척한다. 그리곤 대검을 뽑아 신속하게 착검한 후, 기합 소리와 함께 전격적인 돌격을 감행하는 것이다.

이것으로 사실상, 논산 육군 제2훈련소 6주간의 전반기 교육훈련이 끝나는 셈이다.

여기에 휴식(?) 겸 덤으로 이어지는 교육이 야간 사격과 야간 정숙보행이 남아 있었다.

야간 사격은 실제 전투상황이 아닌 한, 형식적인 행사에 그칠 수밖에 없었다. 칠흑같이 어두운 밤에 행해지는 야간 사격은 어차피 정조준이 불가능하다. 아무리 빈틈없고 효과적인 교육 형식을 개발해 보아야 육감에 의한 어림짐작 사격에 불과하다.

철저한 훈련을 위해 아무리 발버둥을 쳐보아야, 교육장교나 조교들이 훈련병들의 정확한 동태파악이 불가능한 것이다. 훈련 특성상, 조명시설을 설치할 수 없는 판에, 피교육 훈련병들의 작은 행동이나 표정들을 파악할 방법이 없었다.

인심이 좋아서가 아니라 어쩔 수가 없어서, 야간 사격 야간 정숙보행 훈련은 분위기가 느슨해질 수밖에 없었다. 강하게 통제하거나 제어할 방법이 없는 것이다.

이렇게 헐거운 야간 훈련만을 남겨 둔 고참 훈련병이 된 것이다.

그동안 입고 뒹군 군복들은 다 헐어 낡아빠졌다. 무릎과 팔꿈치는 허옇게 까져서 박꽃이 피었고, 엉덩이도 다 닳아서 노루 궁뎅이가 되었다. 빡빡 깎았던 중머리가 길어서 까만 밤송이가 되었고, 세수도 제대로 못 한 얼굴에는 터럭들이 엉성했다. 훈련소 생활 한 달여 만에, 얼른 보아서는 얼굴을 알아보기 어려울 정도로 많이 변했다.

미군 부대에 배속된 카츄샤 병들이, 하얀 이빨을 드러내고 웃는 새카만 흑인 병사들에게 '한밤중'이라고 놀려대면, 너희는 '절반 깜둥이'라고 되받더라는 것이다. 하나도 틀리는 말이 아니다. 흑인 병사와 섞어 놓으면 구별이 안 될 정도가 되어버렸다.

훈련소에서의 마지막 면회 일이 다가왔다.

아무리 전쟁이 쉬고 있다고는 해도, 한번 호되게 놀란 가슴이라, 자라 보고 놀란 가슴, 솥뚜껑 보고도 놀라는 것이다. 군대 나간 아들, 행여 몸 성히 잘 있는가 얼굴이라도 한 번 더 보고 싶어서, 주말마다 면회를 오는 사람들이 많았다.

소 본부 옆 공터에서 지정된 시간에 고향 부모형제를 서로 만날 수 있었다. 정해진 막사에 들기도 하고, 막사 주위에 둘레둘레 모여 앉아 가족 단위로 음식을 먹기도 하고, 그동안 못다 한 이야기들을 나누었다.

두 달이 채 안 되는 기간인데, 면회 온 부모와 아내가 아들과 남편의 얼굴을 잘 몰라본다는 우스개가 떠돌았다. 아내가 오매불망 남편 면회를 신청했는데, 새카만 낯선 남자가 달려오는 바람에 질겁하여 도망쳤다는 농담도 있었다.

시골 어머니들의 면회 보따리엔 자식의 주린 배를 채우기 위한 고향 음식이 가득했다. 전쟁 때, 전쟁 후, 훈련소는 밥을 적게 주어 배가 너무 고프다는 것이었다. 전시에는 먹을 것, 쌀이 곧 금이고 돈이었는데, 높은 사람들이 주 부식을 다 떼어먹는 바람에 쫄병들은 배가 고플 수밖에 없었다.

그리하여 어머니들은 밤잠을 안 자고, 찹쌀 찐 밥으로 인절미 찰떡을 만들고, 씨암탉을 잡아 삶았다. 찐 달걀, 고구마까지 오로지 먹을 것이 전부였다. 비싼 돈을 주고 산 능금 몇 알, 이틀 사흘 두고 고와온 갱엿 덩어리, 말린 개 다릿살 등, 온갖 조선 팔도음식이 다 선을 보이는 판이었다.

면회장에는 면회 당사자 혼자 나오는 법은 거의 없었다.

고향 친구가 아니면 같은 내무반 친구라도, 두세 명씩 같이 나오는 것이 통례였다.

면회는 대부분 부모님이 왔고, 어쩌다 아내가 직접 면회를 오는 수도 있었다.

시부모의 손을 잡고 따라온 아내들은 남편의 얼굴 한번 똑바로 제대로 쳐다보지 못하는 경우가 많았다. 시부모님 눈치 보랴, 남편 친구들(면회장에 나온 다른 훈련병) 체면 생각하랴, 주위 눈들이 너무 많았다. 꿈에도 그리던 남편 손 한 번 못 잡아 보고, 다정한 말 한마디 나누지 못하고 헤어져야 하는 것이다.

한성욱은 면회가 있는 날은 내무반에 혼자 남아 이를 잡았다.

그나마 소대 향도 벼슬도 벼슬이라고, 여러 훈련병들이 면회 때마다 한성욱을 청하고 같이 나가기를 권했지만, 성욱은 굳이 고사

했다. 면회장 근처에도 가보기가 싫었지만, 모처럼 내무반에 조용하게 혼자 남는 것이 너무 좋았다. 번거롭고 귀찮은 단체생활, 모든 것이 공식적이고 공개되어야 하는 집단 행위가 신물이 나게 싫은 것이다.

한성욱은 면회 날이면 혼자 남는 해방감에서 자유를 만끽했다.

속옷을 벗어서 이를 잡고, 서캐들을 으깨 죽이는 재미도 쏠쏠했다. 문제는 빈대 녀석이었는데, 빈대들의 아지트를 폭파하거나 소탕할 길이 없었다. 밤이면 곤해 떨어진 훈련병들의 허벅지를 벌겋게 뜯어 먹곤 감쪽같이 몸을 숨기는 빈대다.

내무반 벽 틈, 침상 사이, 관물함 각목 이음새가 빈대들의 은신처인데, 무시무시한 대검으로도 어쩔 수가 없다. 위력을 자랑하는 8연발 엠완총으로도 속수무책이었다. 내무반 전체에 불을 질러 태워버리기 전에는 막강 70만 대군으로도, 전술훈련으로 단련된 48명의 5소대 훈련병 전원이 완전군장에 철모를 쓰고 덤벼도, 승리의 길은 요원했다.

한성욱은 빈대 잡는 일에는 아예 손쓰는 것을 포기했다.

이 잡는 일, 서캐 소탕을 대강 마치고, 한성욱은 막사 밖으로 나왔다.

다른 휴일과 달리 면회가 있는 휴일 오후 시간에는, 거의 모든 훈련병들이 면회장이나 다른 곳에 볼일을 보러 나가고, 한성욱 혼자 있는 때가 많았다.

양지바른 막사 벽에 기대어 까마귀 떼가 날아다니는 하늘을 바라보기도 하고, 멀리 황량하게 펼쳐진 논산평야 옛 황산벌에 눈을 주기도 했다.

멀리 아득하게 산맥들이 한없이 뻗어 있었다.

어디가 탄현炭峴이고, 어디가 계백장군 5천 결사가 최후를 맞이한 곳인지, 정확히 알 길은 없었다.

한성욱은 자신이 전장에 임해야 하는 군인이라는 데 새삼스러운 생각이 들었다.

만약 자신이 천삼백여 년 전 백제장수 계백의 휘하였다면? 나당연합군이 물밀 듯이 황산벌로 쳐들어왔다면?

옛사람들은 참으로 용감하고 정의로웠다는 생각이 들었다.

득의만면得意滿面한 얼굴로, 탄현을 넘는 신라장수 김유신의 말발굽 소리가 들리는 것 같았다. 당나라 장수, 소정방의 음흉한 웃음소리도…… 아울러 김춘추, 김법민, 김인문 3부자의 사대事大의 공을 치하하는 당나라 황제의 게걸스러운 목소리도…….

아니었다. 정작 크게 들리는 울음소리가 환청처럼 한성욱의 귀를 울리고 있었다. 비운의 영웅 계백의 애마, 거대한 적토마 한 마리가 탄현을 향해 포효하는 말 울음소리였다.

아니었다. 사私를 버리고 공公, 충忠을 택한 인간 계백의 3척 장검이 토해내는 혈곡성血哭聲 통한의 피울음이, 지금 한성욱 훈련병의 귓가를 맴돌고 있는 것이다.

8

저녁 식사 후 훈련병들은 관물 정돈이나 병기수입을 주로 했다.

자신의 생명을 지켜주는 총기를 분해하고, 하시를 막론하고 제 성능을 발휘할 수 있게 기름칠하고 깨끗하게 닦아내는 일은 매우 중요한 일 중의 하나였다.

군복이나 군장에 손상이 있을 경우, 이를 보수하고 수선하는 것도 이 시간에 이루어져야 한다.

이 모든 것을 중지하고 식사가 끝나는 대로, 전원 막사 앞 집합 명령이 떨어졌다.

느닷없이 목욕을 시켜 준다는 것이다.

훈련소에 목욕탕이 있다는 것도 몰랐고, 훈련병들에게 목욕을 시켜 준다는 말을 들어본 적도 없었다.

과연 훈련소에 목욕탕이라는 게 있을까? 훈련병들은 '목욕'이라는 말에 마음이 설레기도 했다. 옆 사람들과 두런두런 이야기를 나누며 기대에 부풀기도 했다.

소대 향도 한성욱이 소대원들을 전원 집합시키고, 석병달 내무반장 인솔하에 목욕탕을 향하여 출발했다.

제5중대 5소대가 도착한 곳은 부대 매점(주보)이 있는 그 뒤쪽 어디쯤으로 짐작되었다.

훈련병 숙소막사와는 그 모양새가 달랐다. 출입문이 여느 막사처럼 외짝 여닫이문이 아니고, 두 짝으로 된 넓은 미닫이문이었다. 건물 높이가 너무 낮고, 그 규모가 훈련병 막사의 4분의 1 정도에 못 미치는 것이었다. 아주 작은 부로크 건물이었다.

앞서 도착한 다른 소대원들의 목욕이 진행 중이었다.

밖에서 보기에는 아주 작은 규모의 목욕 시설인데, 예상보다 빨리 목욕 순번이 신속하게 교체 진행되고 있었다.

제5중대 5소대가 도착했을 때 다른 2개 소대가 대기 중이었다.

한성욱은 꽤 지루한 시간을 기달려야 할 것 같아서 걱정이었다. 그런데 예상보다 진행 속도가 빨랐다.

저녁 시간이라 건물 밖에는 찬 바람이 불고 있었다. 대기시간이 길면 손발이 시려 고통스러운 것이었다. 짜증이 나기도 하는 것이었다.

한성욱이 처음 걱정했던 일은 기우에 지나지 않았다.

훈련병들의 목욕 진행 속도는 예상 밖의 빠른 속도로 진행되었다.

얼마 후, 앞에 대기하던 소대원들의 목욕이 다 끝나고, 5중대 5소대 차례가 되었다.

탈의실 앞에서 소대원들은 목욕탕 관리 기간병들에게 인계되었다.

탈의실에 들어선 5소대 훈련병들은 놀라움을 금할 수가 없었다. 분위기가 너무 삼엄하고 살벌했다. 네 명의 기간병이 긴 장대 몽둥이를 들고 출입구와 욕실 입구를 지키고 있었다.

"야! 너희들, 신속하게 열 명씩 횡대로 정렬한다! 빨리! 빨리! 동작을 빨리한다!"

"잇 쌔에끼들! 더듬하게? 횡대도 모르나아! 옆으로…… 옆으로 서란 말이야! 빨리, 줄을 맞추라!"

줄을 잘못 서거나 동작이 조금만 느려도 가차 없이 장대 몽둥이를 휘둘렀다.

"하나아, 두우울, 세엣! 셀 때까지 탈의를 마치고 원위치에 정렬한다! 알았나아?"

"네엣!"

살벌한 분위기에 겁을 먹은 훈련병들이 서둘러서 큰소리로 대답했다.

"하나아……"

덩치가 큰 기간병이 두 손으로 장대 몽둥이를 높이 잡아들고, 초를 다투는 숫자를 세기 시작했다. 만약 조금이라도 동작이 굼뜨면 가차 없이 장대를 내려칠 기세였다.

"두우울!"

놀란 토끼 눈이 된 훈련병들은, 빠른 동작으로 옷을 벗느라 제각기 화닥닥거리고, 발이 옷에 감겨 넘어지거나 엎어지고 난리가 났다.

"세에에엣……"

아무리 화닥닥거려도 훈련병들의 겨울 복장은 5, 6초 길어야 7, 8초 내에 다 벗는다는 것은 불가능한 일이었다.

장대를 든 기간병들은 이 점을 잘 안다.

기달렸다는 듯, 긴 장대 몽둥이가 훈련병들의 벗은 등짝을 마구 후려치고, 내려치고 비명소리가 요란했다.

미처 하의를 다 벗지 못한 훈련병들은 벗은 등짝을 내려치는 장대 매에 속수무책이었다. 따악, 딱! 맨살에 내려앉는 장대 매질 소리가 맞는 몸보다 듣는 귀가 더욱 아파서, 몸서리를 쳤다.

훈련병들이 빳다를 맞는 것은 지극히 정상적이고, 하나도 부끄러운 것이 아니었다. 아무리 그렇긴 해도 좀 보기에 민망한 것이 있었다.

윗도리부터 옷을 벗기 시작한 훈련병들은 맨살 등짝에 빳다 맞는 것이 괴롭긴 해도, 그런대로 별 민망하기까지야 할 것이 없었다.

그런데 급한 김에 양말을 먼저 벗어 던지고, 아랫도리부터 탈의를 시작한 훈련병들의 모양새가, 이건 좀 보기에 여간 거북스러운 데가 없지 않았다.

아랫도리는 다 벗고, 상의는 아직 벗지 못한 상태의 다 큰 머슴아들의 모양새가 여간 꼴불견이 아니었다. 축 늘어진 망태기에 알 두 쪽이 담긴 모습 하며, 시커먼 물건들이 덜렁거리는 모양이 볼만한 경치를 연출했다.

홀딱 벗어버린 완전한 나체일 때는 차라리 야성적인 맛이라도 있지만, 윗도리는 그대로 걸치고 아랫도리만 벗은 매무새라니! 그 꼴이, 꼴이 아니었다.

지휘 조교의 호루라기 소리와 함께, 드디어 목욕탕 문이 열렸다.

"잇 쌔에끼들! 보기는 무얼 보나? ……앙!"

실체를 드러낸 목욕탕 수조 앞에서 훈련병들은 아연실색하지 않을 수 없었다.

"빨리, 뛰어 드가지 못하나아!"

연대병력을 목욕시킨다는 목욕탕이라는 게, 다섯 평짜리 시골 사랑방만 한 크기에 지나지 않았다. 보잘것없는 씨멘트 수조에 목욕물이 고작 정강이 높이만큼 물이 차 있었다.

할 말이 없었다.

집 오리 한 마리가 놀기에도 비좁은 수조였다. 목욕물이 수조 절반 높이에도 미치지 못했다. 훈련병들은 빨가벗은 몸도 잊은 채 멍하니 입을 벌리고 서 있었다.

"잇 쌔끼들, 일렬 횡대로! 하나, 둘, 셋! 셀 때까지 들어가지 않으면, 용서 읎다!"

"하나아, 두울 ……세에엣!"

야, 이것 진퇴양난이었다.

수량이 적은 더운물에선 악취가 진동할 뿐만 아니라, 우선 보기에 너무 더러워서 얼른 뛰어들 용기가 나지 않았다. 그렇다고 그대로 서 있자니, 기간병들의 장대 몽둥이가 사정없이 날아들 것이었다.

한성욱은 당장 구역질을 참느라 입을 악다물고, 코로 들어오는 악취를 쫓느라 버둥거렸다.

이것은 몸을 씻을 수 있는 물이 아니었다.

돼지 떼들이 놀다 간 시궁창 흙탕물 웅덩이였다. 앞서 도착한 2개 중대 5백여 명이 몸에 물을 묻히고 지나간 걸쭉한 땟국물이었다.

"야아, 잇 쌔끼들! 이잇, 쌔에끼들!"

머뭇거리고 서 있던 벌거숭이들의 등짝을 향해, 기간병들의 성난 장대 빳다가 마구 쏟아져 내렸다.

빳다 몽둥이에 쫓긴 훈련병들이 질겁을 해서 수조 안으로 뛰어들었다.

돼지 순대를 삶은 국물처럼 물그레한 기름띠가 떠돌고, 때 찌꺼기, 체모, 부스럼 딱지 같은 피부 부스러기 등 온갖 요상한 물질들이 욕탕 표면을 떠돌고 있었다.

온몸에 닭살이 돋고, 저절로 몸이 부르르 떨렸다. 진저리가 처지는 것이었다. 그 자리에 서 있기도 몸을 움직이기도 이럴 수도 저럴 수도 없는 것이다.

"야아! 잇 쌔끼들아! 몸에 물을 묻힌다! 빠른 동작으로 몸을 물에 담근다! 내 말 안 들리나아?"

훈련병들은 수조 안에서 몸을 움추린 채 쩔쩔매는 판이었다.

"야! 잇쌔끼들!"

등짝 후려치는 소리가 욕탕 안에 요란스럽다.

"제자리 앉아! 일어 서! …… 동작이 느리다!"

이럴 수도 저럴 수도 없는 훈련병들! 어쩔 수 없이 장대를 피해서 수조 안에 쭈그린 자세로 절반쯤 앉았다가 일어서는 동작을 되풀이

했다.

"앉아! 일어서! ……이제 너희들은 목욕 완료다! 빠른 동작으로 욕탕을 나와 신속하게 옷을 챙겨 입는다!"

세상에서 빠른 동작의 특효약은 역시 빳다 몽둥이가 최고였다. 탈의에서 욕조 안에 들어가 앉아! 일어서! 두 번에 목욕 완료 명령이 떨어지기까지, 불과 3분 내외의 시간이 걸렸다.

자비롭기 이를 데 없다는 부처님이 만들어 놓은 연옥은 얼마나 두렵고 무서운지 알 길이 없다.

사랑의 하나님, 여호와께서 만들어 놓은 유황불 지옥도 역시 얼마나 두렵고 무서운지 알 수가 없다.

하지만 육군 제2훈련소 연대 목욕탕도 두렵고 무섭기가 이에 뒤지지 않을 것 같은 생각이었다.

만물의 영장임을 자처하는 인간들은 원숭이를 보고 웃는다.

유인원들이 옷을 입지 않고, 성기와 똥구멍을 내놓고 다니는 것을 경멸한다.

한성욱은 이제부터 원숭이를 보고 웃을 수가 없을 것 같았다.

원숭이들은, 비록 성기와 똥구멍을 내놓고 다니긴 해도 같은 동류들을 목욕탕에 안 들어간다고 몽둥이질을 하진 않는다. 목욕탕에 더러운 똥물, 때 기름, 이상야릇한 악취가 진동하는 오물을 채워 놓진 않는다. 때를 씻게 하기는커녕 악취 풍기는 오물을 덮어씌워, 몽둥이 찜질을 하여 탕 밖으로 쫓아내는 야만 행위를 하지 않는다.

인간들이 옷이라는 가림막을 쳐서 체면치레하고, 정갈스러워 보이는 것이 사실이다. 그러나 옷이라는 가림막을 벗어버리면 원숭이보다 나을 게 별로 있을 것 같지가 않다. 사타구니의 찌린내, 똥구멍에서 풍기는 구린내 또한, 유인원들의 사타구니와 똥구멍에서 풍기는 동물 특유의 누린내보다 나을 것이 없는 것이다. 동물 사향노루의 사타구니와 똥구멍에선 반경 시오리 6키로에 걸쳐 아름다운 사향 냄새라도 풍기지 않는가.

인간이 결코 원숭이 침팬지보다 문명적이거나 본질적으로 위생적이지도 못하다는 걸 여실히 느낄 수밖에 없었다.

"4·19혁명이 아니면 훈련병 목욕이 어딨어? …… 다 임마, 4·19 덕이야! 째애끼덜 너그덜은 행운이야!"

장대 빳다를 휘둘러대는 기간병들이 투덜거리는 말이었다.

국가, 대한민국이 요즘의 훈련병들에게 크나큰 은전을 베풀고 있다는 말이었다.

9

밤이 새면 내일은 배출대 행(行)이다

훈련소 교육연대 훈련이 다 끝난 것이다.

감옥살이하는 사람들의 수형생활은 얼마나 힘이 들까? 불과 6~7주간의 훈련소 생활이 이렇게나 힘들고 어려운데, 3년 6개월 감옥생활은 얼마나 힘들고 어려울까.

3년 6개월이야 보통 있는 형량이고, 5년 10년 20년을 어떻게 옥살이를 견디는 것일까?

한성욱은 긴긴 터널 속을 간신히 헤집고 살아나온 기분이었다.

한편 생각하면 대견하고, 앞으로 또 3년 동안의 긴긴 군대 생활을 어떻게 감당해야 할 것인가? 답답하고 막막하고 끝이 보이지 않는 앞날인 것이다.

사람이 속박을 당하고 산다는 것, 자유, 자율을 잃어버리고 산다는 것, 참으로 본질적으로 근원적으로 다시 한번 생각해봐야 할 것 같았다.

인간은 왜 남의 삶에 제약을 강요하는 규정을 만들고, 그 규정을 사람들에게 강요하는 것일까. 인간은 생명을 가졌고, 생명 자체가 모든 제약에 저항하는 속성을 가졌다. 강요와 강제엔 맞서는 것이 생명의 본질인 것이다.

군대, 군대!

한성욱 훈병은 내일부터 군인이다.

훈련병이 아니다.

만약 지금이 전시라면 막 바로 전선에 투입될 수 있는 기본 전투기술이 연마된 전투 개체다. 망망대해에 떠 있는 난파선의 운명처럼, 한성욱은 한 치 앞을 헤아릴 수 없는 거친 바다 앞에 서 있었다. 바다 한가운데 서서 거대한 파도에 휩싸여 어디론가로 떠밀려 가고 있었다. 어쩔 수가 없었다. 불가항력이었다.

군대라는 거대한 조직 뭉텅이의 일원이 되어 거대한 억압의 바다로, 그는 어쩔 수 없이 떠밀려가고 있는 것이다. 굴종이라기엔 너무 억울했다. 하지만 이것은 분명 자의는 아니었다.

그래도 한성욱은 자기 자신을 토닥거렸다. 굴종도 때로는 약이 될 수 있다고……. 쓸만한 그릇은 나중에 뒤늦게 쓰일 수도 있다던, 종조부 한찬섭 장로의 타이름도 생각되었다.

한성욱 자신은 지금 너무 젊은 것이다.

유예猶豫를 갖고 싶었다.

그런 의미에서 한성욱은 지금 맡겨진 일에 성실할 수밖에 없는 것이다.

석병달 내무반장을 보좌하고, 제29교육연대 5중대 5소대 향도의 소임을 다해야 하는 것이다. 이 밤이 지나고 내일 교육연대를 떠나는 순간까지, 평범하고 충실한 훈련병이 될 수밖에 없었다.

5중대 5소대 막사도 여느 막사들처럼 희미한 취침 등 아래 교육연대에서의 마지막 잠자리에 들었다.

교육연대 입소 초기, 선임 내무반장 조봉길 병장의 제대 회식을 진행하던 분위기와 비슷한 소대 분위기였다.

한성욱은 곧장 향도 임무 수행을 시작했다.

자신은 이런 것을 '강아지 정신'이라고, 한성욱 자기 자신에게 말했지만, 보편적으로 군대에선 '쫄병 정신'으로 통하는 것이다. 한성욱은 내의 바람으로 오리걸음을 쳐서 통로를 살금살금 기어 다녔다. 각 분대 분대장들을 불러 모으기 위한 것이었다.

요령은 전前과 동同! 충청도 아저씨 조봉길 병장 제대식 송별연과 같았다.

원칙적으로 우리 네 명의 분대장들이 기본금을 분담한다. 훈련소 졸업 회식에 참여할 의사가 있는 사람한테만 도움을 받아라. 참여 의사가 없는 훈련병들은 그대로 취침에 들도록 한다.

생각해 보면, 석병달 상등병 같은 좋은 내무반장을 만나기도 쉽지 않다.

함부로 몽둥이 들고 설치는 일 없었고, 구습 사납게 욕설을 퍼붓거나 괜스레 성질부리는 일 없었다. 이유 없이 훈련병을 괴롭히거나 금품 갈취 같은 지저분한 일이 일절 없었다. 여간 고마운 일이 아닌 것이다.

6주 동안 큰 사고 없이 마음고생 덜 하고 몸 성히 훈련을 마쳤다. 이에 대한 고마움을 표하는 것도 그렇게 나쁜 일은 아닌 것 같았다. 훈련소 졸업파티(?)는 쉬쉬하며 남몰래 이어 온 오랜 전통인 것이다. 공식적으로는 절대 금기이고 훈련소 폐습 중의 하나였다. 군기 면에서 도저히 용납할 수 없는 일이었다. 전투 집단으로서 감상적이고 퇴폐 행위에 해당하는 짓이었다.

그렇지만 인간은 어차피 나무나 돌일 수 없었다. 무쇠로 된 기계일 수도 없는 것이다.

취침나팔이 울린 지 꽤 오래된 시간이었다.

몸이 너무 피곤하거나 졸업 회식에 참여할 의사가 없는 사람은, 그대로 취침에 들도록, 한성욱은 각 분대장들에게 각별히 주문한 바 있었다. 그래선지 취침 자세에서 그대로 잠이 든 소대원들도 있었다.

하지만 대부분의 소대원들은 벌써 눈치를 채고 기대에 찬 눈빛을 빛내며, 역사와 전통에 빛나는 훈련소 졸업 행사를 기다리고 있었다.

생활환경, 생존환경이 갑자기 바뀌고, 삶의 목적 생존패턴이 별안간에 거꾸로 뒤바뀌어 버렸다. 인간성, 인간이 황폐화되는 극한상황에 몰리게 되면서 졸지에 젊음들은 허탈했다. 삶의 의미에 깊은 동공洞空이 패었다. 훈련 장정들은 무언가 절박감에 몰렸다.

사람이 사람을 찌르고 쏘아 죽여야 했다.

그것도 효과적으로 대량으로 죽일수록 무공이 올라가는 것이었다. 정확하게 신속하게 빠짐없이, 모두 다를 죽이는 것이 훌륭한 전투기술이 되는 것이다. 이 얼마나 끔찍한 살육기술의 연마인가. 불과

50여 일간에 걸쳐, 이런 정신적 공황상태를 맞아 정리하고, 이겨내고, 나름대로 명분을 세워 정신을 잃어버리지 않아야 했다.

정신을 잃어버려선, 정신의 끈을 놓아버려선, 아니 되는 것이었다.

한성욱의 말대로라면 기어코 살아남아야 했다.

살아남는다고 하는 것은 어떠한 무엇에도 우선하는 것이었다.

그렇다고 아무리 강변을 해도, 훈련병들의 마음속에는 크고 깊은 흠집들이 옹이가 되어 하나씩 남아 있었다.

이렇게 자신들의 젊음에 어떤 한 선을 긋는 고비에서 무거운 마음을 털어버리고, 조금이나마 위안을 받고 싶은 것이었다. 곤한 밤잠을 유보하고, 푼돈을 모아 대다수의 소대원들이 졸업 회식에 참여하는 뜻이 여기에 있는 것이었다.

훈련병들이 제일로 목이 타게 갈구하는 것은 자유다.

스스로 마음을 결정해서 회식에 참여하는 것 자체가 자유다.

그동안 단절된 세상, 민간 사회와의 접속을 시도하는 셈이었다. 우선 술을 한잔 마시고 싶기도 했지만…….

술을 마신다는 것은 자유를 향유하는 것이다. 군대 집단의 금기를 깨고 민간 사회와 보다 가까와지는 느낌인 것이다. 보다 인간적인 것에 대한 향수일 수도 있다. 어떤 집단에 소속된 획일적인 일부분이 아닌, 이 너른 세상의 나, 그냥 사람, 자유로운 보통사람이 되고 싶은 것이다. 사사롭고 인간냄새 나는, 사람 같은 사람이 되고픈 것이다.

사람 같은 것을 잃어버리고, 억압 속에서 살아온 50여 일간의 군대, 잃어버리고 압제당한 것을 되찾고픈 욕구가 눈을 뜬 것이다. 그것이 술을 먹고 싶게 하고, 졸업 회식에 대다수 훈련병들이 자발적으로 흔쾌히 참여하고 있는 원동력이 된 것 같았다.

석병달 내무반장의 입장에서도 뿌듯한 해방감으로 기분 좋은 밤이었다.

교육연대 기간병으로 하루도 긴장을 풀 수 없는 고된 군 생활이었다. 주기적으로 여러 깃수期數들이 끊임없이 들고 나지만, 이번 깃수들처럼 단합이 잘되는 깃수도 드물었다. 향도와 분대장들의 솔선수범으로 한 사람의 낙오자 없이, 소대원 전원이 무사히 교육을 마친 것은 큰 다행이었다. 석병달 내무반장 자신이 스스로에게 위로와 안도를 보내는 것이었다.

찌그러진 항고와 수통에 담긴 술이 들어왔다.

생각만 해도 군침이 도는 마른오징어 다리도 따라 들어왔다.

19개 중대를 거느린 제29교육연대, 논산벌 한 구역에 온통 스레트 지붕이 가득했다. 어두운 밤중이라, 빛이 밝은 낮보다 펑퍼짐하게 퍼져 앉은 그 윤곽이 더욱 거대하다.

일개 도시를 방불케 하는 수많은 건물이 희미한 취침등만 밝힌 채 쥐죽은 듯 조용하다.

하지만 오늘 밤은 막사 막사마다 은밀한 훈련소 '졸업파티'가 벌어지고 있는 것이다. 오랜 전통에 빛나는 오늘 밤의 행사를 위해서, 그렇게나 서슬 퍼렇던 주번 사령실의 야간순찰 점검도 의도적으로 생략되었다.

발자국 소리는 말할 것도 없고, 술잔 대용으로 쓰이는 항고 뚜껑 딸각거리는 소리도 숨을 죽여야 했다. 취침 상태에서 진행되는 한밤중 졸업 회식은 그야말로 스릴 만점의 숨 막히는 훈련소 최대의 쫄병 술 파티였다.

소주 냄새가 이렇게 사람을 황홀하게 할 수도 있는 것일까.

서너 사람 건너 술 순배가 돌아오고 있는데, 후각은 벌써 술을 마신 것보다 더 취해 있었다.

알싸하게 톡 쏘는 냄새가 자극적이면서도 눅진하게 휘감는 화근내가 한창 사람의 마음을 달구어 놓는다.

사람들의 입맛은 요사스런 데가 있었다.

몇십, 몇백 년 만에 술맛을 보는 것 같은 매혹적인 유혹이었다.

카— 하는 소리는 물론 잔에서 입술 떼는 소리까지 죽여야 하는 도둑 술맛! 이를 무어라 표현할 수 있는 것일까. 천하일미, 천하별미, 천하진미로는 이 맛을 다 말할 길이 없다. 무릉도원에서 마시는 신선주가 이에 따를 수 있을 것인가?

입을 대자, 벌써 코로 들어간 화근내에, 정신이 몽롱하고 흥취가 아삼삼하여 온몸이 늘어지고 쳐져 버리는 것이었다. 사대삭신 육천마디가 다 녹아내리는 기분이었다.

석병달 내무반장이 그동안 밖으로 내보일 수 없었던 속내를 내보인 것은 술이 한 순배 돌고 난 다음이었다.

해남물감자와 째보선창 목포깡다구를 손짓으로 불렀다.

석병달 내무반장이 손수 소주를 한 잔씩 따라서 그들에게 권했다. 무언의 소리 없는 술잔이었다. 전쟁 때 같으면 무운장구를 비는 술잔이었다. 지금은 포성이 멎어 있어서, 3년 동안의 군대에서 건강과 무사를 비는 셈이 되었다. 물론 6주 동안에 있었던 이런 일 저런 일을 다 털고 가라는 화해의 술잔이기도 했다.

다음으로 석병달 내무반장이 손짓으로 부른 사람은 박유식 훈련병이었다. 그는 후반기로 넘어가 고된 전투교육은 물론, 낫 놓고 ㄱ자를 해독할 수 있도록 한글 교육이 예비되어 있었다.

석병달 상등병이 내심 늘 관심을 두고 살펴주었던 훈련병이었다.

상등병 석병달의 고향, 경북 청송靑松 두메산골에는 홀로된 그의 어머니가 있었다. 초가삼간 오막살이를 지키는 그의 둘째 남동생이 땅을 파고 땔나무 짐을 져서 어머니를 봉양하며 살고 있는 것이다. 그 녀석도 박유식 훈련병처럼 겨울이면 핫퉁이를 입고 있었다.

10

다음 날은 아침부터 매우 부산하였다.

배출대로 떠나는 날이라 일이 많았다.

각자 지참하거나 반납하고 챙겨야 할 보급품들이 너무 많았다. 기타 소지해야 할 소모품도 한두 가지가 아니었다.

다음 깃수들을 위한 각종 비품의 정리정돈은 향도 책임하에 소대원 전원이 신경을 쓰고, 힘을 합해야 할 필수사항이었다. 석병달 내무반장을 도와주는 마지막 작업이기도 했다.

한성욱은 자신들이 머물다 간 뒷자리가 깨끗해야 한다는 것을 잘 알고 있었다. 6주간을 살다 가는 어설픈 뜨내기 생활이었지만 마무리할 일이 너무도 많았다. 소대나 분대의 개인 장구와 지급품의 온전한 상태로의 보관, 반납, 인계 등의 점검 및 숫자파악으로 눈코 뜰 새 없이 바빴다.

곧바로 기성품 군인이 되어 인계 배출되는 병력들에 관한 일들도 많았지만, 미완성품으로 후반기로 넘어가는 장병들에게는 일도 많고 해결해야 할 문제들도 너무 많았다.

오늘 배출대로 넘어가는 병력들은 대부분이 육군 특수병과로 차출될 인원이었다.

이와는 반대로, 후반기로 넘어가는 병력들은 전원 보병 병과로 분류되어 최전방 전투사단의 중대, 소대에 배치될 인원이었다. 단기 복무가 예약된 교보(교사 출신), 학보(대학 학적 보유자)를 제외하곤 학력이 낮거나 무학자들이 이에 속했다. 전반기 훈련과는 비교가 안 되게, 혹독하고 고된 전투교육이 그들을 기다리고 있는 것이다.

후반기 교육에 차출된 장병들의 표정은 무겁게 굳어 있었다.

침통한 표정으로 눈물을 보이는 병사들도 있었다. 군대교육, 신병훈련의 고통스러움을, 그들은 누구보다도 체험을 통하여 잘 알고 있었다. 후반기 교육의 고통스러움은 가히 살인적인 인내를 강요당하는 억압이 따르는 것이었다.

후반기 훈련에 떨어진 병력들은 그들의 출신 성분과 학력이 말해주는바, 모두가 돈 없고 빽 없는 가난한 농어민의 자제들이었다. 이들이 감내해야 할 후반기 교육의 특성은 거의 형벌에 가까운 억압과 폭력, 비리가 횡행하는 것으로, 이미 세상에 널리 알려져 있었다.

"어이, 한성욱!"

석병달 내무반장이 소대 향도를 불렀다.

한성욱은 소대 내무반을 떠나기 직전까지 공용비품 정리정돈, 관물 정돈상태, 공용 비품의 숫자파악, 개인 지참물 챙기기에 정신이 없었다.

"야, 너밖에는……. 별수 없다!"

소대 향도 한성욱이 다가가자, 석병달 내무반장이 뱉은 말이었다.

난감한 표정의 석병달 내무반장 곁에는 키가 유별나게 작은 5분대장 탁기수와 고문관으로 유명한 박유식 훈련병이 나란히 서 있었다.

"야, 한성욱! 어쩔 수 없다⋯⋯."

곤혹스러운 표정의 석병달 내무반장이 입맛을 쩍쩍 다셨다.

그리곤 한성욱이 착용한 군용 요대를 풀게 하고, 작업복 상의를 말없이 벗겨 냈다.

12개월 단기 복무 탁기수는 학보 군번이어서, 박유식은 무학력이어서, 후반기로 넘어가는 병력에 속했다.

탁기수의 허리띠는 실수로 잘못 잘라서, 두 가닥을 위아래로 포개어 겹친 상태로 투박하게 꿰매 놓았다. 허연 실밥이 듬성듬성 드러나 보였다.

박유식의 작업복 상의는 팔꿈치와 가슴 부분이 헐어서 너덜거리는 것을 사제 실로 대강 꿰맨 것이었다.

이런 상태론 병력 인수인계가 안 된다는 것이었다.

후반기 쪽에서 받아주지 않는다는 것이다. 후반기 교육부대는 교육 군기만 엄한 것이 아니고, 개인 장비 지급품 상태 같은 소소한 것에도 아주 엄격한 잣대를 들이댄다는 것이었다. 바늘귀만 한 여유도 틈새도 보이지 않는다는 것이다.

탁기수와 박유식의 착용품은 소모품이 아니다, 나중 중고품 상태에서 반납해야 하는 반납 보급품인 것이다. 현재 폐품 상태이기 때문에 반납 불가능 보급품이라는 판정이었다.

설사 빽을 쓰거나 기간병끼리의 안면에 의해 인수인계가 된다 해도, 날이면 날마다 복장검열에 걸려 아구통이 돌아가고, 쪼인트가 성할 날이 없다는 것이다. 날마다 뺏다 맞다가 볼일 다 본다는 것이었다.

한성욱은 처음 어리둥절하고 조금 찜찜한 면도 있었으나, 곧장 일의 전말을 이해했다.

한성욱은 새카맣게 그을은 산골 촌놈 형상의 석병달 내무반장의 얼굴을 다시 한번 깊게 바라보았다. 그러고 보니 입대 하루 전날, 동촌면 소재지 홍탁집에서 만났던 국민학교 동창생들의 얼굴이 떠올랐다. 석병달 상등병이 동촌면에서 태어났더라면, 같은 동창생이 되었을지도 모를 일이었다.

동강 난 요대에 누더기 작업복 상의를 걸친 한성욱의 표정은 밝았다.

제29교육연대, 제5중대, 5소대 향도를 맡았던 한성욱 배출병은 큰 소리로 외쳤다.

"단결! 그동안, 내무반장님, 고마웠습니다!!"

한성욱 배출병은 절도 있는 동작으로 부동자세에서 거수경례를 올렸다.

"단결! 한성욱이 잘 가래이……."

석병달 상등병도 모처럼 활짝 웃었다.

4. 배출병들의 간이역簡易驛

1

"야, 이 새끼야! 똥나발 까지 마라. 돈 준다고 다 되면 누가 삼보(육군 제3보충대) 가겠냐?"

또 붙었다.

해남물감자와 째보선창 목포깡다구가 배출대에 와서도 앙숙이었다.

이상한 건 이들은 만나면 으르렁거리고 부딪치면 싸움질인데, 항상 보면 둘이는 붙어 있고 희희덕거리며 같이 다닌다. 교육연대에서도 둘이는 노상 찧고 까불고 욕지거리하고 입싸움으로 말썽이었다.

외견상 물렁물렁 허벅허벅하고 싱겁게 생긴 녀석이 해남물감자다.

째보선창 출신 목포깡다구는 눈이 옆으로 찢어지고, 깡마른 체구에 턱주가리가 삼각으로 각이 졌다. 턱 마무리가 아래로 쪽 빨아서 약간의 매부리코와 함께 성질 사나운 인상이었다.

입에 게거품을 물고, 말 마디마다 '언 엠벵', '좆나발 부네', '똥나발 까네'를 달고 다녔다. 인상도 인상이거니와 이런 욕지거리 구습 때문에, 다른 친구들이 상대하기를 꺼리는 경향이 있었다. 그런데도 해남 물감자와는 끈질기게 잘도 붙어 다녔다.

이제 해남물감자도 어지간히 단련되어서 물렁물렁하지가 않았다.

목포깡다구를 되려 윽대기거나 윽박지르기도 하고, 엠벵, 좆나발, 똥나발 까네를 자신의 전매특허처럼 남발하고 다녔다.

"야 이 새끼야, 내가 아는 기간 사병한테 알아봤다, 임마! 육, 칠만 환만 주먼, 육본도 보내 준다고 허드라."

어디서 알아 오는지, 목포깡다구는 정보가 빨랐다. 모르는 것 빼놓고는 아는 것도 많았다.

"광주, 대구는 삼만환, 다른 후방 큰 도시는 두 장씩이고, 서울은 이름값으로 사만환은 줘야 헌다고 허드라. 부산은 먹을 것이 많아서 특과라, 다섯 장 줘도 잘 안 된다고 허드라!"

이런 뜬소문에 합류하여, 나중 해남물감자도 목포깡다구와 함께 낭설 방송에 꽤나 열을 올리고 다녔다.

햇병아리 이등병, 부대 배치를 기다리는 배출병들의 불안 심리를 이용한 여러 가지 헛소문, 벼라별 낭설이 많았다.

본격적인 군대 생활, 불안하고 공포스럽기까지 한 병과 분류, 기성 부대 배치를 앞둔 배출병들은 초조하기 이를 데 없었다. 지푸라기라도 잡고 싶은 심정인 것이다. 아무리 헛소문이고 낭설이라 해도 이에 귀가 솔깃하지 않을 사람은 아무도 없었다.

하긴 이런 소문들이 전혀 근거 없는 낭설만은 아닌 것이다.

나중 '깡다구 방송', '째보선창 뉴스', '물감자 소식'으로 통했던 이들의 '정보 물어오기'도 한편 생각하면 궁금증 해소에 큰 도움이 되기도 했다. 의지할 곳 한 군데 없는 농촌, 산골, 바닷가, 섬 출신 대기병들에게 하나의 위안이기도 했다.

이미 배출대를 거쳐 간 선배들에 의하면 돈과 빽이면 안 통하는 것이 없다는 것이다. 돈과 빽만 있으면 처녀 불알도 만들어 내는 것이 한국 군대라는 것이다.

특히 훈련 끝나고 병과 분류, 특과 학교 배치, 기성부대 배치에 돈과 빽을 잘 써야 한다는 것은 이미 상식이 되었다. 일반 사회에까지 널리 알려진 일반상식이었다.

"너, 이 새끼, 그러면 내가 두 장 줄팅께, 나 광주 포병학교로 빼줄래?"

"씹새끼, 좆나발 부네. 광주 대구는 석 장이라고, 안 그러디야? 너 같이 농땡이로 고등학교 나온 새끼가…… 너, 이 새끼 곡사포 때리는 것, 포탄 떨어지는 거리 각도 계산해 내겠어?"

"욧 새끼, 말허는 거 좀 봐야? 너는 이 새끼, 째보선창에서 새우젓배 들어오고, 장작 실코 오는 섬놈들 공갈치고…… 너야말로 깡패, 가짜 졸업장 아니냐?"

"아 이 새끼가? 이 점잖은 형님한테……."

"나는 비록 농업고등학교지만, 울아부지 울어매 뼛골 녹인 진짜 졸업장이다, 임마!"

"아, 새끼 거……촌놈의 새끼가 똥나발 되게 부네. 야, 이 물감자 좆새끼야. 너 이 새끼, 야간보행 때, 이동주보 아짐씨 젖통 만질 때는 돈 잘 쓰던디? 너, 사루마다 속 돈조마이 좀 풀어라. 여섯 장 쓰먼, 너

허고 나허고 한꾸네 포병학교 간다, 응?"

"이 깡다구 새끼, 참말로 싸가지 없구망 잉? 지가 그날 저녁에, 그 아짐씨 아래 거, 거시기 만져 놓고는, 누구 핑계를 친다냐? 하, 깡다구 요 새끼, 으리 읎네. 지가 새끼가 그 아짐씨 먼저 건들어 놓고는……."

야간 사격, 야간보행 교육장에서 벌어지는 이동주보 아줌마들 스캔들이야, 어제오늘의 일은 아니다. 이동주보 아줌마들의 젖무덤이나 아래 거시기 스캔들은 훈련병들 사이에 늘 항다반사로 입에 오르내리는 일이었다.

이를 '물감자'와 '깡다구'들이 소속했던 제29교육연대 제5중대 5소대에선, 야간 각개전투 훈련이 끝난 요 며칠 전부터 부쩍 번져 나기 시작한 소문인 것이다.

이들이 야간 각개전투의 마지막 훈련인 야간 정숙보행에 들어간 것은, 음력 2월 초순, 아직 달이 여물지 못한 밤이었다. 더구나 그날 밤은 구름이 짙게 낀 늦겨울 밤이어서 교육장 주변은 칠흑처럼 어두웠다.

야간 사격과 야간 정숙보행 교육장은 민가에서 멀리 떨어진 한적한 산속에 위치하고 있었다. 주위엔 나무들이 서 있고, 키 작은 숲이 우거져서 야간에는 가까운 곳에 있는 사람도 잘 찾아내기 어려운 상황이었다.

이때쯤이면, 훈련병들의 몸과 마음이 늘어질 대로 늘어진 상태가 되었다.

내일 모래면, 그 지긋지긋한 전반기 교육 훈련이 끝난다. 긴장할 대로 긴장했던 정신상태가 저도 모르게 스르르 풀릴 때가 된 것이다. 아무리 젊은 몸이라지만, 몸도 피곤하고 지칠 대로 지칠 때가 된 것이다.

기간병들도 마찬가지였다.

장정 1개 깃수가 입소하여 40여 일 지나는 동안, 단 하루도 긴장을 풀 수가 없는 것이다.

더욱이 새로 입소한 장정들은 어디가 어딘지, 동서남북도 잘 구별 못 해 천방지축일 수밖에 없다.

훈련병들의 실수나 잘못 사고는 모든 것이 기간병들의 책임인 것이다. 그중에서도 소대 선임하사인 내무반장들의 책임은 하나에서 열까지 무한책임을 져야 했다.

그런 긴장을 잠시나마 내려놓고, 몸과 마음을 잠시나마 쉬어 줄 수 있는 시간이, 바로 이 야간 각개전투 기간인 것이다.

이 기간은 교육특성과 교육환경은 물론이고, 교육을 받고 시키는 훈련병들과 기간병들까지 모두가 다 나사가 풀린 느슨한 시기였다.

칠흑처럼 어두운 밤에, 산속 숲길을 헤집어 걷는 훈련이었다.

총알이 쏟아지고, 당장 수류탄이 날아와 터지는 교육장이 아니었다. 전투원의 신체나 무기가, 나무나 숲, 바위 돌덩이 등에 걸려 넘어지면 소리가 난다. 곧장 적에게 병력 이동이 감지되고, 선제 사격에 의한 집중 공격을 받게 되는 것이다.

이런 실수를 방지하기 위한 야간 '정숙' 보행교육이었다. 그러다 보니 보행속도를 높일 필요도, 보행 동작을 절도 있게 할 필요도 없다. 고위 장교들의 감시 감독의 시선이 미치는 장소나 시간대도 아니다.

이처럼 3박자 5박자가 기가 차게 맞아떨어지는 정신 해이, 어찌 생각하면 생리학적이고 과학적인 신병훈련 교육과정인지도 모른다. 교육과정의 강도強度, 훈련병들의 체력, 훈련 적응능력, 심리적인 참여도參與度를 고려하는 것 같았다. 고된 강압과 강제교육 성과의 극대화를 노린 면을 엿볼 수 있는 것이다.

한편으론 배부른 자본주의 군대의 여유(?)와 낭만을 엿볼 수 있기도 했다.

이런 것들도 다 아메리카 합중국 군대의 신병교육 커리큘럼에서, 베껴 왔을 것이기에 말이다.

논산 땅에 군대 훈련소가 생기면서부터 야간 각개전투 교육장의 성 스캔들은 계속 존재해 왔다.

그럴 수밖에 없었다. 야간전투 사격훈련장의 불빛은 화려했다. 신병 전투 훈련의 마지막을 장식하는 야간 사격훈련장의 모습은 흡사 불꽃놀이에 젖은 어느 잔칫집 풍경이었다.

엠완 총구에서 뿜어내는 섬광들과 칠흑 같은 공간을 자유자재로 날아다니는 총알들의 향연! 쉴 새 없이 폭발하는 총성과 함께 검은 하늘을 수놓는 곡선과 포물선들의 무수한 엇갈림! 그중에서도 '에이꼬당'으로 불리는 야광탄들이 그어내는 선명한 직·곡선의 구도는 어두운 밤하늘을 배경으로 한 빛줄기들의 군무群舞였다.

메말랐던 훈련병들의 낭만에 설레임을 일깨우고도 남았다.

전쟁의 한 단면, 전쟁연습을 연출하고 있다는 것을 잊어버리게 하는 것이다. 실전연마를 의도한 본래의 목적과는 전혀 다른 방향의 교육 성과가 도출되고 있었다. 살벌해야 하고, 포악성이 노출되어야 할 공포의 총성마저, 환상적인 분위기에 부드러운 가락을 태워 주는 것 같았다.

이 사격훈련, 전쟁놀이 보조 훈련이 야간 정숙보행이었다.

훈련병들의 야간 전쟁놀이에 대한 설레임은 한껏 고조되어 있었다.

지금 이들이 투입되어야 할 전선은 포성이 멎고 있었다.

그러나 그것은 평화를 전제하지 않은 가변의 휴전이었다. 전쟁 당사자들의 편의를 위한 임시방편이었다.

훈련병들은 전장 투입을 목적으로 전투 훈련을 끝낸다. 아무리 전선에 포성이 멎었다고 해도 가변, 즉 전쟁의 돌발성을 간과할 수 없다. 그것이 항구적 평화를 전제하지 않은 임시방편적 휴전임에랴!

훈련병들은 전장 투입이 임박한 훈련 교육의 종료 앞에서, 문득 허탈해지는 것을 어쩔 수 없었다.

전장은 죽음을 부른다.

그들은 너무 젊었다.

급격한 젊음의 단절, 전사戰死라고 하는 돌발적인 도전을 쉽게 받아들이기가 어렵다. 평상적이고 본능적인 병사들의 심적 변화다.

하지만 가치가 부여된 소신과 명분 앞에 선 병사들은 충忠과 애국에 불탈 뿐, 목숨을 저어하지 않는다. 전사는 그들에게 영광스런 영예인 것이다.

한성욱 역시 그랬다.

가치를 찾을 수 없었다.

소신과 명분을 붙잡을 수도 없었다.

해남물감자와 목포깡다구도 아마 충과 애국을 잃어버렸는지도 모른다. 이동주보 아짐씨의 젖가슴과 거시기 스캔들은 비단 이 두 사람만의 정신 해이에 의한 낭만극일 수는 없었다. 전장 투입을 눈앞에 둔 모든 훈련병들의 솔직한 본능 표출일 것이다.

어두운 산속 구석구석엔 이동주보 아줌마들이 숨어 있었다.

밤에 잘 보이지 않는 복장을 하고, 구릉지와 숲속, 나무 뒤에도 몸을 숨기고 있었다.

전쟁 때문에 먹고 살기 힘든 동네 과부, 이쪽저쪽으로 끌려간 남정네를 무작정 기다릴 수만 없었던 생과부들, 피난 내려온 이북내기 노처녀, 아무튼 밑구멍이 찢어지게 가난한 여편네들이 모여들었다. 광주리건, 상자곽이건, 보따리를 싸 들고 군인들 훈련장으로 몰려들었다. 떡, 강냉이, 고구마, 엿, 쓰루메, 삶은 계란, 밀가루 찐빵, 무엇이든지 돈이 되는 것이면 싸 들고 배고픈 훈련병들의 돈주머니를 노렸다.

늙은 노부모, 줄줄이 비어져 나온 새끼들 눈구멍이 불쌍해서도, 보따리를 들쳐 들고 나섰던 것이다. 그러다 보니 똥내 나는 야전 변소 뗏장 밑, 총알 쏟아지는 야간전투 훈련장까지 물불을 가릴 틈새가 없었다.

굶주린 것은 목구멍만이 아니었다.

내리 삼 년 전쟁에 사내들은 씨가 말랐고, 치맛속 거시기도 배가 고팠다. 한창나이 훈련병들의 가운뎃다리도 고프기는 마찬가지였다. 거기에다 내일을 기약할 수 없는 전쟁에, 볼모 잡힌 불안한 목숨들이 갖는 절박감은 성 의식을 폭락시켰다.

야간 정숙 보행장은 이들에게 더 없는 기회의 장소였다.

주위에 내린 어두움은 좋은 엄폐물이 되었다. 구릉지 숲속 나무 뒤 언덕 밑은 축복의 보금자리가 되었다.

수용연대에서 양쪽 어깨에 무지막지하게 찔러대던 성욕 억제 주사도 이제 효력이 무디어질 때가 되었다. 근처 숲속에서 두런거리는 여자들의 목소리, 바람결에 풍겨오는 여자 몸 냄새에, 온통 훈련병들의 신경이 그리로 쏠리는 것이다. 원색적인 상황에선 의식도 원색적으로 된다. 어둠 속을 어른거리는 여체의 실루엣은 훈련병들에게 몸살을 안기고도 남았다.

조교들의 눈도 느슨해졌다.

이동주보 아줌마들과 조교들이 짜고, 나누어 먹는다는 말까지 돌았다. 소대 향도를 통해서 조교들에게 금품이 전해지는 사례가 빈번했다는 것이다.

'오늘 갈지, 내일 갈지, 모르는 신세…….'

일제강점기, 강제징용 징병으로 시달리던 식민지 조선 백성들의 신세타령의 한 구절이다. 언제 끌려갈지, 언제 죽을지, 파리 목숨 같은 허무와 절박성을 말한다.

내일이면 배출대로 넘어가 전선에 투입되어, 언제 총알 밥이 될 줄 모르는 훈련병들은 숨겨 온 사루마다 속 돈주머니를 푼다. 죽기 전에 한순간의 짧은 위안이라도, 죽기 전에 사내구실 한번 해 보고 싶고, 종족 보존, 번식 의지도 거기 같이 있는 것이다. 어쩌면 인간 태생의 근원으로서의 회귀 의지의 순수 본능일지도 모른다.

이동주보들은 돈이 궁했다. 절실했다.

밤새워 팔아야 할 고구마 한 보따리를 단번에 팔 수 있는 것이다.

훈련병들은 상대하기가 편했다. 누르고 눌렸던 성욕이어서 싱거울 정도로 빨리 끝나는 것이다. 이동주보들은 간단하게 보자기를 깔고 등을 눕힌다.

이동주보 아줌마들의 소원 몇 가지가 전설 같은 소문으로 야간 교육장에 전해온다.

돈 많이 버는 것을 말하는 것이 아니다.

어떤 녀석은 여자가 등을 눕히기도 전에, 허겁지겁 달려들어 젖무덤 냄새에 맥이 풀려서 숨을 헐떡거리다가 싸고 죽는다는 것이다.

치마를 걷어 올리자마자, 허연 속옷만 보고도 바지 단추도 못 끄르고 비명을 지르고 나가떨어지는 녀석이 있는가 하면, 속옷을 내리긴 내렸는데 시커먼 거웃에 대고 마구 싸갈기는 녀석도 있다는 것이다.

용케 들어갈 곳을 찾긴 찾았는데 댓문도 못 열고, 어어! 어어······ 턱을 덜덜 떨다 죽는 녀석에, 막상 들어가긴 들어갔는데 제대로 펌프질 한번 못 해 보고 꺼꾸러지는 녀석들이 태반이라는 것이다.

돈 안 받아도 좋으니, 제발 제대로 후벼 줄 녀석 있으면 손들고 나오라는 것이다.

2

한성욱 이등병은 꼬박 일주일을 기다리다가 배출대를 떠났다.

배출대에 도착한 지 3일째 되는 날부터 기성부대로 병력 차출이 시작되었다.

전국에 산재한 각 주둔 부대의 차출 명령서에 명시된 숫자만큼씩 배출대를 떠났다.

배출대에 대기 중인 병사들은 눈만 뜨면 깡다구 방송, 째보선창 뉴스에 시달렸다. 물감자 소식도 뻥 치기는 마찬가지였다.

아무리 군대가 썩어 문드러졌기로서니 돈과 빽으로만 통하는 것일까. 4월 혁명 이후론 세상이 꽤 맑아지고 새바람이 분다는데 군대만 요지부동이란 말인가.

한성욱이라고 어디 헷갈리지 않고 흔들리지 말라는 법은 없었다.

세상이 조금씩 달라진 것도 같고, 또 옛 그대로 구태의연한 것 같기도
했다.

석병달 내무반장의 소대운영 방식을 보면 변화의 조짐을 느낄 수
있었으나, 훈련병들에게 지급된 피복이나 주 부식, 소모품들의 량과
질에선 어딘지 모르게 속고 있다는 느낌을 떨쳐 버릴 수가 없었다.

군대 내에 새바람의 상징으로 '소원 수리'라는 것이 있었다.

사병들의 애로사항, 불만사항, 부당한 일, 개선사항 등을 적어 내
게 하는 일이었다.

이 제도가 제대로만 운영되면 이보다 더 좋은 일이 어디 있겠는가.

이 제도의 본래의 뜻을 믿는 장병은 아무도 없었다. 군대 풍속을
잘 모르는 햇병아리 훈련병들도 믿으려 들지 않았다.

되려 잘못 걸리면 크게 혼쭐이 나거나 경을 치게 되는 올무라는 것
이었다.

훈련소 졸업을 앞두고, 소 본부에선 어김없이 소원 수리 요원들이
나왔다. 소원 수리 용지를 나누어 주고 애로사항, 건의 개선사항, 불
만사항 등을 적으라고 듣기 좋은 말로 여러 번 권유했으나, 제대로 속
에 있는 말을 써낸 장병은 한 사람도 없었다.

훈련기간 동안의 억울한 사항, 부당한 요구나 대우를 받았으면 다
털어놓으라는 것이었다. 소원이 접수되면 어떠한 사항도 다 해결되고
시정 가능하다는 것이었다. 소원 제출자에게 전혀 피해가 돌아가지
않고 신분과 비밀이 보장된다는 강변이었다. 그러나 그 말을 곧이곧
대로 믿는 훈련병은 아무도 없었다.

천하에 제일 좋은 제도였지만, 이미 눈 가리고 아웅하는 요식행위
로 판명이 난 지 오래였던 것이다.

한성욱은 귀를 막고 지내자는 생각을 했다.

깡다구 방송도, 째보선창 뉴스도, 물감자 소식도 별무효용이었다. 갈 데까지 가 보자는 것이다. 이왕에 군대에 발을 들여놓을 때부터 먹은 마음이었다. 이왕 버린 몸 견딜 때까지 견뎌보자는 심산인 것이다.

훈련소를 갓 졸업한 육군 이등병, 배출대에서 기성부대 배치를 기다리는 대기병이다. 본분에 충실하기로 했다.

애초 대한민국 군대에 호강하러 온 것이 아니었다. 마음은 이미 찢겨서 걸레가 되었지만, 몸은 또 앞으로 얼마나 더 찢기고 헐어빠질 것인지, 한번 두고 보자는 것이다.

오늘도 깡다구 방송, 물감자 소식은 벼라별 뉴스를 다 전했다.

누구는 별자리 빽으로 어디 무슨 '특과'로 빠졌다. 아무개는 중령 계급의 삼촌이 육본에 있는데 제 조카를 서울 영등포로 끌어갔다. 영암 출신 1소대 향도는 두 장 쓰고 광주로 갔고, 강진 성전면 출신 안 재수는 배출대 행정병으로 있는 제 친구 덕에 자대(훈련소)로 배치되었다는 것이다.

손 놓고 발 놓고 가만히 있어서는 아니 되고, 사돈네 8촌이라도 연줄을 잡아야 한다는 것이다. 빽도 없는 몸이 돈 몇만 환 아끼다가 군대 3년 좆 나오게 고생한다는 것이다. 멍하게 앉아있다가 재수 더러워 강원도 3보로 떨어지게 되면 눈 덮인 최전방 OP, GP, 철책선 근무가 뻔하다는 것이다.

전방 완충지대는 지뢰밭인데, 순찰 중 지뢰라도 잘못 밟으면 개죽음이 된다는 것이다.

총 잡고 보초 서서 졸다가 인민군한테 목을 베어 가게 하는 경우도 있다는 것이다.

잘못 걸리면, 전방 골짜기 숯구덩이에서 날마다 숯을 구어 후생사업으로, 사단장 배를 불리는 일에 종사할 수도 있다는 말도 있었다.

이런 무수한 낭설 방송에 초연한다는 것은 여간 어려운 일이 아니었다.

군대에 오기 전에, 인생 선배요 군대 선배인 동네 형들이나 제대 장병들에게 귀가 아프게 들었던 얘기였다. 그땐 건성으로 호기심에서 대강 듣고 넘겼지만, 직접 자신이 군복을 입고 초년병이 되어 직접 자신 앞에 현안이 되어 다가왔을 땐, 영 기분이 그렇잖은 것이다.

대기병들은 마음이 약했다.

기성부대에 대한 공포, 미지의 근무환경에 대한 불안, 이런 것들이 배출병들의 나약 심리를 자극했다.

그들을 낳아 준 부모와도, 그들을 키워 준 고향과도, 그들과 울타리가 되어 같이 자란 형제와 동무들도, 모두가 멀리 떨어져 있다. 전쟁에 대비한 군대이기 때문에 전쟁이 터지면 적을 죽이거나 내가 죽는다. 살아남는다는 보장은 1퍼센트도 안 되는 것이다.

전장에 나간 군인이 살아남는다고 하는 것은 부도덕한 것이다. 그런 생각, 살아남겠다는 생각을 갖는 것 자체가 근본적으로 도덕적이지 못한 것이다. 남을 죽이고 저는 살겠다는 논리가 어디 용납이나 되는 것인가.

그래서 군인들은 강하지 못하고 약한 것이다. 본질적으로 약하게 되어 있는 것이다.

그렇기에 군대는 대隊이고 떼 무리인 것이다.

떼 무리가 아니고는 전쟁을 수행할 수가 없는 것이다. 혼자 개인끼리 맞서는 것, 일대일로 겨루는 것은 전쟁이 아니고, 전투도 아니고, 결투나 격투다.

배출대 대기병들은 너무나 약했다.

째보선창 뉴스에, 물감자 소식에도, 목이 말라서 우르르 몰려들었다.

물감자와 깡다구가 이런저런 소식을 물고 나타날 때가 되었는데, 조금만 늦어도 초조하고 불안해했다. 그들이 나타나기를 속으로 목을 빼고 기다리는 것이다.

초조와 불안에 떨던 이런 나날도 해가 돋고 달이 떠서 날짜가 갔다.

해남물감자와 목포깡다구도 서로 헤어지는 날이 왔다.

군대의 명령은 냉정했다.

목포깡다구 자신이 그렇게나 싫어하고, 수많은 배출대 대기병들을 불안에 떨게 했던 공포의 대명사, 육군 제3보충대, 째보선창 출신 목포깡다구의 군번 성명이 적힌 부대 배치 명령 공문서엔, 강원도 원주 소재 육군 제3보충대가 명시되어 있었다.

깡다구답지 않게 눈물을 머금고 해남물감자와 석별의 악수를 나누었다.

해남물감자 역시, 그가 선망했던 광주 육군포병학교와는 거리가 먼, 대전 소재 육군 수송학교를 향해 발길을 옮겼다.

후반기 훈련자를 뺀 제29교육연대 출신 일천팔백여 명이 벅적거리던 배출대가 조용했다. 모두 떠난 것이다. 1개 소대 병력 정도가 남아 있었다.

그야말로 소란스럽고, 날마다 차출되어 가는 병력 배출로 벅적거리고, 호루라기 소리도 요란스럽던 배출대가 적막했다.

'언, 엠벵! 좆나발 까네, 똥나발 부네!'를 입에 달고 다닐 녀석도 없었다. 퉁명스런 것 같아도 감칠맛 나는 순 해남 토종사투리로 '좆새끼, 씹새기!'를 연발하던 물감자 녀석도 떠나고 없었다.

그들이 시시각각으로 물고 오는 낭설 뉴스에 귀를 막고 싶었던 한성욱이었다.

이제는 그런 정보를 가져다줄 녀석들도 없다.

뭐가 어떻게 되어 가는 건지, 산속의 절처럼 바다 가운데 섬처럼, 한성욱은 아무것도 모르고 끈 떨어진 뒤웅박 신세가 되어 배출 명령을 기다리고 있었다.

지금도 그렇지만, 전쟁 때는 헤아릴 수 없는 수많은 젊은이들이 이곳을 거쳐 치열한 싸움터에 투입되었다. 수많은 젊은이들의 한과 피눈물이 서린 곳이다.

그것도 돈 없고 빽 없는 젊은이들의 원한이 서린 곳이다. 이곳에 따뜻한 정을 묻어 두고 떠난 출정 장정들이 과연 몇 명이나 되었을까. 그들 선배 장병들의 심정은 어떠했을까.

아무도 이 배출대에 정을 두고 떠난 장병은 없을 것 같았다. 정신 없이 머물다 간 신병대기소, 불안과 초조에 떨면서 하룻밤 처마 밑에 이슬을 피하고 떠나는 그런 것이었을 것이다.

말도 많고 한도 많은 배출병들의 간이역, 신출내기 군인 한성욱 이등병도 이곳을 떠나는 날이 다가왔다. 꼬박 일주일만이었다. 지금까지 이곳을 거쳐 간 수많은 군인들처럼, 한 톨의 정도 남겨 놓지 않은 채······.

3

지금 열차는 영천永川 부관학교를 향해 달리고 있었다.

한성욱은 모처럼 한가한 시간이었다. 영천 육군 부관학교에 차출되었으니 병과는 물론 부관, 이른바 행정병이었다. 모든 군인들이 일반적으로 선망하는 행정병, 일단 안정적이다.

일제 식민지 조선 백성들이 가장 선망했던 직업이 면서기와 학교 선생이었다. 이런 직업을 선호하는 것은 이조 5백 년 동안 땀 흘리고 땅 파는 것을 싫어하고, 붓 들고 먹 가는 것만 좋아했기 때문이었다. 붓 들고 먹을 갈아야 행세를 하고 벼슬이 높았다. 일제 때에도 펜대 놀리고 책상물림이라야, 손톱 밑에 흙 안 들어가고, 식민지 백성 위에 군림할 수 있었다.

권세를 누리고 돈이 생기는 것이다.

한성욱 이등병이 모처럼 한가한 시간을 갖는 것은 이런 것과는 상관이 없었다.

한성욱에 있어서 원래 군대는 최전선을 지키는 보병이었다.

보병 사수라야 진짜 군인이었다. 최전선에서 적병과 마주한 보병 소총수, 이것이 참 군인이다. 가장 위대하고, 솔직하고, 용감무쌍한 나라 지키는 군인인 것이다. 한성욱이 어려서부터 꿈꾸던 충용스런 나라의 군인 상이었다.

그렇기 때문에 그는 부관 병과가 행정직이어서 마음이 차분해진 것은 아니었다.

어차피 비뚤어져 버린 젊음.

어차피 그의 자의와는 상관이 없는 것이다.

떠밀려 갈 데까지 가보는 것이다. 비겁하지만 어쩔 수가 없었다. 불가항력이었다.

모처럼의 한가한 시간에 한성욱의 머릿속에 떠오른 건, 그 자신이 너무 초라하다는 생각이었다. 백기를 들고 군복을 입고, 전투기술을 연마하고, 빛나는 이등병 계급장을 달았다.

이제 군대 행정을 익혀 제법 전문군인이 되기 위해 육군 사병 최고의 특과 학교를 향해 달려가고 있는 것이다.

한성욱 이등병이 타고 있는 열차는 군대 전용 열차는 아닌 것 같았다.

시커먼 기름탱크들이 앞쪽으로 길게 달려 있고, 그보다 더 새카만 화물 수송 차량이 길게 연결되어 있었다. 그리고는 그 맨 뒷꽁무니에 군용객차 한 칸이 달랑 매달려 있는 것이다.

군용열차는 주로 밤 시간에 움직였다.

병력수송은 보통 야간에 이루어지고, 훈련소 출소병력 수송도 이에 따른 것이다. 배출대에서 저녁 식사를 마치고 열차에 태워졌기 때문에, 아마 밤을 새워 달려갈 모양이었다.

객차 안에는 꼬박 일주일을 대기병으로 마지막까지 배출대에 남아 있었던 일개 소대 남짓한 병력이 타고 있었다.

교육연대에서 2분대장을 맡았던 J대의 이정석도 여기에 있었다.

수용연대, 교육연대, 배출대를 거치는 동안, 서로 면면을 익힌 낯익은 몇몇 얼굴들도 보였다.

한성욱의 고향 동촌에서 함평만咸平灣을 사이에 두고, 멀리 건너다 보이는 해제반도에 산다는 조명진이도 보였다. 조명진이는 훈련소 5중대 5소대에서도 같이 있었다. 반갑고 든든한 생각이 들었다.

열차가 연무역을 출발하자, 배출대 소속 기간병의 군기 잡기가 시작되었다.

육군 동정복(미제)을 말쑥하게 차려입은 병장 계급장의 병력 인솔 책임사병이었다. 갸름한 얼굴에 꽤 미남형의 생김새와는 달리, 경박한 몸짓에 폼재기, 우쭐대기, 목에 힘주기가 습관적으로 몸에 밴 것 같았다.

"본 하사관은, 귀관들을 목적지인 영천 육군부관학교까지, 인솔 책임을 맡은 천만택 병장이다! ……어, 본 하사관은, 귀관들이 육군 최고의 특과학교인 부관학교에 차출된 것을, 진심으로 축하한다. 어, 본 하사관은, 여러 가지로 어려움이 많은 군대 생활에서, 행정병 보직이 보장된 귀관들의 앞날에 박수를 보낸다. 어 ……본 하사관은…….”

배출대 기간병 천만택 병장의 인사말의 시작은 제법 조리가 있어 보였다.

그도 그럴 것이, 지금 방금 연무역을 출발한 이 열차 안에서는 가장 최고의 계급을 자랑하는 최상급자이다. 기관사와 화부 두 사람은 민간인 신분으로 군대와는 아무 상관이 없다. 차장이 있는지도 모르지만, 차장 따위야 저 혼자 몸, 독불장군으로 무슨 힘을 쓰겠는가. 천만택 병장 휘하에는 당장 일언지하에 동원할 수 있는 1개 소대 이상의 병력이 있는 것이다.

길게 꼬리를 늘인 기름탱크에, 석탄이나 목재를 실을 수 있는 무개차, 그리고 창문이 굳게 닫힌 화물 수송차, 그 맨 꼬리에 군용객차 한 칸이 붙어 있었다.

천만택 병장은 명실상부한 이 열차의 최고 지휘자였다.

그는 이에 걸맞게 '본 하사관'으로 시작하는 일장 연설을 펼쳐 놓는 것이었다.

"어…… 본 하사관은, 귀관들의 인솔 총책임자로서, 귀관들의 신상

모두를 책임지고 있는 바이다! 목적지까지 귀관들의 신체적 안전은 물론, 기성부대에 도착, 신병 인수 인계상의 여러 가지 인적사항에 이르기까지, 다방면적으로다가 본 하사관의 책임하에 있는 것이다! ……특히, 여러 귀관들의 신상명세서인 인사기록카드 인계 과정에서, 어떠한 영향력을 행사할 수 있는 것이, 본 하사관의 임무요, 책임인 것이다"

짙은 국방색 바지에 육군 동정복 넥타이 정장, 거기에 육군 정모正帽를 갖추어 쓴 천만택 병장, 자못 위엄을 갖추고 싶은 눈치였다. 말씨도 깐죽거려 잔뜩 멋을 부리고 있었다.

"어… 본 하사관은, 여러 귀관들의 군대 생활이 편안하고 행복하기를 바란다! 어, 본 하사관은, 귀관들의 앞날을 위해서, 성의와 노력을 아끼지 않을 것이다! 어, 본 하사관은, 가진 능력을 충분히 발휘하여, 고향에 두고 온 본 하사관의 친동생처럼 도와줄 생각이다."

기간병 천만택 병장의 얼굴은 상기되어 있었다.

제법 심각한 표정을 지어 자신의 진실을 믿어 달라는 듯, 안타까운 모습을 보이기도 했다.

천만택 병장은 의자 위에 높이 앉아 있었다.

한 손으로 객차의 짐받이 시렁대를 붙잡고, 3인용 의자 등받이 위에 군화를 신은 채, 높이 앉아서 연설을 계속하고 있었다.

본 하사관, 천만택 기간병의 눈에는 햇병아리 배출병들이 여간 만만해 보이는 것만 같았다.

아무리 그렇지만, 신출내기 배출병들도 속마음 중심은 있었다.

수용연대에선 대한민국 군대답잖게 IQ 검사, QT 검사라는 걸 했다. 매우 과학적인 사병 병과 분류에 적용할 수 있는 객관적인 데이터인 것이다.

이 열차 안에 탑승한 1개 소대 정도의 부관학교 차출 병력은, 적어도 IQ 검사 등의 테스트 결과에 의한 차출 인원일 가능성이 많았다. 각급 부대의 행정부서에 투입될 인원들이었다.

아무래도 본 하사관, 천만택 기간병께선 번지수를 잘못 짚은 것 같았다.

천만택 본 하사관의 연설 주제는 자신이 가진 막강한 영향력을 빽으로 활용해 달라는 것이었다. 속이 빤히 들여다보이는, 이런 사탕발림에 넘어갈 자가 별로 많지 않을 것 같은 분위기였다.

본 하사관께서는, 자신을 지칭하는 호칭부터 잘못 쓰고 있는 것이다.

하사관이란 글짜 그대로 국방경비대 계급으로는 특무상사, 일등상사, 이등상사, 일등중사, 이등중사까지의 계급을 말한다. 지금의 상사, 중사, 하사를 일컫는 말이다. 병兵은 즉 이등병, 일등병, 상등병, 병장 등은 하사관이 아니다. 그냥 병, 병졸인 것이다.

물론 이것을 빤히 알면서도 의도적으로 우쭐거리느라고 쓰고 있는 호칭이긴 하지만 말이다.

본 하사관께서는 재물에 제가 취해 있었다.

연설 중간중간에 육군 정모를 이따금 벗었다가 다시 써 보이는 버릇을 갖고 있었다.

그 자랑스런 육군 정모는 항상 머리 뒤꼭지 쪽으로 빼딱하게 젖혀져 있었다. 아마 자신의 하이칼라 긴 앞머리를 신출내기 배출병들에게 보여주기 위해 그런 것 같았다. 그만큼 자신이 군대 고참이고, 하이칼라 머리를 하고 다닐 만큼, 끗발이 세다는 것을 과시하려는 것이었다.

그러하니 본 하사관의 경력과 끗발을 믿고 자신에게 연줄을 대어 빽을 써라, 여러 귀관들 앞날의 편안한 군대 생활을 위하여……

이것이 본 하사관의 연설 주제요, 핵심이었다.

4

칙! 칙! 푹! 푹!

열차는 천식을 앓은 노인네처럼 숨을 헐떡이고 있었다.

일제가 남기고 간 고물 기차인 것이다. 오르막길인지, 어둠 속에서 검붉은 연기를 내뿜으며 흡사 지렁이가 꿈틀거리듯, 느린 속력으로 기어오르고 있었다.

호남선은 철로가 단선單線이어서, 가고 오는 모든 기차에 길을 비켜 주어야 했다. 화물열차보다는 사람을 실은 객차가 우선이었다. 객차에 길을 비켜 주기 위해서 한번 서면 열차가 움직일 줄을 몰랐다. 이름도 없는 캄캄한 시골 역에 퍼질러 앉은 열차는 떠날 생각을 않는 것이다.

세월아 네월아 열차인 것이다.

시간이 얼마나 가고, 어찌어찌 기어오르고 겨우겨우 바퀴를 돌려서, 열차는 경부본선이 지나는 대전역 구내에 멎었다.

외등도 잘 비치지 않는 한쪽 구석이었다.

어찌 된 사연인지, 한 시간이 다 되도록 기차는 움직일 생각을 안 했다. 푸, 푸! 느려빠진 한숨 소리만 토해 내고 있었다.

드디어 열차가 움직이는가 싶더니, 쿵쿵 연결고리 부딪치는 소리가 났다. 그리곤 삐지직 삐지직 뒷걸음을 치는 것이다. 그러는가 싶더니 이리저리 한 칸 두 칸 선로를 바꾸는 기색이었다. 한참을 이리저리 비벼대며 오르내렸다. 그러다가 맨 꼬리에 붙은 군용객차 한 칸만을 떼어 놓곤, 뺙뺙 소리를 지르며 어둠 속으로 스멀스멀 사라져 갔다.

군용객차 한 칸만이 달랑, 선로 가운데 한참을 서 있었다.

느닷없이 반대쪽 어둠 속에서 열차 한 대가 뺙뺙거리며 다가왔다. 민간인을 가득 태운 여객열차였다. 작은 창문을 통해서 수많은 불빛이 희미하게 흘러나오고 있었다.

아까처럼 삐지직 삐지직 선로 긁히는 소리가 나고, 쿵쿵 몇 번 연결고리 부딪치는 소리가 났다. 길게 연결된 객차 꼬리에 군용 칸 한 칸이 달라붙은 것이다.

열차는 시간에 쫓기듯, 곧바로 선로를 바꾸어 기어올랐다가 전등빛이 환하게 밝은 대전역 구내에 멈춰 섰다.

열차가 서자마자, 사람들이 내리고 타고 밀고 당기고 짐을 던지고 난장판이 벌어진 것이다.

객차의 통로는 말할 것도 없고, 사람이 오르내리는 입구 계단에까지 발 디딜 틈이 없는 만원 열차였다. 완행 3등 열차는 어디를 가나 사람 등쌀에 몸살을 앓았지만, 이 열차도 예외는 아니어서, 먼저 올라 자리를 잡기 위한 쟁탈전이 치열하게 전개되고 있었다.

이뿐이 아니었다.

"자, 따끈따끈한 김밥이요! 김밥 있어요."

"계란이나 찐빵이요!"

"껌이나 은단 가오루……"

온갖 장사치들이 벌떼처럼 몰려들었다.

역 구내를 둘러친 판장 울타리를 뛰어넘거나 철조망 밑을 뚫고 막무가내로 몰려들었다.

"대구 능금 사과요, 사과!"

"배 사세요, 배……"

"저녁 식사가 왔어요, 벤또요, 벤또……."

"찹쌀모찌! 고구마요, 고구마!"

"땅콩 있어요, 쓰루메…… 울릉도 쓰루메……."

제복을 입은 철도 역무원들이 호루라기를 불고, 이리 뛰고 저리 뛰고, 몽둥이를 들고 설치고 다녀도, 아무 소용이 없었다. 장사꾼들의 숫자가 워낙 많아서 감당이 불감당인 것이다.

"미제 왔어요, 미제…… 쪼꼬레또, 껌! 군번줄, 쓰메끼리!"

"군밤이요, 군밤!"

"계란이요, 계란. 삶은 계란에 쏘주가 있어요!"

"미제 오렌지 쥬스, 깡통 삐루가 있어요."

그야말로 일반 객차 안은 난장판, 장사치들의 장바닥이 된 것이다.

이와는 달리, 군용 칸엔 민간인 출입이 금지되었다.

대신, 군용 칸 차창에는 장사치들이 몰려들어 까치발을 딛고 경쟁이 치열했다. 칠월 칠석날 저녁, 옥수수수염에 풍뎅이 날아 붙듯, 수많은 장사꾼들이 무더기무더기 엉겨 붙어서 아우성이었다.

배가 출출한 배출병들은 창문을 통해 계란도 사고 김밥도 샀다.

오징어를 사서 갈라 먹거나 껌을 사서 씹는 친구들도 있었다. 일제 가오루를 사서, 오랜만에 입안에 번지는 박하 향을 즐기기도 했다.

세로팡 봉지를 뜯어 땅콩을 서로 갈라 먹기도 했고, 찹쌀 모찌를 먹다가 입가에 하얀 분가루를 묻힌 병사들도 있었다.

모처럼 민간 음식을 맛보며, 20대 초반의 철이 덜 든 일반 젊은이들로 되돌아간 기분을 잠시 가져보는 시간이 되기도 했다. 어쩔 수 없이 세상 냄새가 그리운 것이다.

이런 분위기도 잠시, 한성욱 이등병에겐 매우 불쾌한 시간이 찾아 온 것이다.

꿈쩍도 하지 않고 그대로 눌러앉아 있을 것처럼 뜸을 들이던 열차 가 밤하늘을 향해 길게 기적을 울렸다.

이제 본격적으로 영천 땅을 향해 경부선 선로를 달리기 시작한 것 이다.

열차가 대전역을 출발하자마자, 배출병 인솔책임자인 본 하사관, 천만택 병장이 불쑥 한성욱 이등병 앞에 나타난 것이다.

"너, 고향이 어디야?"

한성욱을 자리에서 일으켜 세워, 객차 입구 쪽으로 끌고 나온 본 하사관 천만택 병장이, 거두절미 다짜고짜로 묻는 말이었다. 불문곡 직하고 고향을 대라는 것이다.

"아, 네…… 제 고향은 전남 함평입니다."

"어, 그래에? 나, 모르겠어? 나, 읍내 장터거리 살아… 어따매, 고 향이 같구마 잉…….."

천만택 기간병은 반색을 했다.

이런 엉뚱한 일이 다 있을까.

경망스런 몸짓에 깐죽거리는 말씨 하며, 진실성이 보이지 않는 본 하사관 천만택 병장과 동향이라니…… 참으로 고약스럽고 달갑잖은 일이 벌어진 것이다.

이런 속도 모르고, 천만택 기간병은 고향이 같아서 반갑다며 십년 지기를 만난 것처럼 좋아라 했다.

"소문도 못 들었덩가? 배출대 천만택 병장이라믄 모르는 사람이 없 을 것인디…… 미리 알았으믄 좋았을 것인디, 그랬구망 잉…….."

두 손으로 손을 마주 잡고 흔들던 천만택 본 하사관이, 고향이 같은 군대 후배에게 들려준 이야기는 이러했다.

군대 생활은 처음 출발이 중요하다.

좋은 부대, 좋은 직책을 부여받아야 한다. 부관학교 생활도 편해야 하지만, 교육이 끝나고 기성부대에 배치될 때에 가장 편하고 가장 끗발 있는 보직을 받을 수 있도록 주선해 주겠다.

그러하니 고향 사람인 본 하사관 자기를 믿고, 여기에 호응할 뜻이 있는 배출병들을 모아 보라는 것이다. 자기가 책임지고 잘 봐주겠다는 말을 몇 번이나 되풀이했다. 끝으로 한성욱이 훈련소에서 인끼 있고 유능한 향도였다는 것을 사전에 들어서 잘 알고 있었다는 것이다.

그러고 보면 배출대를 떠나기 전, 한성욱에 대한 신상파악을 이미 다 마치고 접근했다는 이야기가 되는 것이다.

"자알 해 봐, 한 이병! 널 믿는다아……."

고향 선배 천만택 병장은 여유만만한 표정으로 한성욱의 어깨를 툭툭 치며, 등짝을 떠밀어 객차 안으로 밀어 넣었다.

그러니까 계획적으로 한성욱을 불러낸 것이다. 미리 한성욱이 같은 고향 출신이라는 것을 알고 일을 꾸민 것이다.

일이 맹랑하고 불쾌했다.

차라리 같은 고향 사람이 아니었으면 덜 불쾌했을는지도 모른다.

한성욱은 제자리에 돌아와 꼼짝도 하지 않고 앉아 있었다.

생각할수록 화가 치밀고 기분이 상했다.

군대……,

아무리 그렇기로서니 이런 기분 나쁜 일을 당하다니…… 아니꼽고 더러운 일이었다.

"주목! 주모옥, 본 하사관을 주목하라!"

천만택 기간병이 한층 목소리를 돋구었다. 아까처럼 의자 등받이에 높이 올라앉은 것이다.

"어…… 귀관들은 지금, 대전역을 출발하여 김천, 대구를 향하여 달리고 있다. 앞으로 여러 귀관들의 기성부대 배치, 군 생활에 대하여 참고사항을 말해 주겠다. 육군 부관학교를 졸업하면 전원 모두가 행정병이 되는 것은 원칙적으로다가 기정사실이 되는 것이다."

"……."

"그러나 그 행정병 모두가 다 편안하고 근무 조껀이 좋은 기성부대에 배치되는 것은 아니다. 부관병과의 행정병이라고 해서, 부대원 전원이 행정병으로 편성된 부대에 근무하는 것은 아니다. 그런 부대는 대한민국 육군에는 없다. 전쟁 수행에 필요한 각양각색의 부대에 배치되어 문서 사무를 관장하게 된다."

"……."

"또한 최전방, 최일선 부대에 배치되어 사단이나 연대, 중대의 행정병이 되는 것이다. 귀관들은 배출대에서 눈물을 흘리며 떠나가는 육군 제3보충대 행의 배출병들을 보았을 것이다. 이 열차에 타고 있는 여러 귀관들 중, 절대다수가 최전선에 주둔한 사단, 연대, 중대 근무를 위해 제3보충대 행을 하게 된다는 사실을 알아야 하는 것이다. …… 한 가지만 더 말하자면, 부관병과의 사무행정병 주특기에도 여러 가지가 있다는 것을 아울러 말해두는 바이다."

"……."

"어, 본 하사관은……"

본 하사관의 장광설은 계속되고 있었다.

육군 정모를 빼딱하게 뒤로 젖혀 쓰고, 그 정모를 벗었다가 썼다를 간헐적으로 되풀이하는 버릇도 계속되고 있었다.

한 가짓 것이 더 보태진 것이 있었다. 그것은 한성욱 이등병이 앉아 있는 쪽에, 흘끔흘끔 시선을 주었다가 되가져가는 일이었다. 아마 한성욱 이등병에게 요령껏 활동할 기회를 주고 있다는, 그 기회와 시간을 잘 활용하라는 신호인 것 같았다. 어쩌면 독려이고 협박일 수도 있었다.

한성욱은 움직일 기미를 보이지 않았다.

미동도 하지 않고 있었다.

마음도 그렇고 몸도 그랬다. 움직일 생각이 없었다.

"어…… 본 하사관은, 귀관들의 원활한 군 생활을 위하여, 노파심에서 몇 가지 주의사항을 설명한 바 있다. 어, 본 하사관은, 귀관들의 건강을 참작하고, 내일 일과를 위해서 취침을 명한다, 이상!"

장장 두 시간에 가까운 본 하사관의 군대 생활 안내 연설이 끝났다.

그새 열차는 옥천玉川을 지나 영동역永同驛을 향하고 있었다.

밤이 깊었다.

배출병들은 몸도 마음도 피곤에 지쳤다.

너나없이 모두 피곤함에 지쳐 기지개를 켜거나 하품들을 토했다. 덜컹거리는 열차 바퀴 소리를 자장가 삼아, 배출병들은 하나 둘 깊은 잠속으로 빠져들었다.

바람도 쉬어가고 구름도 힘겨워 넘는다는 추풍령 고갯길이었다. 기차가 숨을 헐떡거리고 있었다.

이럴 때는 독한 소주 한잔 생각이 굴뚝 같았지만, 피교육병 처지에 그것도 안 되는 일이었다.

성욱은 얼른 잠을 이룰 수가 없었다.

세상일이 잘 안 풀리고, 어려운 것들이 자신을 막아설 때마다, 한성욱의 머릿속엔 강혜임이 떠올랐다. 이유도 없이 그녀의 얼굴이 떠오르곤 했던 것이다.

머슴아가 참 못났다는 생각이 또 들었다.

한번 헤어졌으면 끝나는 것이지, 지지리 못나게도 떨어내 버리지 못하는 것일까. 사람의 정情이란? 개 정만도 못하다는 것인데, 그러고 보면 한성욱 자신의 속알머리가 강아지 속알만도 못하다는 것이다.

천호동 약수터에서 돌아오는 길, 광나루 강언덕에서다.

"이런 거, 안 먹곤 못 배기는 거지?"

강혜임이 건네준 알 초코렛 봉지를 보고 하는 말이었다.

성욱의 말투는 너무 거칠고 야비한 냄새를 풍겼다. 증오를 담고 있었다.

말을 뱉은 한성욱 자신도, 너무 심했다는 생각이 순간적으로 느껴질 정도로 원색적이었다.

"인제 그만 만나요"

강혜임의 분노, 당연한 반격이었다. 혜임의 목소리는 단호했다.

혜임의 검고 큰 눈가에 붉은 성에가 번졌다.

그때 혜임은 화사한 분홍 저고리에, 사뭇 검은빛이 도는 커다란 장미무늬의 감색 비로오드 치마를 입고 있었다.

멀리 남한산성 근처의 들녘엔 저녁 짓는 연기가 초가집 굴뚝에서 피어오르고, 산성 너머로 펼쳐진 하늘엔 빨간 북새가 일었다.

석양 하늘에 떠 있는 태양은 여간 꼴불견이 아니었다.

화가가 잘못 그린 그림, 그리다가 실수로 빚은 그런 것이었다.

한성욱과 강혜임이 몸을 맞대고 앉아 있는 모습 또한 꼭 그런 것이었다.

5

한성욱이 눈을 떴다.

열차 바퀴 삐지직거리는 소리가 요란스럽다.

한참 동안 잠을 이루지 못해서 몸부림이었는데 어느 사이 깜빡 졸았던 모양이었다.

쉰 목소리를 어두운 밤하늘에 길게 내뿜으며, 열차는 대구역 구내로 들어서고 있었다.

"기상! 기사앙…… 모두 잠을 깨라!"

인솔 기간병 천만택 병장의 고함소리가 차내에 울려 퍼졌다.

배출병들은 딱딱한 의자에 기대어 새우잠을 잤다. 고개를 뒤로 젖히거나 옆으로 떨어뜨리고 잠을 잤기 때문에 고개가 부러질 것처럼 아팠다. 어깨, 허리, 다리, 옆구리, 아프지 않은 곳이 없었다.

모두들 허리를 펴고 팔을 올려 기지개를 켰다. 고개를 이리저리 돌려 피로를 풀거나 길게 하품을 토했다.

"동작 그만! 동작을 멈추고 본 하사관을 주목한다! 지금 여기는 대구역이다. 귀관들의 목적지인 영천부관학교가 멀지 않았다. 귀관들의 목적지는 대구역을 깃점으로 경부본선에서 갈라져, 중앙선으로 바뀌지는 것이다"

"……."

"그동안 교육 훈련에 고생이 많았다! 목적지를 앞두고, 본 하사관이 귀관들에게, 충분한 휴식과 자유시간을 허락하고자 한다. 어……본 하사관이 특별히 허락하고자 하는 자유시간은, 약 한 시간 이십 분간이다"

그리곤 천만덕 병장은 왼팔을 높이 들어 누런 황금빛 시곗줄을 자랑스런 눈으로 바라보았다.

"어…… 지금 본 하사관의 시계는 새벽 네 시 오십 분을 가리킨다. 만약의 경우, 열차가 선로 관계로 지연 연착될 것에 대비, 아침 식사를 해 두는 것도 한 방법이다. 대구역 밖으로 나가는 것도 허락된다. 귀관들의 안락한 식사와 편안한 용변을 위해서, 본 하사관이 재량을 발휘하여 십 분간의 휴식시간을 더 보태서, 무려 한 시간 삼십 분간의 자유시간을 부여하는 바이다!"

"……."

"어, 본 하사관은, 공육 시 이십 분까지 시간 엄수, 열차에 승차 완료할 것을 명령한다! 귀관들은 대한민국 육군 최고의 특과학교인 부관학교 차출병이라는 것을 명심하기 바란다. 이상!"

본 하사관 천만택 병장께서는 영천에 육군 부관학교가 생긴 이후, 단 한 명의 탈영자나 미귀자가 없다는 것을 너무 잘 알고 있었다.

또한 대구에서 중앙선으로 연결되는 영천선의 열차 시간도 너무 잘 알고 있었다. 부산으로 가는 3등 열차가 매달고 온 군용객차 한 칸이 대구역 4번 프렛트홈에 멎어 있었다. 경부선행 완행열차가 내버리고 간 군용 칸을, 중앙선으로 가는 영천선 열차가 끌고 가기까지는, 아직 두 시간 정도의 여유가 있었다. 이것도 천만택 본 하사관께서는 너무 잘 알고 있었던 것이다.

그러므로 천만택 본 하사관의 지혜는 그것을 재량권으로 활용하는 기지를 발휘하였다.

아무튼 차출병들은 즐거웠다.

그 많던 장사치들도, 단 한 사람의 민간인 그림자도 보이지 않는 공백의 새벽 시간이었다.

훈련소 입소 이후, 철조망 밖을 제대로 나온 것은 처음 있는 일이었다.

원숭이들이 사는 세상에서 사람이 사는 세상으로, 생전 처음 나온 것 같은 느낌이었다.

한성욱이라고 예외일 수 있겠는가. 이정석, 조명진과 어울려 역 마당 건너, 불이 환하게 켜진 식당을 찾았다.

"어서 오이소, 차븐데……. 여, 불 곁으로 앉으소."

앞치마를 두른 아줌마가 한성욱들을 맞았다.

난생처음 들어보는 진짜 경상도 토박이 사투리였다.

전라도 사람의 귀에는 꺽지고 날카롭게 들리는 것이 경상도 말씨다. 하지만 말씨의 높낮이를 빼면 상냥하고 붙임성이 있어서 재미가 있었다.

벌겋게 거죽이 달아오른 난로 곁에 그들은 자리를 잡았다.

"국밥이먼 국밥이제, 따로국밥이 또 뭐시래야?"

이정석이 들뜬 표정으로 메뉴가 써진 벽면을 바라보며 물었다.

"하여튼 한번 먹어 보드라고 잉! …… 국그릇을 두 개씩 주는 개비여 잉!"

넙대대한 얼굴에 쭉 찢어진 입을 헤벌린 조명진이가 벌써부터 군침을 흘렸다.

"응, 그래야제 …… 우선 먹고 봐야제잉, 머리털 나고 처음 들어보는 이름이구망 잉!"

그들은 만장일치로 그 신기한 이름의 따로국밥 세 그릇을 시켰다.

대구에만 있는 따로국밥, 한성욱들이 처음 신기한 이름에 기대했던 따로따로의 국밥은 아니었다. 밥 한 그릇, 국 한 그릇이 따로 나오고, 국에다 밥을 말은 또 다른 '종합한 그릇'이 나오는 것이 아니었다. 말 그대로, 밥 따로 국 따로 나오는 다른 지방의 일반 국밥과 똑같았다.

"어따매, 나는 밥 두 그릇, 국 두 그릇이 각각 따로따로 나오는 줄 알아버렷써야…… 그래서 허리끈을 푹 끌러 버러었구망, 잉!"

조명진이의 싱거운 소리에 모두 한바탕 웃음을 터뜨렸다.

"어이, 말이여! 이 기분에 우리, 쐐주 한잔 찌크러버리까?"

또 조명진이가 잔뜩 웃기는 표정이 되어 실없이 눈빛을 빛냈다.

"짜식, 너 어디가 근질근질허냐?"

알면서도, 한성욱이 일부러 한마디 한다.

"너, 간뗑이노가 많이 부었다?"

이정석도 일부러 걱정스런 표정을 과장하여 우스개를 했다.

모처럼의 자유, 모처럼의 민간 음식에 들떠서, 술 한잔 걸치고픈 생각이 어디 조명진이 한 사람뿐이겠는가.

이들이 대구역을 출발한 것은 배출병 전원이 이상 없이 승차하고도 한참을 기다린 뒤였다. 천만택 본 하사관의 재량권 발휘가 아니라도 시간은 충분히 있었다.

대구 교외는 너무 평화로웠다.

금호강이 굽이쳐 흐르는 동촌 들녘은 너무 아름다운 전원이었다. 순박하고 착한 백성들이 살아가는 전형적인 우리네 농촌풍경이었다.

한성욱은 신선한 새벽공기를 폐부 깊숙이 한아름 깊이 숨을 쉬었다.

새 아침의 맑은 공기는 새로운 생명을 불어넣는 듯 싱싱하고 기운이 솟았다. 오랜만에 잃어버렸던 생명의 기운을 되찾은 기분이었다.

두고 온 고향, 동촌 들녘이 떠올랐다.

고향 집에 두고 온 부모 형제 동촌마을 사람들.

우연의 일치인지, 소리도 똑같고 땅이름 한짜도 똑같은 동촌東村! 한성욱의 가슴은 소리를 내고 뭉클거렸다. 동천東川이어도 상관이 없었다. 땅을 파고 흙에 묻혀 살아가는 우리네 어머니 아버지가 살아가는 곳이었다. 형제들이 나고 자라고 꿈을 키워가는 곳이었다.

대구 시내를 벗어난 동천 벌판은 한성욱에게 감동이었다. 제 살과 피와 뼈를 받은 고향 동촌과 이름이 같아서만은 아니었다.

고등학교 때 배운 '빼앗긴 들에도 봄은 오는가'가 생각되었다. 이 시를 쓴 이상화李相和가 피와 뼈를 받은 땅이, 바로 이 들녘이 아니런가.

선생님이 지은이 소개를 어떻게 했는지, 이 시 분석을 어떤 시각으로 설명했는지 자세한 기억은 없다. 시 제목이 영탄조여선지는 모르지만 제목만 읽어도 가슴이 터져버릴 것 같았다.

다른 건 몰라도, 기억 한 가지는 아직도 확실하다. 선생님의 설명과는 상관없이, 교과서 상단에다 '처절한 낭만'이라고 크게 써 놓았다. 제법 제 딴에는 대단한 시평詩評 한마디라고 아주 큰 글자로 써 놓고는, 속으로 자화자찬을 하고 있었던 기억이 확연하다.

이상화의 빼앗긴 들에도 봄은 오는가! 35년 전, 尚火가 가슴을 쥐어뜯으며 바로 이 들판을 헤매었을 것이다.

"주목! 주모옥, 귀관들은 본 하사관을 주목하라!"

어찌 조용하다 싶었는데, 본 하사관, 천만택 병장의 주목 명령이 또다시 살아나기 시작한 것이다.

달리는 차창 밖으로 전개되는 대구 근교의 아름다운 전원풍경이었다. 이에 시선을 빼앗겼던 한성욱은 또다시 마음이 스산해졌다.

못된 송아지 엉덩이에 뿔 난다고, 전국 각지에 소재한 크고 작은 부대에 배출병을 인솔 배출하면서, 좋은 것은 안 배우고 나쁜 짓만 배웠다. 천만택 본 하사관의 재주와 얼굴 간판이 아까운 것이다.

특권을 누리는 부대나 끗발 재는 부서, 직책에 배치되기 위해선 빽을 써야 한다는 취지, 그런 주제의 연설을 다시 시작한 것이다. 천만택 병장 자신이 그런 일에 경험이 많고 '질속', 속 내용을 잘 알고 있다. 영천 도착이 멀지 않았다. 더 늦게 전에 요령껏 손을 쓰라는 것이다. 까놓고 말하면 사바사바를 하자는 것이다.

결론은 돈이었다.

한성욱 이등병은 울화가 치밀었다.

장래가 불안하고 불투명한 신출내기 배출병들의 불안 심리를 이용하겠다는 것이다. 속이 빤히 들여다보이는 짓이었다. 지난밤에도 고향 후배인 한성욱에게 접근하여 일을 꾀했던 금품갈취 시도인 것이다.

대구역에 머무는 동안 긴 휴식시간을 통해 한두 명을 감언이설로 꼬드겼는지 모른다. 그런 일이 없겠지만 한성욱은 걱정되는 면이 있었다. 본 하사관 천만택 병장은 목적지인 영천역에서 부관학교 소속 차출병 인수 요원에 병력을 인계하는 것으로 모든 것은 끝난다. 그가 차출병들의 개인 신상에 어떤 영향을 미칠 일은 아무것도 없는 것이다.

한성욱은 눈도 한번 마주치지 않고 지금까지 버티었다. 만약 천만택 병장이 한성욱에게 비협조적이라고 딴소리를 하면, 가만두지 않을 각오를 했다. 본 하사관께서도 그런 걸 의식했는지, 이따금 굳은 표정으로 한 번씩 눈길을 흘어갈 뿐 다른 말은 없었다.

하늘이 밝아지며 온 아침 들녘이 제 모습을 환히 드러내고 있었다.

열차는 기세 좋게 기적을 울리고 속력을 더했다. 끝없는 사과나무 과수원길을 통과하고 있었다. 사과나무 과수원에서 사과나무 과수원으로만 이어지는 경산벌, 한성욱은 난생처음 보는 새로운 전원풍경이었다.

한성욱이 지금까지 보아온 전원풍경은 쌀과 보리농사로 일관하는 단조로운 농촌풍경이었다. 전혀 딴 세상, 사과나무가 터널을 이룬 과수원길, 온통 사과나무들만의 세상이었다.

한성욱은 숨을 길게, 나무들이 뿜어내는 시원하고 맑은 공기를 한껏 심호흡했다.

기차가 사과나무로 터널을 이룬 한복판, 반야월半夜月역 구내에 들어설 때엔, 찬란한 아침 해가 동녘 하늘에 솟아오르고 있었다.

세상이 아무리 시끄럽고 번거로워도 자연은 제 길을 간다. 아침 햇살이 새롭다. 나무 끝에 맺힌 이슬방울들이 영롱하다. 사과나무들은 고즈넉이 봄을 기다리는 모습이었다.

아니, 사과나무 가지에 매달린 꽃눈들에는 어느새 봄이 서성거리고 있었다.

열차가 긴 과수원 굴속을 빠져나오며 숨이 차오르는 듯 길게 기적을 울렸다.

기름진 영천벌이 전개되고 있었다.

저만큼 아침 햇살에 빛나는 금호강 물빛이 보였다.

영천이다.

붉은 태양이 드넓은 영천벌을 가득 채우고 있었다.

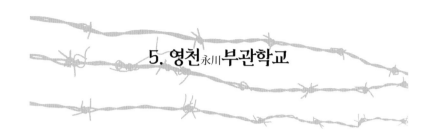

5. 영천永川부관학교

1

허허벌판에 건물 몇 동이 서 있었다.

철조망도 담장도 아무것도 없었다.

민간인 토지와 경계선을 구획 짓는 말뚝 하나도 서 있지 않았다. 부관학교 앞쪽으로 한참 떨어진 곳에 육군경리학교와 육군정보학교가 빈집처럼 서 있었다. 그 두 학교는 부관학교보다 건물 규모가 훨씬 작아 보였다.

부관학교 우측엔 길 하나를 사이에 두고, 육군헌병학교가 자리를 잡고 있었다.

이 헌병학교만은 다른 특과학교들과 대조적으로 엄중하게 보이는 철조망이 높게 드리워져 있었다.

부관학교의 첫인상은 신참 피교육병들에게 너무 편안하고 한가로워 보였다.

우선 건물들의 모양과 뺑끼칠 색깔이 순하고 평화로웠다.

군대와 관련된 군사교육기관이라는 걸 전혀 느낄 수가 없었다. 무슨 전문연구소 같았다.

그렇지만 인문학 연구소나 이공계理工系 과학연구소 같지는 않았다. 화학약품을 다루거나 광물 또는 기계공학과 관계있는, 그런 이미지도 아니었다. 메마르고 거칠거나 딱딱한 인상이 아닌 것이다.

식물 육종育種 연구소나 농작물 품종 개량을 위한 시험 재배 관리사무소 같은 느낌이었다.

학교 구내 건물 주변에는 넓은 잔디밭이 조성되어 있었는데, 꼭 지방에 설립된 시골 단과대학 캠퍼스 같은 느낌이 들기도 했다.

실제 피교육병 생활 분위기도 훈련소와는 아주 딴판으로 별천지에 온 느낌이었다.

장교들은 물론 당직(주번) 하사나 교무관리 기간 사병 등 누구 한 사람 거친 말씨를 쓰는 사람이 없었다. 몽둥이를 들거나 지휘봉을 들고 다니는 자도 없었다.

교수부의 학과담당 장교(교관)들은 대위 이상의 계급으로, 나름대로 모두 품위를 지키고 있었다. 미국 육군대학이나 미군 행정학교에 유학하여, 미국식 군대 행정에 관한 전문지식을 쌓은 자들이라는 것이다. 일부러 그런 사람들을 뽑아냈는지는 몰라도, 시골 촌 동네 국민학교 선생님 같은 분위기를 풍겼다.

군대 교육기관이라는 생각이 전혀 들지 않았다.

갑자기 구름 위에 붕 뜬 기분이었다.

거칠고 험한 훈련소 생활과는 너무 대조적이었다. 분위기가 너무 풀어져서 좀 이상하다는 생각까지 들었다. 사람의 생활환경이 극에서 극을 오가다 보니 정신이 조금 헷갈리는 기분이었다.

대한민국 군대, 개판 군대라는 자조적인 말이 실감이 났고, 지금까지 그런 표현에 해당하는 일들을 수없이 당하고 겪기도 했다.

영천부관학교는 아니었다. 적어도 신참 피교육병인 육군 이등병, 한성욱이 겪은 육군 부관학교 생활은 개판 군대와는 거리가 있었다.

저녁 점호시간과 취침, 기상 등의 통제를 제외하면 여느 일반 인문계 대학 기숙사 생활과 별다를 것이 없었다. 교수부의 장교들이나 교무관리 책임자들이 맹목적으로 미군 행정학교나 미 육군대학의 교풍校風을 흉내 내고 있는 것이 아닌가, 하는 의구심이 들 정도인 것이다.

각 단위 부대의 행정 현실은 후진적이고 열악한데, 현실을 도외시한 아메리카식 행정병 교육 방법이 그대로 도입되고 있는 것 같았다. 내실보다는 외형적인 모방에 치우치는 것 같은 느낌이 들었다. 내 몸 편해서 나쁠 것은 하나도 없지만, 군대 행정의 특수성, 곧 '전투지원 행정'은 총을 펜으로 바꿔 들었을 뿐, 행정도 전쟁의 일환이었다. 아메리카 군대가 얼마나 영악하고 교활한데, 속 내용은 잘 들여다보지도 않고, 수박 겉핥기식 겉 풍속 흉내 내기에만 너무 치우치는 경향 같았다.

물론 악의에서 출발한 것은 아니었을 것이다. 하지만 이런 물러터진 방관적 외래 풍의 통솔체제 아래에선, 반드시 선의善意에 대한 역작용이 고개를 드는 법이다.

세상사는 늘 좋은 일만 되풀이 되는 법은 없다. 선의가 지속적으로 인간사를 이끌어 간다면 얼마나 좋을까. 악과 선은 애초부터 같이 있었다. 태생적으로 쌍둥이였다. 왼쪽이 있으면 오른쪽이 있었다. 선은 물러터진 경향이 있어서 그대로 두면 망하고 만다. 악이라는 독성이 선의 의지를 자극함으로써, 그 파멸을 막아주는 측면이 있는 것이다. 역설적이지만 선과 악은 서로 견제하고 터줌으로써, 그 가치를 돋보이게 빛낸다. 서로 상생작용 하여 끝없는 생명력을 보장받고 있는 것이다.

볕이 있으면 그늘이 있다. 음지 때문에 양지가 빛난다.

양지를 밝게 해 주는 음지엔 독버섯이 자란다.

모처럼 평온하게 지내고 있는 피교육병 생활을 시샘이라도 하듯, 엉뚱한 것들이 밤이 되면 순진한 피교육병들의 잠자리를 괴롭혔다.

한성욱이 소속한 육군 부관학교 인사 행정반 173기는, 그보다 한 깃수가 빠른 172기와 함께 같은 내무반을 쓰고 있었다. 172기는 입대 연월일이 173기보다 1개월 정도가 더 빨랐다. 육군본부 부관감실副官監室의 통제를 받는 육군 행정병 수급 계획에 따라 교육 깃수의 군번 사이가 멀리 떨어지기도 하고, 잇달아 겹치기도 하는 것이다.

교수부 당직(주번) 하사의 저녁점호가 끝나면, 창고처럼 커다란 내무반 건물은 온통 피교육병들만의 세상이다. 이런 틈새를 노리고 있던 172기들이 고참이랍시고 후배깃수인 173기 교육병 길들이기가 시작된 것이다. 취침 상태에 들어간 173기들을 기상시키고, 빳따 치기에 재미를 붙인 것이다.

하기야 군대에서 오뉴월 하룻볕이 어디인가? 1개월 입대가 빠르면 하늘 같은 선배이고 고참이다. 1개월 동안의 입대 장정에게 군번을 부여하고 1열로 열을 세우면 서울에서 대전까지는 줄을 서야 한다. 그러니 얼마나 까마득한 선배 고참인가.

군대는 장將과 졸卒, 상上과 하下, 선先과 후後가 없으면 위계가 서지 않는 오합지졸이 되고 만다. 전쟁을 전제로 한 군대가 오합지졸이

되어서야 어디 말이나 되는 것인가. 본래의 목적과 존재가치를 상실하고 마는 것이다. 군대는 반드시 장과 졸, 상과 하, 선과 후가 엄정해야 하고, 그래야 전쟁 수행 업무를 효과적으로 완수할 수 있는 것이다. 두 말을 필요로 하지 않는다.

그 위계가 엄정하여 장, 상, 선이 존경받고, 그래야 그 령令이 서는 것이다.

그럴려면 졸, 하, 후를 인격적으로 감화시켜 승복하여 따르도록 하는 것이 가장 좋은 최선의 길이다.

하지만 이런 최선의 방법들은 설화나 전설 속의 이론으로는 가능하지만, 거칠고 억센 군사집단을 통솔해야 하는 현실에선 실효적이지도 가능하지도 않다. 그렇다고 국가나 상급자가 군대 지휘 통솔을 포기할 수도 없는 노릇이다.

장이 졸을 통솔하고, 상이 하를 지휘하고, 선이 후를 이끄는 것은 지금까지의 군대 유지, 전쟁 수행의 오랜 관행이었다. 군집을 이룬 인간의 무리는 물론이고, 무장을 갖춘 전쟁집단을 이끌고, 지휘하고, 통솔하는 데 있어서 이 이상의 더 좋은 체계나 과학적인 수단은 없었다.

문제는 명분 없는 지휘 통제 통솔인 것이다.

명분이 뚜렷하고 대의大義가 서면, 집단은 억압과 통제를 감내한다. 그 명분이 합리적이고 공명정대할 때, 대의가 대낮처럼 밝을 때, 인간은 본성적으로 목숨과 재산을 초개처럼 던지게 된다.

반대로 명분이 없거나 대의가 서지 않고, 어거지 주장이나 도리에 맞지 않는 행동일 땐, 인간 본성은 반항한다. 졸과 하와 후가 장, 상, 선에 반역을 꾀하는 것이다.

부관학교의 내무반 생활은 특이했다.

거의 모든 것은 피교육병의 자율에 맡겼다. 교수부나 기간병이 통솔 통제를 최소화했다.

당직하사(병장계급의 주번병) 1명이 아침 기상 상태, 청소, 저녁점호 등에 관여했다. 훈련소처럼 소대 중대 편제나 분대 개념 같은 것은 전혀 없었다. 인사 행정반 172기, 173기 등의 학급개념이 전부였다. 내무반 구조도 소대 집단식 시설이 아니었다. 창고나 강당처럼 넓고 큰 실내 공간에, 중앙통로가 신작로처럼 훤하게 뚫려 있었다. 통로 좌우 양옆으로 칸을 두어 1·2층 계단식 침상을 매어 놓았다.

훈련소 침상은 통로 양옆으로 길게 놓여 있었지만, 이곳의 구조는, 중앙통로 쪽은 팔을 반으로 구부린 것처럼 짧은 칸막이벽이 막혀 있었다. 2층 침상 구조의 두 칸이 서로 마주 보고 있는 사이에는 충분한 공간이 있고, 침상 한 층에는 4·5명, 1·2층을 합하여 8·9명이 들어 있었다. 마주 보고 있는 건너편 1·2층의 침상에도, 이와 비슷한 수의 피교육병들이 내무반 생활을 함께하고 있었다.

부관학교는 기성부대가 아니다.

보통 피교육병을 수용하는 교육기관(부대)에서는 기간병이나 조교들이 교육병과 함께 숙식을 같이하며, 24시간 관리 지휘에 임하고 있었다. 헌데 부관학교는 기간병의 동참 없이 피교육병들만의 숙식, 내무반 생활이 이루어지고 있었다.

여기까지는 좋은데, 이것도 어디서 얻어 들여온 군대 풍속인진 모르지만, 격에 안 맞게 선후배 깃수를 한 공간에 넣어, 내무반 생활을 시키는 것이다. 마주 보이는 침상 칸에 1·2층 침상 단위로, 선배깃수와 후배깃수가 각각 한쪽 칸 두 개의 침상을 차지하고 있었다. 그러니까 172기와 173기가 날마다 눈만 뜨면 일거수일투족을 서로 마주 보고 생활하는 것이다.

부관학교 입교 후, 첫 일주일간은 아무 탈 없이 잘 지나갔다.

취침, 기상, 청소 등이 정상적으로 이루어졌다.

학과출장(수업)이야 짜여진 시간표대로였고, 내무반 생활의 생활수칙은 건물 입구 안쪽 게시판에 G펜 글씨로 일목요연하게 게시되어 있었다. 변동사항이나 긴급사항은 그때그때 필요에 따라서 게시 전달되었다.

청소구역 역시, 실내외 담당구역을 정확하게 도표로 그려서 게시 전달하고 있었다.

이외 특별사항은 당직 기간병이나 학생장을 통해서 구두 전달 지시되었다.

이렇게 별일 없이 잘 나가던 내무반 생활에 이상이 생긴 것은, 173기 입교 후 십여 일쯤이 지나서부터였다.

한성욱, 조명진, 이정석 등이 배정된 1·2층 침상 건너편에는 이미 밝힌 대로 1개 깃수가 빠른 172기생들이 도사리고 있었다.

이들이 십여 일 동안 한 깃수 밑인 173기들을 지켜보고 있었다.

173기는, 자기들 172기의 출신 지구인 경상북도 대구지역과는 전혀 다른, 전라남도 목포지역 출신들이었다. 보기에 행동거지가 제멋대로고 여간 거친 데가 있었다. 원래 바닷바람이 거센 항구도시 출신들은 일반적으로 좀 드세고, 강끼가 있어 보이는 면이 없지 않았다. 그렇다고 그들을 그대로 인정해 주고 곱게 보아줄 수만은 없는 노릇이었다. 그래도 대구가 어딘데……, 도시 규모 인구로 보나, 달구벌의 오랜 역사 전통으로 보나……, 말또 아이다.

씹겁을 멕이긴 멕여야겠는데……, 군대 뭐 벨 이유 있나? 후배아들이 선배깃수한테 거망스럽다카믄 되는 기고, 청소 트집 잡고……, 마 우리도 선배깃수한테 당한 대로 갚아주면 되는 기다.

이렇게 해서 취침시간 전 저녁점호 끝나고, 피교육병들만의 자유 시간을 이용하여, 172기생들의 후배깃수(173기) 군기 잡기가 시작된 것이다.

173기 입장에선 터무니가 없었다.

172기와 공동으로 쓰는 통로(1·2층 침상 앞 공간) 청소는, 양쪽 침상 과 침상 사이의 중앙 경계선을 경계로 하여 서로 분담하는 것이 원칙 이었다. 그렇지만 언제부터인지, 짝·홀수별 또는 요일별로 적당히 나 누어, 선·후배깃수가 별 무리 없이 잘하고 있었다. 그렇게 넓은 공간 도 아니어서 말이다.

그런데 갑자기 이 무난하고 자연스런 룰을 깨고, 선배깃수가 생트 집을 잡기 시작한 것이다.

전적으로 후배깃수가 다 전담해야 한다는 것이다. 선배깃수와 열 흘 이상 내무반 생활을 같이했으면 눈치껏 알아서 기어야 한다는 것 이다. 선배들이 말을 안 한다고 해서, 계속 침상 앞 바닥청소를 선배 깃수에 분담시키는 것은 건방지고 버릇이 없다는 것이다. 자기들(172 기)도 앞 선배깃수들한테 그렇게 당했다는 것이었다.

이런 이유를 들어 시작된 172기들의 173기들에 대한 빳따 치기는 일회성 하룻밤 행사로 끝난 것이 아니었다. 심심하면 기상을 시키고, 이런저런 이유를 붙여 단체 기합이 아니면 빳따 치기가 계속되었다.

계급이 많이 높거나 피교육병들을 관리하는 직책의 상관, 상급자 에 당하는 것은 군대 생활에서 늘 항다반사로 있는 일이다. 하지만 같 은 피교육병 처지에, 1개월 정도 군번이 빠른 선배 깃수에게 기합을 받거나 빳따를 맞는 것은, 아무리 군대라지만 그렇게 기분이 썩 좋은 것만은 아니다. 찜찜하고 자존심 상하고, 아니꼬운 생각이 많이 드는 것이다.

172기는 영천 인근의 대구지방 출신들이어서 토요일이면 모두 외출을 나갔다. 피교육병 신분이지만 부관학교는 주말 외출이 자유로웠다. 주중에도 하루 건너기가 멀다 하고, 기합을 받거나 야전삽 빳따를 맞았지만, 172기가 외출에서 돌아오는 일요일 밤에는 빳따 치기 행사가 더욱 기승을 부렸다.

그들 중에는 술이 한잔 거나하게 되어 들어오는 친구도 있었다.

이들 중에는 유난히 덩치가 큰 친구가 몇 명 있었는데, 입대 전 대구 시내 소재 모 유도관에 나가던 친구들이라는 것이다. 이들은 평소 교육 생활에서 말씨도 좀 뻣뻣하고, 태도도 위협적인 데가 있었다. 덩치가 너무 커서 그렇게 느껴지는지 모르지만, 자기들이 운동선수이고, 보통 사람들보다 체력이나 완력이 월등하다는 것을, 부러 과시하려는 버릇으로 보였다.

실내생활에서도 그렇지만, 실외에서 마주치거나 식당이나 변소 출입 시, 은근히 몸을 밀거나 어깨를 올려 보이고, 위압적인 시선을 보내기도 했다.

이들 덩치들 입장에선, 후배들에게 가하는 단체 기합이나 빳따 몇 대쯤이, 장난이고 심심풀이 땅콩일는지 모른다. 하지만 당하는 입장에선 너무도 고통스럽고 괴롭고, 자존심에 너무 큰 상처를 받는 것이다.

이런 일이 일회성으로 끝나는 게 아니고, 계속 간헐적으로 되풀이되니, 정말이지 참을 수 없는 고통이고 공포가 되었다. 잠자리에 들어 마악 잠이 들려는 시각에 기상을 시키고, 내의바람으로 집합을 시키는 것이다. 선잠에서 깨어난 몸이라, 추워서 옹송송하게 떨리고 정신이 몽롱했다. 이런 상태에서 몽둥이찜질을 당하는 것이다. 고통과 공포는 말할 것도 없고, 치욕과 모멸감으로 몸이 부들부들 떨리는 것이다.

이유라고 해 보아야 시시껄렁한 말장난이었다.

청소관계, 태도불손……, 실내 청소뿐만 아니라 실외 담당구역 청소도, 후배깃수가 알아서 기어라. 선배깃수를 선배답게 대하지 않고 맞먹으려 든다……. 겉말은 이렇지만, 후배들이 거만스럽다는 것이고, 그리고 완력 자랑도 하고 싶었던 것이다.

말 한마디에 졸병들이 굽실굽실하고, 잠을 자다가도 명령 일언에 벌떡벌떡 일어나고, 내의 바람으로 줄을 서서 빌빌대는 모습이 볼만한 것이다. 상대들의 초라한 모습에서 자신들의 우월감을 즐기는 것 같았다.

야전삽으로 엉덩이를 얻어맞고, 비명을 지르며 나가동그라지는 모양새에, 저도 모르게 쾌감을 느끼고 있는지도 몰랐다. 볼품없는 속옷 복장으로 발을 침상에 걸치고, 머리통을 씨멘트 바닥에 거꾸로 처박고, 낑낑대는 꼬락서니도 볼만한 구경거리인 것이다.

지금까지 한성욱, 조명진, 이정석이 소속된 1·2층 침상에서 잠을 자는 총 아홉 명의 173기는, 이런 볼만한 단체기합과 야전삽 빳따 치기 등을 도합 5·6회 겪었다.

더 이상 이런 식의 단체기합이나 야전삽 빳따 치기를 당하다가는 몸에 이상이 생기거나 병신이 될지도 몰랐다.

172기가 졸업하기까지는 아직 2주라는 기간이 더 남았다. 계속 밤 잠을 설치고 매를 맞다가는 꼭 무슨 불행한 일이 벌어질 것만 같았다. 야전 삽날과 자루를 잇는 불거져 나온 나사에 맞거나 척추를 내려칠 경우, 평생 병신이 되기 꼭 알맞은 것이다.

한성욱은 더 이상 참을 수가 없었다.

처음엔 혼자서 일을 처리할려고 마음을 굳혔으나, 일을 깔끔하고 깨끗하게 처리하기 위해선 173기 학생장인 이정석의 도움을 받는 것이 효과적이라는 생각이 들었다. 아무도 몰래 이정석에게 일의 내용을 설명하고 도움을 요청했다. 이정석은 흔쾌하게 동의를 표하고, 기달랐다는 듯 자기 몫을 맡았다. 이정석은 4·19 때, J대학이 한강을 건너 뜀박질로 달려오는 데에 앞장을 섰던 학생 리더였다.

173기가 부관학교에 온 지, 3주째의 일요일 밤이었다.

주번하사의 저녁점호가 끝나고, 소등 후 모두가 취침에 들었다.

아니나 다를까. 이윽고 건너편 침상에서 두런거리는 말소리가 들렸다. 서너 명의 그림자가 주섬주섬 옷을 주워 입더니, 관물함에서 야전삽을 빼어 드는 것이 아닌가. 오늘 밤에도 어김없이 172기들의 야전삽 빳따 치기 행사가 거행될 모양이었다.

한성욱은 몸이 부르르 떨렸다.

피가 거꾸로 서는 것이었다.

"173기 기상! 현재 복장으로 선착순 집합이다!"

마른하늘에 날벼락이었다.

아니다. 아닌 밤중의 홍두깨인 것이다.

마악 잠이 들려던 173기 아홉 명의 교육병들이 소나기 쏟아지는 여름날, 뇌성벽력에 놀란 망아지 날뛰듯, 침구를 박차고 일어나 허둥거리는 꼬락서니가 가관이었다. 곤한 잠결이라 얼른 방향을 잡지 못하고, 허겁지겁 신발을 찾느라 부산을 떨었다.

빳따 한 대라도 덜 맞을려고 최대한의 빠른 동작으로, 침상 아래

씨멘트 바닥에 집합을 끝냈다. 후줄근하고 헐렁한 내의 바람이다. 볼썽사납고 초라했다.

"느그 임마, 응? 아까 일석점호 때, 청소하는 꼬라지 봤는데, 먼지가 풀풀 나고…… 엉? 물도 제대로 안 뿌리고…… 너그덜 우리한테 반항허는 거제?"

오늘 저녁에는 그동안 잘 나서지 않던 172기 학생장이 가세했다. 얼굴 생김새가 반반하고 제법 지성적인 외모를 가진 학생장이 유도선수 출신 덩치들과 같이 서 있었다.

"우리 임마, 앞기 선배덜한테 얼매나 당한줄 아나? 앙? 너그덜은 호리삥삥이다 앙? 정신 바짝 차리게 해 줄끼다!"

야전삽을 빼어 든 덩치였다.

"너그덜, 반항이 어디서 반항이고? 모두 엎드려뻗쳐라! 동작이 이기 뭐꼬? 빳따는 두 대씩이다!"

야전삽은 그냥 몽둥이나 침대마후라, 곡괭이자루와는 다르다. 야전삽 빳따는 소리도 고약하게 간 떨어지게 크게 날뿐더러, 철판 평면이 엉덩이 살 표면에 밀착되기에 순간적으로 아주 강한 충격을 주는 것이다. 눈에서 번갯불이 일고, 근육질이 한꺼번에 찢겨나가는 것 같은 통증을 안기는 것이다. 한 대 맞으면 그대로 나동그라지지 않을 장사가 없는 것이다. 심심하면 빳따를 맞아야 하는 군대 사회에서도 알카빙 빳다나 야전삽 빳따는, 아주 무서운 공포의 빳따로 통했다.

"잇 쌔끼!"

맨 처음 빳따를 맞은 조명진이가 윽! 비명도 제대로 못 지르고 저만큼 나가 동그라졌다.

한 대 맞고 나면 제정신이 아니었다.

그 정신에도 한 대를 더 맞기 위해 몸을 뻐르적거려서 엉덩이를 올리려다가, 조명진이는 그대로 다시 나동그라져 버렸다.

"쌔에끼, 자세 바로 몬 하나?"

겁에 질린 조명진은 얼른 자세를 고치고, 엉덩이를 겨우 들어 올렸다.

따악!

가차 없이 야전삽 빳따가 가해졌다.

키가 소 잡게 큰 덩치가 야전삽 자루를 한 바퀴 공중돌이를 한 다음, 있는 힘을 다해 세차게 내려쳐 버린 것이다.

벼락 맞은 개구리 신세가 된 조명진은 더 이상 몸을 가누지 못하고 그 자리에 그대로 구겨져 버렸다.

"잇 쌔끼, 이 거, 엉데이 들어!"

옆에서 못마땅한 표정을 짓고 있던 우람한 몸집의 제일 큰 덩치가, 앞 덩치로부터 야전삽을 뺏어 들었다. 성에 안 찬다는 것이다. 제대로 본때를 보여야겠다는 몸짓이었다.

두 번째 쫄병을 치기 위해, 구겨져 뒹구는 조명진이를 발로 저만큼 밀치며 아주 결의를 다지고 들었다. 저 큰 덩치에 몸의 중량을 실어 힘을 가하면, 잘못 맞으면, 뼈가 부스러지거나 어쩜 죽을지도 모른다는 생각이 들었다.

네 번째가 한성욱이고, 두 사람 건너 이정석이 엎드리고 있었다.

"자세 바르게 몬 하나?"

이른바 지성적인 외모의 학생장이 한마디 거들었다.

위압적인 제일 큰 덩치에 주눅이 든 두 번째 쫄병이 몸을 떨고 있었다.

"쌔에끼……"

이때였다.

제일 큰 덩치의 팔이 야전삽의 공중회전을 위해 마악 위로 치솟으려는 순간이었다.

"야! 멈춰!!"

몸을 벌떡 일으킨 한성욱이 벽력같이 소리를 지르며, 앞으로 튀어나왔다.

"너희들 무슨 근거로 사람을 이렇게 패는 거야?"

어느새 한성욱은 서까래만 한 제일 덩치의 팔목을 잡고 늘어졌다.

"이 새끼들, 사람 치는 게 너희 본업이야?"

잇달아, 이정석이 번개처럼 뛰어나오며 소리를 질렀다. 고함소리와 동시에, 이정석은 몸을 날려 제일 덩치의 손아귀에서 야전삽을 빼앗아 버렸다.

숨 쉴 틈도 없이 덩치들이 급습을 당한 것이다.

이 서슬에, 초라한 꼬락서니로 통로 바닥에 엎드려 있던 173기들도 모두 자리를 박차고 일어서 버린 것이다.

"군대가 임마, 너희들 힘자랑하는 데야! 너희들 임마, 이따위 행동을 하고도, 무사히 졸업할 수 있을 것 같애?"

"우리가 너희들한테 매 맞으러 군대 온 거야? 어디, 국방장관한테 한번 물어볼까? 너희들 번지수 잘못 짚었어!"

한성욱과 이정석이 계속해서 고함을 지르며 삿대질을 하고, 마구 따지고 덤벼들었다.

"운동을 했으면 사나이답게 스포츠맨 정신이 있어야지, 기껏 힘 약한 사람들 때려 패는 거야? 똑똑히 굴어! 머슴아들이 뭐 이래?"

"밤마다 이렇게 사람 패 놓고, 너희 무사할 것 같애? 너희들 사람

잘못 봤어! 세상 우습게 보지 마!"

"……"

한성욱은 그 특유의 쩌렁쩌렁한 고함소리로 덩치들을 압도했고, 이정석은 유난히 눈을 크게 부릅뜨고 분한 기운으로 기를 세워 이들을 윽박질렀다. 작은 고추가 맵다고, 이정석은 체구가 그렇게 크지 않아도 다부진 체격에 담력이 넘쳤다. 덩치들로서도 일이 이렇게 되고 보니, 함부로 완력을 내세울 입장이 못 되었다.

덩치들은 마땅한 대항 논리나 방법을 찾아내기가 쉽지 않았다. 전혀 예상하지 못한 일이었고, 상상할 수 없는 급습이었다. 한성욱과 이정석의 전광석화 같은 기습 반란(?)에 덩치들의 기가 꺾인 것이다.

"너그, 이 새끼덜 나중에 보자. 외출 때 대구 시내에서 걸리면, 너그덜 맛 좀 볼끼다!"

몇 번이고 주먹질을 해대며 코를 씩씩 불던 덩치들이 어슬렁어슬렁 자리를 피했다. 허를 찔린 덩치들이 어기가 질린 것 같았다. 지성적인 외모의 172기 학생장 역시, 계면쩍은 표정으로 슬슬 자리를 떴다.

이렇게 해서, 밤마다 하루걸이로 빳따를 맞던 고통과 수치를 면했다. 그러나 172기 선배깃수가 부관학교를 떠날 때까지, 2주 동안 불편하고 긴장된 나날을 보내야 했다.

2

화창한 봄날 아침이었다.

경북 영천은 산 좋고 물 맑은 아름다운 고장이었다.

평야도 넓어서, 굽이쳐 흐르는 금호강 물줄기를 따라, 과수원 들녘이 끝없이 펼쳐지고 있었다.

복사꽃 능금꽃이 그야말로 장관을 이루고 있는 것이다. 벌과 나비가 분홍 복사꽃 위로 날고, 살랑거리는 봄바람이 허연 능금꽃 송아리들을 흔들어 놓고 가는 것이다.

성욱은 사과밭 사이로 흐르는 강물을 한 움큼 움켜다가 얼굴을 씻고 있었다.

사과나무, 복사나무, 과수원이 무연하게 펼쳐진 그 숲 사이로, 금호강 지류가 젖줄처럼 흐르고 있는 것이다. 끝이 보이지 않는 과수원 숲 터널, 그 사이를 굽이굽이 흐르는 맑은 강물은 제복에 갇힌 한성욱의 무딘 마음을 춤을 추듯 휘감고 돌았다.

지금 한성욱이 얼굴을 씻고 있는 금호강 지류에는, 연분홍 복사꽃 허연 능금꽃이 지천으로 떨어져 흘러내리고 있었다. 한성욱은 얼른 눈을 뗄 수가 없었다. 강물 위에는 아롱다롱 꽃잎 잔치가 펼쳐지고 있는 것이 아닌가.

얼굴에 물을 끼얹던 손을 멈추고, 한성욱은 한참을 그대로 앉아 있었다. 탄성이 저절로 나왔다. 떠내리는 꽃잎 잔치에 혼을 빼앗겨버린 것이다.

이런 아기자기한 꽃잎들의 잔치는 처음이었다. 아무리 제복에 싸인 몸이라지만, 꽃잎 따라 흐르는 하얗고 붉은 마음만은 떼어내 버릴 수가 없는 노릇이었다. 그것을 억눌러버리기엔 지금 강물 위를 살랑거리는 아침 공기가 너무 맑고 신선하다. 강물 또한 얼굴에 닿는 감촉이 너무 풋풋하고 시원스럽다. 강물 냄새가 새파란 향기가 되어 피어올랐다. 과수원 숲에 맴도는 봄기운도 복사꽃 꽃물처럼, 연분홍 물감이 되어 성욱 주위를 맴돌았다.

눈을 들면 꽃구름 바다가 아스라하게 펼쳐지고, 멀리 눈 간 데서 바람이 일면 꽃구름 파도가 일렁거렸다. 그 꽃물결이 이리로 다가오면서, 우수수 지는 꽃잎들은 희고 붉은 꽃보라를 몰고 오는 것이다. 나부끼며 쏟아져 내리는 눈송이들을 연상시켰다. 허연 사과꽃이 흩날리는 것은 흰 눈보라를 닮았다지만, 복사꽃이 흩날리는 분홍 꽃보라는 어디에 비할 수 있을 것인가.

옛사람들은 복사꽃 떠내리는 물가를 무릉도원武陵桃源이라 했다는데, 분홍색 꽃 물결이 일렁이는 저 복사꽃 세상은 신선들이 산다는 선계仙界라 해도 틀린 말은 아닐 것 같았다.

부관학교 주위엔 마을이 없었다.

멀리 보이는 산 밑이나 들판 끝에도 마을이 보이지 않았다.

금호강 지류가 흐르는 사과나무 과수원 벌판에서도 민가를 찾을 수가 없었다. 과수원 숲에 가려선지, 민간인 마을이 잘 보이지 않는 것이다. 부관학교 구내를 벗어나, 뒤쪽을 돌아 나와 밭 언덕에 나서 보아도, 사람들의 그림자가 보이지 않았다. 아침마다 세수하기 위해서 금호강가에 나와 보지만, 단 한 번도 민간인들과 마주친 적이 없었다. 어쩌면 그렇게 과수원에 일하러 나온 사람들마저 만나볼 수가 없을까. 산과 들판, 혼자서 흐르는 금호강 샛줄기, 이런 곳에서 정말 능금나무 복사나무들끼리 살아가는 선경仙境이 펼쳐지고 있는 것이다.

교육병들은 기상과 동시에 침구 정리를 끝낸다.

그다음으론 실내외의 담당구역 청소에 임한다.

그리고는 서둘러서 세면도구를 챙겨 들고 목에 세수수건을 걸친 채

로, 삼삼오오 밭두렁 길을 걸어서 과수원 숲에 싸인 금호강변을 찾는
것이다. 강가에 도착하는 순서대로, 길게 늘어서서 이를 닦고 세수를
한다.

금호강변의 아침 공기는 너무 신선하고 상쾌했다.

복사꽃 분분한 신선들의 고장이어선지, 이만하면 가히 피교육병
생활이 신선놀음인 것이다. 금호강변의 아침 세수 시간, 담장도 철조
망도 없는 영천부관학교 생활 중에서도, 가장 자유롭고 아름다운 기
억으로 남을 것 같았다. 진흙탕에서 만난 연꽃의 아름다움처럼, 한
성욱의 기억 속에 한 폭의 아련한 그림으로 남을 것 같은 생각이 들
었다.

폐부 깊숙이 스며드는 아침 공기를 마시며, 금호강 샛줄기를 찾아
가는 길섶에는 이슬 머금은 들풀들이 무성했다.

장다리, 냉이, 쑥 무더기, 고추풀, 바랭이에, 삘기풀, 찔레덩쿨, 쇠
뜨기, 넝쿨들딸기, 독새기풀들이 서로 키를 자랑하며 커 올랐다. 이
들이 다투어 뿜어내는 풀냄새가 싱그러웠다. 능금나무 과수원의 숲을
타고 넘는 강바람에 한결 콧구멍이 시원한 것이다.

한성욱은 영천의 땅, 흙, 대지, 들판이 모두 좋았다.

아지랑이, 들바람, 금호강 물속에 내려앉은 하늘과 구름까지도 모
두 좋았다.

영천의 강바람에 혼이 빠진 한성욱은 토요일 오후 외출을 기달
랐다가 금호강 본류를 찾아가곤 했다.

시루떡이 켜켜이 쌓인 것 같은, 가로절리板狀節理의 특이한 영천 지
층을 휘감아 흐르는 금호강, 그 강줄기를 따라 그는 해가 지도록 걸
었다. 군데군데 등을 드러낸 작은 모래톱, 물에 씻긴 올망졸망한 돌

멩이들, 물결에 흔들리는 풀포기들까지 그를 반겼다. 자고 새면 만나서 웃고 떠들고 복닥이며 놀았던, 어렸을 적 옛 동무들을 만난 것 같았다.

영천 읍내나 대구 시내 외출도 마음이 굴뚝 같았지만 전혀 연고가 없었다. 주머니 사정도 여의치 않았다. 손쉽게 발품을 팔아 갈 수 있는 영천 들판과 금호강 강변길이 좋았다. 계절이 봄이어서 그랬을까. 겹치기로 찾고 또 찾아도, 해가 지도록 강가를 걸어도, 싫증이 나거나 곤한 줄을 몰랐다.

이렇게 한가롭고 평온한 교육병 생활도 어느새 종반으로 접어들고 있었다.

본격적인 군대 생활, 고뇌와 갈등 육체적인 피로가 겹치는 기성부대 배치 날짜가 점점 다가오고 있었다. 파도가 험난한 대양, 너르고 거친 큰 바다로의 항해가 그들을 기다리고 있었다. 태풍 전야의 고요가 잠시 피교육병들에게 주어지고 있는 것이다.

그런가 하면 같은 피교육병 생활이라도, 길 하나를 사이에 둔 헌병학교의 교육병 생활은 고되고 엄격하기가 이를 데 없었다.

힘겹고 험난하기로 이름난 논산훈련소 교육연대, 전반기 훈련을 겪은 바 있는 육군 쫄병 한성욱의 눈으로 보아도, 숨이 막히게 엄격하고 원리원칙에 입각한 교육 훈련이었다. 헌병학교의 교육과정을 자세하게 알 길은 없었으나, 부관병을 교육하는 행정사무와 문서관리의 교육내용과는 그 형식이 다를 수밖에 없을 것이다. 또 맡은 바의 업무 내용이 당연히 달라야 하는 것이다.

헌병교육은 군대 규범교육이고, 군법을 준수 관리 집행하는 교육이어서 철저하고 엄정하게 교육되어야 하는 것이다.

바로 길 하나 사이의 건물에서 이루어지는, 헌병 교육병들의 엄격하고도 철저한 통제 훈련에 대한, 부관 교육병들의 시각은 대체로 두 가지로 나뉘었다.

"절마들 욕 보네!"

"군기 잡아봐야 뭐 별 거 있나."

"저 애들 완장 차기 좋아하다 골병 드네!"

이렇게 빈정거리는 축도 있었다.

아닌 게 아니라 고생이 많았다. 부관 교육병들의 피교육병 생활에 비해 야외에서 이루어지는 훈련 강도가 비교가 안 되게 높았다. 부관 교육병들이 혀를 내두를 정도로 엄격하고 철저했다.

아침 세수 시간만 해도 그렇다.

부관병들은 혼자고, 둘이고, 제멋대로 콧노래를 부르며 강가에 나가 세수를 한다. 개별행동이 자유롭다.

이에 비해 헌병 교육병들은 일체의 개별행동이 금지된다. 높은 철조망으로 둘러싸인 구내에서도 자유로운 개별행동이나 한두 명씩 휴식을 즐기는 모습을 전혀 볼 수 없다. 구내 연병장에서도 그들은 집총을 한 집단행동이 있을 뿐이었다. 야외훈련이나 구보를 위해 정문을 나설 때에는 반드시 그들은 단독무장을 하고 있었다.

다만 아침 학과 시작 전, 세수 시간만은 집총을 하지 않았다. 대신 알미늄 물컵을 하나씩 들고 있었다.

4열 종대의 단체이동이었는데, 연병장에서부터 빠른 구보로 시작하여 세수 터가 있는 금호강변까지 쉬지 않고 뛰었다. 바지춤에 달려 있는 허리띠 고리에, 엄지손가락을 고정시키고, 검지로는 물컵 고리를 움켜잡고, 빠른 템포의 군가를 부르며 달리는 것이다.

부관병들이 보기에 아주 독특하고 희한한 구보 자세였다.

헌병 교육병들은 언제나 4열 종대 단체이동이었다. 이동을 하면 구보이고, 그것도 빠른 뜀박질이었다. 빠른 구보 중에도 군가를 불렀다. 군가가 끝나면 하나, 둘, 셋, 넷! 번호를 붙이고, 연이은 번호 붙이기가 끝나면 자동으로 다시 군가로 연결되었다. 총은 언제나 앞에 총 자세로 항상 몸에 붙어 있었다. 단체정신과 절도 있는 행동을 솔선수범하는 시범을 보이듯, 그들은 빈틈을 보이지 않았다.

부관병들 중에서도, 이런 헌병교육에 대해 긍정적으로 호감을 표하는 축도 있었다.

역시 군대는 훈련이 엄격해야 하고, 상명하달에 의한 절대복종, 규범이 서야 한다는 것이다. 군대는 전쟁집단다워야 하고, 특히 집단의지, 단체정신이 투철해야 한다는 것이다. 하물며 엄정한 군법을 관리 집행하는 군율교육의 요람 헌병학교가 아닌가.

헌병병과와 부관병과는 묘한 역학관계를 갖고 있었다.

부관학교 교수부 교관 장교들의 언행에서도 그런 것을 느낄 수 있었다. 은근히 헌병병과를 견제하고 부관병과의 우월성을 암시하는 말을 흘렸다.

헌병들은 부관병들의 군기 위반을 단속取締할 수 있지만, 부관병들은 그들의 신상명세서(인사기록카드)를 관리한다. 곧 인사기록 업무를 관장한다. 더 구체적으로 말하면, 헌병들에게 휴가증을 발행하는 것은 부관병들의 업무 소관이라는 것이다.

일반사회에서 경찰공무원을 경원하는 것과 비슷한 심리가 군대 내에서도 존재하고 있었다.

일제 식민통치 시절, 악명 높았던 고등경찰, 주재소 순사부장의 이

미지가 그대로 남아있기 때문이었다. 헌병도 일제 통감부(총독부) 헌병통치의 그림자가 그대로 남아 있는 까닭인 것이다. 두려움이나 선망이 증오로 바뀌는, 그런 열등의식의 변형이 아닐 수 없는 것이다. 사회 전반에 걸쳐 일제 잔재가 아직도 시원하고 깨끗하게 청산되지 못하고 있다는 증거일 수도 있는 것이다.

부관학교의 교가는 매우 비전투적이고 낭만적이기까지 하다.

'태백준령 정기 내린 / 서라벌 옛 터에'로 시작하여 자못 멋을 부렸다.

전쟁터에선 총칼이 주인공이다. 군대의 상징, 전쟁의 표상은 역시 총과 칼이다. 이것은 전 세계가 공통이다. 붓은 문관이나 선비를 상징하고, 펜은 언론사나 신문기자를 상징한다. 부관학교의 씸벌은 펜과 총을 합한 것인데, 매우 단계가 낮은 초보적인 비유에 지나지 않는다. 사실 이것은 물과 기름 같아서 합성이 불가능한 것이다.

이 중 펜은 전쟁에 반하는 역설적인 표현인 것이다. 총알이 쏟아지는 최전선에서, 총칼에 맞서다가 죽어가는 보병 전사에 대한 신분 우위를 과시하려는, 아주 천박한 발상이다.

헌병학교 교가의 마지막 구절이 '이 나라를 바로잡을 헌병학교다'이다.

헌병 교육병들이 빠른 구보로 뜀뛰기를 하며, 숨차게 불러대는 '구보행진곡'이기도 했다. 하루도 빠짐없이 허구헌날 줄창 빠른 구보를 하고, '앞엣 총' 자세로 고래고래 열창을 했던 인상적인 군가(교가)였다.

부관학교 교육병들이 귀동냥만으로도 가사를 줄줄 욀 정도로 귀에 못이 박이게 자주 들었다. 헌병 교육병들은 그만큼 시도 때도 없이 구보 이동을 했고, 앞에 총 자세로 숨 가쁘게 교가를 제창했다.

부관병들 사이에선 언제부터인가, 헌병학교 교가 가사 바꿔 부르기가 유행했었다.

"이 나라를 잡아먹을 헌병학교다!"

헌병 교육병들의 힘차고 절도 있는 제창을 흉내 내어, 이 마지막 소절의 마디마디를 끊고 또 끊어서, 힘차게 소리 높이 불러 대곤 했었다.

3

부관학교의 교육병 생활이 막바지로 접어들었다.

군대 행정의 주종을 이루는 문서작성 발송 통제에 관한 학과 수업이 모두 끝났다.

공문서의 기안, 결재, 관리 보관업무, 기밀문서 분류 보관, 도표통계, 인사행정기록 등 군대 문서 사무처리에 관한 교육이 끝나고, 인사행정반 173기의 부관학교 생활 전반에 관한 종합평가도 다 끝났다.

부대 배치 며칠을 앞두고 여유 시간을 이용한 대대적인 사역병 차출이 있었다. 소수 병력의 선별 차출이 아니고, 인사 행정반 173기 전원이 사역에 동원되었다. 다가오는 우기를 앞두고 시급한 배수로 정비에 나선 것이다.

넓게 펼쳐진 푸른 잔디 위에 자리 잡은 부관학교는, 경리학교와 정보학교가 있는 앞쪽으로는, 지형이 완만하여 평지와 다름이 없었다. 뒤쪽도 밋밋한 언덕배기에 밭떼기들이 경작되고 있어서 아무 걱정이 없었다. 다만 이웃 헌병학교와의 사이에 황톳길 도로가 낮게 뚫려 있어서, 도로 보전을 위한 배수로가 필요했다. 부관, 헌병 두 학교를 구획 짓기 위해서, 학교 창설 당시 불도저가 직선으로 땅을 밀고 간 것이, 그대로 두 학교의 경계 도로가 되고 말았다.

헌병학교 쪽이 철조망을 가설할 때, 밑자리를 길보다 높이 흙을 돋으면서 자연스럽게 그쪽은 배수로가 저절로 생긴 셈이었다. 배수로가 없는 부관학교 쪽은 여름 폭우에 도로가 유실되고, 물이 넘치면 범람할 수도 있었다.

이를 방지하기 위한 대대적인 작업이 시작된 것이다.

물이 잘 빠질 수 있도록 넓이를 여유 있게 파고, 이왕 손대는 김에 파낸 흙을 쌓아 부관학교 쪽 경계면에 화단을 만들어 모양을 내는 것이다. 미화 작업이 병행되었다.

여러 대의 니아까가 동원되고, 군용 야전삽이나 야전 곡괭이가 아닌, 민간용 큰 삽과 큰 곡괭이가 지급되었다.

교육병들은 유쾌했다.

그동안 너무 편하게 지냈다. 맵고 짜고 시고 쓴 것이 군댓밥인데, 신선놀음에 공밥을 얻어먹고 지낸 것이나 진배없었다. 부관병 교육기간 동안 분에 넘치는 호강을 했고, 육체 또한 충분한 휴식을 취했다. 기상 후 간단한 구역청소, 저녁점호, 잔디밭 건너 강의실에 걸어가는 학과출장 외에는 별로 몸을 움직일 일이 없었다. 아침 식사 전, 금호강변 세숫길은 신선한 새벽공기에 기운이 저절로 솟는 건강 산책, 살이 저절로 찌는 영양 산책이 아니었던가. 아롱사태 알짜배기 살을 올리는 산책길이었다.

교육병들은 싱글벙글이었다.

오히려 근육을 단련하고 정신까지도 건강하게 만드는 일이라 생각되었다.

모두 겉옷을 벗고 메리야스만 착용하는 자유 복장이 허락되었다. 오랜만에 허용된 자유 복장에서 오는 홀가분함 때문에 교육병들은 모두 신바람이 났다. 학과 수업에만 얽매었던 뼈마디와 근육세포들이 기지개를 켜고 쾌재를 부르는 것이다.

뼈와 살은 움직이지 않으면 썩는다. 많이 먹고 많이 움직여야 할 한창나이에, 날이면 날마다 먹기만 하고, 자고 새면 책상 앞에 움츠리고 앉아 있었다. 뼈마디에 녹이 슬고, 몸 구석구석에 곰팡이가 돋은 것이다. 밥도 제대로 못 먹고 사는 우리네 살림 형편에, 허구헌날 책상머리에 매달려 펜대만 굴린다는 것이 어디 가당키나 한 것인가.

성욱이 군대에 들어와 불평 없는 사역 동원은 이번이 처음인가 한다.

간단한 기물 정리정돈이 아닌, 한두 시간에 끝나는 환경미화 작업도 아니었다. 배수로 흙 파기, 흙 옮기기 작업, 아침부터 저녁까지에 걸쳐 일과 시간 하루를 꼬박 채우는 중노동이었다. 하루 이틀에 끝나는 것도 아니었다. 부관학교와 헌병학교 경계도로 2백여m 중, 절반이 넘는 길이의 내리막길 배수로 작업이었다. 너비 1m, 깊이 80cm의 배수로로 제법 큰 공사였다. 파낸 흙을 바로 버리는 것이 아니고, 경계선에 화단을 조성하는 공사인 것이다.

그런데도 교육병들은 사역 동원에 불평불만이 없었다.

처음 목표한 바의 군사행정교육을 다 끝내고, 기성부대로의 잠시 배치를 기다리는 배출병들이어선진 모른다. 그런 면도 있었겠지만, 고된 육체노동인데도 교육병들은 흔쾌한 마음으로 배수로 공사에 임하고 있었다.

교육병들의 마음이 스스로 움직이는 것은 그동안 너무 편했고, 끗발 없는 피교육병들이지만 교육 기간 중 인간 대접을 해 준 데 대한 보상심리가 작용했을 것이다.

다음으로는, 이번 사역병 통솔을 맡은 지휘 장교의 통솔 방법에서 그 비법을 찾을 수 있었다.

군대 생활에서 쫄병들은 지휘관을 잘 만나야 하는 것은 두말을 요치 않는다. 그렇지만 지휘관은 쫄병들의 마음을 얻어야 한다.

어찌 보면 어려운 것 같지만 가장 쉬운 것이 부하들의 마음을 사로잡는 것이다. 쫄병들은 세상 때가 덜 묻은 젊은이들이다. 젊은이들은 순수하고 단순한 면이 있다. 정직하게 다가가면 정직하게 다가오고, 겸손하게 대하면 그들은 감명한다.

작업통솔 장교는 나이가 많아 보이는 고참 대위였다.

교육병들은 이 장교를 '늙은 대위'라 불렀다. 본래 나이도 많았지만 유난히 늙어 보이는 체질이었다. 몸동작도 그랬지만 전체적인 분위기가 그랬다. 성품이 털털하고 수더분해서 더욱 그렇게 나이가 들어 보이는 것 같았다.

이 늙은 대위는 웃통을 벗고 삽자루를 들고, 교육병들과 같이 흙을 파고 니아카를 밀었다. 곡괭이질도 처음 하는 솜씨가 아니었다. 땅바닥에 앉아서 담배도 같이 피웠다. 목이 마르면 수통의 물을 같이 나누어 마셨다. 시간이 가면 갈수록 교육병들과 대화시간이 늘었다.

늙은 대위는 처음부터 사관士官 생활을 한 것이 아니다. 스스로 지원 입대를 한 것도 아니었다.

핫퉁이를 입고 읍내 장터에 나뭇짐을 팔러 갔다가 불심검문에 걸려, 군용트럭에 태워졌다. 하필이면 노상 괴춤에 넣고 다니던 도민증을 잃어버려서, 징병연령에서 제외된 것을 증명할 길이 없었기 때문이었다. 징집 대상 연령을 4년이나 초과한 제2국민역임을 아무리 설명을 해도 소용이 없었다. 도청소재지 학교운동장에서, 총알 몇 방 쏘는 것으로 훈련을 끝내고, 곧바로 전선에 투입되었다.

그는 동작이 빠른 편이 아니었다. 동작이 느린데도 총알이 그를 피했다. 전쟁터 생활 1년 3개월, 그러니까 460여 일이 지났는데도, 아직 살아 있었다. 그는 특진에 특진을 거듭했고, 사이팔오년(1952년) 10월에는 철원 김화 평강을 잇는 철의 삼각지에 투입되었다. 철원 북방 395고지였다. 나중에 전사에 이름을 날리는 백마고지 능선이었다. 한국군 9사단과 미군 포병대대 및 전차 중대와 중공군 38군 소속 112, 113, 114사단이 맞붙었다. 단기 4285년 10월 6일에서 15일까지 열흘 동안에 고지의 주인이 열두 번이나 엇바뀐 전투였다.

이렇게 전황이 급박하고 치열한 전투가 벌어지는 전투현장에선 최전선을 지휘하는 지휘 장교의 손실이 컸다. 앞에서 날아오는 적탄이 아닌, 뒤에서 날아가는 총알에 의해 소모되는 지휘관의 손실도 많았다는 것이다. 최일선 지휘관인 소대장을 '소모품 소위'라 할 정도로, 사흘을 견디기가 어려운 현실이었다. 소대장 공석으로 인한 전력 공백은 치명적이었다. 1분 1초를 다투는 전황에서, 지휘 공백은 곧 작전 부재로 되고, 그 결과는 패전이었다.

늙은 대위는 치열한 전투현장의 현지임관이었다.

사관교육을 받은 소대장이 언제 고지에 올라올 시간이 없었다. 전황은 예나 지금이나 정상적인 절차를 기달라 주지 않는다.

싸움터에서 잔뼈가 굵은 늙은 대위의 눈에, 이것들(신참 교육병들)이 너무 안타까운 것이다. 자신의 일생(군대 생활)도 신산辛酸스러웠지만, 요즘 아이들도 험한 세상 살기는 마찬가진 것이다.

배수로 작업 3일째가 되는 날이었다.

젊디나 젊은 나이의 교육병들이지만, 5월 볕에 땅 파는 작업이 사흘이나 계속되었으니, 첫날 작업 같지는 않은 것이다. 그래도 작업병들은 열심이었다. 흔쾌한 표정으로 삽과 괭이를 들었다. 니아카를 끌고 미는 소리도 우렁차고 유쾌했다. 억지로 사역병에 차출되어 타율적이고 형식적으로 임하는 작업 태도가 아니었다.

늙은 대위가 그것을 모를 리가 없었다.

대위는 아주 파격적인 지시를 내렸다. 막걸리를 받아오라는 것이다.

놀라운 일이었다.

작업병들의 눈이 휘둥그레졌다. 모두 일손을 멈추고 탄성을 질렀다.

땀도 나고 목도 컬컬하니, 막걸리를 마시자는 것이다.

군대에서 일과 시간에 영 내 음주는 금기다. 더구나 피교육병들이다. 기성부대에서도 일과 후 주보(매점) 안에서만 판매 음주가 가능하다.

지금은 벌건 백주 대낮, 한창 일과가 진행 중인 수요일 오후 2시가 조금 지나고 있었다. 여기는 신병교육 기관인 육군 부관학교 구내이고, 바로 옆 철조망 하나 사이엔 육군 헌병학교가 있다.

철조망이야 몸뚱이를 막는 것이지, 시각 기능을 막는 것은 아니잖은가. 가새철망 사이로 일거수일투족이 다 건너다보이는 것이다. 헌병학교의 피교육병 기율 교육은 이미 주지하는바 엄격하고 철저하기 이를 데 없다. 지금 늙은 대위는 이웃 헌병학교의 기율 교육을 전면 무시, 헌병교육의 엄격성을 조롱하는 매우 부적절한 지시를 내리고 있다는 것을 모르는 것일까.

대위는 아무렇지도 않게 일과 시간에 영 내 집단 음주를 위한 일을 진행하고 있었다. 잘못하다간 일과 중 피교육병 집단 음주라는 군율 파격으로, 군법에 의해 징계를 받을 수도 있는 것이다.

그렇지만 이 놀라운 군율 파격에 대해 걱정하는 사람은 아무도 없었다. 작업병들은 모두 쌍수를 들어 환영하고 나선 것이었다.

일은 일사천리로 진행되어, 막걸리 사오기 심부름꾼으로 학생장 이정석과 키가 큰 한성욱이 지목되었다.

늙은 대위가 지체 없이 바지 주머니를 뒤져서 지폐를 꺼내주었다.

작업병들은 상기된 얼굴로 환호성을 지르고 손뼉을 쳐서 갈채를 보냈다.

분위기가 이렇게 달아오르자, 눈치 빠른 조명진이가 스스로 나섰다.

"이병, 조명진! 곡차의 빠른 수송을 위해서 저도 같이 동참하겠습니다!"

흙 삽을 총 대신 어깨에 메고, 큰 소리로 늙은 대위에게 거수경례를 올렸다.

"……좋아!"

이렇게 해서 심부름 대열에 조명진이가 합류하였다.

이정석을 앞장세운 곡차 수송대는 늙은 대위가 대강 손짓으로 가르쳐 준 과수원 들판 어딘가에 있다는 주막집을 찾아 나선 것이다.

금호강 지류를 건너자, 오른쪽으로 끝없는 과수원이 들어서 있었다. 그 과수원 숲길에서 왼쪽으로 돌아들었다. 아득하게 펼쳐진 영천평야가 시원스럽다.

그야말로 허허벌판인 영천 들판에서 주막집이 있을 만한 곳을 어림짐작으로 찾아 헤맸다.

온 들판을 이리저리 찾아 헤매고 다니던 곡차 수송대는, 마침내 들나물을 캐러 나온 동네 처녀들을 만날 수 있었다. 주막집을 찾을 수 있는 요행이었다.

조명진, 이정석, 한성욱이 군대용 왕 주전자 하나씩을 각각 나누어 들고 돌아오는 길은, 그야말로 영천 들판이 온통 이들 세 사람의 쫄병들 세상이었다.

이들 쫄병 일행이 돌아오는 길에는 아까 주막집을 찾아 헤매일 때처럼, 넓디나 넓은 영천 들판에 사람의 그림자가 보이지 않았다. 고함을 지르고 노래를 부르고, 희희덕거리고 웃어댄다 한들, 아무도 그들을 간섭할 사람이 없었다. 몇 달 동안 기를 못 펴고 움츠리고만 살아온 피교육병 생활, 끗발 없는 쫄병 신세에서 해방된 이들만의 공간, 이 넓은 대지와 하늘이, 자유의 세상이 된 것이다. 주막집을 출발하기 전, 조명진이가 기마이를 써서(기분을 내서) 곡차 한 바가지씩을 뒤집어쓴 뒤라, 더욱 마음이 풀어져서 해방감에 들떠 있었다.

아까 거슬러 올라갔던 들판 길을 그대로 되돌아 내려오고 있었다.

"아따, 가시내들의 치맛자락이 얼마 만이냐?"

예의 동네 처녀들이 아직 그 자리에서 들나물을 캐고 있었다.

오랜만이어선지, 허리까지 내려온 댕기머리가 유난스레 탐스러웠다.

조명진이가 반가워서 홍조 띤 얼굴에 함박웃음을 올렸다.

"개 눈에는 똥만 보인다고, 니 눈에는 어찌 맨날 그런 것만 보이냐?"

한성욱도 따라 웃었다. 말은 그렇게 했지만, 한성욱 저 자신도 처녀들의 치맛자락이 반가웠다.

"느그덜은 눈도 밝다. 믄 치맛자락이 보인다고 그 난리냐?"

의뭉스럽게 한 자락 까는 소리를 했지만, 이정석이라고 기분이 안 좋을 리가 없는 것이다.

이런 기분에 가만히 있을 조명진이가 아니다.

"쪼오까…… 쪼까, 실례 쪼까 헙시다 잉…….."

처녀들의 나물 바구니를 들여다보며, 조명진이는 계속 말 걸기를 시도하고 나섰다.

"이것이 믄 나물이다요? 영판 야들야들허고 부탐스럽게 생겼소 잉!"

"……."

댕기머리 처녀들은 부끄러워서 고개를 숙이거나, 등을 보이고 돌아앉아서 웃음을 참는 눈치였다. 모두 옥양목 흰 저고리에 검정 치마를 입고 있었다.

"나도라우, 우리 동내서는 꽤나 알아주는 몸인디, 보시다시피 아시다시피 요로코 군복을 입어 버링께, 쪼까 외롭소야!"

조명진이가 말을 걸기 위해 다가가면 다가갈수록, 처녀들은 몸이 움추러 들었다. 무슨 큰 잘못이라도 있는 것처럼 얼굴이 붉어져서 몸을 사렸다.

"그렁께로…… 우리 쪼까, 나랑 펜팔 같은 것을 허면 쓰것는디라우…….."

처녀들 중에서도 덩치가 좀 있고, 나이가 들어 보이는 처녀 곁에 붙어서, 조명진이는 본격적으로 펜팔 구애를 하고 나섰다.

"아따, 그렇께 너머 그렇고, 고개만 비틀지 말고라우, 대화, 그렇께 말을 쪼까 나누어 보았으면 쓰것는디라우……."

조명진이의 펜팔 대상으로 찍힌, 또래보다 더 숙성해 보이는 처녀는, 빨간 갑사댕기가 눈길을 끌었다.

"조명진이 너 땀시, 이쁜 아가씨들 고개 다 비틀어져 버리겄다!"

귀밑이 빨갛게 달아오른 '갑사댕기'가 보기 딱해서 이정석이 한마디 뱉었다.

"이제, 그만 가자. 조명진이 너, 거울 한번 다시 보고 덤벼라."

한성욱도 한마디 거들었다.

이정석과 한성욱의 재촉에, 댕기머리들은 더욱 고개가 수그러들었다. 너무 부끄러워서 몸을 비비 꼬고, 고개를 외로 돌리는 처녀도 있었다. 내외가 여간 심한 것이 아니었다. 아예 말대꾸를 하려 들지 않았다. 군발이들의 실없는 장난에 그녀들이 움직일 리가 없는 것이다.

"아따매, 그 처녀들 영판 쌀쌀 맞구망 이……."

끈질긴 조명진이도 한발 물러서고 말았다. 다만 제 주소를 적은 종이쪽지를 빨간 갑사댕기 처녀의 나물 바구니에 넣어주는 저력을 보였다. 겨우 체면을 건진 셈이었다.

"두고 봐라 잉, 내가 첫 휴가 가면, 우리 집 주소로 저 가시내들 편지가 와 있을 팅께……."

조명진의 허풍이었다.

"짜아식, 헛물 켜지 마라. 가시내 꽤 얼굴이 반반허든디, 너 같은 것 상대해 주겄냐아?"

한성욱의 핀잔에도 조명진이는 또 변명하고 나섰다.

"아니랑께, 속으로는 좋은 갑드라고 싫지는 않은 표정이었당께."

"그놈의 속을 누가 알겠냐, 제 눈에 안경이라고…… 인연 맞으면 혹시가 감씨 될지……."

이정석의 시원스런 결론에, 셋이는 영천벌이 떠나가게 너털웃음을 웃어댔다.

4

부관학교에서의 마지막 외출이었다.

한성욱, 이정석, 조명진 셋이는 주머니를 털었다.

출정 전날 밤, 어머니들이 사루마다 안쪽에 단을 대어 만들어 준 주머니였다. 비상금인 것이다.

최전방 부대에 배치받지 말라고, 고되고 힘든 병과兵科를 받지 말라고, 매 맞고 복무하지 말라고, 만약에 전쟁이 터지면 후방으로 빠지라고, 마련해 준 돈이었다. 하여튼 어쩌든지 죽지 말라고, 위급하고 어려울 때 빠져나와 살아남으라고, 그럴 때 구급약으로 쓰라고 넣어 준 돈이었다.

없는 살림에, 못 입고 못 먹고 피가 나게 만든 돈이었다. 내년 가을 농사지어 갚겠다고, 사정사정해 곱빼기로 이자 쳐서 주겠다고, 약속하고 얻은 빚돈인 것이다. 가난한 농민을 더욱더욱 못살게 만들고, 농민의 어깨를 짓누르는 고리채인 것이다.

안다, 이들은 알고 있었다.

어미 애비의 뼛골 녹인 돈, 빚 잘못 얻어 한 번 빠져들면 헤어나지 못하고, 대대로 가난을 대물림하게 되는 한 맺힌 돈인 것이다. 도시에서 유행하는 '딸라돈(빚)'과 같은 '색갈이'라고 하는 것이다. 복리에 복리가 붙는 무서운 돈인 것이다.

전쟁이 어디 누구네 결혼식 잔치 날짜처럼 미리미리 예고하고 터지는 것이던가?

지난번 전쟁도 청천백일에 날벼락이 아니던가. 그런 전쟁 터지면 죽지 말라고, 후방으로 빠지라고, 넣어 준 돈이었다.

이들은 이런 돈을 털어서 막걸리를 먹기로 한 것이다.

영천 읍내가 내려다보이는 산 언덕에 자리 잡은 술집이었다.

간판도 없었다. '막걸리, 안주 일절, 왕대포'라고 쓴 광목천 쪼가리 하나 없는 집이었다. 전쟁이 남기고 간 빠라크 건물, 다 쓰러져 가는 판장 울타리조차도 없는 집이었다.

처음 한성욱들은 술집을 찾은 것이 아니었다. 영천 읍내가 어떻게 생겼는가를 보기 위해 수돗물 펌프장 비슷한 것이 있는 산언덕을 기어올랐다.

울타리가 없는 집이라 집안이 환히 들여다보였다.

부엌 칸에 긴 판때기 의자 두 개가 놓여 있었다. 판때기 식탁엔 깡통 젓가락 통이 놓여 있었고, 그 옆엔 막걸리를 담은 주전자가 보였다. 술집 중에서도 왕래가 불편하고 귀빠진 집이라, 파리 날리게 조용했다. 언덕배기 싸구려 술집, 간판 같은 것 필요 없이, 그대로 집 모양새가 그런 간판을 달고 있었다.

육군 이등병, 피교육병 처지에 딱 알맞은 술집이었다.

술집 주위엔 아직 전쟁의 생채기가 그대로 남아 있었다. 영천 읍내

어디를 가도, 시내를 조금만 벗어나면 한국전쟁의 상흔들을 볼 수 있었다. 여기저기 흩어져 뒹구는 핏빛 쇠붙이들의 잔해는 지난 세월에 녹이 슬다 못해, 새빨간 쇳조각들이 사뭇 검은 빛이 되었다. 비행기 잔해인지, 전차가 찢긴 쇳조각인지, 포신이나 포차가 찌그러진 쇠뭉치인지, 알 수 없는 것들이 흩어져 있었다.

코리아전쟁의 격전지, 영천……,

코쟁이 양키군대와 이를 보조하는 남한군대의 낙동강 사수 최후 보루를 상징하는 영천 땅! 다부동전투, 왜관전투의 격전으로 자웅을 겨루는 일대 혈전이었다.

일본 도쿄에 둥지를 틀고 앉은 맥아더 사령부, 세계 제2차대전의 영웅 맥아더 원수의 자존심이 걸려 있었다. 여기에 세계 제패를 노리는 아메리카 합중국의 명예가 걸린 결전이었다.

얼마나 그 전투가 치열했으면 그날의 흔적들이 저리도 핏빛일까. 저런 전쟁의 흔적들은 금호강변의 작은 철도역 주변에서도 흔하게 볼 수 있었다. 여기저기 흐트러진 전쟁의 잔해들은 왜 저리도 검붉은 핏빛일까.

"고마, 한 잔 내소 마!"

주전자를 받쳐 들고 몸을 흔드는 여자의 콧소리에 한성욱은

"아 참, 한잔해야지! 자, 자, 모두 잔을 들자고……."

"카아!!"

이정석이 일부러 '카아' 소리를 크게 뱉었다. 소주도 아닌 막걸릿잔을 내면서 말이다.

"앗따매, 한잔 찌클어버링께, 세상이 다 환해지고 똥창이 다 시원허네."

누구라 할 것 없이, 세 사람이 다 쪽 소리가 나게 잔을 비웠는데, 그중에서도 조명진이의 속도가 제일 빨랐다. 꼭 기분이 좋아서만 그

렇게 쾌속 음주를 한 것은 아니었다. 조명진이와 한성욱 사이에는 서른이 다 된 아줌마 색씨가 앉아 있었다. 건너편 이정석의 옆자리에는 이쁘고 가녀린 갓 스무 살쯤 돼 보이는 단발머리가 앉아 있었다. 조명진이의 쾌속 음주에는 그에 대한 불만이 조금은 포함되어 있는 것 같았다.

"아이, 너 같은 이쁜 가시내가, 어쩌다가 이렇고 머나면 경상도까지 와 버렸냐아?"

제 옆에 앉은 한물간 늙은 색씨한테는 별 관심이 없다는 듯, 조명진이 건너편 색씨에게 말을 걸었다. 애띠게 생긴 이정석의 파트너한테만 정신을 팔았다.

"웠따매, 이쁘다 소리 허지 맛쑈. 저 언니 질투 나겄구망……."

스스로를 여수 뱃머리 출신이라고 소개한 양양梁孃이 부러 입을 내밀었다.

"가스나 질투는 무신? 내 곁에 이런 멋진 신랑 있는데……."

이 집 식모 겸 주모酒母로 통하는 청도淸道 퇴기退妓라 소개한 주양朱孃이, 한성욱의 팔을 끌어안았다. 일부러 호들갑을 떨어 보인 것이다.

"맞다 맞어! 옳은 말씀이여."

이정석이 잔을 들며 성욱 곁의 주양을 응원하고 나섰다.

"이 이뼈엉!李二兵 남의 조강지처 유혹하지 말게나. 나너언……, 이 세상에서 우리 주양뿐이야. 어……, 헛험!"

한성욱이 술잔을 들고 근엄한 목소리로 양반 흉내를 내는 바람에 한바탕 웃음판이 벌어졌다.

한결 술판 분위기가 부드러워진 것이다.

"주양 자네는 기생 퇴물이 되야 갖고, 꼴값하니라고 한 이병만 좋아하고, 나는 키 작다고 그러능가, 술 한 잔도 안 따라 중께 그러제 잉!"

"아이고야, 내가 그랬능교? 내사마 잘몬했구마, 자자, 마 오해 풀고 한잔 하소마!"

주양이 퇴기답잖게 간드러진 목소리로 술을 권하며, 조명진의 무릎에 몸을 기대며 애살을 떨었다.

가난한 술판, 칠이 다 벗겨진 싸구려 소반에, 말라비틀어진 안주 한 접시가 달랑 놓여 있었다.

육군 쫄따구 세 명, 기가 다 죽은 풀끼 없는 피교육병이지만, 그래도 이 언덕배기 술집에선 유일한 큰 손님이 아닐 수 없었다. 웃으면 콧등이 어설프게 말아 올라가는 나이 어린 작부 한 명에, 한물간 아줌마 색씨까지 끼어 앉은 술판이지만, 어쨌든 술판은 술판인 것이다.

"자아 자…… 마시자!'

한성욱이 소리를 질렀다.

"마시자!"

"마시자아……"

조명진 이정석이라고 기분 살리고픈 생각이 없을 것인가.

"술집에 들면, 술 잘 마시는 놈이 장땡이여!"

"아먼, 아먼! 그렇고말고!"

"안주 하나 더 들이고…… 주전자가 비었다, 술이 있어야 술맛이 나제……."

어쩌면 오기가 난 것이다.

가랑잎처럼 바짝 마른 돼지 내장이, 풀풀 살아서 날아갈 것 같았다. 술 한잔 마시고 안주 한 점씩을 소금에 찍었는데, 안주 접시가 텅텅 비었다. 고춧가루가 듬성듬성 낀 소금 접시만 남았다.

이래 봬도 이 집에선 고급 안주다.

안 그래도 텅텅 빈 안주 접시에 신경이 쓰였다. 두 사람 정도만 누워 자는 방이지만, 육군 쫄병 세 녀석을 하룻밤 공짜로 재워주기로 하고, 대신에 값비싼 돼지 내장을 시킨 것이다. 찍 해 보아야 파적 아니면 노라기 새끼 정구지 부침이었다. 돼지 내장 안주는 쫄병들로선 드문 일이었다.

"사람은 잘 생기고 봐야는기라. 미남은 역시 마음씨도 고븐기라!"

안주와 술을 더 시킨 이정석을 띄우는 것이다.

주양의 말치레는 거짓부렁이 빤한 것이지만 효과가 있었다.

"주양이 사람 보는 눈이 있구망 잉! 그런디 거, 총각 콧배기 보는 눈도 대단 허구망잉! 저 친구 코가 방망이 코거덩……."

"아이고매 나 죽네. 냇장 나는 키 작은 것도 원통허고 분헌디, 코까지 요로코 빼작하게 붙어 버렀응께…… 아이고매, 나 죽네……."

한성욱이 주양을 놀려대는 말에 조명진이가 제 가슴을 치는 시늉을 했다.

"엇따매 그러지 맛쇼, 내 눈에는 거그가 마음에 쏙 드요야. 키도 나허고 맞고, 코도 자그마허니, 나허고 영판 맞을 것 같쏘야!"

이정석의 파트너가 어른스럽게 조명진을 감쌌다. 그러면서 그녀는 따르르 콧등을 말아 올렸다.

"어매, 좋은 거엇, 내가 기대하는 바였는디…… 참말로 니가 나를 좋아해 버리구망잉, 니 옆에 있는 신랑(이정석)은 눈물 나 버리겠다잉……."

어헛 헛헛, 어헛 헛헛!

박수가 터져 나오고 술판에 흥이 올랐다.

"자…… 그런 의미에서 양양아, 우리 술 한잔 찌클어 버리자! 그러고오 너, 얼굴도 이쁘고 말소리도 영판 고운디, 그 목소리로 한 곡조 뽑아버리먼 어쩌 것냐?"

조명진이 더욱 신바람 났다.

"자아, 한 곡조 뽑아 버려야. 거시기, 거, 안 있냐? 사공에 뱃노래…… 허이, 허이! 지가 지가 댕댕, 자지나 보지가 댕댕, 앗싸 야로! 좆이 댕댕 보지가 댕댕……"

조명진이는 젓가락 장단까지 두둘기기 시작한다.

일이 이렇게 되자, 한성욱 이정석도 젓가락으로 신나게 상 모서리를 두둘기고 들었다.

"헤이, 헤이! 쪼이나 쪼이, 나온다 나와, 사공에 뱃노래! 헤이 헤이, 사공에 뱃노래!"

한성욱.

"노오래 못 하면 시집 못 가고……, 안주 못 사면 장개 못 가네……, 앗싸, 야로, 지가 지가 댕댕 자지나 보지가 댕댕……"

이정석.

"사아고옹에 배엣 노오래 가무울거어리이며……,"

드디어 이정석의 파트너 양양이 가수 이난영의 코맹맹이 소리를 흉내 내기 시작한 것이다.

유성기판에서 배운 대로, 여리고 애처로운 이난영의 콧소리를 닮아 보려고 여간 애를 쓰는 것이 아니었다. 그러면 그럴수록 목에 핏대를 세우고 공을 들이는 모습이 우스웠다.

"살리고 살리고, 앗싸 야로…… 좆이 댕댕 보지가 댕댕……"

술판은 더욱 흥이 올랐다.

"삼하악도오 파도오 기이피…… 스며어 드느은데……"

이 노래는 언제 들어도 흥이 난다. 어인 일일까. 목포 쪽 그 가근빙 사람들은 감격한다. 태어난 곳을 못 잊어 하고 그리워하는 것은 사람의 본능이다. '울며 헤진 부산항', '진주라 천리길'도 그렇게들 많이 불렀다. 다들 제 고향을 생각하는 마음은 모두 한가지인 것이다.

이정석 한성욱 조명진 셋이는, 목소리를 높여서 합창했다.

"잘 한다아…… 나도 하나 할끼다"

새로 안주와 술을 챙겨 들고 온 주양도 여기 합세했다.

별 볼 일 없는 언덕배기 술집에서 오랜만에 젓가락 장단 소리가 드높았다. 이 집 식모 겸 주모인 주양도 자존심이 좀 서는 모양이었다.

"사아랑을 파알고 사아는 꽃바람 속에……"

'홍도야 울지 마라'를 열창하는 주양, 그녀의 나이 몸매에 어울리지 않게 목소리를 꾸미고 몸을 흔들어 떠는 바람에, 술판에는 폭소가 터졌다. 그러나 그녀는 그런 걸 아랑곳하지 않고, 노래에만 몰입 목청을 계속 돋구는 바람에 술판은 더욱 큰 폭소 판이 되었다.

이어서 조명진이가 '고향이 그리워도 못 가는 신세'로 시작하는 '꿈에 본 내 고향'을 불렀다.

멋을 부리느라, 바이브레이션을 억지로 맨들어 내느라고, 턱주가리가 위아래로 마구 방앗고 짓을 해대는 모습이 볼만했다.

이정석은 역시 지성인답게 가사와 곡조가 고급인 '고향초'를 택했다.

"나암쪽 나라 바다아 머얼리 물새가아 날으며언…… 뒷도옹사안에 동백꼬옷도 고옵게에 피이었네……"

가사도 고급이고 곡조도 느려서 흥이 오른 술판이 내려앉는 기분이 없지 않았다.

이러는 판에, 노래를 이은 한성욱이 돼지 멱따는 소리로 고래고래 소리를 질렀다.

"화앙성 옛터에에 바암이 되니, 워얼색만 고오요해······ 폐에허에 쓰린 회포오를 말하여어 주우노오라······"

제 노래에 제가 취해서 소리를 얼마나 크게 질러대는지, 아주 노래판을 아주 못 쓰게 만들어 버렸다.

조명진과 이정석, 주양, 양양 할 것 없이 젓가락 장단을 놓아버리고 손뼉을 치며, 그야말로 박장대소를 터뜨리고 배를 쥐고 웃어댔다.

이런 식의 돼지 멱따는 소리로 한성욱은 3절까지 완창을 했다. 막무가내로 황성荒城 옛터를 불러대는 한성욱의 머릿속에는 개성 송악산 자락의 고려 궁터가 아닌, 영천 산야에 흩어져 뒹구는 싯뻘건 쇠붙이들이 떠올랐다.

6·25전쟁의 잔해들이었다.

5

병아리가 둥지에서 내려오는 날이 되었다.

어미 닭이 둥우리에 앉아 알을 품은 지 21일이면 병아리가 안에서 굳은 달걀 껍질을 깨고 밖으로 나온다.

하루 이틀이 지나고 털이 보송송하게 다 마르면 요람이었던 둥우리를 떠나 땅바닥으로 내려와야 하는 것이다. 이제 제 발로 걸어서 먹이도 찾고 물도 마시고, 독립된 생명체로 땅을 딛고 살아가야 하는 것이다.

열두 살 먹어서 시집을 가는 어린 새색씨나, 아홉 살 먹어서 남의 집 민며느리로 팔려가는 새색씨를, 동네 사람들은 '퐅각씨'라고 불렀다. 콩알보다 작은 퐅각씨라는 말이다.

이 퐅각씨들의 운명, 그녀들의 신세는 대부분 불행했다. 시집을 가는 퐅각씨들은 새로 다가올 세상이 너무도 두렵고 불안했다. 이들을 맞이할 신랑들은 가세가 빈한하거나 거개가 신체적인 흠이 있기 마련이었다. 성격 또한 불안정하고 괴팍스럽거나 병적이어서, 정상이 아닌 자가 대부분이었다.

거기에다가 혼기를 놓친 노총각들이어서, 어린 신부들과는 나이 차가 너무 심했다. 우악스럽고 무작스런 떠꺼머리 노총각 서방, 아직 덜 자란 나이 어린 신부들에겐 그야말로 무서운 공포의 대상이었다. 교육 요람을 떠나야 하는 신병들의 마음이 꼭 그런 것이다.

부관학교를 떠나야 할 날이 다가왔다.

모두 다 불안하고 초조한 마음은 하나같았다.

한성욱도 그랬다.

내키지 않는 발걸음, 전쟁 때도 아닌데……. 그때, 전시상황에서 군대교육 요람을 떠나는 신병들의 심정은 어떠했을까.

안 맞을 수 없는 서방, 어쩔 수 없이 운명적으로 맞이해야 할 서방,

재수 더럽게도, 조명진이는 부관학교 막사 앞에 대기 중이던 추럭에 실려 육군 제3보충대로 떠났다. 녀석 성격이 단순해서 한성욱과 헤어지기 싫어서 눈물을 보였다.

조명진을 실은 추럭이 제일착으로 떠나고, 뒤를 이어 이정석이 서울 용산 소재 육본 직할 중앙경리단을 향해 떠나갔다.

이정석과 한성욱은 부대 배치 하루 전에 미리 교수부의 호출이 있었다.

부관학교 인사 행정반 성적 우수자 2, 3명은 사전에 차출 부대를 자유로 선택할 수 있는, 특전을 부여하는 전통이 있었다. 아마 미국 행정병 교육기관의 학풍을 본떠 온 것 같았다.

둘이는 육군본부를 지망했으나 마침 이번 기간엔 육본 차출이 없었다. 그래서 이정석은 육본 직할 부대인 용산의 중앙경리단을 선택했다. 이정석은 성적이 최우수 1등이어서 단 1명 차출뿐인 중앙경리단에 배속되었다. 한성욱은 2등이어서, 단 한 자리밖에 없는 서울 차출에서 밀리게 된 것이다.

대학 재학 중 입대자들에게 서울은 제1지망지, 선망 1순위였다.

군대 복무 중 강의를 들을 수 있고, 학자금 감면 혜택을 받을 수도 있고, 제대 전에 대학공부를 끝낼 수도 있기 때문이었다.

이왕 서울로는 못 가게 되었고, 빵빵 군번 아닌 일반병들이 가장 선호하는 최후방 부산을 선택했다. 부산에서도 모든 신병들이 선망하는 병기기지사령부였다. 사실 자존심 때문에 서울이고, 끗발 때문에 육군본부지, 안전하고 편안한 군대 생활, 군대 보급물짜 곧 미군 군수품이 풍부하고, 이를 다루는 부산 배치는 행운 중 행운으로 치는 경향이었다.

그동안 여러 번에 걸쳐 낯익은 친구들과 헤어짐을 겪었다.

그렇지만 이번처럼 섭섭함이 깊은 헤어짐은 아니었다. 훈련소(교육연대)에서부터 만나 오랫동안 어려움을 같이해 온 친구들이어서 더욱 그런 것 같았다.

제3보충대로 떠나간 조명진이가 여간 안쓰러웠다.

짜식, 머슴애가 눈물까지 보이고……. 성욱은 조명진이가 건강하게 이빨 꼭 물고 3년 동안의 군대 생활을 잘 견뎌 줄 것을 바랐다. 악한 데가 없는 녀석이었다.

이정석과의 헤어짐도 그렇다.

이심전심으로 서로 의지가 되었던 든든한 친구였었다. 아쉬웠다. 더 깊이 사귀었으면 좋았을 것을……

한성욱은 새로 만난 비금도飛禽島출신 민석구와 영암 출신 신연출이와 일행이 되었다.

어쩔 수 없이 우악스럽고 무작스런 서방을 맞아야 하는 폽각씨 심정이 되어, 미지의 도시 부산항을 향하여 영천 부관학교를 출발하였다.

이들이 부산역에 내린 것은 첫여름 기온의 이른 새벽이었다.

주룩주룩 여름비가 내리고 있어서 주위는 더욱 어둡고 컴컴했다. 혈연 한 톨 없는 생면부지의 부산 땅에, 초라한 촌닭 형색의 육군 쫄병 세 명이 눈을 두리번거리며 첫발을 내디딘 것이다.

아, 이건 또 무슨 행운인가.

그들을 맞이할 환영인파가 이다지도 많을 줄은 꿈에도 생각하지 못했다.

뜻밖이었다.

숫내기 신병들을 맞이할 환영인파가 넘쳐났다.

"방 있어요, 방! 쉬어가이소."

"아침만 먹으면, 방은 공짜요, 무료!"

"아저씨, 색씨 있어요! 색씨!"

늙수그레한 중년의 아줌마에서, 직접 호객에 나선 새파랗게 젊은 여자, 소년 펨프에 이르기까지, 이들을 맞아줄 환영인파는 차고 넘쳤다.

"뜨신 방 있어요, 비가 오니 차븐데, 쉬어가이소. 아침 식사가 백오십 환이요."

"정식 백삼십 환이요, 쉬어 가이소 마!"

중년 아줌마에 이은 아직 앳티를 못 벗은 새파랗게 젊은 여자다.

"색씨 있어요! 아저씨 여기……"

열두어 살 먹은 아이가 색씨 사진을 보여 주며 따라붙었다.

소리치고 밀치고 옷깃을 잡아끌었다. 서로 손님을 먼저 끌기 위한 몸싸움이었다.

서울역이나 영등포, 청량리역전과 너무나도 똑같이 닮았다. 손님을 끌기 위한 악다구니였다.

민간인보다는 군인, 군인도 계급이 높거나 옷(군복)을 잘 입은 쪽 빠지게 생긴 군인은 별로고, 꾀죄죄하고 어수룩한 신병 형색일수록 대환영이었다. 양쪽에서 제가 먼저 잡았다고 팔을 잡고 말싸움을 벌였다.

"비도 오는데, 쉬어 가소 마. 식사만 팔아 주만, 방은 무료구만……. 바로 여 길 건너구만!"

비닐우산을 받쳐 든 아줌마다.

햇병아리 신병들 호객에 이골이 난 아줌마, 부산 땅에 처음 내린 부대 배치병들의 처지를 너무 잘 꿰뚫고 있는 것이다. 솔개가 병아리 나꿔채듯, 바짝 다가와 꼼짝 마라 식으로 잡아끌었다.

"잘 해 줄끼 구만, 마 내 따라오소!"

후줄근한 형색의 육군 쫄병 세 명을 순식간에 나꿔챈 아줌마는, 본역 앞길을 건너 중앙동 뒷골목으로 이들을 안내했다.

대강 엉성하게 칸을 막은 빠라크 건물이었다. 낡은 아마도(미닫이) 문을 밀고 들어가자, 비좁은 통로가 있고, 통로를 따라서 작은 방 몇개가 양옆으로 붙어 있었다.

한성욱들은 오른쪽 첫째 방을 지나 그다음 방 2호실에 넣어졌다.

어제 아침 부관학교를 떠날 때, 끈을 조인 군화를 만 하루가 지나서 벗는 셈이었다.

사람 둘이 누워 자면 될 만한 좁은 방에 퀴퀴한 냄새가 코를 찔렀다. 찌들은 담배 냄새에 사람들의 몸 비린내, 비 오는 날이라 곰팡이 냄새까지 욕지기가 나왔다. 땟국이 흐르는 낡은 벽지에는 온갖 얼룩이 다 묻어 있었다. 난해한 추상화를 보는 느낌이었다.

방안에는 촉수 낮은 백열등 하나가 켜져 있었다. 가느다란 필라멘트 두 줄이 백열전구 속에 빨간 색실처럼 걸려 있었다. 전구는 싸구려 중의 싸구려로, 모양이 뒤틀린 데다가, 전구 표면에 자잘한 포말 자국이 드러나 있었다.

이런 조잡하게 제작된 싸구려 전구마저도, 한 방에 한 개씩 켜져 있는 것이 아니었다. 칸막이벽의 상단 부분에 구멍을 내고, 양쪽 방을 전등 한 개가 동시에 비출 수 있게 설치되었다.

한성욱이 전깃불을 처음 본 것은 국민학교 6학년 때였다.

중학교에 가기 위해, 문교부에서 실시하는 '국가고시'를 치기 위해, 읍내에 나가 하룻밤을 잘 때였다. 동촌면에는 아직 전기가 들어오지 않았고, 읍내까지만 전기가 들어와 있었다. 한나절을 걸어서 인솔 선생님과 함께 읍내로 나왔다. 선생님의 알음알음으로 연줄을 대어, 우리들이 묵을 방 하나를 빌렸는데, 마침 그 방에 전깃불이 켜져 있었던 것이다. 그 집에서도 이쪽 방과 저쪽 방의 천정 밑 벽에 구멍을 뚫어서, 한 개의 전구로 양쪽 방을 다 비추고 있었다. 뿐만 아니라, 안방과 부엌 사이의 벽 중간에도 구멍을 뚫어 안방과 부뚜막을 동시에 비추고 있었던 것이다.

그때에 처음 보는 13촉짜리 백열전구에도 빨간 필라멘트가 색실처럼 걸려 있었다. 식민지 시절부터 내려오는 우리 백성들의 가난하고 궁상스런 생활의 한 단면이었다.

곤한 잠에 곯아떨어진 한성욱들을 일깨운 것은 아침 밥상이었다.

잠들기 전에 백반 한 상씩을 시켰는데, '백반'이란 말이 잘 통하질 않았다. 그래서 그들은 안내 아줌마가 시키는 대로 '정식'을 주문해 두었다.

전라도에선 보통, 주막이나 객줏집을 대신한 식당, 전방, 여관, 유곽에선, 일반적으로 국밥이나 비빔밥이 통했다. 아니면 그냥 밥 한 상으로, 서울에서 통하는 '백반'이 나왔다. 부산에는 백반이란 메뉴가 없었다. 대구에선 따로 국밥이 통하고, 부산에선 '정식定食'이 대표 주자였다.

희멀건 콩나물국에, 멀룽멀룽한 갈치 토막이 들어 있는 배추김치와 콩자반, 물미역, 시금치나물이 나왔다. 전라도로 말하면 '밥 한 상' 이고, 서울로 치면 백반인 셈이다.

삶은 계란 두 개씩으로, 밤 열차에서 저녁을 때운 이들에겐 진수성찬이 따로 없었다. 입안에서 밥이 설설 녹는 꿀맛이었다. 마파람에 게 눈 감추듯 밥그릇을 비웠다.

밥상을 물린 이들은 빈 배가 차오르자, 또 식곤증으로 눈이 슬슬 감겼다.

그도 그럴 것이, 고픈 배에 뜨끈한 밥과 국이 들어갔겠다, 열차에서 밤잠을 설쳤겠다, 밖에는 아직 어두움이 덜 가신 채 비가 주룩주룩 내리고 있었으니 말이다. 그렇기도 하지만, 제일 큰 원인은 피교육병 생활이 끝나고 며칠 쉬는 동안, 긴장이 풀렸기 때문이었다.

창문이 밝아지긴 했지만, 아직 이른 아침이었다.

오늘 일과 시간 내, 오후 5시 안으로만 전입 부대에 도착하면 되는 것이다. 점심때까지 이곳에 눌러 있어도 상관이 없었다. 아까 안내 아주머니의 말대로, 어차피 방은 공짜고 식사만 팔아주면 되는 것이다.

생면부지의 부산 땅, 동서남북도 제대로 분간 못하는 판에, 오전 중에 부대를 잘못 찾아 늦게 도착하면, 점심도 못 얻어먹기 십상인 것이다.

전입 부대에서도 점심 전에 나타나는 것을 달가워할 리도 없는 것이다. 규정대로라면 오늘부터 병기기지사령부 소속이고, 전입신고가 끝나면 그 시간부터 해당 부대의 일보에 잡히게 된다. 주 부식이 보급된다. 한 끼라도 덜 먹어주면 취사 관리 장교나 취사반 선임하사의 부수입에 보탬이 될 것이다. 전입 부대에 너무 빨리 들어가는 것도 눈치 없는 짓이 될 수 있을 것 같았다.

"판 내 갑니데이⋯⋯."

문 쪽으로 밀쳐 놓았던 빈 밥상을 내간다는 주인 여자의 전갈이었다.

백반이나 밥 한 상을 정식이라 말하던 것과 같이, 밥상의 상床을 '판板'이라 부르는 것 또한 낯(귀)설고 처음 들어보는 소리였다.

서울과도 또 다른 천리타향 머나먼 부산이라는 생각에, 한성욱은 새삼 주위가 쓸쓸해지는 느낌이었다. 자신의 외형, 어쩔 수 없이 자신의 겉껍질이 되어버린 군복, 그 제복에 싸여있는 자신의 처지가 고립무원 상태인 것이 확실했다. 자신의 의지와 상관없이, 자신은 이미 절해고도에 밀폐되어 있다는 생각이 들었다.

얼마나 지났을까.

드르륵! 아마도 바깥에서 문 여는 소리 같았다.

깜빡 잠이 들었던 모양이었다.

긴장이 풀린 정신상태에 미지의 세계인 기성부대 생활에 대한 공포, 이런 것들이 몸을 늘어지게 하고, 천근만근 몸의 무게를 부풀려 놓은 것 같았다.

"야, 야, 옥심아! 손님 왔데이…… 다음 차 곧 온데이, 나 바로 역에 나간데이……."

예의 그 안내 아줌마의 목소리다

"와…… 옥심아 대답이 없노? 잘 모시라 으이……."

"알었어예! 나갑니더……."

그제사 애띤 여자 목소리가 들리고, 방문 여닫는 소리에 신발 끄는 소리가 들렸다.

"이리 오이소. 이 방으로 드가소."

손님 목소리는 전혀 들리지 않고, 마디마디 끊어서 뱉어내는 옥심이란 여자의 목소리만 들려올 뿐이었다.

이어서 한성욱이랑이 들어 있는 옆 방문이 드르륵 열렸다.

신발을 벗고 사람 들어가는 소리가 들리고, 무언가 두런두런 잠시 거래가 오가는 눈치였다. 그리곤 한동안 사람의 말소리가 들리지 않았다.

무언가 정확하게 알 수 없는 소리가 부스럭대는가 싶었다.

그런데 참으로 이상하고 요상한 일이 빌어진 것이다.

세상에 이런 재변災變이 있나. 벽 하나를 사이에 둔 바로 옆방에서 찰떡 치는 소리가 들리기 시작한 것이다. 찰떡 치는 소리는 시간이 지나면서 점점 가속도가 붙었다.

속도와 압력이 더해질수록, 아까 옥심이로 불려지던 애띤 여자의 신음 소리가 걸쩍거리는 찰떡 장단에 묻어 올랐다. 탄성을 밖으로 뿜어내는 아아 장단이 아니고, 귀에다 대고 속삭이듯, 깊은 한숨을 속으로 들이키는 가슴앓이였다. 그것이 진짜인지, 일을 빨리 끝내기 위한 기성奇聲인지는 알 길이 없었으나, 듣는 사람으로 하여금 마음을 쥐어짜게 하는 데는 더 이상의 선약仙藥이 없었다.

바람벽 상단부에 뚫어진 전기 구멍을 통해서 들려오는 여자의 기성은 너무도 환상적이었다.

천상낙원의 선계仙界에서 들려오는 팔등신 선녀의 아름다운 탄성이었다. 그 앓아 삼키는 탄성이 얼마나 아름다웠으면 듣는 사람들에게 깊은 비애를 느끼게 했을까.

옥심이란 여자의 기성은 묘한 마성을 가지고 있었다. 듣는 사람에게 가슴을 쥐어짜게 하는 비애를 절감하게 하는가 하면, 깊이 잠재한 남성의 성욕을 폭발적으로 자극하는 힘을 가지고 있었다. 선계의 암 신선이 허벌라게 부풀어 오른 음부를 들어 숫 신선을 유혹하는 신음 소리, 바로 그것이었다. 수액이 범람하는 탱탱한 음부를 열고, 숫 신선을 애원하는 슬픈 마력의 탄성이었다.

육군 쫄병, 후줄근한 이등병 세 녀석의 귀가 번쩍 뜨였다.

나른하고 고단했던 단잠이 어디로 갔는지, 정신이 바짝 들었다. 이 것이 꿈인가, 생시인가?

뿐만 아니라, 여러 달 동안 억제되고 깊이깊이 잠들었던 성욕에 불기름을 끼얹은 꼴이 되었다. 기혼자인 민석구와 신연출이는 말할 것도 없고, 총각인 한성욱이까지 후끈 달아서 펄펄 끓어올랐다. 바로 옆방 베니어판 벽 하나 사이에서 들려오는 여자의 숨 들이키는 소리가 어찌나 간절하고 가슴을 후벼 파는지, 나무토막이나 돌부처가 아닌 다음에는 도저히 견뎌낼 재간이 없었다.

여자의 한숨 소리는 곧 죽어 나갈 것처럼 절박했다. 당장에라도 숨이 끊어질 것 같았다. 조용하면서도 그렇게 호소력이 깊었다. 그러면 그럴수록 속도감 있게 드나드는 방앗공이 소리가 더욱 속도를 내고 덤비는 것이었다.

견디다 못한 민석구와 신연출이가 벽에 뚫린 전기 구멍을 서로 차지하기 위해 몸싸움을 벌이는 지경이 되었다. 여자를 아는 기혼자들이라, 그 사정을 알만한 것이다. 총각인 한성욱이라고 별다를 거 없었다. 배를 깔고 엎드린 한성욱은 두 손으로 귀를 막았다가 텄다가를 반복하고 있었다. 아무리 이를 물고 귀를 막고 여자의 신음 소리를 안 들으려고 해도, 저도 모르게 손이 내려가고, 쫑긋 귀가 서고 청각이 곤두서는 것을 어쩔 수가 없었다.

결국 신연출이는 아랫도리를 쥐어 잡고 견디는 꼴이 되었고, 체력이 좋은 민석구는 고조하는 여자의 기성에 자동 발사가 되었는지, 벽에 몸을 기댄 채 턱을 덜덜 떨더니 온몸에 진저리가 일었다. 한성욱 역시 요대기에 가운뎃다리를 비벼 대느라 정신이 몽롱했다.

순간적으로 한성욱은 치욕을 느꼈다.

성적인 힘에 의해 미끄러져 내리는 자기 자신이 야만적이었다. 인간의 본능, 성적 구조가 더럽다는 생각을 했다. 그러면서도 그는 발을 잘못 디더 언덕을 미끄러져 내리듯, 속옷 속에다가 정액을 쏟고 말았다.

이 육체의 타락, 살덩이의 야만 그랬는데, 그는 스스로의 몸뚱이에서 또 다른 것을 보았다. 생명의 비린내, 살아 있는 것의 약동을 보았다. 더러운 살덩이에서 새로운 생명의 실재를 확인한 것이다. 육체의 야만에서 정신의 싹이 자란다. 스스로의 몸뚱이를 통해서만 진정한 '나', 내가 있다는 것을 한성욱은 확인할 수 있었다.

한성욱은 기뻤다.

다 죽은 줄 알았던 자기 자신, 한성욱이 살아 있었다.

순치되어 버린 짐승이 아닌, 야성을 가진 동물이라는 것을, 그는 스스로 알 수 있었다.

아, 한성욱 자신이 살아 있다는데, 한성욱의 실체가 다시 살아날 수 있다는데, 그는 무한한 기쁨과 영광을 느끼고 있는 것이다.

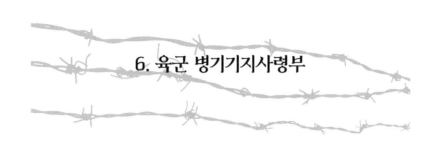

6. 육군 병기기지사령부

1

병아리가 처음 둥지를 내려온 것, 둥우리를 떠난 것과 똑같았다.

국민학교에 처음 들어간 어린아이와 똑같았다.

국민학교 2학년생 대우도 해주지 않았다.

아니, 그런 대우를 해줄 수가 없었다. 실제로 어린아이와 똑같았다. 아무것도 모르는 것이다. 어떤 격에 맞는 대우를 해준다 한들, 그런 대우를 받을 수 있는 처지가 못 되었다.

어디가 어딘지, 밥은 어디서 먹고 똥은 어디 가서 싸야 하는지, 부대 위치가 어딘지, 동서남북마저 잘 분간할 수 없을 정도로, 아무것도 모르는 햇병아리 신병이었다.

아는 것이 하나도 없었다.

아이들 처지도 유분수지, 기성부대에 대해서 생판 아무것도 모르는 코흘리개 철부지에 지나지 않았다. 부산말로 알라, 알라들, 아—들인 것이다. 부산서는 아이들을 알라들, 아—들이라고 했다. 더도 덜도 아닌, 아무 철도, 아무 때상구도 모르는 어린아이였다.

기성부대에 전입할 때에는 오후 3시 안에 들어가야 저녁 식사를 할 수 있다는 말을 들었다. 최소한 취사 2시간 전에 일보가 잡혀야 부대 내 식사가 가능하다는 뜻인 것이다.

"단결! 신고합니다! 이병 한성욱 군번 10818512 외"

"이병 신연출 군번 10818627",

"이병 민석구 군번 10818545"

"이상 2명은, 1961년 5월 29일부로, 육군 부관학교에서, 육군 병기기지사령부로 전출을 명 받았습니다! 이에 신고합니다!"

"좋아! 이제부터 너희들은 당직 하사관의 안내에 따라 행동한다."

육군 병기기지사령부 당직사령, 박만길 대위로부터 전입신고 완료 명령이 떨어졌다. 한성욱 이병 외 2명의 인사기록카드도 밀봉된 채로 접수를 마쳤다.

육군 병기기지사령부.

부산 본 역 앞 중앙동에서 전차를 타고 초량, 부산진, 범일동을 지나 서면을 향해 가다가 범내골에서 하차한다. 여기서 우암동, 감만동, 모래구찌 가는 시내뻐쓰를 갈아탄다. 우암동으로 꺾어 들기 전, 문현동 로타리에서 뻐쓰를 내려야 한다.

문현동은 좌천동 범일동 범내골이나 부전동에서, 동쪽으로 유엔군 묘지가 있는 대연동이나 광안리 수영 쪽으로 나가는 중간 지점에 있었다. 문현동 로타리에서 얼마 떨어지지 않은 황령산 남쪽 자락에 병기기지사령부가 자리하고 있었다.

문현동은 말이 부산 시내이지, 이 지역 지형 특성상 숭악한 산골이었다. 부산의 모든 산이 그렇지만, 황령산도 경사가 심해서 그 가파른 골짜기에 비좁게 병기기지사령부 건물들이 자리를 잡고 있었다.

그렇지만 병기사령부의 정문 위병소는 자동차가 다니는 행길 가에 위치하고 있었다. 정문 한가운데 세워진 위병초소를 지나면 바로 얼마 안 가서 가파른 황령산 골짜기가 전개된다. 이 골짜기 산언덕에 몇 개 안 되는 군대 막사가 듬성듬성 배치되어 있었다. 모든 막사들은 야전 냄새가 짙게 풍기는, 검정 콜탈칠과 국방색 페인트로 위장되어 있었다.

사령부 본관 건물 앞에는 병기 병과 깃발과 기지사령관의 장군 깃발이 드높이 휘날리고 있어서 매우 인상적이었다.

이렇다 할 넓은 연병장도 없었고 부속 건물들도 많은 편이 아니었다. 산골짜기에 위장된 야전군사령부나 특수부대를 관장하는 작전사령부 같은 인상을 주었다.

전쟁 때 급하게 설치된 병기기지사령부, 70만 대군의 병기 제작 정비와 보급지원 관리 사령부라기엔 그 규모가 어쩐지 허전하고 모자라는 느낌이었다. 전쟁 상황에서 급하게 만들어진 모든 부대가 그렇긴 하다. 미군이 직접 지휘 관장하는 특수임무 부대나 물짜를 다루는 보급부대일수록 그 명칭과 기능에 걸맞은 체계나 편제를 제대로 갖출 수가 없었을 것이다.

그것은 전쟁 당시 상황에서 현실적으로 그럴 필요가 없었을 것이다.

전쟁 수행의 주력 당사자가 미국 군대인 현실에서, 그 보조 역할에 머무는 한국 군대가 제대로 된 편제나 기능, 명칭에 걸맞은 위상을 갖출 수 있겠는지는 불문가지인 것이다.

아무리 그렇다고는 해도, 여기는 육·해·공 모든 한국군의 병기를 제작 정비하고 보급 지원을 총괄하는, 최고 관리사령부임에는 틀림이 없다. 비록 하나에서 열까지, 한국군의 전쟁 무기는 메이드 인 유에스에이인 것도 틀림이 없지만 말이다. 빨간 바탕에 황금빛 별자리가 선명한 한국군 장군 깃발이 드높이 휘날리고 있는 것이다.

세계 제2차대전을 다룬 영화에서 미군이나 독일군 장군 별자리의 위력을 익히 보고 실감했다.

그래선지 한성욱은 장군 깃발을 보면 주눅이 들고 저절로 오금이 저렸다. 훈련소에서 오뉴월 하룻볕 선배가 얼마나 무섭고, 일등병 상등병 계급이 얼마나 높고 위력이 있던가? 저 드높이 빛나는 장군 깃발 아래서 육군 이등병 한성욱의 목숨은 너무나 초라했다. 아니 한성욱 자신의 인간 실체는 아무것도 없었다. 없는 존재이었다.

지금 한창 위세를 떨치는 5·16군사정변 세력의 중심에는 별자리들이 있었다.

그들은 국가재건최고회의라는 것을 만들어 나라의 모든 권력을 틀어쥐고 군사통치를 시작한 것이다. 그 최고 정점에 별 세 개의 장도영과 별 두 개의 박정희가 있었다.

말똥 두 개를 단 김종필을 비롯한 삼십 대 초반 장교 그룹 중령들이 군사꾸테타를 기획, 행동대로 활약했다. 한강 다리를 지키던 헌병 몇 명이 애꿎게 사살당했을 뿐, 거의 무혈정변에 성공했다. 하룻밤 사이에 세상이 바뀌어 군대가 정권을 타고 앉았다. 육군 대위 중위가 경찰서장이나 군수 영감 감투를 쓰고 설치는 판이다. 별자리라니? 이거야말로 하늘의 별자리이다. 까마득하게 쳐다보이는 하늘 높은 자리인 것이다.

부산에는 또 다른 별자리 사령부가 하나 더 있었다.

군수기지사령부다. 후방 기지사령부로선 최고 최대의 사령부인 것이다.

속칭 투 스타, 별 두 개의 깃발이 휘날리는 곳이다. 지금 군사혁명위원회, 국가재건최고회의 부의장, 제2인자 박정희가 기지사령관으로 있었던 곳이다. 박정희가 군사꾸테타를 모의했던 6관구로 자리를 옮기기 직전 사령관이었다.

이런 주목받는 자리임에도 불구하고, 육군 병기기지사령관의 위상과 끗발도 이에 못지않았다.

형식상, 군수기지 사령부의 차하급 부대이긴 하지만, 우선 명칭부터가 군수기지, 병기기지이고, 사령부라는 동격의 이름을 갖고 있었다. 예하 부대로 보더라도 피복창, 탄약창, 공병창, OSMA(병기 관리단) 등 군수사 직속에 비해 병기기지 보급창, 차량기지창, 기계창, 총포창 등을 예하에 둔 병기사의 규모가 기능 역할 면에서, 결코 그 중요성이 뒤지지 않는 것이다.

요즘 세상 돌아가는 말로는, 끗발의 이면에는 머니, 동그라미가 있다는 것이다. 어디가 더 수지가 맞느냐, 뒷주머니에 들어오는 것이 많으냐, 적느냐가 문제인 것이다. 별 하나가 적은 완 스타 자리이지만, 문현동 병기사 텃 자리가 양정동 군수사 텃 자리보다 결코 낮지 않은 자리라는 건 세상 돌아가는 이야기인 것이다.

육군 이등병 한성욱이 병기사에서의 첫날 밤을 맞았다.

선망의 눈빛으로 한성욱을 바라다보던 부관학교 동기들이 떠올랐다. 못내 아쉬워서 눈물을 보였던 조명진의 얼굴이 크게 떠올랐다.

부관학교 인사행정반 173기 중, 서울 중앙경리단으로 간 학생장 이정석을 제외하곤 가장 좋은 부대에 배치되었다고 모두들 부러워했다.

휴전 상태인 지금은 좋은 자리이지만, 만에 하나 전쟁이라도 터졌다 하면 그야말로 행운을 잡은 '땡'이라는 것이다.

부산은 지난 전쟁 때에도 사수되었다.

세계 최강 미국이 극동지방의 세력균형을 위해서도 절대로 부산을 포기하지 않을 것이라는 전망이었다. 일본의 공산화를 막기 위해, 쏘비에트 세력의 남진을 더 이상 허락하지 않는 것이 미국의 세계전략이라는 것이었다.

그래서 사람들은 여차하면 부산으로 뛸 생각을 갖고 있었다. 권력자들은 38선이 터지면 당연히 부산으로 달라뺄 계획을 미리미리 점검하고, 항상 이에 대비하고 있었다. 돈 있는 부자들 또한 전쟁 피난처 제1 후보지가 부산인 것이다.

이런 선망의 땅 부산, 생명을 보장받는 선택의 땅인 것이다.

대한민국을 보호해 주고 지켜주는 미군들이 후방 군수지원 기지로 선택한 부산항, 미국으로부터 오는 모든 군수품과 원조 지원물짜가 들어오는 항구인 것이다. 오직 미더운 후견자이고 구원자인 아메리카 합중국과 직접 연결된 유일한 생명선인 것이다.

든든하기 이를 데 없는, 미군이 지켜주는 부산에서도 화려하고 값비싼 미군 물짜를 다루는 부대에 배치되었으니, 조상 못자리 하나 제대로 쓴 셈이었다. 이러하니 부관학교 동기들이 부럽고 부러운 시선을 보내지 않을 수가 없었을 것이다.

한성욱은 여서일곱 살 아주 어려서부터 군대를 좋아했다.

머슴아는 나라 지키는 일에 충성을 다해야 한다고 생각했다.

사병이건 장교이건, 군인은 최전선 최전방에서 총을 잡아야 한다고 늘 생각했다.

독립된 내 나라의 군대, 한성욱이 생각한 군대는 자주독립 국가의 자주 군대였다. 내 나라 내 민족을 위해 국경을 지키는 군대였다. 외적外敵과 싸우는 군대였다.

조선이 일제로부터 해방이 되었을 때, 나라 지키는 군대에 뛰어들고 싶었다. 나이가 아직 어려서, 애기들 군대(소년병)라도 모집해 주었으면 하는 생각이 간절했다.

해방을 맞은 조선사회의 분위기는 '새 나라 세우자!'로 들끓는 용광로였다.

동포, 우리 동포! 애국애족, 나라 사랑! 우리나라 삼천리 반도, 금수강산!

배달겨레, 우리 민족! 우리 동포 형제, 새 나라 세우자!

새 조국, 새 나라를 세우자는 건설의 노래가 삼천리강산 방방곡곡에 울려 퍼졌다.

소년 한성욱은 무언지도 모르고 마냥 즐거웠다.

동촌 동네 고샅은 활기가 넘쳤다. 한찬섭 장로가 이끄는 동촌 예배당엔, 밤마다 람포(램프)불 가스(카바이트)불이 켜졌다. 야학을 열어 국문(한글)을 가르치고, 해외에서 귀국한 애국지사들의 강연회가 대성황을 이루었다. 새 나라 건설, 새 생활운동에 불이 붙어 아주머니, 청년, 아이들 할 것 없이, 뜨거운 열기가 온 동네를 다 들썩들썩 달아오르게 했다.

낯선 땅 낯선 곳에서, 낯선 옷을 입고 누워있는 동촌 촌놈 한성욱, 취침나팔 소리의 여운이 아직 그의 귓속에 남아 있었다.

일제 때, 토요일 오후면 불어대던 '꼬꾸랑 나팔'소리를 빼어닮았다. 보통학교에 다니는 동네 형들이, 헨쪼까이班長會를 하기 위해서, 어서 모이라는 나팔소리였다. 온 동네가 환히 내려다보이는, 오백 년 묵은 당산나무 위에서 불어대는 나팔소리였다. 댓쪼 못대 엔삐스 못대 가 쓰마래……, '공책과 연필을 들고 어서 모여라'라고 비아냥거리며, 어린 한성욱은 동네 형들을 골려 주었던 기억이다.

이 나팔소리를 듣고 달려가 보면 동네 뒤 황장 솔밭 황토붉자리에, 동촌 동네 보통학생들이 모두 모여 있었다.

이 장소는 학교에서 각 동네별로 열리는 학생 자치활동 지시가 있을 때 학생들이 모이는 곳이었다. 삽과 괭이로 흙을 파서, 동네 6학년 학생 반장이 서서 말을 할 수 있는 네모진 단을 만들어 놓았다.

학생들은 토요일 오후만이 아니고, 만주를 점령한 일본군 기마부대에 보낼, 마초馬草(말먹이 풀)를 단체로 벨 때에도 이곳에 모였다. 뿐만 아니라, 학교 운동장 귀퉁이에 걸어놓은 가마솥에 불을 때어, 송탄유를 내리기 위한 소나무 관솔 옹이를 따러 갈 때에도, 이곳에 모이곤 했다.

후다(표)를 검사하는 날이었다.

학교 밖에서는 어쩔 수가 없었고, 학교 내에서는 조선말 사용이 금지되었다. 긴장된 마음으로 조선말을 억제하고 일본말을 골라서 쓰다가도, 저도 모르게 입에 익은 조선말이 튀어나오는 수가 있었다. 동무들과 뛰어놀다가 화가 나는 일이 생기거나, 기분이 너무 좋은 일을 맞게 되면 불쑥불쑥 조선말이 튀어나오는 것이다.

이럴 제, 옆에 있던 녀석들이 후다! 하고 소리를 지르며 손을 내밀면 표 한 장을 빼앗기는 것이다. 후다에는 담임교사의 인장이 찍혀있고, 일주일 분씩 맷수가 정해져 있었다.

이따금 일본인 담임교사가 후다를 검사하여 조선어 사용금지의 엄격함을 시범 보여주곤 했다.

학교에서 각 학년 각조各組 담임교사가 보여준 시범대로, 각 마을별로 동네 학생반장 주도의 학생 자치활동으로 실시되는 날이었다. 6학년 학생반장이 후다 검사를 하고, 조선말 사용으로 후다를 빼앗긴 학생들을 네모진 단위로 불러내 세웠다. 그리고 책보로 쓰는 보자기를 씌워 얼굴을 가렸다. 일본인 교사가 시범을 보인 대로, 특유의 '후꾸로다다끼'가 시행되는 것이다. 때린 사람을 모르게 하기 위한 체벌 방식인 것이다.

한성욱은 머리를 흔들었다.

머릿속의 생각들을 지워버리기 위해서였다.

왜, 이런 한가한 생각들이 떠오르는 것일까. 험난하기 이를 데 없는 본격적인 군대 생활이 시작되는 것이다. 지금 기성부대에서의 첫밤을 보내고 있지 않은가?

여기는 길 가는 나그네가 하룻밤 묵어가는 객사가 아니다. 개화장開化杖을 짚고 중절모를 쓴, 돈 많은 식민지 인텔리의 한가로운 여창旅窓도 아니다. 중경重慶 임시정부 김구金九 주석을 찾아가는 장준하의 일군日軍 탈출 대륙길에는 대지의 하늘처럼 높고 맑은 웅지雄志라도 있었다는데…….

2

지금까지 피교육병 생활이 제일 힘들다고 느꼈다.

당하고 보니, 대기병 생활도 피교육병 생활에 못지않게 고달프고 한심하다.

눈 벌어지기가 무섭게 불려가는 곳이 그렇게나 많다. 밥숟갈을 놓기가 바쁘게, 사역병으로 차출되어 해야 할 일이 그렇게나 많은 것이다.

대기병 신세라 소속도 없고, 어느 누구 한 사람 대기병 신병身柄을 책임지는 자가 없었다. 좋은 일이건 궂은 일이건, 책임을 지고 봐주는 자가 없는 것이다. 꼭 의지가지없는 고아 신세다, 주인 없는 강아지 꼴인 것이다. 아무나 불쑥불쑥 나타나서 불러댔다. '빗자루를 들어라, 삽을 들어라'다. '이것 매고 따라와, 저것 들어 옮겨라'다.

기상나팔 소리와 동시에 복장을 갖추고, 정문 앞 길거리 청소가 일과의 첫 시작이었다.

이전에는 없던 일이라고 했다. 군사꾸테타 이후, 민심을 얻기 위해서 시작된 일이라는 것이다. 이곳 부산은 군사정변의 핵심 별자리인 박정희가 군수기지 사령관을 지낸 곳이라, 더욱 바람이 거세다는 것이다. 박정희의 후임인 김용순 군수 사령관은 꾸테타 실세인 박정희와 친분을 과시하기 위해 물불 안 가리고 설쳐 댄다는 것이다.

병기사 부대원들도 대민봉사 활동에 상당수가 거의 날마다 동원되고 있는 눈치였다.

한성욱이랑은 대기병 신분이어서 본격적인 대민지원 사역에는 동원되지 않았다. 대신 부대 정문 앞, 민간인 거주지역 수백 미터의 도로와 하수구 청소를 날마다 도맡아야 했다.

아침 식사 후에는 주로 부대 환경정비에 동원되었다.

중노동에 속하는 삽질과 괭이질이 대부분이었다. 폐품처리, 쓰레기 운반 소각, 비품 이동, 보급품 정리 보관에도 일이 많았다.

사역병 통솔을 맡은 고참병들에 의하면 군사정변으로 영내 생활에도 여러 가지 변화가 많았다는 것이다. '사회질서 확립'이니 '부정부패 척결'이니 하여, 군 내부의 근무수칙이 까다로워지고, '군대 기강확립'을 내세워 쫄따구 사병들만 달달 볶는다는 것이다. 애꿎은 사병들만 죽어난다는 것이다.

느닷없이 각종 수칙 암기 바람이 거세게 불어서, '군인의 길'과 '혁명공약'을 외지 못하면 위병소를 통과할 수가 없다는 것이다.

외출증도 주지 않는다.

혁명공약을 외지 못한다고, 모처럼 얻은 정기휴가가 취소되는, 웃지 못할 일도 있었다는 것이다.

부관학교 생활은 고인 물처럼 조용해서 군사꾸테타로 인한 변화의 파고가 별 영향을 미치지 못했다. 이와 달리, 일선 기성부대들에선 많은 변화를 겪었던 모양이었다.

그러고 보니 병기사령부 대기병 내무반의 게시물에서도 여러 가지 변화를 느낄 수 있었다. 내무반에 부착된 게시물 내용이 모두 바뀌어 있었다. 훈련소에서 훈련병들이 필수적으로 암기해야 했던 게시물의 내용들이 송두리째 다 바뀐 것도 있었다. 예를들면, 대한민국 군대 최고 직속 상관인 국방부 장관과 육군참모총장 등의 이름이 모두 바뀐 것이다.

세상이 바뀌긴 바뀐 모양인데 어떻게 되어가는 것인지, 몇 달째 신문 한 장 얻어 볼 수가 없었다. 어쩌다 입에서 입으로 전해지는 소식에 갈증만 더할 뿐이었다.

우리에 갇힌 돼지 신세와 다를 바 없었다. 밥을 주면 밥을 먹고, 하루 종일 이리저리 끌려다니며 괭이질, 삽질, 잡초제거, 풀베기, 짐 나르기, 쓰레기 청소, 온갖 잡일을 다했다.

세상 사람들은 군대에 가면 공짜로 밥 주고 옷을 준다고 한다. 말인즉 맞는 말이다. 그렇지만 세상에 어디를 가도, 공짜로 옷과 밥을 주는 데는 없다. 한성욱 자신도 군대에선 공밥을 먹여주는 것으로 알고 있었다.

군댓밥은 공밥이 아니다.

고통과 노동, 피땀으로 얻어먹는 밥이었다.

한성욱, 신연출, 민석구 등 부관학교 출신 대기병들은 하릴없이 병기사의 노역병이 되어 나날을 보냈다. 노역이 고되서 문제가 되는 것이 아니고, 소속이 없어서 답답하고 지루하고 피곤했다. 주인 없는 노예 신세가 따로 없었다.

자신들의 앞날이 어떻게 되는지, 어디 물어보고 자시고 할 곳이 없었다. 천 리나 멀리 떨어진 낯선 땅 낯선 부대에서, 어디 아는 얼굴이 있어야 무엇을 물어라도 보고, 하소연이라도 할 것이 아닌가.

분명 병기사 내에 행정병 결원이 생겼거나 결원이 예상되어 차출했을 것이다. 그런데 너무 여러 날 동안 깜깜무소식인 것이다. 아무 때 맞아도 맞아야 할 서방, 신방을 차려야 어떤 대응책이 나올 것이 아닌가. 이왕 해야 하는 시집살이, 대기병으로 초조하게 마음만 졸이느니, 좋든 싫든 어서 근무지가 확정되었으면 하는 생각이었다.

배출대에선 해남물감자와 목포깡다구 째보선창이라도 있었는데, 가짜 정보라도 물어다 줄 사람도, 연줄을 잡아 빽을 쓰라고 권하는 사람도 없다. 그럴만한 능력도 그럴 계제도 아니지만 말이다. 배출대에서처럼 마음을 놓아버리는 수밖에 없다고, 한성욱은 자기 자신을 타이르고 있었다.

이렇게 꽉 막히고 답답하기 이를 데 없던 대기병 생활도, 열흘이

지나고 끝이 났다.

한성욱과 민석구는 감만동에 있는 병기기지보급창으로 최종 근무지가 결정되었다. 신연출이는 병기기지보급창 옆에 붙어 있는 'OSMA'라 불리는, 병기 관리단에 배치되었다.

어디서 들었는지, 신연출이 녀석은 제가 전출되는 오스마가, 한성욱 민석구가 배치된 OBD(병기기지보급창)보다 끗발이 더 쎄다고 어깨를 으쓱거렸다.

3

병기기지보급창兵器基地補給廠, 사람들은 미군들이 물려 준 이름 그대로, 오비디(O.B.D.)라 불렀다.

감만동 끝자락 바닷가에 있었지만, 일본 해군창海軍廠이 있던 적기赤岐에 있는 보급창으로 더 잘 알려져 있었다.

전면으로 3, 4부두와 초량 쪽이 건너다보이고, 오른쪽은 자성대 좌천동 철도 건널목이고, 왼쪽으로는 영도다리, 영도섬이 길게 누워 있었다. OBD에선 부산항 내해內海만 보이지만, 영도섬 끝이나 오륙도 쪽 큰 바다는 보이지 않았다. 보급창 본부 뒤로 장교클럽 건물이 있는 산언덕에 오르면 망망대해 현해탄이 한눈에 다 들어온다.

병기기지보급창은 대단한 요새지였다.

큰 바다에서 보면 산언덕만 보일 뿐이었다.

쪽발이들이 해군기지를 만들기 전에는, 파도와 바람이 씻겨가는 해변 황무지로 남아 있던 땅이었다. 왜인들이 키는 작아도 눈썰미는 있어서 명당 중의 명당, 군사 명당을 잡은 것이다.

태종대를 지나 오륙도 앞을 거쳐, 부산만 내항으로 깊숙이 들어오도록, 전혀 기지 안쪽이 들여다보이지 않는다. 3, 4부두가 손에 잡힐 듯, 지척인 바다에 면한 쪽은 매우 평탄한 낮은 지형이었다. 배를 대거나 물짜 하역, 인마人馬의 승하선乘下船이 용이했다. 수심이 얕아서 매축이 가능하고, 잔교(부릿지)를 이용해 해양활동에 편리한 천혜의 지형이었다.

경비초소가 있는 정문 쪽 역시 요새 지형의 요건을 다 갖춘 곳이었다.

부대로 들어오는 곳에 50여 미터의 폭을 가진 평지가 있었다. 그러나 곧바로 절벽으로 이어지고, 다른 한쪽은 곧장 바다가 된다. 편의상 일부분을 매축하여 보급창 내의 정비공장이나 군수 물짜 하역장(부두)으로 가는 도로로 이용하고 있었다.

병기창의 정문 초소는 새 부리와도 같고, 옛 조선 옹기 술병의 주둥이와도 같았다. 비좁고 뾰족한 정문 초소의 지형을 통과하면 엄청나게 크고 둥근 항아리 같은 요새지가 숨어 있는 것이다.

이런 천혜의 군사 명당을 왜놈들이 차지하고 있다가 미군이 그대로 접수를 했고, 다시 한국군이 이양을 받은 것이다.

미군에게서 인계받은 지가 얼마 오래지 않아서인지, 부대 곳곳엔 양코 냄새가 그대로 배어 있었다. 양코 냄새가 그대로 배어 있는 정도가 아니고, 부대 겉모양으로만 보아서는 미군 부대가 현재 주둔하고 있는 것과 똑같았다. 콘세트 막사의 내부에 있던 미군용 야전침대만 걷어내고, 한국군 식 판때기 침상으로 바꾸었을 뿐, 모든 시설물이 그대로 있었다.

창 본부, 장교클럽, 영화관, 도서실, 취사장, 물탱크, 탄약고, 부대 내 포장도로, 농구대, 화단, 국기 게양대까지, 미군시설이 고스란히 남아 있었다.

미국 똥은 똥도 좋다는 말이 대유행을 탔다.

해방 후 미군이 반도 남쪽에 진주하고, 그 남쪽 땅이 미국 세상이 되었다.

똥구멍이 찢어지게 가난한 남녘 땅 백성들 눈에는 미군들이 사용하는 모든 물짜가 다 좋아만 보였다. 상처가 나면 고운 흙가루를 바르거나, 호박을 긁어 붙이던 형편에 다이아찡가루를 바르면 특효가 있었다. 항생제 페니실링은 죽을 사람을 많이 살렸다.

양키 사탕 드롭프스는 얼마나 달고, 오렌지맛 사과맛 딸기맛 박하 향기가 얼마나 신기하고 신선했는가. 또 쪼꼬레또, 비스껫또, 껌은……, 쇠고기간즈메에 햄 통조림, 쓰메끼리, 망치, 뻰찌……, 럭스 비누에 파카만년필, 지에무씨 자동차, 비니주구(B29) 비행기는 그만두고라도, 눈이 뒤집어지게 화려하고 성능 좋은 것이 미국 물건이었다.

그래서 생긴 말이 '백발백중 다이야찡'이란 말이 생겼다. 에이 삐씨, 아스피린 알약은 남녘 땅 사람들의 만병통치약으로 통했다.

아무튼 미국 사람들은 전쟁에는 이골이 난 사람들이었다.

콘세트 막사 하나만 보아도, 그들은 전쟁의 달인이라는 것을 알 수 있었다.

병기기지보급창의 모든 막사는 미군의 콘세트 막사를 그대로 쓰고 있었다. 왜놈 냄새가 나는 목조건물 몇 개를 빼면 창 본부에서부터 각 중대본부를 비롯한 모든 사병 막사가 철제 콘세트였다.

철제 콘세트 건물의 장점은 한두 가지가 아니었다.

야전 막사의 특성을 세밀하게 연구 분석한 결과물인 것이다.

조립, 철거, 이동 등의 신속 편이, 경량화, 규격화에 소재의 대량생산이 가능하다. 조립식이라 철거 이동 시 물짜 손실이 없다. 화재에 안전하고 위생적이다. 과학적인 설계로 기후 적응이 뛰어나다. 무엇보다도 야전에서 다수의 전투병력이 은거해야 하는 생활 숙사로서의 방호기능이 탁월하다는 점이다.

야전 기능의 속성상, 건축 식이 아니고 조립식을 택한 그 발상도 대단한 것이다.

날씨가 더운 곳에서는 콘세트의 양쪽 날개를 걷어 올리고, 추운 곳에서는 양 날개를 내려서 흙으로 두껍게 마무리하면 냉난방효과를 극대화할 수 있다. 내부엔 방충망이 설치되어 있고, 보온이 필요할 땐 기름종이 비닐 등으로 방풍 장치를 하게 설계가 되어 있었다.

지붕 쪽이 완만한 타원형이어서 적탄이 빗나가 유탄이 될 확률이 높다. 기관포나 박격포 등 중화기 공격이 아니면 보병 개인화기로는 콘세트 철판의 두께를 뚫을 수가 없다. 콘세트 옆벽에는 스티로폴과 가공 베니어판이 붙어 있어서, 소총탄의 관통은 더욱 어려운 것이다.

한성욱은, 과연 미국은 역시 미국이라는 생각이 들었다.

야전 막사 하나를 보더라도 그들은 빈틈이 없었다. 세계 지배를 꿈꿀 수 있는 나라인 것이다.

콘세트 하나를 설계 제작하는데도 정확도 높은 연구분석, 실험, 현장 적응을 거친다. 그 결과가 세계에서 가장 우수한 야전 막사를 개발해 낸 것이다.

병기기지보급창 속칭 OBD는 규모가 큰 부대였다. 보유하고 있는 시설 또한 방대했다. 그런 부대답게 보급창 편제에는 시설관리과가 별도 존재했다.

　방대한 면적에 자리 잡은 부대를 크게 나누면 부대의 두뇌요 심장부인 창 본부를 비롯한 사무 행정, 숙사 지역, 정비 지역, 치장 지역, 수송부 등으로 구획 지을 수 있다.

　본부 중대와 여군 중대를 포함 현역 13개 중대에, 민간인 문관(전문기술 요원) 군속 5백여 명을 거느린 대부대였다. 이를 통솔 관장하는 창 본부가 부대 주둔지역 중앙 언덕에 높이 자리하고 있었다. 길게 바다 쪽까지 뻗어 나간 연병장을 사이에 두고, 수십 동의 사병 막사와 부속 건물들이 양옆으로 여기저기 산재해 있었다.

　덩치가 큰 2층 구조의 부대 극장과 취사장 건물이 부대 규모에 걸맞게 위용을 자랑하고 있었다. 또 다른 복층 건물인 작전과와 민간인 거주지역을, 엄폐 막처럼 가리고 있는 산 쪽으로, 거대한 급수탑이 높이 솟아 있었다.

　부대 외곽을 순환하는 도로는 물론, 막사 주위와 취사장 가는 길, 연병장 중앙을 가로지르는 도로, 영 내의 모든 도로는 말끔하게 포장이 되어 있었다. 마치 영화 속에 나오는 유럽의 어느 전원도시를 연상케 했다.

　정비지역은 그야말로 이 부대의 몸통, 가슴과 복부에 해당하는 주요부서였다.

　명칭은 육군보급창 소속 '정비지역'이지만, 사실상 한국 육해공군의 모든 주요 병기들이 이곳을 거쳐 각 군에 정비 보급되고 있었다. 미군 전용부두가 된 부산항 제4부두와 코를 맞대고 있는 OBD 정비지역 군 전용부두는, 미군 수송선 LST(아구리선) 의 한국 유일의 전용 하역장이기도 한 것이다. 각종 신형 차량과 신형장비, 개인화기, 곡사포 등이 빈번하게 하역되고 있었다.

최신예 젯트 전투기의 핵심부품으로 알려진, 백금이 사용되는 고가의 베아링에서, 여군들의 젖가리개, 빤스까지 이곳을 거쳐 간다. 진짜인진 모르지만, 여군용 월경대도 포함된다고, 정비지역 근무병들이 킥킥거리며 웃어댔다.

정비지역은 엄청나게 부지가 넓고 설비 또한 방대하다. 군 장비를 전선으로 수송하는 열차역이 있고, 신연출이가 어깨를 으쓱했던 OSMA 부대가 일선으로 송출할 병기를 관리하는 곳도 이곳에 있다. 기능 면에서도 병기기지보급창을 대표하는 곳이다.

사용면적이 자그마치 운동장만 하게 넓고 큰 정비공장이 바다를 면하고 있었다. 이 공장을 중심으로 OBD 전 병력의 87% 정도가 투입되어 움직이는 곳이다. 영 내에서는 이 지역을 에무아이에스(MIS)라 부른다. 민간인 군속 문관 수백 명이 일하는 곳도 이 지역이다.

이 지역은 병기사 병기보급창만의 주요지역이 아니고, 어쩌면 대한민국이라는 나라의 생명선일 수도 있었다. 미군 군수 물짜가 이 지역에 하역되지 않는 경우를 상상해 본다면 생명선의 상실을 실감할 수 있을 것이다.

한마디로 일본의 오끼나와, 필리핀의 슈빅만 해군기지, 태평양상의 꽘, 하와이, 미 본토기지에서 적재한 미군 병기와 물짜가 하역되는 곳이라는 것이다. 하루도 쉬지 않고, 남한의 70만 대군에게 지급되는 병기와 물짜가 하역, 정비, 재포장되었다가 송출되는 곳이다.

병기기지보급창에 전입된 신병들이 놀라는 것이 또 하나 더 있었다.

수송부의 규모도 규모지만, 흔해 빠진 것이 자동차였다.

찦차에서 쓰리쿼터, 요즘 나온 신형 디젤 트럭에 이르기까지, 부대 어디에서나 자동차들이 시글시글했다.

부산 외항 큰 바다 쪽을 가로막고 있는 왼편 산발치에 수송부가 있었다.

장거리 운송이거나 대형물짜일 경우, 주로 철로운송이었다. 하지만 근거리이거나 군수사나 병기사의 예하 부대인 각 기지창의 연결 물짜는, 추럭을 이용한 육로운송이었다.

일백여 대의 추럭과 쓰리쿼터, 찦, 지게차 등 화물수송에 필요한 각종 수송 차량과 굴착기, 불도저, 군용 견인트랙터 등 각종 장비를 보유하고 있었다.

보급부대의 특성상 물짜 이동이 빈번하고, 차량 운행 횟수가 일반 부대와는 비교가 되지 않았다. OBD에서 정비지역 다음의 주요부서로, 수송부가 꼽히지 않을 수 없는 것이다.

하역 정비, 치장되어 있는 물짜는 필요한 곳에 적시 배출되어야 한다. 정비지역이 몸통이고 손이라면, 수송부는 몸통에서 배출해내는 물짜를 옮겨 주는 발이 되는 셈이다. 필요한 곳에 적시에 물짜를 옮겨 주는, 발의 중요성을 백번 강조해도 남음이 없는 것이다.

수송부는 OBD의 동맥이었다.

한국군의 동맥이고도 남았다.

그만큼 임무가 고된 것도 사실이었다. 수송부의 운전병들은 새벽부터 밤중까지, 기름 강아지가 되어 열악한 도로 여건에 시달리며, 고되고 힘든 임무 수행에 비지땀을 흘리는 일이 많았다.

운전병들은 일이 고되고 힘이 들었지만, 일반 OBD 근무병들은 수송부에 차량이 많아서 좋았다.

장교들은 말할 것도 없고, 상·중사들도 찦차쯤 마음대로 이용할 수 있었다. 부대가 원체 넓고 커서도 그렇지만, 어지간한 일에는 부대 내 원거리(?)를 걷는 법이 없었다. 그만큼 차량 이용이 쉬웠다.

웬만한 행정병들은 자동차를 다 끌고 다닐 수 있었다. 차가 흔하기 때문에, 짬짬이 운전을 배우고 연습하여 부대 내를 면허증 없이 차를 몰고 다니는 것이다.

뿐만이 아니라, OBD 근무병들은 여타 부대의 근무병들처럼 물짜에 궁상맞질 않았다. 일정 규정 소모품에는 여타 부대와 같았지만, 소소한 일용품인 종이류(포장지, 기름종이, 두꺼운 표지류, 하드롱지 등), 유류(구리스, 모빌, 신나, 휘발유, 벤젠, 쏠벤트 등), 도장제(페인트, 각종 니스, 에나멜, 락카 등), 쇠붙이(집게, 드라이버, 뻰치, 망치, 못, 나사류, 철사, 철판 등), 양초류, 테이프류 등 군 생활에 필요한 이런저런 물짜가 궁하지 않았다.

심지어 총기류, 폭약류는 얼마든지 여유가 있었다.

햇병아리 전입병, 민석구와 한성욱은 첫 시집온 새색씨처럼 긴장을 풀지 못하고 있었다.

새로운 환경, 새로운 부대 풍속에 적응하느라, 매사에 위축되어 쩔쩔매는 판이었다.

그런 생활도 잠시, 본부 중대 대기병으로 이틀 밤을 지내곤, 또 뿔뿔이 헤어져야 했다. 민석구는 제2중대 본부로, 한성욱은 작전과로 배속 명령이 났다.

맨 꽁바리 쫄병, 이제야말로 본격적인 군대살이가 시작된 것이다. 앞으로 3년 동안 꼼짝없이 젊음을 저당 잡힌 삶을 살아가야 하는 것이다.

4

한성욱이 배속된 작전과는, 행정부서로는 창 본부 행정실 다음으로 서열이 높은 부서였다.

각 중대장들의 계급이 중위였다. 규모가 유별나게 큰 수송부의 수송관 역시 중위 계급이었다. 물론 최후방 군수 물짜 보급부대라, 지휘 통제가 급선무인 일선 전투단위 부대의 지휘 통제 체제와는 다른 면이 있기는 했다. 전문성과 기능, 기술 면이 주 임무인 정비 보급부대의 편제 특성이 감안되었을 것이다.

중령 달고, 창 본부 행정실을 통제하는 부창장을 제외하면 작전과장 나창우 대위가 다른 대위들 중에서, 제2의 행정 서열이었다. 부대 편제상 소령은 한 사람도 없었다.

한성욱의 작전과 배속은 그의 학력과 부관학교 성적, 주특기 등이 참작된, 인사 특명인 것 같았다. 창 본부엔 빈자리가 없는 모양이었다. 중대본부에 배치된 민석구의 주특기는 770(일반 행정병)이었으나, 한성욱의 주특기 분류기호는 774(인사 행정병)였다. 부관학교 1개 깃수 중, 한 명을 배출하기도 하고 안 하기도 하는, 이른바 고급 주특기인 것이다. 774 주특기를 제대로 수용할 수 있는 단위부대는, 군단급 이상 부대여야 하는 것이다.

한성욱은 작전과장 나창우 대위에게 전입신고를 끝냈다.

복장을 가다듬고, 일찍 사무실에 나가 대기했다가 절도 있게 신고를 마친 것이다.

한성욱 이등병이 작전과의 첫날 첫 근무 과제는 밀대걸레로 사무실 바닥청소를 하는 일이었다.

이 일은 나창우 대위께 신고가 끝나자, 작전과 사병 최고참 옥치주 병장에게 인계된 후, 곧바로 지시받은 사항이었다. 앞으로도, 한성욱 이병보다 군번이 더 늦은 신참 쫄병이 오기까지, 당분간 계속될 임무 과제인 것 같았다.

한성욱 이병이 작전과장 나창우 대위로부터 하명 받은 공식적인 직무는 작전 현황계 손유근 상등병을 보조하는 일이었다.

손유근 상병은 작전과의 업무를 총괄하는 '총무'격으로, 능력이 있다고는 해도 업무량이 너무 많은 것 같았다. 그래서 나창우 대위가 그 점을 고려, 한성욱 이병을 그의 조수로 붙여 준 것이다.

부대 현황과 부대운영 계획의 년간, 분기별, 월별 계획수립, 계획 목표달성 통계, 성과 분석의 차—트(chart)화는 여간 어려운 업무가 아니었다. 총을 들고 전쟁을 하지 않는 후방 보급 지원부대인 OBD 작전과 업무는 보급지원 물짜의 하역, 정비, 치장, 수송에 관한 작업 사항이 작전업무요 작전 사항인 것이다.

이것을 년간, 분기별, 월별로의 계획, 목표치 설정, 진행상황, 성과 분석을 현황 통계화하고, 통계 도표화해야 하는 것이다.

이런 업무는 서류처리나 문서화만으로 끝나는 일반사회 행정과는 달리, 군대에선 도표처리, 차—트화하는 것이다. 이미 관행화된 차—트 위주 행정업무는 군사정변으로 더욱 강조되고 증가하였다.

요즘은 일반사회 행정관서에서도 다투어 행정업무의 도표화, 차—트화가 경쟁적으로 증폭하고 있는 현상인 것이다. 군대가 정권을 잡고 일반사회 행정관서 장㉧ 자리를 모조리 차지하는 바람에, 군대 출신 고관들의 입맛에 맞추기 위한 시대 현상인 것이다.

미군들의 차—트에 의한 업무계획, 현황파악, 결과분석, 브리핑 보고는 신속 정확 간편이 요구되는 군대 행정의 백미 중의 백미인 것이다.

역시 전쟁을 많이 해 보고, 전쟁 경험의 결과 분석에 의한, 최대 최고의 효율 행정을 개발 발전시킨 것이다.

일목요연하게 정리 기록되고 도표화된 차—트는 시간을 다투는 작전(전쟁) 행정의 특성에 매우 적합한 것이다.

효율을 극대화한 간결한 표현, 그래프 도표에 의한 빠른 전달, 시각을 통한 보고의 정확성은 차—트 문화의 장점 중의 장점이다.

상황이 급박한 야전에서, 작전계획과 전쟁(전투) 현황의 단순화(도표화), 통계의 화살표 막대형 그래프 등은 매우 중요한 발상인 것이다. 한눈에 모든 상황을 종합하고, 그 결과에 의한 전투 지휘관의 순간적인 현명한 결심은 전쟁 승리의 관건이고 첩경이 되는 것이다.

이런 차—트 문화를 개발 발전시킨 미국 군대는 근현대적 의미의 대형 전쟁을 여러번 치렀다. 여기에서 얻은 축적된 경험으로 실전에 필요한 전략 전술을 개발해 내는 것이다. 야전에 적합한 행정지원도 이에 따른 것이다. 지역 특성에 따른 물짜지원, 과학적이고 능률적인 전쟁수단을 보유하고, 동원 응용하는 것이다.

전쟁 행정의 총아는 차—트 브리핑 깃법이다.

방대한 내용이나 얽히고설킨 전쟁상황을 장황한 서류보고나 문짜로 나열한 것은 절박한 상황에서 시간 낭비다. 종합 압축 간략한 차—트 브리핑 기법은 미국의 선진화된 전쟁문화의 한 단면이기도 하다.

한성욱 이등병은 이제 군인으로서 모든 기본 예비교육을 끝내고, 불안하고 지루한 여러 대기병 과정을 마쳤다.

그의 첫 복무 부서는 작전과였다.

후방 보급지원 부대에는 잘 어울리지 않는 부서의 이름이었다.

작전과 건물은 병기기지보급창 정문에서 창 본부로 가는 간선도로 왼쪽에 위치했다. 부대 건물 중에서, 덩치가 제일 큰 취사장과는 길 하나를 사이에 두고 있었다. 약간의 공터와 자연 하천인 넓은 배수로가, 그 사이에 길을 따라 흘렀다.

건물은 2층으로 된 검정 콜탈칠의 목조 건물이었다.

유리창의 여닫이는 옆으로 미는 것이 아니고, 종으로 위아래로 밀어 올리고 내리는 형식이었다. 건물 표면의 판장구조로 보나, 지붕 마무리를 보나, 왜놈 냄새가 물씬 풍겼다. 일본 해군이 쓰던 건물을 미군이 콜탈칠만 새로 덮어씌운 것이었다.

입구가 있는 아래층은 언제나 목침만 한 자물통이 굳게 잠겨 있었다.

윗층에 있는 너른 공간이 작전과 사무실이었다.

작전과장 나창우 대위의 책상을 중심으로, 좌우 양옆으로 근무병들의 탁자가 배열되어 있었다. 배치된 인원에 비해 사무실이 많이 넓은 편이었다. 근무병들의 탁자 뒤로는, 각 담당자별로 수많은 차트와 괘도들이 빼곡하게 늘어 서 있었다. 차트들은 괘도걸이에 걸린 채, 건조대의 세탁물처럼 진열되어 있었다.

후방 비전투 부대이지만 작전과의 업무가 만만찮음을 짐작할 수 있는 것이다.

검정 콜탈칠에 찌들은 나무계단을 오르면 2층 출입문이 나온다.

출입문에서 정면으로 바로 들어가면 사무실이고, 왼쪽 옆 작은 문을 다시 열면, 수도꼭지가 있는 또 다른 방 하나가 있었다. 바케쓰를 비롯한 간단한 청소 용구가 비치되어 있고, 재떨이와 야전침대가 저쪽 벽 창틀 밑에 놓여 있었다.

이곳에서 한성욱 이등병은 밀대걸레를 빨아 사무실 바닥을 닦았다. 손걸레를 빨아다가는, 탁자 위의 먼지를 닦아내거나, 유리창을 닦기도 하고, 창문틀에 뿌옇게 쌓인 먼지를 닦아내기도 했다.

6월 1일부로 군대는 동복을 벗고 하복을 착용한다.

그와 동시에 모든 월동설비도 철거가 된다. 물론 사무실의 난로도 철거되고 없었다. 물 주전자는 사무실 한쪽 끝에 있는, 빈 탁자 위에 새로 물을 채워놓았다. 물컵들을 깨끗하게 씻어 놓는 일도, 한성욱은 잊지 않았다.

"어이, 한 이병!"

"너, 이리와!"

"야!"

이렇게 손짓이나 눈짓, 턱을 까딱이고 불러대면, 지체 없이 뛰어가야 하는 한 이병이었다.

"저쪽에 있는 차트 좀 가져 와!"

"아래층 창고에 가서 모조지 한 통……."

"전지全紙, 이거 팔 등분 할래?"

"창 본부 가서 공문 수령해 와!"

"이거, 검정 표지에 철해!"

"시간 됐다, 식권 수령해 와라!"

고참병들의 업무 보조에서 잔심부름에 이르기까지, 이런저런 일이 한성욱 이등병의 일이었다.

어느 부대, 어떤 보직에 배치되어도, 신참 전입병이 마땅히 해내야 할 임무 수행이었다. 대한민국 군대의 신병 전입병들이 겪어야 하는 통과의례였다.

작전과 근무병들은 정훈과와 창 본부 행정병들과 함께 본부 중대 막사에서 내무반 생활을 하고 있었다.

근무부서인 작전과에서 하루일과가 끝나면 본부 중대 내무반에 돌아와 실내청소, 물긷기, 점호 준비를 위한 내무반 비품 정리정돈 등 해야 할 일은 많았다.

밤 점호가 끝나면 취침 준비로 부산해지는데, 고참들을 위한 침구 깔기도 신참병들의 일이었다. 성욱보다 1개월 먼저 배속된 창 본부 소속 신참들과 손을 맞추어 눈치껏 일을 거들었다.

고참들이 잠들기 전, 발 씻을 물을 고무대야에 떠다가 대령하는 일도 신출내기 쫄병들의 일이었다. 군대는 계급이고, 까라고 하면 까고, 죽으라고 하면 죽는 것이 군대였다.

잔뜩 겁을 먹고 시작한 한성욱 이등병의 신참병 생활은, 며칠 동안 살얼음을 걷는 긴장 속에서 계속되었다.

작전과장 나창우 대위는 첫인상부터가 매우 순해 보였다.

악기가 전혀 없는 사람이었다.

말씨도 부드러워서 마음이 놓였다. 부하들을 편하게 대해주는 편이었다. 업무 관계로 사병들을 다그치거나, 결재판을 놓고 깐깐하게 구는 법이 없었다. 업무 추진이 느리거나 잘못이 있어도, 분위기를 얼어붙게 면박을 주는 일이 없었다. 큰소리로 문책하는 일도 없었다.

사무실 분위기는 자유로운 편이었다.

근무병들의 학력도 높은 편이고, 복무 태도도 성실했다.

그런가 하면 세상을 거꾸로 보는 사람도 있었다.

제대를 몇 달 앞둔, 작전과 최고참 옥치주 병장이 문제였다.

그는 표정이 항상 굳어 있었다. 누구인가를 증오하고, 그런 대상을 항상 찾고 있는, 그런 인상의 사나이였다. 그가 어떻게 해서 작전과 소속 행정병이 되었는지를, 그 내용을 아는 사람은 아무도 없었다.

작전과 업무는 여느 군대 행정업무와는 달랐다. 머리를 써야 하고, 상당한 지식이 있어야 했다. 지적知的 능력이 떨어지거나, 응용성이 없는 사람은 업무의 특성상 적응이 어려운 면이 있었다.

한성욱 이병의 사수인 손유근 상병에 의하면, 지난해 말쯤인가 어디서 전입되어 왔다는 것이다.

작전과 업무에는 전혀 적응이 안 되는 사병이라는 것이었다. 작전과장 나창우 대위가 이런 내용을 잘 알고 있다는 것이다. 어떤 연유인지 알 길이 없고, 제대도 가까웠고 하여, 열외로 그냥 방치해 두는 편이라는 것이다.

들리는 소문으로는, 사고병으로 육군 형무소 출신이라는 것이다. 육군 형무소에서 몇 년을 살았는지, 나이도 삼십이 다 되어 보였다.

손유근 상병은 의지가 굳은 사람이었다.

같은 대학생이라는 이유 하나 때문에 한성욱 이병에게 친근감을 보였다.

한 이병의 작전과 생활 며칠 사이에도, 부딪쳐 오는 위기를 몇 번 넘겨주었다. 고참병들과 신참인 한 이병 사이에서 완충지대로서의 역할을 다 했다.

한성욱 이병은 아직 길이 덜 든 햇병아리 신병이었다.

제 딴에는 눈치를 살피고 재치껏 처신한다고, 조심조심 몸을 사리고 있었다. 근신하는 자세로 하루하루 시간 시간을 보내고 있었다.

그렇지만 제대 말년의 성질 사나운 옥치주 병장의 눈에는, 영 틀려먹었다. 신마이 쫄병은 제 할 일만 성실하게 잘 처리한다고 다 된 것이 아니었다. 높은 사람에겐 굽실굽실, 고분고분하며 자세가 낮아야 하고, 고참병에겐 능동적인 써비스로 알아서 기어야 한다.

옥치주 병장의 눈에는, 작전과장 나창우 대위의 태도도 영 성에 차지 않는 것이다. 군인으로서, 지휘관으로서는 영 빵점인 것이다. 도대체가 물렁 죽이다. 신병 따위가 새로 전입되어 오면 바짝 정신을 차리게 해 줘야 하는 것이다. 단단히 기합을 넣고, 따끔한 군대 맛을 보여줘야 하는 것이다. 상급자의 권위를 세워야지, 군대가 어디 중이 설법하고, 도사가 요령 흔드는 곳이란 말인가.

한성욱 이등병같이 불손하고 건방진 녀석은 빳따가 특효약인 것이다. 아구통이 핑핑 돌고, 쪼인트에 사꾸라꽃이 피어야 군대 맛을 제대로 보는 것이다. 제까짓 쫄병 주제에, 작전과 최고참, 이 옥치주 병장을 몰라보다니? OBD에선 상·중사나 웬만한 장교들도, 내 명성을 다 아는데……, 새카만 신출내기 쫄병 새끼가 감히 이 하늘 같은 옥치주를…….

신고주 한잔 살 줄도 모르고 눈빛 하며, 태도가 이거 여간 돼먹지 않은 것이다. 제가 대가리에 먹물이 들었으면 얼마나 들었다고?

손유근 상등병이 옆에서 보기엔 남의 일이 아니었다.

자신도 전입 신병 시절, 제대를 앞둔 고참병들에게 당한 경험이 있었다. 아무 까닭 없이 대학 출신자들을 미워하는 경향이 없지 않았다.

실제로 자신의 태도는 그렇지 않았는데 거만하다는 이유로 모욕을 주거나 빳따를 맞을 때도 있었다.

부대 규모가 아무리 크다고 해도, 각 부서의 행정병들끼리는 대강 다 서로의 신상을 안다. 창 본부에 비치된 사병 인사기록카드엔 병사 한 사람 한 사람의 신상을 밝히는 세부사항이 등재되어 있다. 발 없는 말이 천 리를 간다고, 고학력자들은 쌀의 뉘처럼 금방 알려지게 되어 있었다. 머리에 든 먹물 때문에, 괜스레 오해를 받거나 곤욕을 치르는 수가 종종 있었다.

머리에 먹물이 들면 자기도 모르게 목에 힘이 들어가고, 행동거지가 뻣뻣해지는지도 모른다.

반대로, 상대의 먹물 냄새를 맡으면 이유 없이 미워지고, 욕을 보이고픈 생각이 저절로 솟아오르는지도 모르는 것이다. 자기보다 지적知的 우월자를 대하면 완력으로라도 굴종시키고픈 욕구가 자연 발생적으로 샘솟는 것이 인간의 본능인지도 모른다.

이미 일을 겪은 바 있는 손유근 상병이 우려하는 일이 점점 다가오고 있었다.

고참 옥치주 병장이 보기에는 새카만 쫄병 한성욱 이병이 아주 못된 녀석으로만 보이는 것이다. 그 버릇없는 쫄병 녀석을 감싸고도는 손유근 상등병 녀석의 태도는 더욱 얄미운 데가 있는 것이다.

때리는 서방보다 말리는 씨엄씨가 더 밉다는 말이 있다.

손유근 상병은 명석한 두뇌로 업무처리 능력이 특별나게 뛰어난 사병이었다.

뿐만 아니라, 타고난 필재와 G펜글씨는 기지창 내에 소문이 자자했다. 요즘 한창 군사정부가 강조하는 슬로건이 능률 신속이었다. 이에 따라 차트를 이용한 브리핑 행정이 대유행을 타고 있었다. G펜글씨는 차트 작성의 생명이었다.

손유근 상병은 작전과의 보물이었다.

작전과의 주업무는 대부분 차트화가 필요했다. 손유근 상병은 작전과장 나창우 대위가 인정하고 아끼는 존재가 되었다. 그러므로, 평소에도 옥치주 병장에게는 별로 달갑잖은 존재였던 것이다.

손유근 상병은 작전과 최고참인 옥치주 병장을 제대로 존대하고, 친근하게 대하고 있는 것 같지는 않았다. 업무와 관련된 일 외에는 특별하게 대화를 나누는 일이 없었다. 개인적으로 가까이하려는 태도를 보이는 것도 아니었다.

그런 녀석이 어제 그제 만난 신참 쫄병 한성욱 이병과는 십년지기 十年知己처럼 대화가 많았다. 줄곧 점심시간에도 같이 다니고, 주보에도 드나드는 눈치였다. 제가 선임병이면 선임병답게 신참 이등병을 교육해야 한다. 신참 쫄병을 친구처럼 대하는 것은 선임병 상급자로서 자세가 틀려먹은 것이다. 고참병의 권위를 무너뜨리고, 사무실내 기강을 엉망으로 만드는 손유근 상병의 근무태도부터 바로 잡아야 하는 것이다. 여간 얄미운 녀석이 아니다.

옥치주 병장은 자존심이 매우 상했다.

평소 손유근 상등병의 소행도 탐탁찮았는데, 새카만 신참 제 조수 녀석까지 버릇없게 오염을 시키고 있는 것이다.

한번 본때를 보여야 한다는 생각을 갖고 있었다.

한성욱 이등병이 작전과에 배속되어 일주일이 지났다.

긴장 속에서 초조하고 힘든 나날이었다.

모든 선임자나 고참들에게 잔뜩 주눅이 들어 있었다.

그도 그럴 것이, 옥치주 병장의 표정은 항상 굳어 있었다. 모든 것이 불만이고, 모든 것이 증오스러운 것이었다. 무엇인가를 항상 노리는 듯한 눈빛은, 신출내기 이등병 한성욱에게는 너무 부담스럽고 섬찟한 느낌을 주기까지 했다. 한성욱 이병은 저절로 목이 움추러드는 형편이었다.

자신이 무슨 큰 죄라도 지은 것 같았다.

아니, 옥 병장의 눈빛이 한성욱 자신을 그런 눈빛으로 쏘아 보곤 했다. 한성욱 자신이 신경과민인지는 모르지만, 꼭 무슨 평생 찾아 헤매던 원수를 대하는 듯한 아주 섬뜩한 눈빛이었다. 죄 지은 것은 없지만 신출내기 쫄병으로선 기가 죽고 조심스럽기가 이를 데 없는 입장이 되었다.

살얼음판 같은 일주일이 지나고, 2주째 접어들어 며칠이 지났다.

점심시간이었다.

옥치주 병장은 서둘러서 점심을 먹었다.

밖에서 담배를 한 대 피운 다음 일찌감치 사무실에 들어와 있었다.

오늘따라 사무실엔 일찍 들어온 사병들이 한 사람도 없었다. 바로 밑자리에 있는 손유근 상병도 아직 보이지 않았다. 그 버릇없는 쫄병 녀석(한성욱)과 어디서 노닥거리고 있는 것이 뻔했다.

한참이 지난 다음에사 한명 두명 사무실로 들어오고 있었다. 점심시간이 거의 끝나갈 무렵이었다.

손유근 상병과 한성욱 이병도 다른 과원들의 뒤를 따라 들어오고 있었다.

이때라는 듯, 옥치주 병장은 제 책상 오른쪽 아래의 벙어리 서랍을 열었다.

그는 종이 뭉치 하나를 꺼내 들고, 지금 막 사무실로 들어서는 손유근 상병과 한성욱 이병 쪽을 향했다. 그의 표정은 언제나처럼 굳어 있었다. 무엇인가를 노리고만 있는 증오에 찬 눈빛 그대로였다.

"야, 한성욱! 너 이 것 빨아!"

다짜고짜 앞서오는 손유근 상병을 옆으로 밀쳐내고 소리를 질렀다.

"야, 이 거……."

옥치주 병장이 한성욱을 향하여 불쑥 종이 뭉치 하나를 내밀었다.

"……."

한성욱은 졸지에 당하는 일이라, 얼른 무슨 뜻인 줄을 모르고, 멍-
하니 발을 멈추고 그 자리에 서 있었다.

예상했던 대로 올 것이 왔다 싶었지만, 손유근 상병도 난감하기는
마찬가지였다.

"잇 쌔끼, 이 거, 안 들리나?"

옥치주의 표정이 험악했다.

그가 제풀에 흥분하여 종이 뭉치를 흔들자, 신문지에 싸인 내용물
이 드러나 보였다.

양말짝이었다.

며칠 전에도 옥치주가 수건 빨래를 시킨 적이 있었다.

그땐 그대로 받아들였다. 신마이 졸병에게 보통 있는 일이라고 생
각했다. 고생 많이 한 고참병에 대한 대접일 수도 있었다. 거칠고 황
량한 군대 생활에서, 충분히 있을 수 있는 일이라고, 한성욱 자기 자
신을 타일렀다.

이런 집단에 아예 발을 들여놓지 말았어야지, 한번 마음을 꺾고 몸
을 버렸으면, 벗으라면 벗고 빨라면 빨아야 하는 것이다. 일과시간이
끝난(밤시간) 내무반 생활에선 옥치주를 포함한 고참병들의 침구를 깔
고, 발 씻을 물까지 매일 밤 대령하지 않았던가.

여기는 내무반이 아니다. 공식 일과가 끝나지도 않았다.

각자 맡은 바 공식 업무를 처리하는 사무실이다. 그리고 아무리 상

급자라지만 양말과 속옷은 제가 빨아야 한다. 수건이나 겉옷과는 다르다.

빤쓰가 아니라서 다행이라 할는지 모른다. 그러나 군대 양말은 빤쓰보다 더 더럽다. 하루 종일 밀폐된 군화 속에서 발 꼬린내에 찌들었기 때문이다. 똥내보다도 더 지독한 꼬린내가 진동하는 것이다.

봉건시대엔 적장의 아낙을 잡아다가 성적으로 능욕을 감행하는 일이 허다했다. 이때, 적장의 아낙으로 하여금, 자신의 성기를 빨게 하는 것이 상대 적장에게 가장 치욕을 느끼게 하는 것이었다.

사내끼리는 패장에게 성기를 빨개하는 법은 없었다. 꼬린내 찌든 발바닥을 핥게 하는 것이, 오히려 죽기보다 더한 치명적인 모욕이었던 것이다.

"못 빨아요!"

단호했지만, 그래도 한성욱은 말을 올려 존대를 했다.

"뭐? 잇 쌔끼, 말 다 했나!"

언제 준비를 해 두었던지, 후닥닥 제 책상 밑을 더듬어 빳따 몽둥이를 꺼내 들었다.

"새카만 쫄병 새끼가, 죽을려고 색 쓰나? 쌔에끼, 엎드려!"

"못 엎드려!"

한성욱이 빳빳하게 서서 반말로 말을 맞받았다.

"어 허, 이 쫄병 아 쌔끼, 죽을려고 환장을 했구나!"

화가 머리끝까지 차오른 옥치주, 그 기세에 아무도 말리는 사람이 없었다.

"몬 엎드려?"

옥치주는 기가 막히다는 듯, 분을 못 참고 몽둥이를 들고 길길이 날뛰기 시작했다.

"그래, 못 엎드려!"

한성욱도 이제 이판사판이었다. 도저히 참을 수가 없었다.

이것은 정당한 명령이 아니었다. 부당한 모욕이었다.

그렇지만 누가 보아도 잘못 덤빈 것 같았다. 께임이 안 되는 것이다. 육군 이등병 신임 쫄짜가 하늘 같은 제대 말년의 고참 병장에게 걸려들었다. 잘못하다간, 고양이 앞에 성질부린 생쥐 꼴이 되기 십상인 것이다. 상대는 작전과 최고참 독사눈이, OBD 창 내에선 다 알아모시는 성질 사나운 전과병前科兵이었다.

하룻강아지 범 무서운 줄 모르고 덤빈 격이었다.

"이 개엣째끼, 잘 걸렸어!"

마치, 먹이를 나꿔채려는 수리처럼 옥치주의 공격은 난폭했다. 몽둥이를 마구 휘둘러대며 덤벼들었다.

치졸한 자식! 한성욱은 이왕 내친김에 얻어터지더라도 똑같이 폭력으로 맞서 줄까 하는 생각도 있었다. 하지만 진주를 도야지에게 던지지 말라는 말이 떠올랐다.

옥치주가 휘두르는 몽둥이를 움켜잡고 방어 자세로만 일관하고 있었다.

몽둥이질이 막히자, 옥치주는 마구 발길질을 하여, 한성욱의 허벅지와 뱃통을 걷어찼다. 그래도 한성욱은 긴 팔의 잇점을 이용해서 방어 자세로만 일관했다. 어쨌든 옥치주 병장은 상급자였다. 분하고 부당했지만 차마 상급자를 향해 주먹을 날릴 수는 없었다.

대신 한성욱 이병은 눈을 똑바로 크게 뜨고, 옥치주의 독사 눈을 틈을 주지 않고 응시했다. 눈싸움에서 상대의 부정不正한 어기를 꺾어

놓을 작정이었다. 자신이 있었다. 결코 이겨야 하는 것이다.

이때였다.

"이게, 무슨 짓들이야? 다들 제자리로 돌아가지 못해?"

작전과장 나창우 대위였다.

점심을 끝내고 막 사무실로 들어서는 판이었다.

"쯧쯧! 이등병을 데리고선……."

나창우 대위의 시선이 옥치주에게 머물고 있었다. 고참이면 고참 체통을 지키라는 나무람 같았다.

이렇게 해서, 고양이 앞에 생쥐 꼴이 될 뻔했던 한성욱 이등병이 기적적으로 판정승을 거두게 된 셈이었다. 턱없이 무모한 도전으로 보였지만 졸지에 행운을 잡은 것이다.

하지만 부서배치 첫들머리에서 벌어진 이 일을 계기로 해서, 한 성욱 이등병의 군대 생활은 여러 가지로 험난한 여정이 예고되고 있 었다.

5

"어엇…… 이 것이 누구래야?"

보급창에 와서 세 번째 맞는 토요일 오후였다.

쫄병 신세에 주머니 사정도 그렇고, 외출도 못 나가는 판이었다.

그렇고 그런 마음도 달랠 겸 2중대 본부에 배치된 민석구를 만나러 가는 길이었다.

"어…… 어어, 어? 이 거, 양성이 아닌가?"

뜻밖에도 국민학교 1년 선배인 모양성牟良成이를 만난 것이다.

세상은 넓고도 좁았다. 천리타향 봉고향인千里他鄕 逢故鄕人이라, 고등학교 교과서에 나오는 당나라 시인 두보杜甫의 싯귀가 꼭 맞는 말이었다.

"어 허, 그래 그래······ 나 양성이여. 어째 그런디, 자네 빵빵(S.O: Student Officer) 안 받고, 여그까지 와 버렀능가?"

모양성이가 왜 학생 군번을 안 받고, 후방배치를 받았느냐고 묻는 것이다.

그들은 반가워서 어쩔 줄을 몰랐다.

손바닥으로 두 손을 붙잡는 것이 아니라, 서로 양팔을 부여잡고 마구 몸뚱이를 흔들어 대는 것이었다. 그러다가 끌어안고 서로 등짝을 두둘기고, 너무 반가워서 어쩔 줄을 몰랐다.

모양성이와 한성욱은 국민학교 때부터 여간 친한 사이가 아니었다. 학년 차이가 1년 나는 것은 그들의 호적상 생년월일 차이 때문이었다. 실제 조선 나이론 호랑이띠, 그들은 동갑내기였다.

뿐만 아니라, 한성욱의 아버지 동촌 면장을 지낸 한진만씨와, 군청 내무과장을 지낸 모양성이의 아버지 모태현 씨는, 소싯적부터 동문수학同門修學한 아주 절친한 친구였다. 이에다가 윗대 할아버지들 때에도 터놓고 지내는 세교世交 집안이었던 것이다.

그런 집안 사이였기에, 한성욱이 12개월 단기복무가 보장된 S.O군번(학생 군번)을 받지 않은 것에 타박을 준 것이었다. 일반병으로 3년 근무하는 고생을 왜 사서 하느냐는 안타까움을 전한 것이기도 했다.

"으응, 자네 보고 싶어서, 그냥 이렇코 여그까지 와 버렀네. 아니 그런디, 나는 그렇다 치고, 자네는 어떻코 해서 여그까지 와 버렀능가?"

"그렇께 말이시, 자네 말마따나 나도 자네 만날라고, 여기까지 와 버렀능갑네……."

"으 헛, 헛 헛헛……"

"어헛, 참말로 반갑네."

"내가 더 반갑제 잉……, 자네는 고참이고, 나는 쫄병 이등병 아닌가!"

"자네도 참, 자네허고 나 사이에, 고참이 어디 있고 쫄병이 어디 있당가? 그런디, 참, 언제 여그 보급창으로 왔능가? 며칠이나 되었능가?"

"그렇께 저……지난주에 와서, 인자 3주째 되었구만……."

이들의 대화는 끝이 없었다.

너무 뜻밖이고 반가웠다. 정말 상상도 못 했던 상봉이었다.

한성욱이 고2, 모양성이가 고3일 때, 그해 여름방학을 이용해 동촌면 마을 대항 축구대회가 열렸다. 그때 만나곤 처음인 것이다.

모양성이는 멋쟁이면서도 못하는 운동이 없었다. 철봉에서부터 달리기, 배구, 축구, 그중에서도 축구를 아주 좋아하는 편이었다. 한성욱은 운동신경이 둔해서 몸이 무거운 편이었으나, 모양성이와 함께 공차기를 즐겼다.

해방 후 물짜가 귀할 때, 돼지 오줌보에 바람을 불어 넣어 공 대신 차고 다녔다. 그것도 없을 땐, 새끼줄을 꼬아서 뭉텅이를 만들고, 칭칭 둥글게 감아서, 축구공 대신 차고 뛰어다녔다. 모양성이랑 다른 동무들이랑 신나게 뛰어다니던 일이 어젯일 같았다.

모양성이는 수송부에 있다고 했다.

공문수발을 위해서 창 본부에 다녀오는 길이라는 것이다.

한달 하고 20여 일 후면 제대한다는 것이다. 한성욱으로선 아쉬운 일이었다. 그렇지만 고향과 멀리 떨어진 곳에서, 그것도 아는 이 한 사람 없는 군부대에서, 불알친구를 만났으니 얼마나 반갑고 기쁜 일인가.

이렇게 큰 부대에 아는 사람이라곤 부관학교 동기 민석구 하나뿐이었다.

부산 시내에도 누구 한 사람 친척이나 아는 이가 없었다. 사돈네 8촌 되는 이도 없었다.

이런 형편에 병장 계급의 모양성이를 만났으니, 정말이지 너무나 기쁘고 든든한 것이다. 참말이지, 더도 덜도 아니고 구세주를 만난 기분이었다. 수송부에서도 끗발 좋은 배차계 사수라는 것이었다.

한성욱의 고향 전라도 함평은, 부산에서는 잘 알려지지도 않은, 까마득하게 멀고 먼 곳이었다. 여기서 함평까지는 곧장 하루에 달려갈 수 있는 길이 아니었다.

군용열차를 타고 부산진역을 출발하여, 대전역에서 송정리(광주)행 호남선 군용열차를 다시 갈아타야 하는 것이다. 송정리역에서 목포행 열차를 바꿔 타고 학다리鶴橋 역에 내린다. 여기서도 협궤狹軌 궤도차를 타야 함평 읍내에 도착한다.

그것도 서울 쪽은 철도를 통한 종적 연락이라 가까운 느낌이지만, 부산 쪽은 대전까지 거슬러 올라갔다가 횡적(간접)으로 연결되는 것이어서, 훨씬 더 멀게 느껴지는 것이다. 교통 여건상 왕래가 적을 수밖에 없었다. 함평 사람들의 의식 속엔 부산 하면, 일정 때 시모노새끼로 가는 관부關釜 연락선이나 전쟁 때 몰려든 피난민 정도인 것이다.

그렇지만 대다수 일반 서민의 민중 정서로는 이난영의 '목포木浦의 눈물'과 더불어 '울며 헤어진 부산항釜山港'은, 함평 사람들의 애창곡으로 널리 불려지고 있는 것이다.

한성욱 역시, 군복을 입기 전의 부산항은 지도에서나 만나보는 멀고 먼 낯선 항구였다.

해방을 맞아 관부연락선을 타고 귀국한 큰아버지를 통해 부산항을 구체적으로 처음 알았던 것이다. USIS 미국공보원 전쟁뉴스 필름을 통해서 부산항 부두의 모습을 처음 보았다. 유행가 '굳세어라 금순아'를 통해서 영도다리를 알았고, 40계단 층층대나 '이별의 부산정거장'은 언제 들어도 눈시울을 뜨겁게 하는 한성욱의 애창곡이기도 하다.

그럼에도 불구하고, 피붙이 하나 살붙이 한 사람 없는 부산항이었다. 너무 쓸쓸한 생각이 들었다.

모양성이는 당장 매점으로 끌고 가, 커다란 봉지에 단팥빵을 가득 사서 안겨 주었다. 민석구와 함께 먹으라는 것이었다. 오늘은 일이 있어서 헤어지고, 내일 시간을 내어 차분하게 다시 찾아오겠다는 것이었다.

다음날은 일요일이었다.

모양성이는 약속대로 쓰리쿼터 한 대를 몰고 나타났다.

OBD엔 자동차가 흔해빠졌지만, 일요일은 모든 차량이 운행 정지였다. 그러나 모양성이는 수송부 배차계가 아닌가. 수송관 직속의 끗발 쎈 직책임을 실감할 수 있었다.

차에는 점심을 대신할 음식들도 준비되어 있었다.

수송부 기름쟁이(운전병)들이 영외에서 숨겨 들여온 물건들이 많았다. 양키 통조림 들을 비롯한 술과 안주가 한아름이었다. 싸래기로 빚는다는 진로소주에 한성욱이 좋아하는 고량주도 있었다. 보통 빼갈이라고 부르는 고량주는 화끈하고 간편하고 자극적이어서 좋았다.

민석구까지 함께 어울린 이들은 OBD에서 가장 높은 지대에 자리를 잡았다.

창 본부 뒤 언덕을 올라서, 전에 미군 장교클럽이 있던 뒤쪽 자리였다. 숲이 우거진 외진 곳에 차를 세웠다. 키를 넘는 억새밭을 지나 잡목숲이 있는 언덕배기였다. 언덕배기 낭떠러지 밑에는 바로 바닷물이 철썩거리는 곳이었다.

부대는 텅텅 비어 있었다.

대부분의 병력이 외출 중이었다. 부대 전체가 빈집처럼 조용했다.

OBD는 보급부대이고, 속칭 '모노'부대였다. 후방 보급기지 부산에서도 제일 큰 규모와 보급 비중을 차지하는 부대인 것이다. OBD 병력이 외출을 안 나가면 부대 주변의 장사꾼들은 물론이거니와, 이와 관련된 시내 상인들에게도 타격이 컸다.

OBD 근무병들은 유난히 외출을 밝혔다.

외출을 못 나가면 무슨 큰일이라도 날 것처럼 외출에 관심이 많았다. 외출을 못 나가는 자는 아주 형편없는 열등생 취급을 받는 것이다. 병사들 스스로도 '외출도 못 나간다'는 열등감 때문에 남모르는 고통, 좌절감으로 괴로운 것이다. 패배의식에 시달리는 것이다.

이런 병사들의 열등의식은 군수품 부정 유출과 관련이 있었다.

그만큼 군수품 부정 유출이 심하다는 말로 바뀔 수도 있는 것이다.

이러한 분위기를 반증이라도 하듯, 막사에 남아 있는 병사가 거의 없었다.

텅텅 빈 막사들이 소도시처럼 즐비한 OBD는 적막감이 들 정도로 조용했다. 내려다보이는 부대의 지형은 과연 요새지 중의 요새지였다.

모양성이와 한성욱들이 자리 잡은 바닷가 언덕은 가파른 수직의 방파제였다.

영도影島섬 끝자락과 오륙도 쪽에서 불어오는 바람과 파도를 막아주고 있었다. 이 언덕 뒤쪽과 반대쪽(내륙)도, 적당한 높이의 야산 줄기가 담장처럼 둘러있었다. 부대 내 육안 관측이 전혀 불가능한 것이다.

지금 한성욱들의 술자리 옆, 오른쪽의 억새밭 분지에는 덩치가 큰 여러 장비들과 새로 도입된 155mm 곡사포 수백 문이 위장된 채 전방 배치를 기다리고 있었다.

"자, 한잔 하세. 뭣헌다고, 갯바닥(바다) 쪽만 그렇코 바라보고 있능가?"

모양성이가 잔을 들면서 한성욱을 챙기는 말이었다.

"너는 임마, 키 큰 놈이 속 없다고, 시방 어디다 정신을 쏟고 있는 것이어?"

혼자서 잔을 드는 모양성이가 미안했던지 민석구도 한마디 거들었다.

모처럼 고향 사람들끼리 만나선지 사투리들이 유난했다.

"으응, 그래 니 말이 맞다. 그렇께 울 할매가, 내가 쬐그만 했을 때, 엉뚱헌 짓 허면, 왕골속이라도 사서 넣으라고, 그랬어야……."

한성욱이 싱글싱글 웃으며 싱거운 소리를 했다.

"아, 자네처럼 영리허고 똑똑헌 사람이 믄 속 없는 소리를 했을 것인가? 할머니께서 자네 사람 되라고, 한번 해 보신 말씀이시것제……."

"……."

"동촌면 한성욱이, 참 대단했는디……. 면장 손자에, 면장 아들에,

동촌면이 떠들썩 했었제 잉! 전쟁 때, 이 사람 혼자서 목포로 중학교 갔어. 서울로 대학을 간 것은 동촌면에서 두 번째였제."

모양성이가 옛날 생각이 나는지, 새삼스럽게 제 친구 자랑을 하는 것이다.

"어허 참, 자네는 믄 소리를 그렇고 허능가? 자네가 훨씬 더 미남에다가, 공부도 잘 허고 운동도 잘해서, 자네가 동촌면 최고 스타였제 잉! 쬐깐해서부터 가시내들이 자네만 줄줄 따라 댕겼응께……."

한성욱이 불그레한 얼굴에, 웃음끼를 올리며 모양성이 칭찬에 열을 올렸다.

"어허헛 참, 자네 벨소리를 다 허네 그리여……."

겸연쩍어하며 모양성이가 손사래를 쳤다.

"고3 때 참, 자네 브라스밴드 악장이었어. 역시 최고 멋쟁이 스타였제!"

한성욱이 손뼉을 치며 모양성이를 웃겼다.

"어 헛 허…… 자네, 오늘 왜 이래?"

모양성이도 오랜만에 고향 친구를 만나선지 매우 유쾌한 표정이었다.

"나도 끼어들고 싶은디, 비금도 섬 놈이라 함평 사정을 알아야제 잉? 두 사람 사이가 질투가 나게 부럽구망 잉!"

펑퍼짐한 민석구의 얼굴에도 술끼가 올랐다.

"너 같은 섬 놈이, 감히 우리 함평 천지 어르신들 말씀에 끼어들다니?"

"으 헛 헛헛!"

"어헛, 헛 헛……."

한성욱의 양반 흉내에 모두 웃음보가 터졌다.

"양성이, 고맙네! 여그서 자네를 만나다니…….”

"자네 벨말 다 허네, 우리 에롓을 때…… 쌈 한번 안 했제 잉!”

옛날이나 지금이나 모양성은 인정이 많았다.

"그때 거……, 자네네 동네에 연숙이라고, 거 이쁘장헌 가시내 안 있었능가?”

한성욱이 술끼가 오르는지, 새삼스럽게 옛 기억을 떠올렸다.

"어, 그래……, 우리 모씨네 동네에 타성바지 장연숙이……, 그래 있었다!”

"거……, 4학년 여름방학 적에, 동네 뒤 저수지에서 저녁 목욕할 때에, 그 가시내 그것 봤다고, 자네들 킥킥 댔제?”

"어엇 참, 벨 것을 다 기억허고 있구망 잉? 그래, 그런 일 있었어…….”

"그 가시내 그것에 때가 시커멓게 끼어 있었드람서…….”

한성욱의 새뜩빠진(생뚱맞고 엉뚱한) 농담에 술판은 온통 웃음판이 되었다.

"어 헛 헛헛, 어헛헛!”

"으 헛 헛헛, 으 헛 헛헛…….”

그들은 군복을 입고 있다는 것도 잊고, 고향마을 정자나무 그늘에 앉아 있는 기분이 되었다. 잡목숲 언덕 아래에선 바닷물 파도 소리가 요란했다.

고향……. 고향은 언제나 이들에게 정답고 포근했다. 불알을 내놓고 뛰어다니던 고향 동무들, 이들에겐 서로 가리고 자시고 숨길 것이 없었다.

6

계절이 바뀌었다.

어느새 뜨거운 햇볕이 내려쪼이는 한여름이 되었다. 성하盛夏의 계절이었다.

병사들은 모두 카키색 군복으로 갈아입고, 콘세트 막사들도 양쪽 옆 날개를 활짝 걷어 올렸다. 창문틀과 틈새마다, 기름종이와 테이프로 막아 놓았던 방풍 장치를 뜯어낸 지 오래였다.

한성욱 이등병도 일등병으로 진급이 되었다.

그동안 배냇저고리처럼 달고 다니던 이등병 계급장을 떼어 낸 것이다. 본격적인 군인 계급, 진짜로 완성품 군인 계급, 그 첫 단계의 일등병이 된 것이다. 호칭도 '한 이병'에서 '한 일병'이 되었다.

한 일병을 끔찍이도 감싸주고 보살피던 고향친구 모양성이도, 제대특명을 받고 고향 앞으로 갔다.

꼼짝없이 제3보충대로 쫓겨가지 않으면 아니 될 한성욱 일등병이었다. 이처럼 어렵고 급박한 위기에서, 고향 친구 모양성이 덕택에 OBD 이 자리에 그냥 남아 있게 되었던 것이다.

그뿐만이 아니고, 작전과 옥치주 병장의 맹렬하고도, 끈질긴 증오의 화살을 피하게 해준 것도 모양성이었다. 어려운 고비 고비마다 모양성이가 한성욱 곁에 있어 주었다. 한성욱 혼자서는 도저히 치러낼 수 없는 어렵고 어려운 일들이었다.

모양성이의 직책은 수송부 배차계였다.

타고난 친화력으로 발이 넓었다.

수많은 주요 물짜가 드나드는 MIS(정비지역) 자재계資材係에 비할 바는 아니었으나, 수송부 배차계도 여간 끗발이 쎈 자리가 아니었다.

시간을 다투는 급한 일로 차를 빌려야 할 사항은 많았다. 어느 부서 어떤 직책을 막론하고, 시도 때도 없이 급한 일들이 발생한다. 군대 업무의 특성상 시급을 다투는 일이 어디 한두 가지이겠는가.

각 부서의 결재권자이고, 최고 책임자인 장교들에게는 더욱 그런 일들이 많았다. 그러므로 모양성이는 창내廠內 장교들에게도 인지도가 높았다. 수송부 하면 배차계인 것이다. 물짜보급 운송부대의 업무 특성상, 그럴 수밖에 없었다. 수송부에서는 수송관, 인사계 다음으로 끗발이 좋았다.

모양성이는 작전과장 나창우 대위와도 친분이 있었다.

친구인 한성욱의 애로사항을 하소연했다. 작전과장은 부대운영 업무의 진척상황 확인 점검을 위해 긴급 차량이 가장 많이 필요한 부서장이었다.

창 본부 인사담당 고참 사병과는 전부터 가까운 사이였다. 외출 때 동행하는 일이 많았고, 색싯집에서 술을 마시고 여관잠을 같이 자기도 했다. 이를 연줄로 하여, 창 본부 행정실 부관(문서 통제관) 허명호 중위에게도 줄을 대었다.

모양성이의 마당발 작전이 주효하여, 한성욱은 작전과를 떠나 제2중대 본부로 자리를 옮길 수 있었다. 피를 말리게 하는 옥치주 병장의 증오의 시선을 피할 수 있게 해 주었던 것이다.

한성욱은 알 수가 없었다.

이해할 수도 없었다.

무슨 구원舊怨이 있는 것도 아니었다. 군대에서 처음 만난 사이였다.

그런데 옥치주 병장은 꼭 무슨 불구대천의 원수를 대하듯, 그런 시선으로 한성욱을 대하는 것이다.

　한성욱은 골똘하게 자기 자신의 처신을 반성해 보기도 했다. 자신과 옥치주와 전생에 무슨 그럴만한 인연이라도 있었던 것일까. 아무리 생각해도 이해가 되지 않는 일이었다.

　옥치주의 눈빛은 항상 증오와 독기가 서려 있었다.

　인간에 대한 맹목적인 증오일는지도 모른다. 그의 시선 속에는 자신이 세상에 태어나서 당한, 모든 운명적인 불행과 고초가 오직 상대방 때문이라는, 그런 무서운 증오를 담고 있었다. 몸이 오싹할 정도의 섬뜩한 시선이었다.

　왜, 하필이면 한성욱 자신이었을까.

　옥치주 병장의 증오의 대상이 말이다.

　아무리 그래도 한성욱은, 꼬린내 찌든 옥치주의 양말을 빨아 줄 수는 없었다. 어떠한 험난하고 무서운 불이익이나 제재, 설사 재앙이 다가온다 해도 단호히 거부했을 것이다. 본의 아니게 옥치주 병장의 자존심에 상처를 주었는지 모르지만, 옥치주식 강압과 모욕에는 결단코 굴복할 수가 없는 것이다.

　중이 절 보기 싫으면 중이 절을 떠나는 게 순리다. 무거운 절이 떠나는(뜯어 옮기는) 것보다 가벼운 중이 떠나는 게 이치에 맞는 것이다. 몸 가벼운 신참이 떠나주는 것이 도리일 것 같았다.

　손유근 상병이나 나창우 대위와는 좋은 인연이 될 수도 있었는데…….

　'세상살이 산 넘어 산'이라고, 작전과에서 민석구가 있는 제2중대 본부로 옮겨온 뒤에도, 한성욱에겐 연이어 악재가 따라붙었다.

육군본부 부관감실의 사병 주특기 점검 감사가 있었다.

좀처럼 없는 일이었다.

갑작스런 주특기 감사에 모두가 당황하는 빛이었다. 요즘 비등하는 사회여론 때문이었다. 부산 소재 보급부대에 부서별 직책 직능에 맞지 않는 주특기 소유자들이 많다는 여론이었다.

돈과 빽을 써서 후방부대로 빠지고, 특히 세상 돌아가는 말로, 돈이 생긴다는 군수품 보급창의 부정 배치 문제가 사회 현안으로 떠오른 것이다. 요즘 군사정부가 입만 열면 '혁명 완수니, 부정부패 척결이니' 하고 떠드는 판에, 여론에 밀려 육본 부관감실이 칼을 빼든 것이다.

재수 없는 놈은 뒤로 자빠져도 코가 깨진다고, 엉뚱하게도 한성욱이 여기 걸려들었다.

육본 부관감실의 본래 의도와는 아무 상관이 없었다. 한성욱의 경우, 더 높고 더 큰 부대에 배치되어야 했다. 갈 곳이 없어서, 주특기에 맞는 차출 상급 부대가 없어서, 병기사를 지망했고 결국 OBD에 배치되었다.

한성욱이 부여받은 774 주특기는 일반 행정병이 아니다. 774는 병기사가 수용할 수 있는 주특기가 아니었다. 상급부대인 병기사에서도 수용할 수 없는 주특기를 차하급 부대인 병기보급창에선, 더욱 수용 불가능한 주특기인 것이다. 병기기지사령부나 OBD 창 본부 행정실도 아닌, 최말단 행정부서인 중대본부에 처박아 놓았으니, 이건 어불성설이었다.

육본 부관감실 감사반의 불호령이 떨어진 것이다.

당장 인사 행정병(774) 주특기에 걸맞은 상급부대에로의 전출을 명하라는 것이었다. 774 주특기를 제대로 수용할 수 있는 부대는 군단급 이상의 단위 부대였다. 일단 육군 제3보충대로의 전출이 빤한 것이었다.

이 소식은 창 본부 인사담당병으로부터 수송부 배차계 모양성 병장에게 긴급 전달되었다. 지난번, 한성욱이 작전과에서 제2중대 본부로 옮길 때 관계했던, 바로 그 고참 인사담당 사병이었다.

참으로 난감한 일이었다.

한성욱 자신은 아무런 대책이 없었다.

이리의 손아귀를 벗어났더니, 호랑이 아가리를 만난 것이다.

하지만 앉아서 당할 수밖에 없었다. 한성욱은 이런 일에 둔하고 약했다. 사람이 자신에게 해가 되는 일을 당하면 대응책을 세워야 했다. 머리를 써서 손해를 적게 보거나, 이를 피해가거나, 돌파할 수 있는 계책을 마련해야 하는 것이다.

한성욱은 계책을 세우거나, 요령껏 머리를 굴리는 일에는 아예 꽉 막혀 있었다.

한성욱이 부산(후방) 병기기지창으로 온 것은 빽을 댔거나 돈을 쓴 것이 아니었다. 부관학교 전래의 학풍學風에 의해서 성적 우수자를 배려하는 전통에 따른 것이었다. 그러나 사병 인사기록카드 비고란에는 그런 기록이 없었다. 부관병을 양성하는 교육기관의 학풍이나 전통을 공식 기록으로 등재하는 사례는 이 세상 어느 군대에도 없는 일인 것이다.

이러나저러나, 육본 부관감실 소속 감사관들의 자존심에도 관계가 된 것 같았다. 막대한 국비를 써서 우수한 부관병을 교육해 놓았는데, 단위 부대의 행정현장에선 전혀 활용되지 않고 있었다. OBD 창 본부 행정실 부관 허명호 중위도 질책을 받았다는 것이다.

모양성이의 뒷얘기가 옳은 말이었다.

아무리 좋은 두뇌를 가지고 실력을 발휘하여 고급 주특기를 받아도, 빽을 쓰지 않으면 아무 소용이 없다는 것이다.

처음 병기사에서도 빽줄을 대었으면 사령부에 떨어졌을 것이라는 말이었다. 보급창에 와서도 마찬가지였다. 사령부 사무실이나 보급창 본부 행정실 같은 부서 배치는, 빽 없이는 어림도 없다는 것이었다. 솔직히 말해서, 중앙의 유력자들이나 부대가 위치한 지역 지방 유지, 재력가 자제들이 높은 부서 좋은 자리를 다 차지하고 있다는 것이다.

요즘 군대 내 새로운 풍속도가 생겼단다.

내로라하는 유력자들이 체면치레로 자식을 군대에 보낼 때, 학생 군번 대신 일반병 군번을 받게 한다는 것이다. 귀한 자식을 고생이 심하고 또 위험한 전방에 보낼 수도 없고, 천한 집 자식들과 되도록 같이 어울리게 할 수도 없다는 것이다. 그러나 요즘 때가 때인 만큼 입대를 시키기는 시킨다는 것이다.

그런 다음, 후속 조치로 높은 부대 사무실, 일 적고 편안한 자리에 앉혀 놓고, 세월 가기를 기다린다. 아니면 말이 군대지 사복 근무도 가능한, 최고 특과 특수부대 파견근무를 시킨다. 가짜 폐병이나 기묘한 부위의 기묘한 병을 만들어, 날마다 육군병원에 누워 있거나, 나이롱환자로 무위도식 세월 보내기를 한다는 것이다. 또는 의가사제대 依家事除隊로, 합법적인 군 복무 면제를 받는 방법 등을 동원하는 것이 요즘 풍속이라는 것이다.

아예 군대에 발을 들여놓지도 않게 하는 특권층에 비하면 고마운 일인 것이다.

어릴 적 고향 동무를 위한 모양성이의 노력은 계속되었다.

제대를 코앞에 둔 모양성이의 한성욱을 위한 노력은 가히 헌신적이었다. 대대로 내려오는 세교 친구라고는 해도, 요즘 젊은이로선 드물게 보는 의리의 사나이였다.

한성욱을 제3보충대로 보내지 않을 수 있는 방법을 알아낸 것이다. 774 주특기를 770으로 바꾸면 된다는 것이다. 모양성이는 이 방법으로 한성욱의 타 부대 전출을 막고, 현재의 자리에 남아 있게 하는데, 극적인 성공을 거두었다. 고급 주특기를 급수를 낮추어 바꾸는데도 그렇게나 힘이 들었다.

한성욱은 모양성이에게 너무 미안한 생각이 들었다. 아무리 가까운 친구지만 신세를 너무 많이 진다는 안타까움이었다. 이왕 각오하고 들어온 군대, 물결치면 치는 대로 당하고 견디자는 것이 한성욱의 주장이었다. 반면 훈련소를 갓 나온 신병도 아니고, 중간에 단신으로 타 부대 전출이란, 너무 험한 고생길이라는 것이 모양성이의 생각이었다.

뜻밖에 만난 모양성, 천 리나 먼 타향 땅에서, 참새 한 마리 아는 이 없는 고립무원孤立無援의 철조망 안에서……, 구세주가 따로 없었다. 모양성이, 그는 고향 동무 노릇을 톡톡히 하고 떠났다. 같은 동갑내기 호랑이띠로 생일이 조금 빠른 것뿐이었는데, 그는 형 노릇을 넘치게 하고 고향 앞으로 갔다. 제대특명을 받은 그는 함박웃음을 웃으며, 손을 크게 휘저어 흔들며 부대를 떠났다.

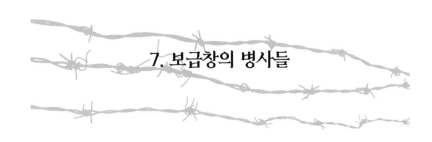

7. 보급창의 병사들

1

육군 병기기지보급창 제2중대 본부.

한성욱이 일등병을 달고 근무하는 단위 부대 부서의 이름이고 주소이기도 하다.

군대는 전쟁이 목적이고, 전쟁 수행을 위한 편제이다.

군수품을 하역, 정비, 보관, 수송을 맡은 보급부대이지만, 역시 전투단위의 편제는 필요하다. 효율적인 병력의 통제, 이용 활용을 위해선 적정한 인원의 떼, 집단으로서의 편성이 중요하다.

보급창 병력의 절대다수가 MIS(정비) 지역에 투입된다.

정비지역의 업무 기능상, 상당한 힘을 가진 육체 노동력이 필요하다. 각종 병기, 부품을 분류하고, 손에 기름을 묻혀 정비하는 작업을 수행한다. 이 지역에 종사하는 사병들은 스스로를 가리켜 '기름강아지' 또는 '작업병'이라 칭한다. 매우 자조적인 표현이다.

점심시간 부대 식당에서 마주치는 이들 MIS 근무병들의 모습은 너무 피곤에 지쳐 있었다. 후줄근하게 내려앉은 기름때 찌든 작업복에서, 이들이 얼마나 힘든 작업을 수행하고 있는가를 충분히 알고도 남는 것이다.

오후, 하루 일과를 끝내고 돌아오는 이들의 대오를 보면 더욱 여실히 과중하게 업무를 수행하고 있음을 눈으로 확인할 수 있었다.

땀에 젖은 작업복엔 기름 얼룩이 여기저기 번져 있었다. 처질 대로 처진 양어깨는 늘어질 대로 늘어져서 흐느적거리는 모습이었다. 젊은이들의 행진, 군대가 행진하는 모습이 아니었다. 각 중대 선임하사들의 구령에 의해 제창되는 군가 소리는 그야말로 피곤에 지쳐 시들었다. 허기까지 겹쳐서 다 꺼져가는 목소리로 내려앉았다.

이들이 매일같이 수행하는 작업은 단순히 육체의 힘만 필요로 하는 단순노동이 아니었다. 고도로 발달한 최신예무기, 현대전에 직접 사용되는 무기를 비롯한, 각종 군사 장비와 간접병기(기계)를 다루는 것이다. 병기를 조작, 분해, 정비 결합해야 하고, 부품분류, 포장, 보급 지원을 위한 수송 적재에는 상당한 기능 기술력이 동원되어야 하는 것이다.

물론, 고도의 기술 기능이 요구되는 작업에는 수백 명의 민간인 기술 문관(군속)들이 투입되고 있긴 하다. 그렇다고 현역병이라고 해서, 막일하듯 손쉽게 해치울 수 있는 작업을 골라서 배치하는 것은 아니다.

작업이 시작되어 일과가 끝나는 벨이 울릴 때까지 긴장의 끈을 놓아서도 아니 된다.

정지된 물건들만 다루는 것이 아니었다. 계속 움직이는 기계와 함께 있는 것이다. 능률, 정밀성, 속도를 자랑하는 기계들과 함께 보조를 맞춰야 하는 것이다. 무거운 장비나 무기, 모두가 쇠뭉치인 것이다. 그 장비들이 빈번하게 움직이는 상황 속에서 정해진 시간 내에 운반해야 하는데, 위험부담이 따르지 않을 수 없는 것이다.

사병 개개인에게 부과된 업무를 처리하고 소화하는데, 소모되는 물리적인 힘과 긴장으로 인한 정신 소모도 대단했다. 각종 기계들이 토해 내는 소음, 자극적인 금속성, 먼지, 염산, 벤젠, 신나 등 맹독성 유류 냄새도, 사람들을 지치게 했다. 종합적으로 노동에너지 소모를 재촉하는 것들이었다.

이 지역에 배치된 병력들은 한국군 평균 학력을 상회한다.

병기학교를 위시하여 병참학교, 수송학교 등, 육군 특수학교 출신들이다. IQ 지수도 평균을 웃돌고, QT 점수는 상위급에 속하는 우수 인력인 것이다.

보급창 병력을 관리 지원하기 위한 행정력은 극도로 제한되고 최소화된 인원체계였다.

부대 최고 사령탑인 창 본부 행정실에도 1명의 나팔수를 포함, 6~7명의 행정병이 있을 뿐이었다. 창 본부를 제외한 유일한 행정부서인 작전과에, 이와 비슷한 행정병이 있었다. 정훈과는 이름뿐일 정도로 사병 2병에 장교 1명이 있었다. 그리곤 군대의 기본 편제인 각 중대본부에 4~5명의 행정병이 있었다.

창장 직속으로 본부사령실(당직사령실)이 있었으나, 부대 매점과 취사장 업무를 관장하는 사병 3명과 장교 1명이 있을 뿐이었다.

이 밖에 의무반과 1개 중대의 경비 병력이 따로 있었다. 여군 중대가 있었으나, 여군 병력은 OBD에만 소속된 것이 아니고, 병기사 예하 각 기지창, 행정부서에 출근하는 타자병打字兵들이었다.

　행정 편제가 이렇다 보니, 행정병들이라고 어디 호리빵빵이로 놀고먹을 환경이 아니었다.

　이렇게 빡빡하게 돌아가는 근무환경에서, 한성욱 일등병이 맡은 업무는 제2중대 공급계였다.

　학질을 뗄 일이었다.

　정말이지, 엉뚱한 업무였다. 꿈에도 상상하지 못한 일이었다.

　군대에서 업무를 맡는데 꿈에 현몽을 하고, 각자 개개인이 원하는 바 입맛대로 바라는 업무만 골라서 맡을 수는 없는 일이다.

　하지만 한성욱에게 이건 너무 안 맞는 일이었다. 참으로 난감한 일이었다.

　이것저것 물품을 만지고 그 숫자를 세고, 더 주고 덜 주고, 수령과 반납을 되풀이해야 했다. 폭발할 것 같았다. 도대체가 체질에 안 맞는 일이었다.

　그렇다고 누구와 바꿔 달라고 말할 수도 없고, 업무를 기피할 수도 없는 입장이었다. 작전과에서 어렵사리 2중대 본부로 전입해 온 데다가, 주특기가 안 맞아 제3보충대행 일보 직전에, 겨우 OBD에 남아 있는 셈이었다. 또 어떻게 해 볼 수 있는 힘과 능력을 가진 친구, 모양성이도 없는 마당에 말이다.

　차라리 물건이나 물짜를 다루고, 셈을 해야 하느니보다 제3보충대행이 나았을 것 같은 생각이 들었다. 생활의 안이만을 생각한 자기 자신이 후회막급이었다. 하늘이 노랗고 눈앞이 캄캄했다.

　앞일을 어떻게 헤쳐나갈지 자신이 없었다.

자신의 성격, 적성, 성장 과정은 물론, 지금까지 자신이 지향해 오던 세계와는 너무 거리가 멀었다. 보리밥 쌀밥 가려 먹으려 군대 온 것도 아니고, 업무 직책을 자의로 골라잡기 위해 군대 온 것도 아니다. 하지만 이것은 너무하다는 생각이었다.

작업복이나 내의 신발 등을 수령하고, 건빵, 담배를 한개 두개, 한 가치 두 가치 헤아릴 일을 생각하니, 가슴이 답답하고 숨이 막히는 것이다.

이 일을 어찌하나…….

군대를 탈영하기 전에는 별다른 방법이 없었다.

한성욱에게 중대 공급계 업무를 부여한 중대 인사계는 덩치가 소잡게 큰 고참 상사였다. 생김새가 성황당 고갯마루에 서 있는 나무 장승을 닮았다. 부리부리한 눈 밑에 주먹코를 붙이고, 씨름 선수처럼 두꺼운 입술을 달고 있었다.

"니 일마, 우상태 상병캉 잘 해 보래이!"

중대 인사계는 솥뚜껑만 한 손바닥으로 한성욱의 어깨를 툭툭 쳤다.

"우상태! 니도 일마, 야(이 아이) 잘 가르치거래이……. 이 노무 손, 알겠나아?"

인사계 표일두 상사의 목소리는 걸걸하고 위압적이었다.

한성욱 일병은 말 한마디 꼼짝을 못 하고, 사수 우상태 상병을 따라 그 길로 공급계 조수가 되었다.

말 한마디 잘못 거들었다간 뼈도 못 추릴 것 같았다. 인사계 표일두 상사의 기세가…….

한성욱은 어쩔 수 없이 물짜 공급병이 되었다.

팔짜에 없는 고약한 업무를 맡게 되었다는 생각이었다. 전방 배치를 기피한 벌을 오지게 받는 것 같았다. 이왕 군대 왔으면 눈 덮인 산야에 삭풍이 휘몰아치는 최전선에 있어야 한다.

이제 죽으나 사나 본격적인 군대생활, 3년을 마쳐야 하는 것이다.

다만 자신의 젊음 소모가 영광스럽지도 자랑스럽지도 못하다는 데 근본적으로 문제가 남아 있었다. 억울하고 치욕적인 것이었다.

2

팔월, 태양은 펄펄 끓었다.

첫 휴가증을 받았다. 한성욱은 가슴이 뛰었다.

15일간의 휴가, 모처럼 푹 쉴 수 있는 기간이었다. 금쪽같은 시간이었다.

군대 전용열차의 종착역이자 출발지인 부산진역에서 기차를 탔다. 서울로 바로 가고 싶은 생각이 꿀떡 같았으나 철없는 생각이었다.

못난 자식을 그래도 아들이라고, 눈이 빠지게 기다리는 부모님이 계시는 고향으로, 다시 방향을 바꿔 잡았다. 대전역에서 호남선 군용열차로 갈아타고 송정리까지 가야하는 것이다.

군복은 미제 카키복이었다.

부대 내에서 일상 근무복으론 잘 입지 않고, 토요일 오후 외출 나갈 때 입는 옷이었다. 신품은 아니었으나 후줄근하게 보일 정도는 아니었다. 휴가를 앞두고, 미리 정문 앞 세탁소에 맡겨 밀가루풀을 먹여 빳빳하게 다린 것이었다.

군화도 찌그러진 뒷축을 뜯어내고, 말끔하게 새로 창을 갈고, 반짝반짝 씨아光를 내서 신었다.

휴가 출발 전, 중대장 마삼풍 중위에게 휴가 출발신고를 했다.

이어서 인사계 표일두 상사에게도 휴가 출발 인사를 깍듯하게 올렸다.

"니, 이느므 손……, 고향이 전라도 함평이락켔제? 느그 고향에 머 맛있는 거, 읎나 엉?"

인사계 표일두 상사가 농담 반 진담 반으로 물었다.

"우리 고향엔 특산물이 별로 없습니다. 논밭에서 나는 쌀, 보리밖에는 나는 것이 별로 없습니다"

한성욱 일등병의 순진한 대답이다

"이 호랑말코 같은 놈, 말 허는 꼬라지 좀 보래이? 알았다, 잘 다녀오나!"

표일두 상사 표정이 별로가 되었다.

요령부득의 한성욱 일등병이었다. 눈치가 없으면 코치라도 있어야 하는데, 눈치코치 두 가지가 다 없는 형편이었다. 입치마저 없어서, 말을 멋도 맛도 없이 잘 못하는 것이다.

공급실 사수 우상태 상병을 비롯한 중대 본부 다른 사병들에게도 인사를 했다.

서무계를 맡은 민석구 녀석이 막사 밖에까지 따라 나와 배웅했다. 민석구는 한발 앞서 휴가를 다녀왔다. 한성욱과는 입대 동기여서 동시에 휴가 출발이 원칙이었다. 그러나 한 부서에서 두 명의 인원이 동시 휴가 출발은 허용되지 않았다. 인원이 적은 한 부서에서 두 명씩이나 한꺼번에 빠지면 업무 공백이 심해서 인원 조절이 필요한 것이다.

민석구는 기혼자여서, 일각이 여삼추로 기다리는 마누라를 생각해서 한성욱이 순번을 양보했던 것이다.

한성욱이 출발하기 하루 전인 어제 귀대를 했다.

"석구 느그 마누래 엉뎅이 불 났겄다?"

"짜식, 울아부지 갯바닥일 도와드린다고, 좆 빠지게 일만 허다 왔다"

"거짓말 허지 마라. 니 얼굴 봉께, 희눌눌 해 갖고, 코피께나 쏟은 것 같은디……."

"싱겁기는 짜식, 너나 임마 조심해라. 이번 휴가 통에, 엉뚱헌 가시내 조자 갖고, 애기 배게 허지 말고……."

민석구가 넙데데한 얼굴에 함박웃음을 올리며 한성욱의 등을 밀었다. 차 시간 늦기 전에 빨리 가라는 것이다.

그동안 민석구와는 정이 많이 들었다.

한성욱의 고향인 함평 동촌과는, 바로 이웃인 무안군 비금도 출신에, 부관학교도 같이 나왔다. 모두 다 뿔뿔이 헤어지고 유일한 훈련소 동기인 것이다. 잠자리도 같이 나란히 누워 자고, 일과시간엔 같은 사무실에서 노상 얼굴을 맞대고 지내는 사이였다.

민석구와 헤어진 한성욱은 부대 정문을 향해서 걸었다.

한결 발걸음이 가벼웠다.

휴가, 이 옷을 당장 벗어 치울 순 없지만 앞으로 15일간은 자유다. 철조망 밖에서 살 수 있고, 상급자나 그 누구의 통제도 받지 않는다.

취침나팔 소리에 잠이 들고, 기상나팔 소리에 일어나지 않아도 된다. 아침 일과 시작에서 오후 일과가 끝날 때까지, 이리 뛰고 저리 뛰고 업무 처리에 허둥대지 않아도 된다. 시도 때도 없이 왕왕 울려대는 본부사령실 집합 소리에 신경을 안 써도 된다. 시간을 다투는 전언통신문에, 각종 보급품 보유현황 통계보고에, 가슴을 조이지 않아도 된다. 식사시간이면 부대 식당 밖에 식기를 두 개씩 들고, 길게 줄을 서지 않아도 되는 것이다.

하기 싫은 일 중에서도 가장 하기 싫은 일이 중대 인사계를 위한 '따로 보따리'를 만드는 일이었다. 사병들에게 돌아가야 할 건빵이나 담배 같은 소모품에 얌생이질을 해야 하는 일이다. 인사계용 얌생이 보따리를 만들 때마다, 마음이 괴로워 속이 상하던 일을 당분간 당하지 않아도 되는 것이다.

한성욱 일등병은 날아갈 것처럼 마음이 가벼웠다.

자신에게도 휴가라는 행운이 떨어진 것이다. 15일간의 자유가 허락된 것이다.

살다 보니, 군대 생활에도 이런 날이 다 예정되어 있었다니, 참으로 세상엔 희한한 일도 다 있었다.

이런 들뜬 마음도 잠시, 한성욱 일등병은 OBD 정문 초소 앞에 섰다.

까다롭기로 이름난 병기기지보급창 정문 검문소, 평소에도 OBD 정문 검문소 앞에 서면 죄 없는 사람도 죄인처럼 몸이 떨렸다. 몸에 도둑물건을 지니지 않았어도 예외 없이 철저한 몸수색을 당했다. 인권이고 체통이고가 없었다. 신발을 벗어 보이고, 불알 밑에까지 다 수색을 당했다.

군사 꾸테타 후, 검문검색은 더욱 삼엄했고, 급기야 '군인의 길'과 '혁명공약'이라는 것을 암송하지 못하는 자는 출입이 금지되었다.

'군인의 길'은 군인으로서 맘가짐을 다지기 위해서이니 암송하는 것은 당연한 일일 수 있었다. 그러나 '혁명공약'이라고 하는 것은 그 내용이나 성격으로 보아, 일반 국민들이나 군인 쫄따구들이 외거나 지키고 실행할 사항이 아니었다.

이른바, 혁명 주체라고 하는 박정희 소장을 비롯한 별자리들이 암송하고 철저하게 약속을 지키고, 실행해야 할 사항인 것이다. 김종필 중령을 중심으로 한 소장파 청년장교들이 거짓말 하지 말고, 국민 속이지 말고, 공약사항을 실천 실행해야 할 일들이었다.

애꿎은 쫄병들에게 밤잠 안 재우고 암송을 강요하는 것과, 암기력이 부족한 쫄병들에게 모처럼의 휴가 외출을 금하는 것은 아무런 의미가 없는 일이었다. 천부당만부당한 일이기도 했다.

한성욱은 어쩔 수 없었다.

모처럼의 휴가를 망쳐버릴 수는 없었다.

'군인의 길'에 이어 '혁명공약'이라는 것을 큰 소리로 정확하게 외고 있었다.

1. 반공을 국시의 제일의第一義로 삼고 지금까지 형식적이고 구호에만 그친 반공태세를 재정비 강화한다.

2. 유엔헌장을 준수하고 국제협약을 충실히 이행할 것이며 미국을 위시한 자유우방과의 유대를 더욱 공고히 한다.

3. 이 나라 사회의 모든 부패와 구악을 일소하고 퇴폐한 국민도의와 민족정기를 바로잡기 위해 청신한 기풍을 진작시킨다.

4. 절망과 기아선상에서 허덕이는 민생고를 시급히 해결하고 국가 자주경제 재건에 총력을 경주한다.

5. 민족의 숙원인 국토 통일을 위해 공산주의와 대결할 수 있는 실력 배양에 전력 집중한다.

6. 이와 같은 우리의 과업이 성취되면 참신하고 양심적인 정치인들

에게 언제든지 정권을 이양하고 우리들은 본연의 임무에 복귀할 준비를 갖춘다.

샛빨간, 그야말로 샛빨간 거짓말을, 한성욱은 목에 핏대를 세우고 외고 있었다.

한성욱은 결단코 휴가증을 압수당할 수는 없었다. 그는 군사정변 세력들을 대신해서 목청을 돋구어 혁명공약 6개 항을 다 외웠다.

공무 수행을 위한 정문 출입 시에도 사정은 마찬가지였다. 이유 여하를 막론하고, 정문을 통과하기 위해선 군부 꾸테타 세력들이 천명한 군사정변의 변辨을 무조껀 외는 수밖에는 다른 도리가 없었다.

한국 군대에 지급되는 모든 보급품이 미국으로부터 건너오고, 이 정문을 통해서 나간다.

M1 소총 한 자루 생산비용을 한국 돈으로 환산하면 뒤로 자빠지게 많은 액수가 되는 것이다. 딸라가 비싸도 하늘 쳐다보게 비싸기 때문인 것이다. 미국돈 1딸라에, 남한돈 1천8백 대 1쯤 되는 것이다.

이렇게 비싼 미국제 병기 부속품들이 이 정문을 통해서 밖으로 새어나간다는 것이다. 그래서 OBD 검문소는 삼엄했다. 1개 경비 중대 병력이 밤낮을 가리지 않고 지킨다.

한성욱 일등병도 몸수색을 당했다.

겨드랑이, 불알 밑, 머릿속까지 다 샅샅이 만지고 뒤졌다. 허리띠를 풀어 보이고, 군화를 벗어 거꾸로 털어도 보였다. 항문 속을 들여다보자고 않는 것만 해도 다행이라는 생각이었다.

한성욱이 부산진역에 도착했을 때엔 벌써 많은 휴가병들이 도착해 있었다.

그들 중에는 직무상 출장 명령을 받고 나온 장병들과 전출 명령으로 근무부대를 찾아가는 장병들도 있었다. 하지만 대부분의 장병들은 모처럼 고된 군무를 벗어나 휴가증을 받고, 고향으로 가는 장병들이었다.

RTO(TMO) 헌병들이 부산하게 움직였다.

승차 수속을 위해 프렛트홈에 모여든 휴가병들을 줄을 세우고 있었다. 필요 이상으로 호루라기를 불어댔고, 이리 뛰고 저리 뛰고, 헌병 아이들이 폼을 잡는 모습이었다.

원래 헌병들은 폼재기를 좋아하는 경향이 있었다. 엽전들은 완장 차기를 좋아한다는 말도 있었다. 일본군대, 특히 만주를 점령했던 관동군들 사이에서 유행했던 말이다. 겉모양은 미군 헌병을 쏙 빼어다 닮았다. 행동거지는 일제 전시 헌병을 꼭 닮았다. 남쪽 국방경비대 시절, 국방군 수뇌부는 모조리 일제 황군皇軍 출신들이었다. 오늘의 군사정변 핵심 실세 별자리들은 일제의 괴뢰였던 만주군 출신들이다.

배운 것이 도둑질뿐이라고, 일본군의 습성을 안 닮을 수가 없는 것이다. 일군日軍 정보대에서 밀정 노릇을 하던 쫄짜들이 미군복으로 갈아입고, 남녘 군대의 정보기밀부대의 상층부를 장악했다. 특무니, 헌병이니, 감찰이니, 하는 특수권력 기관의 장長들도 일군에서 잔뼈가 굵은 찌꺼기들이었다.

한성욱은 헌병들이 시키는 대로 줄을 섰다.

5열 종대였다. 안 설 수도 없는 노릇이었다.

그냥 도착하는 순서대로 RTO(TMO) 도장을 찍어주면 되는 일이었다. 자유로운 휴가길, 열차를 타는 것까지 통제를 받는 것이 가소롭기 그지없었다. 목책木柵 울타리 너머로 지나가는 민간인들이 구경거리가 난 듯 넘겨다 보는 것이 아닌가.

해가 질 무렵이 다 되어서야 열차는 부산진역을 출발했다.

장거리 여행이고, 또 야간 밤샘 여행이었다. 휴가병들은 앉을 자리를 찾느라 이리 뛰고 저리 뛰고, 이 칸 저 칸을 뒤지고 다녔다.

아까 헌병들이 줄을 세운 건 육군 쫄따구들 뿐이었다.

장교들은 물론 해병대나 해군, 공군 사병들은 줄을 세우지 않았다. 줄을 서기는커녕 역 구내를 제멋대로 돌아다니고 있었다.

5열 종대 대오를 정리하느라, 앉아! 일어서!를 되풀이했다. 시간은 촉박한데 줄을 서느라 쓸데없이 아까운 시간을 다 보냈다. 헌병들이 시키는 대로 차례차례 RTO(TMO) 도장을 찍다가 볼 장 다 보고 말았다.

오후 시간에 도착 순서대로 도장을 찍어주거나, 열차 출발 전 충분한 시간을 두고 미리미리 점검했으면 되는 일이었다.

헌병들의 RTO(TMO) 점검을 끝낸 한성욱이 부리나케 열차에 뛰어올랐으나 앉을 자리가 없었다. 앉을 만한 열차의 의자들은 이미 해병대 사병들에 의해 다 점거를 당한 뒤의 일이었다.

해병대 사병 1명이 의자 두 개씩을 차지하고 있었다.

한쪽 의자에 앉아 두 팔을 뒤로 벌려 젖히고, 양다리를 벌려 건너편 의자에 뻗어 걸치고 앉아 있었다. 한쪽 의자만 차지하고 누워있는 자는 양반에 속했다. 의자 하나에 3명씩 앉아 가는 것이어서, 6명이 앉을 자리를 해병대 사병 1명이 다 차지하고 있는 셈이었다.

이것은 흡사 점령군의 만행 같았다.

한성욱은 참으로 난감했다.

참을 수가 없었다.

아무리 생각해도 이해가 안 되는 일이었다. 도저히 용납할 수 없는 일이었다.

일반 객차도 아니고, 질서와 군율을 지켜야 하는 군용열차다. 해병대는 무어고 육군은 무엇인가? 다 같이 나라를 지키는 군대다. 공군은 하늘, 나라의 영공을 지키는 군대이고, 해군은 영해, 나라의 바다를 지키는 군이다. 맡은 바 임무와 지키는 영역이 다를 뿐, 똑같은 국군이다.

이것은 만행이었다.

군대의 기강, 품격문제인 것이다.

해병대의 훈련 기간은 육군에 비해 훨씬 장기간이다. 훈련의 강도強度 역시, 육군과는 비교가 안 되게 높다. 세상에 알려진 전투능력에 있어서도 육군보다 월등하다. 강하고 우수한 전투 집단인 것만은 확실하다. 그들의 강인한 집단의지와 전우애도 찬양받을 만하다.

그렇기 때문에 겨레를 위한 충성심이 강하고, 국토 수호 의지가 남다르다. 체력이 우수하고, 상무정신이 뛰어난 젊은이일수록 해병대를 선망 선호한다.

이런 빼어난 장점을 가진 전투 집단 해병용사들이 보여 줄 행태는 아닌 것이다.

한성욱은 울화가 치밀었다.

해병대 사병들의 이런 만용을 못 본 척, 그냥 통로를 지나치는 육군 장교들의 행동은 더욱 한성욱을 분노케 했다. 요란한 복장의 육군 RTO(TMO) 헌병들 역시 마찬가지였다. 무책임하고 비겁하기 짝이 없는 행동이었다.

육군은 국민 개병제에 따라 징병으로 군대에 끌려 나왔다. 해병대는 자원입대에 의한 지원병들이었다. 해병대는 나이가 한두 살 적은 편이고, 육군들은 나이가 많은 편이었다. 해병대가 이렇게 육군을 눈 아래로 보고 우월감을 갖는 큰 이유가 있었다.

6·25전쟁 시기, 미군의 상륙작전을 위한 보조 병력이 필요했다. 상륙작전을 위한 척후 선발대와 적 후방 침투 교란에 공중 투하할 병력의 필요는 절실했다. 이런 필요에 의해서 KMC(한국해병대)가 포화 속에서 화급하게 창설되었다. 미군 직속 직할부대로 미군 해병대의 지휘를 받았다.

군복을 비롯한 2종 보급품도 미 해병대와 똑같은 신품이 지급되었다. 모든 것이 해병대가 우선이었다. 한국적 지형지물에 어둡고, 한국적인 산악전에 서툰 미군을 대신해서, KMC는 항상 전장의 선두에 있었다. 미군의 앞장을 선 돌격부대로서 혁혁한 전공을 세웠다. 그 결과, 미군에 의해 KMC는 '귀신 잡는 해병'이라는 별명이 붙었다.

이에 용기백배, 의기양양, 사기충천하여 오늘에까지 그 전통이 이어져 왔다. 이와 같은 용감무쌍한 해병용사들의 투혼鬪魂과 용기는, 더 성숙하고 승화되어 이제 겨레가 하나 되는, 통일광장의 햇불이 되어야 한다. 같은 땅에 태어나 같은 군복을 입고, 모두 같이 힘든 군대 생활을 하는 육군 사병들을 괄시하는 일에 힘을 보태서는 아니 되는 것이다.

순간적으로 한성욱은 어린 나이에 해병대에 자원입대한, 동촌마을 집안 동생들이 떠올랐다.

그들도, 지금 이 열차의 의자를 점령하고 앉은 이들과 똑같은 해병복을 입었을 것이다.

한성욱은 입맛이 썼다.

숫적으로 압도적으로 많은, 육군병사들을 선동하여 한판 붙을 것인가? 아니면 맞아 죽더라도, 혼자서라도 한번 나서 볼 것인가를 골똘하게 생각해 본 것이다.

첫 번째 휴가길인데, 싸움질하다 얻어맞은 얼굴로 어떻게 부모님을 대할 수 있을 것인가. 큰아버지와 당숙들을 또 어떻게 뵐 수 있을 것인가. 품격 높은 종조부 한찬섭 장로를 어찌 뵈올 수 있을까. 어린 동생들은……. 동네 고샅을 돌아다닐 수도 없을 것 같았다.

다 그만두더라도, 서울 가는 일을 포기할 순 없었다.

한성욱은 혼자서 고개를 내저으며 분노를 삭였다.

그러면서 그는 자신이 너무 초라해진 것 같았다.

한성욱은 다른 여러 육군 사병들과 함께 객실 밖 출입구 계단에 서서 스스로 여러 번 되물었다. 자신이 비겁한 것이냐고? 군대살이 7개월 만에, 자신이 이렇게 허술하고 보잘것없이 구겨져 버렸느냐고…….

3

열차가 대전역에 도착했다.

한밤중이었다.

한성욱은 부산진역을 출발하여 장장 다섯 시간을 달려온 경부선 열차에서 내렸다.

허리도 아프고 무릎도 뻣뻣하여 유연성이 없었다. 잘 굽혀지지가 않았다. 장딴지도 탱탱하게 부어올랐다. 다섯 시간 동안 통로 계단에 한잠 못 자고 서 있었으니, 아무리 젊은 몸이라지만 온몸이 뻐근하고 머리통이 무거웠다.

홧김에 서방질이라고 술을 사서 병째로 마셨다.

호남선 군용열차를 기다리는 동안, 몰려드는 잡상인들에게서 술을 산 것이다. 깡마른 오징어 다리에 소주를 마구 퍼부었더니, 빈 창자가 놀라 비명을 질렀다.

서울 쪽에서 내려오는 송정리행 군용열차에도 빈자리가 없었다.

통로까지 초만원이었다.

아까 경부선 열차에서처럼, 출입구 계단 한쪽을 겨우 차지하고, 객차 옆에 붙은 손잡이를 잡고 서 있었다.

그렇게 보아서 그런지 몰라도, 경부선 열차에 비해서 낡고 헐어 빠졌다.

열차에 탄 사병들의 옷차림도 알아보게 꾀죄죄했다. 만원을 이룬 객차 안은 발 디딜 틈도 없이 후줄근한 작업복을 입은 사병들로 가득했다. 산뜻한 카키색 하복을 착용한 사병은 한 사람도 없었다.

전반기 훈련이 끝나고, 잔뜩 기가 죽어서 후반기로 넘어가던 교육연대 소대원들의 모습이 떠올랐다.

배출대에서, 제3보충대 전방으로 떠나던 배출병들의 모습도 떠올랐다. 눈물을 보이던 친구들도 있었다. 꼭 소가 도살장으로 끌려갈 때의 그런 분위기였는데, 이제야 그들이 왜 그런 분위기를 연출했는지를, 확실하게 알 것 같았다.

열차 안의 휴가병들은 하나같이 피곤에 지친 모습이었다. 검게 탄 얼굴, 까칠하게 야윈 피부 하며, 후방 근무 사병들에 비해 너무 안쓰럽고 힘들어 보였다.

이들은 화천, 양구, 인제, 고성 지방과 철원, 김화, 이동, 전곡, 연천, 대광리 쪽에서 내려오는 휴가병들이었다. 최전방 제1선에서 근무하는 병사들이었다. 남한 군대의 참모습, 한국군 병사들의 현실과 현

주소를 그대로 보여주는 장면이 아닐 수 없었다.

열차는 그사이 가수원역을 통과하고 있었다.

어둠 속에 깊이 잠든 벌판길을 달리고 있는 것이다.

칙칙푹푹, 희뿌연 석탄연기 사이로, 검붉은 불길을 토해 내며 두계豆溪역을 향하고 있었다. 연산連山과 논산역이 멀지 않았다.

시원한 밤바람이 한성욱의 얼굴을 스쳤다.

열차는 점점 더 가까이 고향 땅을 향해서 달리고 있었다.

호남선湖南線……,

정다운 이름이었다.

호수의 남녘 땅을 향해 뻗어내린 기차선, 시적詩的이기도 하고 낭만적이기도 하다. 철로, 철길의 이름치고는 매우 부드러운 느낌이었다. 그 뜻 또한 정겨운 데가 있었다. 그래선지는 모르지만, 이 철길을 두고 사연도 많고 대중들의 가슴을 울리는 가요들도 많았다.

자유당 독재가 한창 기승을 부릴 때였다.

야당인 민주당 대통령 후보, 해공海公 신익희 선생의 뜻밖의 급서急逝는 정권교체를 원하던 수많은 사람들의 가슴을 울렸다. 단기 4289년(1956년) 5월 5일, 전주 유세를 위해 기차를 타고 가던 중의 일이었다. 호남선 이리역에서 심장마비로 인한 급서였다. 이승만 독재의 손아귀에서 벗어날 수 있는 유일한 대안이 사라져 버린 것이다.

이에 대한 슬픔과 통한을 읊은 '비 내린 호남선湖南線'이란 노래가, 입소문을 타면서 전국을 강타했다. '비 내리는 호남선'은 공전의 대히트곡이 되었다. 따라서 호남선이란 철로의 이름이 절대다수 민중들의 염원, 원한, 비통함의 상징으로 뇌리에 구체적으로 각인되는 계기가 되었다.

어쩌면 이 철길 따라 흐르는 민중 정서엔 풀지 못한 원한과 이루지 못한 비원이 늘 잠재하고 있는지도 모른다.

동학 농민전쟁의 파랑새, 녹두장군의 원혼冤魂이 눈을 감지 못하고 있는 것이다. 이 철길을 달리는 기차 바퀴에 묻어나는 붉은 황토 속엔 민중의 파랑새 전全 녹두의 혼백이 눈을 부릅뜨고 서 있는 것이다.

이 기찻길은 단기 4244년(1911년) 10월에 착공되어, 4247년(1914년) 1월에 완공되었다.

일제가 표면에 내세운 목적과는 달리 대륙 침략에 대한 야망이 숨겨져 있었다.

호남선은 조선 땅에서 가장 크고 넓은, 기름진 호남평야를 관통한다. 군산항을 개발하여 징게맹게(김제만경)들의 쌀을 내갔다. 그리고 영산강 유역의 나주평야에선 면화木花와 쌀을 목포항을 통해서 빼내 갔다. 대륙 침략에 필요한 군량과 군복을 조달하기 위해 기반시설을 구축한 것이었다. 이것이 호남선 개통의 제일 목적이었던 것이다.

까마득한 고대국가 시대에도 그랬지만, 서역과 아라비아 유럽 등 전 세계에 '꼬레(Core), 꼬리아'란 이름으로, 널리 알려진 고려 시대 때 특히 중요시되었던 곡창지대였다. 조선 시대에 와서도 국도 1호가 지나는 나라의 식량창고, 제일 경제 지역이었다. 나라가 위태로울 때 피난처가 바로 이 지역이었다.

38선이 터졌을 때에도, 이승만이 서울시민 몰래 이 길을 따라 이리까지 도망갔다가, 길을 바꾸어 다시 부산으로 줄행랑을 놓은 것은 일본 도꾜에 있는 맥아더사령부의 급보를 받고서였다. 목포항과 군산항은 바다가 얕아서, L.S.T나 항공모함 같은 거대 함정이 접안할 수 없다는 통보를 받고서였다.

이때, 대전까지 밀려나 있던 미 7사단에 긴급명령이 떨어졌다.

이승만이 이리에서 단선單線인 호남선을 타고 대전까지 되돌아오는 시간을 벌기 위한 대전사수 명령이었다. 이 작전은 결국 미국 전쟁 역사상, 미증유의 치욕을 안기는 결과를 초래했다. 별 두개의 사단장 (7사단장 띤)이 포로로 붙잡히는 치명적인 굴욕을 가져왔다.

조금 전에 지나친 연산역은 논산 강경역과 함께 호남선의 중요한 역 중 하나였다. 일제 때부터 많은 사람들이 타고 내리는 물산의 집산지이기도 했다.

열차가 논산역에 들어서자 한성욱 일병은 묘한 감회가 일었다.

강혜임이란 여자, 까짓 가시내 하나 때문에 군댓밥을 결심한 것은 아니었다.

4월 광장, 그 혁명의 거리에 낭자했던 전사들의 피! 그런데도 쇠붙이를 다룰 줄 몰랐던 민중! 총을 들지 못했던 무기력! 전혀 준비가 없었다. 냉철한 판단력, 강철같은 의식의 전환이 뒤를 따라주지 않았었다. 그 허무가 지금 한성욱을 전율하게 했다. 절호의 기회, 몇십 년 아니, 백년 이백년, 천년 만에, 한번 솟구치는 민중의 분화구, 그렇지만 학생들의 흰 손에는 아무것도 없었다.

분명 대지진이 휩쓸고 갔는데도 세상은 변한 것이 없었다. 근본적인 것, 꼭 변해야 할 것들은 그대로 있었다. 4월 광장의 파도쯤에야, 꼼짝도 안 하고 더 튼튼하게 벽들은 서 있었다. 소용돌이치는 민중의 물굽이로도 어쩔 수 없는 철옹성을 한성욱이 혼자서 어찌하랴?

그래도 그 벽은 무너뜨려야 한다. 허물어져야만 하는 것이다.

그래서 한성욱은 사랑채 뒷방에서 농성을 했었다.

흔들리는 자신의 중심을 잡기 위해 혜임과의 결별을 선언했지만,

보고 싶은 생각을 끊을 수가 없었다. 김석강 선생과 일을 같이 해 볼 려고 했지만, 패배의 쓴잔이 더욱 그를 허탈하게 했다. 기우는 가세에, 아버지 진만씨의 한숨 소리마저 그의 어깨를 짓누르고 있었다.

한성욱은 어쩔 수가 없었다. 사면초가였다.

그중에서도 강혜임에 대한 생각을 떨쳐 버릴 수 없는 자신을 발견하고, 자기 자신에 대한 한계를 절감했다. 지지리도 못난 자신의 실체 앞에서 백기를 들지 않을 수 없었다. 지금까지 자신을 지탱해 주었던 '동촌 촌놈'이 흔들리고 있는 것이다.

그는 더 이상 자기 자신을 속일 수가 없어서 제복의 길을 택했다. 논산훈련소행을 결심한 것이다.

논산역에서 기차는 많은 시간을 할애했다.

훈련소가 있고 하여, 군사적 필요에 의해, 정차 시간이 길어지고 있는 것 같았다.

한성욱은 그 틈을 이용하여 술을 사서 마셨다. 안주랍시고 땅콩 몇 알을 털어 넣었지만, 속이 쓰리기는 매한가지였다. 그는 술을 한 병 더 사서 겨드랑이 밑에 숨겼다.

기차 출발을 기달랐다가 출입구 계단에 마주 선, 낯 모르는 병사에게 건넸다.

그는 철원 북쪽 김화 지구에서 내려온다는 것이다. 하나 남은 땅콩 봉지도 건넸다.

"어 어, 참 고마운데……."

얼떨결에 술병을 받기는 받았지만, 뜻밖이라는 표정이었다.

마주 선 병사의 명찰에는 오칠석이라 쓰여 있고, 계급은 한성욱과 같은 일등병이었다. 갈재蘆嶺로 유명한 장성長城이 그의 고향이라

했다.

열차는 매캐한 석탄 연기를 뿜어내며 가쁜 숨을 몰아쉬었다.

강경을 지나, 전라도 땅 함열, 황등역을 뒤로했다. 다음은 호남선의 중심역 이리역이다.

아직도 밖은 캄캄한 한밤중이었다.

여기서 오른쪽으로 가면 군산, 장항으로 가고, 왼쪽으로 가면 전주, 남원, 여수 순천으로 간다.

아랫역 사람들의 눈으로 보면, 이리역에서 내리거나 오르는 사람들의 옷차림이 어딘지 모르게 세련되어 있었다. 아마 서울과 가까워서인 것 같았다. 교통이 편리해서 서울을 오르내리기가 쉬워서 그럴 것 같았다.

이제 내리막길 김제, 신태인, 정읍을 지나면 갈재를 넘어 장성이다. 계단에 마주 선 오칠석 일병의 고향이다. 이리 김제 태인 정읍을, 함평南道사람들은 '윗역'이라 불렀다. 본래 '윗녘'이던 것이 소리도 뜻도 똑같고 하니, 그냥 편하게 웃역이라 불렀다.

"한 일병은 부산 보급창 근무라, 편허고 좋겠구만 잉!"

술이란 이래서 좋다.

덤덤하게 서서, 바깥바람만 쏘이고 있던 오칠석 일병이 그만 입을 열었다.

오일병 자신은 최전방 GP 철책선 근무로 고달프단다.

"군대야, 다 매한가지 아니여?"

"믄 큰 빽이 있거나, 돈을 썼든지, 했능갑구망 잉……, 그렇고 좋은 디로 빠지게?"

"군대는 차라리 최전방이 속 편코 좋을 것 같은디?"

"말도 말어, 날마다 호壕 파야 되고, 철조망 작업에 일 허느라고, 좃 빠져……, 빳따 맞고……."

오칠석 일병의 검게 탄 얼굴에 쓴 웃음이 올랐다.

"아무래도 전방보다 쪼까 편키는 허겠지마는, 후방도 군대는 군대 여……."

"삣뜩허면 지뢰 터져 죽는당께. 며칠 전에도 한 놈 당했어……, 개 죽음이여, 몸 아퍼서 죽었다고, 화장해 버려……."

"……."

"철조망 뚫고, 저쪽으로 넘어가는 놈도 있고……, 넘어오는 놈도 있어. 비상 걸리면, 밤새 헛총 쏘고 잠도 못 자……."

그냥 댓구도 없이 고개만 끄덕이던 한성욱이,

"제길헐, 아직도 2년 반이나 남았는디, 어쩌던지 몸조심해야 쓰것 구망 잉."

"클씨 말이여, 개죽음이나 안 해야 헐턴디 말이여……"

오칠석 일병이 쓴 입맛을 쩍쩍 다셨다.

"아니, 그런디 말이여, 무슨 속인지 몰라도 잉, 이쪽에서 저쪽으로 몇 명씩 넘겨 보내는 일도 있당께?"

오칠석 일병이 눈을 동그랗게 뜨고, 도저히 속내를 모르겠다는 듯 실소를 흘렸다.

"그것은 정보 탐지 허느라고, 그러것제 잉……. 그것이 밥 먹고, 서 로 양쪽에서 허는 짓들이여!"

한성욱이 알속이 뻔하다는 투로 대꾸했다.

"넘어가고 얼마 안 있으면, 저쪽에서 총소리가 나고 난리여."

이들이 잡담을 나누는 사이, 기차는 벌써 장성 갈재 터널에 다다르고 있었다.

터널 입구에서 기차는 길게 있는 힘을 다해서 기적을 울렸다.

장성 갈재 터널은 전국에서 가장 긴 철길 굴로 유명하다. 경상도 영주 풍기에서 충청도 단양으로 넘어가는, 죽령 또아리굴을 제외하곤 제일 긴 기찻굴이다.

한성욱과 오칠석은 얼른 몸을 피해서 출입구 안쪽으로 밀고 들어 갔다. 독한 석탄 연기와 먼지, 석탄가루를 피하기 위해서였다. 그들은 변소 문을 열고 몸을 피했다.

굴을 통과하고 난 열차 안은 가관이었다.

여기저기서 터져 나오는 재채기 소리가 요란했다. 그런가 하면 서로 상대방의 얼굴을 쳐다보고 웃음을 참느라 킥킥거리고 있었다.

한켠에서는 손수건을 꺼내어 얼굴에 묻은 검댕을 닦아내느라 야단법석이었다. 콧속 귓속은 물론, 목아지에까지 석탄가루가 서걱거려서 온통 온몸을 다 닦아내야 할 판이었다.

출입구 안쪽으로 비집고 들어가 변소 문을 열고 몸을 피했던 한성욱과 오칠석 일병이라고 어디 무사할 리 없었다.

변소 문틈으로, 뻥 뚫린 변기통 아랫구멍으로, 쏠려 들어온 석탄가루가 온몸을 뒤덮은 것이다. 아직도 객차 안에는 독한 코크스 냄새가 가득했다.

이런 소동도 잠시, 열차는 어둠을 뚫고 갈재 바로 밑 백양사역을 지나 장성을 향해 달렸다.

대전에서부터 한성욱과 함께 입구 계단에 마주 서서 술을 한잔하고 잡담을 나누었던 오칠석 일병이 내릴 차례가 되었다. 군대에서의 만나고 헤어짐, 그 삭막함이란, 참 마음이 그렇고 그렇다.

서로 건강하게 군대 마치기를 바랄 뿐이었다.

장성을 지나니 내리막길이어선지 기차가 더욱 속도를 내는 것 같았다.

첫닭이 홰를 친지는 까마득하게 오래 되었지만, 아직 바깥은 깜깜한 어두움이었다.

종착역인 송정리에선 수많은 장병들이 쏟아져 내렸다. 컴컴한 송정리역 프렛트홈에는 열차에서 내린 장정들로 가득했다.

한성욱은 속이 쓰리고 심한 갈증으로 목이 탔다.

밤새껏 서서 버텼고, 한잠은 그만두고 눈 한번 붙이지 못한 몸이었다. 깡술에 병나팔을 불어댔으니, 갈증이 심할 것은 불문가지였다.

우선 갈증부터 풀어야 했다.

역 마당 가에 있는 가게들을 기웃거렸다.

마침 미군 PX에서 흘러나온 깡통콜라가 눈에 띄었다.

송정리는 전쟁 이후, 졸지에 준군사도시가 되었다. 상무대라고 하는 큰 부대가 인근에 있었다. 육군 초급장교를 6개월 코스로 단기 배출하는 간부후보생학교가 그 안에 있었다. 탱크병을 양성하는 육군 기갑학교와 포병 학교도 근거리에 있었다. 송정리 비행장에는 미 공군기지가 자리 잡고 있는 것이다.

역전 가게들에서 보이는 미군 물짜는 다 이 미군 기지에서 흘러나온 것들이다.

쓰린 속을 달랠려고 이곳저곳, 불이 켜진 가게들을 기웃거렸으나, 국밥을 파는 가게들은 아직 문을 열지 않고 있었다. 너무 이른 새벽 시간이었다.

사방이 캄캄했다.

이 시간엔 문을 연 다방도 없었다.

한성욱은 깡통콜라를 샀던 전방 앞 판자 의자에 앉아 있었다. 함평으로 가는 차를 기달라야 하는 것이다. 여기서 함평은 일백여 리를 더 가야 한다. 목포로 가는 첫 기차를 타고 가다가 학다리역에서 내려야 한다. 쌀장수, 계란장수 아줌마들이랑, 학생들이 타는 통학차가 첫 기차인데, 통학차가 움직일려면 아직 상기 멀었다는 것이다.

오히려 광주에서 나오는, 목포 가는 첫 뻐쓰를 이용하는 것이 훨씬 더 빠르다는 것이었다.

가게 주인의 말대로 한성욱은 기차 대신 첫 뻐쓰를 타기로 했다.

이건 또 뭔가?

어디서 나타났는지, 헌병 일조―組 두 명이 불쑥 성욱 앞에 나타났다. 아닌 밤중의 홍두깨였다.

휴가증을 보자는 것이다.

가게에서 흘러나오는 불빛에 휴가증을 훑어보던 선임 헌병이, 손에 들고 있던 순찰일지 갈피 속에 휴가증을 집어넣었다. 휴가증을 돌려주지 않는 것이다.

턱으로 역사 쪽을 가리키며 잠깐 같이 가자는 것이다. 째진 눈으로, 잔뜩 목에 힘을 주고, 턱으로 가리킨 곳은 송정리역사 옆에 붙어 있는 헌병파견대 근무실이었다.

이유를 물었더니, 복장 위반이라는 것이다.

순찰 헌병은 어둠 속에서도 눈이 밝았다. 한성욱 자신은 전혀 모르고 있었다.

카키복 상의 윗단추 하나가 떨어져 나간 것이다. 병나팔을 분 뒤 술기운이 오르자, 목 언저리가 답답했던 모양이었다. 무리하게 힘을 주어 끄르다가 단추 하나가 떨어져 나간 것이다.

"정말 몰랐습니다. 가게에서 바늘을 빌려 지금 바로 달도록 하겠습니다."

그중 병장 계급장의 선임 헌병에게 깍듯한 말씨로 위반을 반성했다. 첫 휴가인데, 한 번만 봐 달라고 간곡하게 부탁해 보았다.

"알았어. 봐 줄 테니 따라와!"

안 될 것 같았다. 선임 조장의 말씨는 단호했다.

참새 사냥을 나선 매 눈이 되어 한성욱을 위아래로 일별하며 눈을 흘겼다.

순찰 헌병들은 어깨에 잔뜩 힘을 주고 앞장을 서 걸었다.

요것들 보아라!

한성욱은 부관학교 시절, 이웃에서 헌병교육의 엄격함을 익히 보았다. 이들이 엄격한 교육, 그 고생한 보람을 이런 데서 찾을 만도 하다는 생각이 들었다.

눈이 빠지게 아들을 기다릴 어머니, 김선숙 여사가 떠올랐다. 한성욱이 들고 있는 소지품 가방에는 건빵 몇 봉지와 화랑 담배가 들어 있었다. 건빵은 동생들을 생각해서 모은 것이고, 화랑 담배는 가세가 빈한하여 머슴살이하는 한뜰 아제를 위한 것이었다.

한성욱은 담배를 피우지 않았다. 민석구 녀석에게 담배를 주고 대신 건빵 다섯 봉지를 받았고, 담배 두 보루는 인사계 표일두 상사 몫으로 따로 봉지를 만들어 놓은 데서 빼내 왔던 것이다. 잘못하다간 이 선물 두 가지를 다 빼앗길 판이었다. 헌병들은 파견대 근무실에 동행한, 위반 사병들의 소지품을 검사하는 버릇이 있었다.

한성욱의 뇌리에 번쩍 스치는 것이 있었다.

토요일 오후, 부산 시내에 외출을 나가면 주요 로타리 요소요소에 헌병들이 배치되어 있었다.

까닭 없이 그들은 경례를 붙이고 외출병들을 불러 세웠다. 이럴 때 눈치 없이 머뭇거리고 서 있다가는, 어디가 걸려도 한 군데 걸려들게 되어 있었다. 때마침 군사정부에선 군기확립이니, 복장 단정이니, 보행 질서 확립이니 하여, 사병들을 달달 볶는 판이었다.

헌병들에게는 절호의 기회였다. 귀에 걸면 귀걸이, 코에 걸면 코걸이인 것이다. 첫 외출 때, 한성욱은 세상모르고 걸려들어, 외출을 망친 적이 있었다.

그 후, 한성욱은 고참병들의 간단한 요령교육을 전수받고, 그대로 시행하면서부터 자유로운 외출을 즐길 수 있었다.

한성욱은 그때 배운 요령교육을 그대로 원용하기로 마음을 굳혔다.

가게 쪽에서 비치는 불빛과 헌병 파견대의 불빛이 서로 꺾이는 좀 어두운 지점이었다.

한성욱은 손에 잡히는 지폐 몇 장을 조장 헌병의 바지 주머니에 재빠르게 쑤셔 넣었다. 한성욱의 동작은 매우 빠르고 민첩했다.

"첫 휴갑니다. 타고 갈 뻐쓰가 곧 도착합니다."

속삭이듯, 그러나 분명하게 말했다.,

"단추는 곧바로 달도록 하겠습니다. 한번 봐 주십시오."

간절한 목소리로 허리까지 굽실거렸다.

평소의 한성욱과는 영 다른 모습이었다.

"어, 어…… 이거 뭐야……."

처음엔 짐짓 화를 내는 척했다.

"앞으로, 주의 해! 첫 휴가라 봐 준다……."

"네, 고맙습니다! 앞으로 주의하겠습니다"

휴가증을 돌려받은 한성욱의 등골에선 식은땀이 흘렀다.

헌병들이 어둠 속으로 사라진 후에도 한참을 그 자리에 서 있었다. 온몸에 힘이 확 풀려나간 느낌이었다.

4

고향 집은 엉망이었다.

전임 면장과의 소송 사껀 때문이었다.

성욱의 아버지 한진만씨는 지난해 대통령선거 당시 3·15부정선거 직전에 면장직을 사임했다. 3인조 5인조 부정선거 지령이 내려오고…… 이에 사전투표, 기권표 바꿔치기 등 온갖 선거 비리에 연루되기 싫어서 면장직을 내놓았다.

전임 면장 박희주와의 소송은, 3년 전 면장직을 인수인계받을 때 일어났던 정부양곡횡령사껀의 흑백을 가르는 일이었다.

이 사껀의 공식명칭은 '동촌면 정부양곡횡령사껀'이었다.

신임 면장 한진만이 전임 면장 박희주를 상대로 소송을 제기하여 세상에 널리 알려지게 된 사껀이었다.

동촌면 양곡 보관창고에서, 신구 면장의 업무 인수인계를 전후하여 일백칠십 석의 양곡이 감쪽같이 사라진 것이다. 동촌면은 일제 때부터, 광활한 간척지에서 생산되는 양곡을 도정하여 보관하는 정부미 보관창고가 있었다.

전임 면장인 박희주가 신임 면장 한진만씨에게 양곡횡령 혐의를 덮어씌우려는 데서 문제가 발단되었다. 신임 면장 한진만씨가 자신의 결백을 밝히기 위해서 어쩔 수 없이 소송을 제기한 것이다.

송사訟事란 예로부터 패가망신의 근원이었다.

오죽했으면 '이웃끼리는 소 한 마리 값 가지고는 송사를 하지 말라'는 말이 전할까. 초가집 한 채 값과 맞먹는 소 한 마리 값을 떼일지언정, 재판놀음에 뛰어들지 말라는 말인 것이다.

송사가 시작되면 자잘못과 옳고 그름을 떠나, 이기고 지고를 막론하고, 그 명예에 손상이 간다. 서로 찢고 박는 사이, 서로 큰 상처를 입는다. 가재家財 또한 탕진되어 망하기 십상이다.

예나 지금이나 재판이란 게 하루 이틀에 끝나는 것이 아니다.

세월아 네월아를 되풀이한다. 돼지 뿔나고 염소 물똥 싸기를 기다린다. 허울 좋은 법률형식에 따르다 보면, 우리 사회에서 재판 끝나기를 기다리는 것은 손주 환갑을 기다리는 것과 같았다. 1심이니 2심이니, 지법, 고법, 대법원, 차라리 바위 싹 나기를 기다리는 편이 훨씬 속 편한 일이었다.

엄청난 정신력 소모에 원고 피고를 막론하고, 쌍방 간 무한정의 재물투기를 강요당한다. 돈이 있으면 이기고, 돈이 없으면 지는 것이다.

무책임한 판관判官들, 재판 관리들의 눈에 오직 돈밖에는 보이는 것이 없었다.

정의도 없고 불의도 없다. 도덕도 부도덕도, 법도 상식도 없다. 기준도 없고 율도律道도 없다. 시是도 없고 비非도 없다. 윤리도 없고 비리도 없다. 인도人道 천도天道도 없다. 정正과 사私도 없다.

죄의 무겁고 가벼움은 돈의 액수에 따르고, 형량의 늘고 줄임이 고무줄처럼 자유자재이다. 재판에 영향을 주는 것은 권세와 재물이다.

판결의 기준도 권세와 재물이다.

살인, 강도, 사기꾼, 강간범들도 유전有錢무죄요, 무전유죄라고 소리를 지른다. 온갖 잡범 쓰레기 범죄자들도 판사, 검사, 변호사, 경찰들의 인격에 침을 뱉는다.

흉악하고 사악하고, 큰 벌 받을 큰 도둑놈들은 다 높은 자리에 있다. 좀도둑, 송사리, 가난뱅이들만 철창 안 감옥소 생활이라. 종로 네거리 오가는 사람들, 만백성들 모아놓고 한번 물어보소, 어느 한 사람 있어 안 그렇다고 말하는가. 눈 달린 사람들은 모두 다 쌍수를 들어 '옳소! 옳소! 그 말이 옳소, 한울님 말씀이요'라고 할 것이다.

세상 사람들은 아무도 재판이란 걸 믿지 않는다.

이러는 판에도 꼭 한 사람, 동촌 한진만씨만은 송사에서 자기가 꼭 이긴다고, 옳은 것이 승리한다고 믿고 있었다. 판결을 끈질기게 기다리고 있는 것이다.

그른 것, 오誤 곡曲은 바로 잡고 벼려서 펴야 한다는 것이다. 불의는 정의로 잡고, 옳은 것은 비非를 누르고, 어두운 구석엔 횃불을 밝혀야 한다는 것이다.

자고로 하늘이 땅 되는 법 없고, 땅이 하늘 되는 법 없다. 천지가 뒤집혀도 짐승이 사람 되는 법 없고, 사람은 사람으로 있다는 것이다.

한진만씨의 고집이 이러하니, 가산이 늘 까닭이 없었다.

선대로부터 내려오던 전답이 점점 줄어들고 있었다. 당장 사랑채 외양간이 비어 있었다. 사랑채에서 소 울음소리가 안 들린 건, 한성욱이 태어나서 지금까지 처음 있는 일이었다.

청배기에다 꼬장배기 한진만씨의 상대는 구렁이가 아홉 마리나 뱃속에 들어 있는 동촌면 재력가(땅부자)였다. 전임 면장 박희주는 돈만 있는 것이 아니고, 윗대부터 친일파에 자유당 세력을 업고 있었다. 군사 정변 후에는 군부세력에 밀착, 계속 세도를 부리고 있는 형편인 것이다.

일개 면 단위에서 일어난 일백칠십 석 양곡횡령사껀은 결코 작은 사껀이 아니었다.

수납 입고人庫 보관 기록은 있는데, 출고 기록이 없이 현물만 감쪽같이 사라져 버린 것이다.

전쟁으로 인한 혼란기, 후퇴했던 경찰들의 진주가 늦어지면서 동촌면은 영광 함평군의 '모스크바'로 통했다. 그 이듬해 3월이 다 되어서야 군유산 작전이 성공하고, 경찰 진입이 이루어졌다.

운 좋게 부산으로 피난 갔다가 경찰 진주와 함께 따라 들어온 박희주는, 자유당을 배경으로 면장 자리를 무려 7년 가까이 차고앉아 있었다.

넉살 좋고 배짱 좋은 박희주가 그 자리에 있는 동안, 동촌면에는 수많은 비리와 부정이 꼬리를 물었다. 추곡秋穀 생산량이 많은 고장이어서 양곡 비리는 기본이었고, 병역 비리, 인사부정 등 끝없는 여러 소문이 면민들의 입에 오르내렸다.

그랬지만 이런 비등하는 여론 따윈 눈 하나 깜짝 하지 않고, 박희주는 막무가내로 버티고 앉아 있었다.

이렇게 뒷심 좋게 기고만장하던 박희주가 그만 결정타를 얻어맞는 날이 왔다. 스스로의 경거망동이 빚은 자충수였다.

동촌 면민들이 부지런하여 양곡증산 부문에서 동촌면이 군내에서 1등을 했다. 군수 표창이야 따 놓은 당상이었다. 마침 도에서 도지사의 특별지시로 '식량증산 왕'을 선발하고, 군이나 면 단위 표창도 같이하고 있었다. 여기에 동촌면이 단위 면적당, 추곡 생산량이 가장 많아서 도지사 표창을 받게 되었던 것이다.

그날 박희주는 기분이 너무 좋았다.

면민 대표로서, 군수 표창과 도지사 표창을 한꺼번에 거머쥐게 된 것이다. 군청 회의실에서 거행된 표창장 전달식에는 도청 내무국장이 도지사를 대신해 참석했다.

물론 표창장을 두 개나 거머쥔 것은 누구나 기쁜 일이었다. 그렇지만 박희주 면장이 이렇게 특별히 흥분하게 마음이 들뜬 것은, 현 도지사가 자유당의 숨은 실력자로서 리기붕 국회의장과 리승만 대통령의 신임이 각별한 사람이었기 때문이었다.

줄을 잘 잡아서 돈을 좀 많이 쓰면 군수 자리 하나를 주거나, 다음 총선에 국회의원 공천도 딸 수 있는 희망이 보이기 시작한 것이다. 자신을 두 번씩이나 면장에 임명하고, 직접 임명장을 수여한 분이 아닌가 말이다.

박희주는 이날 기분이 너무 좋아서 읍내에서부터 한잔이 되어 있었다.

동촌면 소재지에 돌아와서 2차 술판을 벌인 게 화근이었다.

홍탁집 아주머니 치마 밑에 손을 넣었다. 술판을 벌인 일행들은 술을 못 이겨 자리를 다 뜨고 없었다. 홍탁집 여자는 별 반항 없이, 처음 대강 몇 마디 하고는 그대로 그냥 박희주의 무릎 위에 늘어졌다.

박희주는 이쯤이면 되었다 싶어서, 아랫도리를 내리고 본격적으로 여자를 덮쳤다. 여자는 박희주가 하자는 대로, 속곳도 벗고 가리장이도 벌렸다. 홍탁집 여자는 엄장이 크고 살집이 좋은 편이었다. 평소에도 박희주가 눈독을 들였는데, 여러 가지로 기분도 좋은 판에 살집 좋은 배 위에 올랐으니, 아래 뿌리가 녹아나는 기분이었다.

아뿔싸, 정미소에서 일하는 홍탁집 남자가 돌아온 것이다. 밤늦게 돌아오거나 밤새워 도정작업을 하는 때가 많았는데, 하필이면 이 시간에 돌아온 것이다. 그런데 방안에는 불이 환하게 켜져 있었다. 어떻게 수습할 겨를도 없이 그대로 들통이 나고 만 것이다.

남편이 돌아오자, 홍탁집 여자는 번개처럼 속곳을 주워 입고는, 박희주를 향해서 고래고래 소리를 지르고, 길길이 날뛰는 것이었다.

저놈이, 저 날강도 같은 놈이 눈알이 뒤집혀서 자기를 덮쳤다는 것이다. 술을 처먹었으면 입으로 처먹제, 똥구멍으로 처먹었다는 것이다. 곤드레만드레 되어 갖고 자기를 마구 올라탔다는 것이다. 술은 취했어도 힘이 장사였다는 것이다. 자기를 완력으로 강제로 욕보이려 들었다는 것이다. 강간, 강탈, 겁탈을 할려고 덤벼들었다고 소리소리 지르고, 행길에까지 뛰어나가 포악을 부리는 것이었다.

아무리 넉살이 좋고 낯가죽이 두꺼워도 더 이상 버틸 수가 없게 되었다.

면장 체면에, 유부녀 강탈 허물을 꼼짝없이 뒤집어쓴 것이다. 속사정이야 어쨌건, 도저히 변명도 안 되고, 객관적으로 딱 걸리게 되어 있었다. 홍탁집 여자가 행길에 나와서 동네 사람들 들어보라고 소리소리 질러댔으니, 그날로 온 동네에 소문이 짝 퍼졌다. 다음 날은 온 동촌 면민이 다 알게 되었다.

홍탁집이 가난한 데다가, 남자 주인이 소아마비로 건강도 부실하고 다리를 절었다. 이런 것 저런 것이, 이리저리 다 겹쳐서, 홍탁네를 동정하는 마음에서도, 더욱 박희주에게 미운 화살이 많이 갔다. 평소 재력과 뒷심을 믿고, 세도를 부리고, 비리 부정이 많아서 인심을 많이 잃고 있었다.

이렇게 해서 내놓은 자리에 한진만씨가 임명되었다.

면민들의 절대적인 지지를 받게 되었다. 헝클어지고 얼크러진 민심을 수습하기 위해서도 잘된 일이었다.

왜놈들이 쫓겨가고 해방 공간에서도, 한진만씨의 선친 한찬국 영감이 주민들의 지지에 의해 면장직을 맡았던 전례가 있었다. 한진만씨도 동촌면 간척지 농정을 관리하는 수리조합장을 역임한 경력을 갖고 있었다. 그때에도 농민들로부터 민심을 얻고 지지를 많이 받았다.

한진만씨가 면장직 인수인계 당시, 국가 양곡 보관창고의 재고 파악을 정확히 하지 않은 것은 하나의 실수였다.

지금까지 그런 선례는 없었다. 창고 보관 양곡은 직접 현물을 파악하여 인수인계한 선례가 없었다. 창고 관리 직원이 파악 작성한 서류(장부) 점검으로 끝을 냈다. 신임 면장이 창고에 들어가 쌀가마를 일일이 세어 본, 그런 관례가 없는 것이다.

박희주는 타고난 얌생이 기질을 갖고 있었다.

면장직 인수인계 기간을 틈타, 감쪽같이 보관 양곡을 빼내가리라고, 누가 감히 생각이나 할 수 있을 것인가. 제 처남인 부면장과 짜고, 부면장의 처남인 산업계장(창고 열쇠관리)을 포섭하여 쥐도 새도 모르게 해먹은 것이었다.

박희주의 주장은 모든 게 이상 없이 다 인계했다는 것이다. 창고 보관 양곡은 인계가 끝나고, 신임 면장 재임 시 증발한 것이다. 자신이 퇴임할 때까지는 보관 양곡의 수량이 이상이 없었다. 그 증인으로 면내 사항을 가장 잘 알고, 면장을 대신하여 모든 업무를 관장하는 부면장과 창고 열쇠지기인 산업계장을 천거했다.

매우 합리적인 이치에 맞는 주장이었다.

사전에 치밀하게 각본을 짜 놓았던 것이다.

면직원들이나 군청, 수사를 맡은 경찰들 사이에선 이미 박희주의 소행임을 다 알고 있었다. 절대다수의 면민들 역시 한진만씨의 결백을 믿고 인정하고 있었다.

그렇지만 교활한 박희주 측 변호사는, 한진만씨가 제 손으로 날인한 인수인계서를 들이밀었다. 붉은 인주가 선명한 도장 자국이었다. 증인으로 출석한 부면장과 산업계장도 아무 이상 없이 인수인계를 마쳤다는 것이다.

박희주 측은 자신이 만만했다.

원고(한진만)는 인수인계서에 쓰인 글짜를 해독할 줄 모르느냐고 다그쳤다. 글짜도 알고 내용을 읽었고, 도장도 제 손으로 찍었다고, 한진만씨는 사실대로 대답했다. 달리 대답할 도리가 없었다. 재판은 객관적인 증거다. 박희주의 소행이 분명하고 심증이 가지만, 결정적인 명확한 증거가 없었다. 꼼짝없이 한진만씨가 뒤집어쓰게 생긴 것이다.

이에 원고 측 변호인은 반론 제기에 필요한 진정서를 준비하는 중이었다. 각 부락별 동촌 면민 대표들이 설두設頭하여, 전체 면민의 65%에 해당하는 9715명의 날인을 받아 놓았다. 아무리 많은 사람들이 신임 면장의 결백을 주장해도, 결정적인 증거가 없는 한 재판 승소는 어려운 일이었다.

안타까운 일이었다.

진만씨에게 있어선 재판 승리도 문제지만, 중요한 것은 '옳은 것이 이긴다', '정의는 불의를 제압한다'는 신념의 관철이었다. 이것을 기어코 현실 사회에서 실현해 보이겠다는 의지인 것 같았다. 이 옹고집 앞에서 조상 대대로 물려온 가산이 점점 줄어들고 있었다.

소송비용에 필요한 재원은 입도선매자금立稻先賣資金이었다.

이 돈이 바로 농촌을 병들게 하고, 가난을 대물림하게 하는 악명 높은 고리채였다. 벼가 아직 익지도 않고 무논에 퍼렇게 서 있는데, 미리 빚돈을 얻어다 쓰는 색갈이인 것이다. 벼 한 가마 값을 갖다가 쓰고 두 가마를 물어 주어야 한다. 배보다 배꼽이 더 크다는 말은 이를 두고 나온 말인 것이다. 요즘 미군 부대가 주둔한 양공주 촌에서 유행하는 딸라 빚과 똑같은 것이었다. 급한 돈을 빌려 쓰면 하루를 쓰건 이틀을 쓰건, 그 배를 물어주는 것이 이른바 딸라 돈이다.

이 고리채로 농촌은 더욱 피폐해지고, 가난의 수렁에 빠져 헤어날 길이 없는 것이다. 이의 심각성을 군사정부 당국자들도 통감하고, 대책 마련에 부심하고 있다는 소문이었다.

이러는 판국이라, 한성욱의 대학 생활도 여간 어려운 처지가 아니었다.

땅을 팔거나 소를 팔지 않으면 농촌엔 돈 한 푼 구하기가 어렵다. 가난한 나라의 그나마 얼마 되지도 않는 돈은 도시에 몰려있고, 돈 가진 도시 부자들은 시골 땅엔 관심이 없다. 토짓값은 헐값일 수밖에 없고, 논밭에서 생산되는 쌀과 보릿값은 똥값이었다.

자식을 서울에 유학, 대학을 보내는 농가에선 전답을 팔거나 재산 목록 1호인 소를 파는 수밖에 다른 도리가 없었다. 그만큼 대학공부 하나 시키는 값이 비싼 것이다. 대학 입학금이나 1년에 두 번 돌아오는 매학기 등록금을 내기 위해선 외양간의 황소를 내다 팔지 않으면 아니 되었다.

한성욱이네 외양간도 비어 있었다.

성욱의 대학 생활 2년여에 간척지 논 여섯 마지기가 날아갔다. 대대로 물려온 땅, 동네 앞 개똥 논도 위태위태한 지경이 되었다.

큰 공부 시킨답시고 자식을 서울로 대학을 보낸 농가들 대부분이 휘청거렸다. 농사일에 쓰일 농우들이 읍내 장터 우시장으로 끌려 나왔고, 종당에는 마장동 도살장으로 갔다.

그래서 서울 소재 3류 종합대학의 웅장한 건축물들을 우골탑牛骨塔이라 불렀다. 대학은 학문연마의 전당이어서 상아탑象牙塔이라 불렀는데, 이를 빗대어 역설적으로 비꼰 것이었다.

"얼마나 힘들었냐, 훈련받느라고……, 밥은 안 굶기디야?"

한성욱의 어머니 김선숙金仙淑 여사가 상머리에 앉아서 혀를 끌끌 찼다.

"아이고 세상에 배가 얼마나 곯았을 것이냐……, 막 때리고 그러디야? 매는 많이 안 맞었냐?"

이게 얼마 만인가? 김선숙 여사는 아들이 너무 아깝고 대견해서 어쩔 줄을 모른다.

"어무이도, 참……, 때리긴 왜 때려요."

한성욱은 어머니를 안심시켰다.

"아이고, 말도 마라. 우리 집서 깔(꼴) 담살이, 머심 살았던 땀집떡네 윤식이 말이다……, 군대 가서 매를 을매나 맞었는지, 병신 되야 갖고 왔어야. 제대는 했는디, 몸도 베리고, 정신도 이상해져서, 아무 일도 못 헌단다……."

김선숙 여사는 남의 일이 아니라는 듯, 여간 안타까운 것이 아니었다.

"아이구, 윤식이가 그렇게 되었어요?"

한성욱도 마음이 너무 아팠다. 정말 마음씨가 좋고 악기가 없는 사람이었는데, 윤식이가 폐인이 되다니……. 훈련소 시절 박유식 훈련병 생각이 났다. 한글도 잘 모르고, 세상 물정이 어두워 고문관으로 통했던 박유식 훈련병, 아무 죄도 없이 오해를 받아 여기저기서 매를 많이 얻어맞던 일이 생각되었다.

"윤식이가 바보 되어 갖고 온 것 보고, 얼마나 놀랬는지 몰라야. 니 걱정에, 내가 밥이 다 안 넘어갔어야……."

"4·19 나고 군대가 좋아져서, 지금은 배도 안 고프고, 매도 안 때리고, 그래요."

다시 한번 성욱이 어머니를 안심시키려 들었다. 그리고도 한 번 더 덧붙였다.

"아, 이렇게 멀쩡헌 아들을, 어무이는 뭇헐라고 걱정을 허고, 그러시요 예……, 어무이 몸 걱정이나 허잇쑈. 어무이 몇 달 사이에 주름살이 많이 늘어 버렸구만이라우……."

양반 고을로 이름난 나주 문평면이 김선숙 여사의 고향이었다. 지체 높은 광산 김씨光山金氏 집안의 고명딸로 태어났다.

열여덟에 시집와서, 열아홉에 큰아들 한성욱을 낳았다.

성욱은 어머니 김선숙 여사를 생각하면 그만 가슴이 콱 막히는 것이다.

답이 없었다.

어머니가 안고 있는 저 무거운 짐, 평생을 헤어날 수 없는 수렁이었다.

성욱이 어렸을 적, 김선숙 여사는 아직 앳티가 덜 가신 새색씨였다. 다섯 살박이 성욱의 손을 잡고, 등에는 성욱 손밑 여동생을 업고 동촌교회를 다녔다. 동짓달 휘영청 밝은 달밤, 싸락눈이 하얗게 고샅에 깔려 있었다. 성탄 준비를 위해 주일학교 여학생들, 유희(무용) 지도를 하러 가는 길이었다. 예배당에는 하얀 삿갓을 쓴 남폿불이 환하게 밝았다.

그때 일이 어제 일 같은데, 그 곱던 어머니 얼굴엔 주름살이 알아보게 늘었다. 할머니가 다 되어가고 있었다.

어느새 휴가 삼일째 날이 된 것이다.

아들을 위해서 인삼을 넣고 닭 한 마리를 삶았다. 찹쌀 한 줌에 마늘 대추를 넣고 푹 고은 것이었다. 김선숙 여사가 아들이 많이 먹기를 권한 것이다.

"영판 알고 온 것처럼, 삼蔘 장사가 왔어야……, 두 뿌리 샀다. 한 뿌리는 늘 아부지, 약으로 쓰고……."

성욱을 위해 둥실둥실한 씨암탉을 잡은 것이다.

"니가 우리 집안의 정목正木인디, 니가 건강허고 잘되어야……, 니 동생들은 국물 한 그릇씩 줄랑께. 솥에 많이 있어야. 어서 먹어라!"

선뜻 먹기를 망설이는 성욱더러, 동생들 걱정 말고 어서 많이 먹으라는 것이다.

어저께는 한뜰 아제와 함께 온 식구가 멸구 품는 일에 매달렸다. 푹푹 찌는 날씨에 가뭄이 겹쳐서 벼멸구가 기승을 부리고 있었다.

오늘은 한뜰 아제가 다른 집 일꾼(머슴)에게 품 진 일이 있어서 그 품을 갚으러 간 것이다. 아버지 진만씨도 진행 중인 송사 일로 출타 중이었다. 그래서 온 식구가 멸구 품는 일을 하루 쉬는 짬이 되었다.

삼복더위라더니, 날씨는 땡볕을 쏟아부어 불을 담아다 붓는 듯, 무섭게 뜨거웠다. 비가 내린지 삼십여 일이나 지난 상태였던 것이다.

쇠죽 끓이는 부엌의 이맛돌처럼 땅거죽이 달아올랐다. 모닥불이라도 담아다 붓는 것 같았다.

사람들은 숨을 쉬기조차 힘이 들었다.

밭곡식들은 이미 다 말라서 뻘겋게 타들어 가고 있었다.

제일 먼저 말라 죽는 것이 지금 한창 키가 크게 자란 서속黍栗대였다. 이삭을 배고, 그 이삭을 피워내야 할 성장기에 혹독한 가뭄을 만난 것이다.

미영(무명) 밭의 목화꽃은 보이지 않았고, 다래는 시커멓게 말라서 찌그러져 있었다.

조금 늦게 심은 콩밭엔, 콩 꼬투리가 생기다가 말라비틀어져 버렸다. 콩잎들도 모두 전잎(단풍)이 되고 말았다. 고추밭의 고춧잎이 새들새들 말랐다. 자라다 만 고추 열매가 하얗게 곯창이 다 먹었다.

남새밭의 가지, 물외(오이)도, 꽃이 맺히다가 말았다. 남새밭 가에 둘러심은 옥수수도 잎이 가랑잎처럼 다 마르고, 수염도 말라붙어버렸다.

칠년대한七年大旱이란 말이 전하긴 하지만, 이렇게 무서운 가뭄도 있을까 싶은 것이다. 이미 대흉년이 예고되어 있지만, 앞으로 하루 이틀 사이에 비가 내리지 않으면 정말로 사람들 목이 타서도 다 죽을 것 같았다.

이런 판국에, 벼멸구까지 기승을 부려 일년 농사를 완전히 망치려는 것이다.

날씨(가뭄) 탓인지, 벼멸구는 날이 갈수록 그 기세가 무서웠다.

하룻밤 사이에 맷돌이방석만큼씩, 논바닥 군데군데가 물씬 물씬 썩어 내려앉았다. 다 지은 농사를 눈 빤히 뜨고 다 망치게 생긴 것이다. 밭곡식은 모두 다 타서 올라가 버렸다. 수리조합 저수지 덕택에 논 곡식이라도 건져야 하는데, 이거 다 굶어 죽게 생긴 것이다.

나락 포기들이 지금 한창 배동하는 시기인 것이다.

논배미 중간중간에 뭉텅이 뭉텅이로 볏줄기가 썩어 내려앉은 모습을 바라보는 농사꾼의 마음은, 애가 닳고 속이 타고 썩어 문드러지는 것이었다.

벼멸구는 원래 멸오滅吳라는 이름으로 전한다.

중국 춘추전국시대 오吳나라를 멸망하게 하였다는 전설에서 유래된 이름이다.

벼멸구의 창궐로 혹독한 흉년을 맞아 오나라가 멸망했다는 것이다. 나라가 망할 정도로 곡식을 썩게 하는 것은 폐농 정도가 아니고, 일대 대재앙에 해당하는 것이다.

오나라뿐만이 아니고, 고래로 조선 땅의 농민들에게도 멸구의 창궐은 폐농 흉년을 예고하는 공포의 대재앙이었던 것이다.

벼멸구는 사람의 힘으로 어찌 구제할 방법이 없었다.

여름날 소나기가 쏟아져서 볏줄기에 붙은 멸구 유충을 털어내거나, 장대비가 세차게 몰아치기 전에는 다른 방법이 없었다.

쌀가루 같은 하얀 벌레가 벼 포기 아랫부분에 붙어서 볏줄기를 갉아 먹는다. 번식력이 얼마나 강한지, 하룻밤 사이에 기하급수적으로 개체 수가 늘어난다. 얼른 보면 곰팡이도 같고 하얀 물이끼도 같지만, 톡톡 튀는 벼룩을 닮은 아주 작은 벌레, 미세곤충인 것이다.

식욕도 번식력에 비례해서 왕성하기 이를 데 없었다. 한번 벼 포기에 붙으면 하룻밤 사이에 그 수가 수백 수천 개로 늘어나고, 벼 포기들을 뭉텅이 뭉텅이씩 작살을 내버리는 것이다. 유충이 금방 성충이 되고, 성충이 금방 날개 돋치고, 나방이 그 자리에서 알을 낳는 것이다. 볏논에 한 번 번지기 시작하면 감당이 불감당인 무서운 병해충인 것이다.

늦게 번진 벼멸구 유충은 벼를 베어 낟가리 노적을 쌓으면 노적 더미 속에서도 볏줄기를 갉아먹는다. 아주 농사꾼들이 진저리를 치고 넌덜머리를 내는 지독한 병해충인 것이다.

천만다행으로, 요즘은 석유와 경유를 통해서 벼멸구 구충방법을 알아낸 것이다.

거센 비바람으로 벼멸구를 털어내거나, 홍수의 범람으로 멸구 유충들이 떠내려가는 것 외엔 다른 방법이 없었는데, 경유를 이용해서 멸구 죽이는 방법을 발견해 낸 것이다.

논바닥에 기름방울을 군데군데 적당히 몇 방울씩 떨어뜨리면, 온 논에 기름 기운이 맹렬하게 번져 난다. 이것을 접시나 밥사발 뚜껑 같은 용기로, 멸구가 붙어 있는 벼포기에 찌클어(마구 퍼부어)대는 것이다.

독한 기름 냄새에 멸구들은 질식을 하고, 몸뚱이나 날개에 끈끈한 기름이 묻어 꼼짝 못 하고 죽게 되는 것이다.

매우 획기적이고 신통한 방법이었다.

기름물을 접시나 사발 뚜껑으로 마구 찌클어대는(품어대는) 모습이, 마치 두레로 물을 퍼 올리는 모습과 같아서 '며루 품는다'고 한다. 동촌 사람들은 이 공포의 병해충을 멸오, 멸구, 벼멸구라 부르지 않고 혓바닥 돌아가는 대로 '며루'라고 부른다.

동촌 사람들은 나락 한 포기라도 더 살리기 위해서, 숨이 턱턱 막히는 땡볕 아래서도 며루 품는 사람들로 들판이 하얗다. 어린아이들까지 모두 나선 것이다.

한성욱네도 여기서 예외일 수 없었다.

한뜰 아제가 품앗이로 일꾼 한 사람까지 더 데리고 왔다. 송사 일로 출타가 잦은 이집 주인 한진만씨도 걷어붙이고 나섰다. 마침 방학 중이라, 한성욱의 남녀 동생들 다섯 명도 모두 나섰다.

며루 품는 일은 인삼 닭죽을 끓여 먹은 그다음 날부터 연 3일에 걸쳐 계속되었다.

아버지의 호령이 무서워 접시를 들고 나선 어린 동생들이 여간 안쓰러운 것이 아니었다. 국민학교 4학년짜리 여동생 순영이까지 여덟 식구가 총동원되었다. 순영이는 햇볕에 얼굴이 익어서 벌겋고, 목덜미엔 화상을 입어서 물집이 생겼다.

6학년짜리 남동생 민욱이는 그래도 머슴아꼭지라고, 야무지게 접시를 들고 설쳐댔다.

어머니 김선숙 여사 곁에 있는 둘째 남동생 강욱이의 종아리에선 연신 검은 피가 흘러내렸다. 거머리에 뜯긴 자국인 것이다.

성욱은 나락 포기에 기름물을 품어대면서도, 마음은 늘 어머니 김선숙 여사에게 가 있었다. 허리가 부실하여 몸져눕는 때가 많았고, 홍역을 앓다가 간 아들까지 7남매를 낳고 키우는 동안, 몸이 몹시 허약해진 어머니였다.

오늘도 집에 남아 있기를 식구들이 권했지만, 손 하나가 아쉽다고 끝내 따라나선 것이다.

김선숙 여사는 이따금 허리를 펴고 일어서서 주먹으로 아픈 허리를 두둘겼다. 통증을 이겨내느라고 휘파람 소리를 내며, 긴 숨을 뿜어내기도 하는 것이었다.

5

한성욱이 태어난 마을은 청주한씨淸州韓氏 집성촌이었다.

일백여 호를 헤아리는 제법 큰 마을이었다.

수백년 세거世居마을로, 동촌면 일대에선, 세 손가락 안에 꼽히는, 전통 있는 마을이었다.

그렇긴 하지만, 세간에 알려진 큰 부자가 있거나, 내로라는 벼슬로, 세상에 내놓을만한 인물이 난 곳은 아니었다.

옛날에는 농토가 비좁아서, 여타의 동촌면 마을들처럼, 궁색하기만한 빈촌이었었다.

그러다가, 일제 때 명성을 떨치던 호남재벌이, 간척사업에 손을 대면서, 형편이 달라지게 된 것이다. 그렇지만, 처음 기대했던 것처럼, 떼부자가 생겨나거나, 돈이 많아서 호의호식하는 사람들이 많은 것은 아니었다. 겨우 목구멍에 풀칠을 하고, 조팝粟飯 이나마, 밥을 먹고 사는 사람의 수효가 늘어나긴 했었다.

초근목피草根木皮로, 보릿고개를 넘던 살림살이가, 하루아침에 쉽게 달라질 수가 없었다. 사람 사는 것이 어디 그렇게 쉬운 일이던가 말이다.

바다를 막은 간척지가 조성되어 작답作畓이 되었다.

나락 포기를 꽂고 십년 이십년이 갔다. 세월이 가면 갈수록 모두가 함께 살기가 나아져야 할 터인데, 그러지가 못했다. 해가 가면 갈수록, 잘사는 사람과 못사는 사람의 차이가, 더욱 더 벌어져만 갔다.

잘살고 못사는 사람의 차이가 문제가 아니고, 잘사는 사람 보다, 못사는 사람의 수효가 점점 더 많아져 가는 것이 더욱 큰 문제였다. 또 잘산다고 해보아야 몇 천석 몇 만석을 하는 큰 부자가 나오는 것도 아니었다. 잘산다고 해보아야 일백 석 내외, 이백 석을 거두는 부자도 동촌마을에는 없었다.

농토는 처음부터 자작농과 소작농으로 분리 분양되었다.

자작농은, 소출에 따라 이익을 남기고 재산을 불렸지만, 소작농은, 세월이 가면 갈수록, 비싼 소작료 내기에 허리가 휘었다. 처음 기대와는 달리, 내 땅 없는 소작농들은, 여전히 밑이 찢어지게 가난한 살림살이가 계속 되었다. 당대當代에 끝나는 것도 아니고, 가난은 대물림 되었다.

방조제, 언뚝이 막아지기 전에는, 바닷물이 마을 앞까지 들어왔었다.

그런데도 동촌 마을 앞에는 댓잎만한 배 한척이 없었다.

바로 앞 들판 건너 돌개石海 마을에는, 고기잡이 어선이 있었다. 지금도 전어, 숭어, 농어, 민어, 조기잡이 고깃배가 드나들었다. 고개 넘어, 하늬바람곶西村에도, 큰 고깃배, 돛이 3개나 달린 중선重船을 세우고, 농어, 민어, 조기, 홍어를 잡는 집들이 있었다.

유독 동촌마을만 바다와는 담을 쌓고 살아온 것이다.

마을 사람들 스스로, 동촌은 해변산중海邊山中이란 말을 자랑으로 여겼다. 특히 자식들 혼사 때, 사돈집 문중 사람들에게 즐겨 쓰는 말이었다.

이렇게 고집스럽게 조상들의 유습儒習을 숭상해 왔다.

이런 마을답게 동촌은 온 동네가 정막했다. 전혀 활기가 없는 마을이 되었다.

한성욱이 지금 건너다 보는 한낮의 동촌 마을, 자신이 태어난 청주 한씨 집성촌⋯ 대대로 십삼대를 살아온 자신의 탯자리마을은, 어디에 비할 수 없이 퇴락한 모습으로 엎드려 있었다. 다닥다닥 붙은 초가지붕들이, 이마를 맞대고 천년 꿈에 젖은 듯, 조용하기만 했다.

동촌東村이란 한짜漢字이름을 얻기 전, 감나무골로 불리었던 마을이었다.

유난히 감나무가 많아서 붙여진 이름이었다.

감나무 숲속에 온 동네가 엎드려 있는 모양새였다.

듬성듬성 서있는 키 큰 가죽나무들과, 동네 뒤쪽과 중간 중간에 우거진 대나무 숲을 제외하면, 동네집들은 온통 감나무 숲에 싸여 있었다. 숲을 이룬 감나무들도, 혹독한 한발에 지친 모습이었다. 어깨를 늘어뜨리고, 불볕에 말린 잎들이, 시들시들 생기를 잃었다.

감나무 숲에서 울어대는 대매미 소리가 온 동네에 낭자했다. 매미 소리는 극성스러웠다. 불볕더위에 풀무질을 해대는 듯, 더욱 귀가 따갑게 울어댔다.

매미소리가 크게 울리면 크게 울릴수록, 이마를 맞댄 동촌 초가집들은 더욱 키가 낮아 보였다. 극성스런 대매미 소리에 더욱 기가 죽어 움추러드는 형국이었다.

오늘은 쉬는 날이었다.

어제까지는 벼멸구를 품었다.

교회에 다니는 사람들은, 오늘을 안식일安息日, 주일主日이라고도 했다.

성욱도 오전엔 교회를 다녀왔다.

내키지 않는 발걸음이었다.

어렸을 적, 주일학교에서 같이 뛰놀고 자란 동무들이 보고 싶었다. 자신의 자라는 모습을 지켜보아주고, 듬뿍 사랑을 주었던 여러 어른들도 뵙고 싶었다. 무엇보다도, 종조부인 한찬섭 장로의 기대를, 당장 저버릴 수는 없는 노릇이었다.

"너도 느그 애비 닮아 가느냐?

느그 애비도 처음엔 그렇게 열심이더니만…"

한찬섭 장로가 혀를 끌끌 찼다. 못내 아쉬운 것이다.

성욱이 휴가 첫날, 동촌땅에 도착하자마자, 종조부인 한찬섭 장로를 찾았을 때의 일이다.

인사를 올리자 마자, 첫 물음이

"너, 하나님께서 눈동자처럼 너를 지키셨을 것이다.

여러 가지로 분망중인 군생활 중에도 안식일을 지켰으리라 믿는다?……"

"죄송하지만……, 교회에 나가지 않았습니다"

한성욱은 거짓말을 하지 않았다.

"하나님께서는 크게 쓰시기 위해서, 시련을 주시는 것이다"

종조부 한찬섭 장로는 처음 몇마디, 네 애비를 닮아 가느냐고, 섭섭한 심경을 토로한 다음,

"담금질을 여러 번 하시는 것도 강철을 더욱 강하게 만들기 위함이 아니더냐"

다시 차분하게, 독수리 예화例話를 들어 성욱을 훈계했다.

어미 솔개는 새끼 솔개를 등에 업고, 까마득한 창공에까지 솟아오

른다.

높고 높은 창공에까지 솟아오른 어미 솔개는 아득하게 먼 허공을 향해 새끼 솔개를 사정없이 떨어뜨려 버리는 것이다.

아직 날개에 힘이 없는 새끼 솔개는 죽기살기로 날개를 퍼덕거려 보지만 소용이 없었다. 납덩이처럼 무거운 몸뚱이는 허공을 가로질러 속수무책으로 떨어져 내렸다.

땅에 떨어지면 몸뚱이가 박살이 날 것이다.

새끼 솔개는 이제 죽었다고 생각하고 눈을 감았다.

새끼 솔개의 몸이 땅에 떨어지기 직전, 번개처럼 나타난 어미 솔개가 큰 날개를 활짝 펴서 새끼 솔개를 받아 업는다.

그리곤 어미 솔개는 지체 없이 푸른 창공을 향하여 다시 높이높이 솟아오른다.

하늘 꼭대기까지 솟아오른 어미 솔개는 아무 미련 없이 허공을 향해 새끼 솔개를 다시 떨어뜨려 버리는 것이다.

새끼 솔개가 땅위에 곤두박질 치기 직전 어미 솔개가 그 큰 날개를 펴고, 바람소리를 내며 다가왔다.

어미 솔개의 새끼 사랑 훈련은 여기에서 끝나는 것이 아니다.

해가 솟아서 긴 하루를 마치고, 서녘 하늘을 붉게 물들일 때까지의, 단 하루로 끝내는 것이 아니다. 오늘도 내일도, 새끼 솔개의 연약한 날개뼈가 강철처럼 굳어질 때까지, 어미의 사랑 훈련은 계속된다.

"너도 지금, 네게 닥친 시험과 고통 속에 있는 것이다. 이 할애비는 너의 총명과 지혜를 믿는다"

한찬섭 장로는 성욱에 대한 기대와 사랑이 늘 한결 같았다.

성욱을 대하는 입장에서만, 너그럽고 개방적인 것이 아니었다. 한찬섭 장로의 신앙인으로서의 생활태도는, 여느 기독교인들과 판이하게 다른 데가 있었다.

정통성을 중시하는 복음주의자나, 전래의 샤마니즘의 변형인, 기복祈福 신앙과는, 전혀 다른 신앙관을 갖고 있었다. 뿐만아니라, 유대인들의 메시아관Messiah觀, 선민選民의식을 한국화韓國化, 토착화 하려는 의지를 보였다.

종교의식이나 생활풍습에서도, 매우 개방적이고 진취적이었다.

이런 한찬섭 장로의 평소 생활태도는, 진보적이고 파격적인 면이 강했다. 이런 신앙관과 생활관 때문에 일제 때에도 그랬었지만, 해방 후에도 늘 경찰의 주목을 받았다. 해방공간에선, 좌익계열 인사들과의 인간관계 전력前歷 때문에, 조사를 받기도 하고, 연행되어 곤욕을 치르기도 했었다.

자유당 치하에서도 늘 그들과 대對가 되는 자리에 있었다.

군인들이 정변을 일으킨 뒤로도, 그들을 추종하는 세력들과는 상당한 거리를 두고 있었다.

한찬섭 장로는, 자기 나름대로 자신만이 신봉하는 독특한 신앙을 갖고 있는 것 같았다. 그리하여, 동촌교회가 속해있는 목포지방 기독교계에선 한찬섭 장로의 신앙세계를 '동촌신학東村神學'이라는, 이름을 붙여 주기도 했었다.

아무튼 교회를 관리하고 신도들에게 봉사하는 일에는 누구보다도 헌신적이고 열성적이었다.

아까 한성욱은 성경과 찬송가책을 펴 놓고 교회에 앉아 있었다.

그러니까, 얼마 만에 주일예배에 참석했는지 까마득히 오래된 일인 것 같았다.

4·19를 치르기 전까지는, 성수동(뚝섬) 성동교회에 출석을 했었다. 꽤 오래된 느낌이었다. 생활양상이 전혀 다른, 이질적인 '군대'라는 공간이 끼어 있었기 때문인 것 같았다.

동촌 교회는 전쟁 후에, 산판에서 생나무를 찍어다가 급하게 지은 교회였다.

급한 대로 우선 일본 집처럼 판자로 벽을 덮었다. 의자도 없이 판자마루였다. 지붕도 기와를 얹을 형편이 못되어 볏짚 이엉을 올렸다. 그래도 한찬섭 장로의 열성과 노력으로, 어떻게 어떻게 헌금을 모아, 작은 풍금 하나를 사서 들여 놓았다.

예나 지금이나 출석 교인은 70에서 80명 정도가 모였다.

선을 구별하여 그어 놓은 것도 아니지만, 입구 쪽에서 왼쪽은 남자, 오른쪽엔 여자들이 앉았다.

성욱이 앉은 남자석 뒤쪽에서, 여자석을 올려다 보면, 오른쪽 중간쯤에 그의 어머니, 김선숙 여사가 앉아 있었다.

푸석한 흰 베옷에 쪽진 머리, 옆에 앉은 다른 여자 교인들과 어쩌면 그렇게나 똑같은 흰 베옷차림에, 참빗으로 빗어 내린 쪽머리들일까.

농사일에 검게 그을리고, 까칠하고 피곤에 지친 얼굴 모습까지, 그렇게들 똑같이 빼어 닮았다. 모두가 다 안쓰럽고, 한성욱의 마음을 무겁게 짓누르는 모습들이었다. 초췌한 모습으로, 졸음을 이기지 못하고 앉아 있는, 김선숙 여사를 비롯한 그 주위의 여러 여자 교인들…….

한성욱은 꼭 자신이 무슨 큰 죄를 지은 느낌이었다.

저들을 가난과 질병의 고통 속에서 누가 구원할 수 있다는 말인가?

"……만왕의 왕, 예수그리스도!

사랑의 주님은, 우리를 구원하시기 위해, 세상을 심판하러 오실 것입니다."

동촌교회 담임 목사의 설교가 정점에 이르고 있었다.

한성욱의 머리통은 하얗게 비어 있었다.

예수의 열두제자 중, 가룟유다는 가장 이성적인 지식인이었을 것이라는 생각이 들었다.

그런 그가 왜 예수를 헐값에 팔아 버렸을까.

지금 당장 조국 유대 땅은 로마의 말발굽아래 짓밟히고 있었다.

당장 유대 백성들의 신음소리가 천지에 사무치는데, 예수는 멀고 먼 하늘만 가리키고 있었다. 천년을 두고 기다리고 고대했던 메시아, 유대인의 구원자는 감람산 넘어서 공중, 저 멀고 먼 하늘나라만 가리키고 있었던 것이다.

발호(pharaoh)의 학정 속에 시달리던 유대인들은, 그들의 메시아 예수의 출현을 손꼽아 기달랐다. 모세와 아론에 의해, 애급埃及의 억압을 벗어나는데 성공하여, 가나안 땅에 정착을 했다. 젖과 꿀이 흐르는 복된 땅이라고, 여호와는 약속을 했으나, 아브라함의 하나님, 야곱의 하나님, 이삭의 하나님은 끝내 그 약속을 지키지 않았다.

그것은 두말 할 것 없이 에덴동산에서의 원죄原罪 때문이었다.

여호와는 에덴동산 중앙에 원죄의 나무를 심어 놓고, 아담의 마누라 하와가 걸려들기를 기다리고 있었다. 아니 걸려들 것을 빤히 예견하고 있었다. 여호와는 전지전능의 창조주였으니까. 애초, 아담과 하와를 창조할 때에 강철심장을 만들지 않고, 물렁물렁한 근육질 심장을 만들었다.

인간은 근원적으로 의지가 약하게 만들어졌다.

결국 인간은 원죄를 뒤집어 쓸 수 밖에 없었다.

그리하여 젖과 꿀이 흐르는 가나안복지에 들어가서도, 이마에 땀을 흘리지 않으면 먹고 살 수가 없었다. 젖과 꿀이 솟아 흘러야 할 땅에는 가시와 엉겅퀴가 무성하게 돋아올랐다.

뿐만 아니라 약육강식의 질서 속에서 있는 자와 없는 자, 강한 자와 약한 자의 대립 갈등 구조는 날이 갈수록 깊어만 갔다.

드디어 세상엔, 대집단 위에 올라 탄 권력자가 등장을 했다.

이들은 작은 집단을 강제로 병합하고 탄압하는데 혈안이 되었다.

유대민족은 소집단이어서 보다 큰 집단인 로마제국에 병탄되어, 혹독하게 억압되었다. 힘이 약한 유대인들은 거대한 로마의 힘을 이겨내기 위해, 초능력자의 출현을 기대 염원하기에 이르렀다. 즉, 메시아, 구원자의 왕림을 간절하게 희원했던 것이다.

그 초능력의 메시아, 유일신 여호와의 독생자 예수가 날마다 저 높은 하늘 이야기만 들려주었다. 몸이 있어야 영혼이 깃들고, 몸이 살아야 영혼이 산다. 로마인의 챗찍에 몸이 죽어가는데 영혼이 깃드릴 집이 없고 영혼이 생명을 이어 갈 끈이 없었던 것이다.

유대인의 아들 가룟유다, 돌처럼 무거운 지혜의 가룟유다, 제 백성의 신음소리가 아우성을 쳤다. 천년을 기다린 메시아! 그리스도……. 육신의 집을 버린, 영혼의 갈 길만을 닦는 것 같았다.

가룟유다의 스승 메시아 예수그리스도는 「나는 사람의 아들人子」이니라, 말은 그리하였다.

그러나 유다의 스승 메시아 예수그리스도는, 여호와 하나님의 아들이었다.

가룟유다는 지금 당장 로마의 압제를 받는 식민지의 정직한 지식인이었다. 육신이 살면 영혼은 저절로 산다. 육신이 행복하면, 영혼은 저절로 행복하다.

풀과 나무의 씨앗은, 풀잎과 나무 줄기가 그 생명의 모태母胎이다. 인간의 정신과 영혼은, 살과 피, 뼈의 뭉텅이인 몸뚱이가 있어야 생겨나고, 자라고, 활동을 한다. 똥 싸고 오줌 싸는, 냄새나는 몸뚱이가 없이는 정신과 영혼의 향기로움도 존재하지 않는다.

6

휴가 기간의 절반이 훌쩍 지났다.

내일이 휴가 열하루째 날인 것이다. 서울 가는 날이다.

고향 집에 계속 붙어 있어 보아야 농사일에 크게 보탬이 되는 것도 아니었다. 그렇다고 책을 읽고, 생각을 정리하고, 편하게 앉아 있을 분위기도 아니었다. 그래서 그동안 궁금했던 친구들도 만나보고, 답답한 마음도 털어버릴 겸, 훌훌 털고 서울행 기차를 타기로 날짜를 정한 것이다.

내일 서울 길 준비를 위해 성욱이 혼자 남아서 집을 지키고 있었다.

늘 집을 지키고 있던 남동생 강욱康郁이 마저 집을 나가고 없었다. 강욱이는 스스로 상급학교 진학을 포기하고, 통신강의록通信講義錄으로 고등학교 과정을 독학 중이었다.

저라고 어디 눈이 없고 귀가 없을 것인가.

기우는 가세에 형(성욱) 하나 서울로 대학공부 시키기에도 허덕이는 판에, 저까지 나설 수는 없다는 판단에서였다.

너무 안타까운 일이었다.

성욱의 남동생 강욱이는 모든 면에서 제 형을 훨씬 뛰어넘는 아이였다.

학교 성적은 말할 것도 없고, 체격, 성격, 마음 씀씀이가 제 형인 한성욱을 능가하고 있었다. 어른을 공경하고, 형제간의 우애, 사람들을 대하는 예의범절까지 뭐 하나 빠지는 것이 없었다.

이런 강욱이를 바라보는 아버지와 어머니의 마음은 얼마나 짠하고, 오죽이나 아플 것인가. 따라서 한성욱은 자신이 형이랍시고, 동생의 앞날에 장애가 되는 것 같아서 너무 미안하고 항상 죄를 짓고 있다는 생각을 갖고 있었다.

사실 바뀌어서, 강욱이가 이 집안의 장남으로 태어났어야 했다. 형인 성욱 자신이 진학을 포기하고, 강욱이가 학업을 계속했어야 했다.

성욱은 중학교 때부터 고향을 떠났다.

장남이라고 아버지가 특별 배려를 한 것이었다. 방학이 되면 고향을 찾았다. 고향을 찾은 성욱의 마음은 나이가 들수록 착잡하고 무거웠다.

할머니, 어머니, 아버지, 동생들, 한찬섭 장로를 비롯한 동네 어른들, 같이 자란 동무들이 보고 싶었다. 큰아버지, 큰어머니, 당숙들, 숙모님들, 그리고 댕기 머리 고모들……. 모두 보고 싶었다. 어려서부터 귀여움을 너무 많이 받고 자라선지, 항상 살갑고 정답기만 했다. 늙은 당산나무까지도, 고향의 모든 것이 보고만 싶었다.

막상 고향 땅을 밟은 그다음 날부터, 한성욱은 늘 속상하고 답답했다. 미안하고 죄송스러웠다.

마을 입구에 들어서면, 옛 분들의 정려각旌閭閣 담장이 다 허물어져 있었다.

개똥 쇠똥이 널려있는 냄새나는 고샅길이었고, 보리죽도 못 먹어서 무릇 뿌리와 소나무 껍질을 삶아먹고 사는, 오막살이 초가집들이 그러했다. 배곯고 농사일에 찌들어서, 얼굴이 부석부석 누렇게 뜬 모습이었다. 이런 것들이 소년 한성욱의 마음을 늘 조여 매고 있었다.

스무살이 넘은 청년 한성욱의 눈에는 고향의 여러 이런저런 모습들이 더욱 구체적이고 절실했다. 그의 어깨를 짓누르는 무거운 짐이 되었다. 그중에서도 강욱이의 모습은 형으로서의 양심 문제이고, 도덕적인 아픔으로 늘 그를 놓아주지 않고 있었다.

강욱이는 성욱의 마음을 늘 편안하게 해주고, 부모님을 도와 가정일에도 열심이고 충실했다. 강의록 공부에도 주경야독晝耕夜讀으로 열성이었다. 열여덟의 나이에 벌써 세상일을 다 졸업해버린 것 같은 녀석이었다. 그러니 그 녀석의 속내는 얼마나 답답하고 울화가 치밀 것인가.

"형, 나 산에 갔다 올께……."

괭이 하나를 챙겨 든 강욱이가 댓문께를 나섰다.

'성'이 '형'으로 바뀌었을 뿐, 말투는 코흘리개 쩍 어린양(어리광) 그대로다.

아침상을 물릴 무렵, 동촌 큰 동네 윗데미(위뜸) 쪽에서 징소리가 크게 울렸다.

어젯밤 동네 회의에서 약속한 징소리가 온 동네에 울려 퍼지고 있는 것이다.

아랫데미(아래뜸)에서도, 아침을 일찍 먹은 사람들이 하나둘 고샅을 나서고 있었다. 하나같이 연장을 한 가지씩 챙겨 들고 있었다.

동촌마을의 진산鎭山인 두리봉에 몰래 묻어놓은 암장 묘暗葬墓를 파내러 가는 날이었다.

옛날 옛적부터 내려오는 마을 풍속이었다.

바닷가 마을로 천수답 논다랭이가 전부였던 시절이었다. 물 한 방울 가두어 둘 곳이 없었던 해변 마을 동촌 사람들은 가뭄이 들면 죽은 목숨이었다. 명산을 더럽힌 암장 묘를 파내야 한다는 것이다.

이렇게 해서, 천하 명당이라는 두리봉엔 암장 묘 사껀이 끊이지 않았고, 동촌 사람들은 가뭄이 들면 기우제 대신 암장 묘 파헤치는 일이, 하나의 전통행사가 되어 내려오는 것이다.

동촌 사람들은 두리봉산을 그냥 둘봉이라고 부른다.

둘봉산은 알려진 명성처럼 그렇게 높은 산은 아니다.

노령산맥은 반도 땅 남녘에서, 유일하게 서울을 향해 울근불근, 종縱이 아닌 횡橫으로 방자하게 옆으로 일떠선 산줄기이다. 이 거친 억새 산 줄기가 이삼백리를 줄기차게 달려내리다가 마지막 서남해에 발을 잠그는, 맨 끝자락인 것이다. 채 이백 미터를 넘지 않는 산 높이였다.

그런데도 예부터 명산 중 명산으로, 영험이 높은 산으로 추앙을 받아왔다.

산을 키 높이로만 따진다면 얼마나 어리석은 짓이겠는가.

둘봉산 꼭대기에 발을 딛고 서 본 사람이면 누구나 이 산의 지형지세에 감탄을 금치 못한다.

첫째, 이 산은 자그마한 덩치이지만 작아 보이지가 않는 것이다. 앉음새가 점잖고 덕성스럽다. 동녘의 대동면大同面 고산봉과 북녘의 영광靈光 경계 군유산을 병풍 삼아, 조선 땅 삼백 리 서남해안이 일망

무제다. 거칠 것이 없이 훤하게 뚫렸다.

서남해안의 지형 특성상 크고 높은 산이 보이지 않는다. 바다가 저 밑으로 산자락을 적신다. 영광 무시리(무실리) 상해벌 건너 무안務安 해제반도, 칼끝 같은 도리포 곶串 사이를 뚫고 들어와, 내륙 깊숙이 거대한 호수를 이룬 함평만이다.

땅에서 제일 낮은 곳, 바닷물이 항상 잠겨 있는 곳을 심해라고 한다. 바닷물이 들어왔다가 나가고, 다시 들어와 잠기는 곳을 그냥 바다라고 한다. 산의 높이는 해발海拔 측정이다. 바닷가 산들은 실 높이에 비해 유난히 높아만 보인다. 둘봉산이 명산으로 높임을 받는 이유 중 하나일 수 있다.

하지만 둘봉산이 추앙을 받는 가장 큰 이유는 산의 좌향坐向과 앉은 자리 때문이다.

밤을 비추는 달님이 떨어지는 곳은 햇님이 하루 일을 마치고 저녁 잠을 자는 곳이다. 영광 낙월도落月島, 안마군도라 불리는 칠산七山 한바다가 손에 잡힐 듯 눈 아래 있다. 바다를 거슬러 북서쪽으로 더 오르면 중국 산동으로 가는 칠백여 리 어름에, 만고 효녀 심청이가 몸을 던진 인당수가 있다. 여기서 이백여 리를 더 거슬러 오르면, 붉은 해가 떨어져 들어가는 큰 구덩이 함지咸池가 있다.

눈을 내려 정서正西를 바라다보면 독수리의 날카로운 부리가 삼백리 칠산 한바다를 한입에 쪼아 삼키려는 듯한, 무안 해제海堤반도 도리포 코지뱅이串 그 기상이 무섭다. 조선 서남해를 진무鎭撫한다는 룡신龍神, 해룡海龍 한 마리가 대륙을 향해 뇌성벽력으로, 푸른 불을 뿜어내는 형상이라 전한다.

은빛 비늘이 반짝이는 바다 위에, 점 같은 섬들이 한 폭의 그림이 되어 떠 있다.

눈 끝 간 데의 푸른 바닷속에는 해상국립공원으로 알려진 우이군도
牛耳群島를 비롯해, 홍도와 대흑산도, 작은 흑산섬에 이르기까지, 빼어
난 보석 섬들이 검푸른 안개 속에 자태를 숨겼다.

충무 이순신의 울돌목, 고산 윤선도의 보길도, 멸젓 냄새 진동하는
추자군도는 왼쪽 정남正南이다. 한라산 꼭대기, 성산 일출봉, 서귀포
앞바다, 마라도 가파도가 안개 걷히면 한눈에 보일 것 같은 곳이다.

이런 명산이어선지, 둘봉산 본체 몸통이 뻗어 내리는 사면斜面과 그
발치에는 묘를 쓰지 않았다. 그런 풍습, 그런 속신俗信은 오늘까지에
도 계속 이어지고 있었다. 신통하게도 둥실한 둘봉산 몸체와 바로 흘
러내린 끝자락에는 단 한 기基의 묫자리도 보이지 않았다.

신령스런 산 몸체에도 범접해서는 아니 되는 금기인데, 두리봉 상
상봉에 누구인가가 암투장暗投葬을 했다는 것이다. 그러지 않고선 이
런 혹독한 가뭄이 올 리가 없다는 것이다. 봄 가뭄도 초여름 가뭄도
아니다. 불볕을 담아다 붓는 삼복더위에, 곡식이 다 타들어 가는 대
재앙인 것이다.

동촌 사람들은 징 소리 드높이 삽과 괭이를 들고 두리봉 꼭대기에
올랐다.

지금까지 이런 확신은 한 번도 빗나간 적이 없었다.

징소리를 울리고 산꼭대기에 올라 암투장 묘를 파헤칠 때마다, 신
령한 둘리봉 산신령님은 언제나 노여움을 풀고 비를 내려주었다.

성욱도 어렸을 적에 그런 일을 한 번 직접 경험한 기억이 있었다.
그 후 철이 들면선 줄곧 객지 생활이어서 말로만 전해 들었던 기억도
있었다.

새삼 옛 기억을 떠올리며, 성욱은 반신반의하면서도 기대에 찬 눈으로 둘봉산 꼭대기를 바라다보지 않을 수 없었다. 혹독한 가뭄에 시달리고 있는 마을 사람들의 위기의식이 너무도 절박했다. 삼십년 만의 대재앙이라는 것이다.

이대로 가다간 백설분패白雪粉牌 몰아치는 엄동설한에, 늙은 부모 어린 처자식들을 다 굶겨 죽이게 생겼다. 태산 같은 보릿고개는 어찌 넘을 것인가. 힘겨운 보릿고개를 못 넘고 또 얼마나 많은 사람들이 죽어나갈 것인가. 가뭄에 질린 동네 사람들의 얼굴에선 웃음을 잃었다. 인심이 흉흉해진 지 오래다.

성욱이 시선을 떼지 못하고 있는 둘봉산 꼭대기에선 점점 징 소리가 고조하고, 흰옷 입은 사람들의 움직임이 빨라지고 있었다.

아마, 강욱이랑 한패를 이룬 동네 청년들이 암장 묘를 찾아냈을 것 같았다.

몸이 빠르고 생각이 민첩한 동촌 청년들이 암투장 장소를 발견하고, 유골 석짝을 파헤치고 있는 것이 분명했다. 성욱이 어렸을 때에도 그랬었다.

암장 묘를 발견하면, 사람들은 '여기 있다!', '찾았다 아!'를 반복하여 외치고, 징소리를 크게 울려댔다. 사람들이 암투장 된 곳으로 몰리고, 민첩한 동작으로 청년들은 유골을 파내기에 바빴다.

보통 암장 유골은 대나무 석짝이나 버들고리에 들어 있었다. 밤중에 산정까지 운반하기 가볍고 간편하기 때문이었다. 남의 눈을 피하여 한밤중에 투장을 하기 때문에, 기동성과 간편성이 필요했다.

그해도, 올해처럼 삼복더위 한더위 가뭄이었다.

밭곡식은 이미 다 타서 말라비틀어져 버렸다. 논다랭이는 어쩔 수 없이 산두山稻를 재파종했다. 밭뙈기에는 늦게사 메밀 종자를 호미로 파서 심었다.

먹을 물도 귀했다.

동네 가까운 항아리 옹달샘들은 다 물이 마르고, 십 리나 먼 동구 밖 산밑 들판 샘물을 길어다 먹는 판이었다. 그것도 호랑이가 처녀 업으러 다니는 한밤중이나, 첫닭이 홰를 치는 꼭두새벽이 아니면 샘물 구경이 어려운 형편이었다.

열흘 전에, 둘봉산 암장 묘를 파헤쳤을 때 이슬비가 조금 내렸다. 동네 사람들은 이슬비가 차차 큰 비로 바뀔 것으로 믿고, 크게 기뻐하고 들뜬 마음으로 모두 춤을 추며 산을 내려왔다.

그러나 예상은 빗나갔고, 장대비는커녕 그날 늦게부터 땡볕이 다시 내려쬐었다. 계속해서 열흘 동안, 이슬 한 방울 내리지 않고 푹푹 삶아대는 것이었다.

누구의 입에선지 동네에 이상한 소문이 떠돌았다.

둘봉산 암투장 묘가 하나가 아니라는 것이다. 하나가 더 있다는 것이다.

만약 하나만 있었으면 열흘 전에 파묘하여 유골 석짝을 내팽개쳤을 때, 뇌성벽력에 장대비가 쏟아졌을 것이라는 말들이었다. 자고 새면 누가 먼저랄 것 없이, 분명 암장 묘가 한 개 더 있을 것이라고 이구동성으로 입을 모으는 것이다. 그러지 않고는 두리봉 산신령님이 이렇게 혹독하게 비를 내리지 않을 리가 없다는 것이었다.

간척지 들판 논들에도 작은 저수지 두 개가 마르고, 군유산 밑 큰 저수지 물마저 바닥만 깔렸다는 것이었다. 동촌에서 4키로 떨어진 1농구에선, 어젯밤 논물을 대다가 물싸움이 벌어져서 사람이 죽었다는 소식이 돌았다.

오늘처럼 그날도, 웃데미 당산나무 아래서 아침부터 징소리가 울렸다.

온 동네가 들썩들썩, 머리에 수건을 동여맨 장정들이 삽과 괭이를 들고 모여들었다. 성욱은 아무 속도 모르고, 무슨 일이 났는가 하여 동네 사람들을 따라나섰다.

한성욱이 어린 눈으로 보았던 그 장면들이 오늘도 그대로 재현되고 있었다.

두리봉산은 다른 산과 달리, 바위 하나가 없는 육산이었다.

둥근 사기 밥사발에 흰 쌀밥을 눌러서, 고봉으로 담아 놓은 형상이었다.

진재, 장령을 웃밥골재로 이름을 바꿔 부르는 것도, 이 두리봉의 형상에서 유래된 이름인 것이다. 두리봉 경사면이 밑으로 내려뻗고, 옆으로 다시 솟구친 봉우리가 장군 바위 꼭대기다. 여기서 줄바우등을 지나 능선이 흘러내리다가 갈미봉이 솟고, 다시 북쪽으로 뻗어내린 등성이가 바로 웃밥골재인 것이다.

둘봉 꼭대기에는 측량 원표가 설치되어 있었다. 빨간 물감으로 十자를 그어, 동서남북을 정확하게 표시해 놓았다. 함평만 간척사업을 위해, 견고한 화강암 네모 원표를 깊게 박아 놓았다. 바로 건너편 망운望雲 비행장 건설 때에도 이 원표가 쓰였을 것이다. 한문으로 설치되어 연월일이 선명하게 음각되어 있었다.

암장 묘는 이 원표에서 이삼십 미터 내외의 경사면에 쓰여진다.

강욱이랑이 발견한 암장 묘는 둘봉 꼭대기 남동쪽 경사면이었다.

육산이라 흙을 파내기가 비교적 쉬운 것이다. 일직선으로 내려 판

것이 아니고, 경사면을 옆으로 구멍을 뚫어 유골 석짝을 밀어 넣은 것이다. 상자를 묻은 것이 아니고, 옆으로 뚫린 구멍에 집어넣었다. 가벼운 대나무 석짝에 유골을 담고, 흰 백목으로 칭칭 동여매었다. 암장 입구는 되도록 좁게 하여, 뗏장을 떠다가 막아서 정교하게 위장을 했다.

"어 허, 이 불량헌 놈들! 이런 더러운 짓을 다 해⋯⋯."

"한심한 놈들이야, 다 죽어도, 즈그만 살면 되는 것이여!"

청년들이 유골 석짝을 파내자, 저마다 한마디씩 욕설을 퍼부었다.

"이런 짐승 같은 놈들이⋯⋯ 이놈들 명당 한번 잘 썼네. 이 삼대를 빌어먹을 놈들⋯⋯."

"지금도 이렇고, 미신을 지키는 놈들이 다 있구만이라우?"

그래도 설마 했던 강욱이도 한마디 뱉는다. 사실 강욱이는 확신이 없었다. 이젠 눈으로 유골 석짝을 확인하고는 너무 가소롭다는 표정이었다.

"시상에, 이런 일이 다 있당가? 조상을 이렇게 욕되게 해서는 안 되제 잉⋯⋯."

동네 아재들도 혀를 끌끌 찼다.

언제나 동네일에 앞장을 서고, 원형이정元亨利貞으로 동넷일을 정확하게 잘 처리하는 갈구지 아재가 나섰다. 시원시원한 성격으로 리장을 맡고 있었다. 암장 묘를 파냈으니 산신령께 고하고, 비를 내려 달라고 기원하는 의식을 간단하게 치를 준비를 서둘렀다.

북어 한 마리를 말뚝에 묶어 세우고, 대추 한 줌과 곶감 한 꽂이를 종이 위에 깔고 진설했다. 술은 닷 되들이 옹기병에서 뿌연 막걸리 한 사발을 따라놓았다.

"비나이다, 비나이다! 신령님께 비나이다! 지발 덕분에 비 좀 내려 주싯쑈잉! 아, 사람 좀 살려 주싯쑈……."

"아이고, 참말로 사람 쪼까 살려 주싯쑈잉! 신령님 비 쪼까 내려 주싯쑈……. 요렇고 빌고 또 비요 야! 사람 좀 살고 봅시다! 새끼덜이 일곱이나 되는디, 다 굶어 죽겄어라우……."

"산신령님! 곡식 다 타버렸응께, 인자 어쭈코 살 것이요? 꼭 쪼까 비 좀 내려 줏쑈!"

나이 많은 유록정이 아재가 다 죽어가는 목소리로 비를 빌었다.

"살려 주싯쑈, 살려 주싯쑈! 비 쪼까 내려서 사람 좀 살려 주싯쑈! 비나이다, 비나이다! 우리 집 다 떠내려가도 좋은게, 짝달비 좀 퍼붓어 주싯쑈. 더도 말고 덜도 말고, 이 똘물 저 똘물 철철 넘기게, 이 샘물 저 샘물 펄펄 넘치게, 쏘낙비 좀 쫙쫙 퍼 붓어 주싯쑈!"

"어매, 나도 이렇고 손 싹싹 빌고, 큰절 올리요 야! 내 절 받으시고, 신령님 노염 푸싯쑈 잉! 나 물에 빠져 죽어도 좋은 게, 저수지 언뚝이 다 터져버리게, 비 좀 퍼 부서 줏쑈 잉! 아니, 그짓말 아니고, 이 못난 것 죽어도 좋은 게, 석 달 열흘만 짝달비로, 짝짝 퍼붓어 버릿쑈 잉!"

"신령님 참말이제라우, 못 살겄어라우! 이렇게 싹싹 두손 두발 다 비요! 우리 동네 일백다섯 가우 다 굶어 죽게 생겼어라우! 위로는 부모 모시고, 조상님께 기제사 올리고, 처자식이랑 같이 먹고 살아야지라우, 잉! 신령님, 간절히 빌고 빕니다, 비 좀 찌클어 주잇쑈 잉! 큰맴 잡수시고라우 잉! 동촌 부락민 오백이십 명을 대표해서, 큰절 올리고, 또다시 빌고 비오니, 비 좀 찌클어 주싯쑈 잉……."

동네 리장인 갈구지 아재가 큰절을 두 번 올리는 것으로 약식 기우제를 끝냈다.

말뚝에 묶어 놓은 마른 명태를 찢어서, 술안주로 막걸리 한 사발씩을 들이키고 있었다. 술을 못 하는 사람들은 곶감 대추로 음복을 대신했다.

촛대 주둥이 옹기병에서는 막걸리가 연신 콸콸 쏟아져 나왔다.

땡볕에 산을 올라 암장 묘를 파내느라 땀범벅이 된 청년들은 술맛이 꿀맛이었다.

"막걸리 안주는 풋꼬치 된장인디, 올해는 그 흔한 풋꼬치도 못 먹는당께!"

농담 잘하는 너뱅이 성님이 고막원 아재한테 술잔을 건네며 우스개를 했다.

이때였다.

둘봉산 봉우리에 느닷없이 싸한 바람이 스치고 지났다.

"어어?"

리장 갈구지 아재가 술잔을 들다가 저도 모르게 탄성을 흘렸다.

그러고 보니, 둘봉산 남녘 돌머리 쪽 하늘에 검은 구름 한쪽이 보였다. 어디서 나타났는지, 손바닥만 한 것이 해를 가리고 들었다.

"허어! 이것이 믄 일이단야?"

그것도 구름이라고 땡볕을 가리고 드니, 또 한 번 둘봉산 정상에 시원한 기운이 돌았다.

술병에는 아직 술이 남아 있고, 이제 막 겨우 한 순배가 돌아가고 있는 판이었다.

"과연 둘봉산 산신령님이시!"

"아이고 참말로, 우리 살릴란갑제 잉!"

저마다 눈빛을 빛내며 한마디씩 했다.

"너머, 미리서 까불어 버리면, 안 되제잉! 쪼금 더 기달라보드라고……."

"아먼! 그 말이 맞어, 쪼까 더 기달라 보세."

말은 그리했지만, 사람들은 기뻐서 어쩔 줄을 모른다.

"어매, 나 큰절 한 번 더 해 버릴라요! 아이고 산신령님 감사허고, 또 감사허고, 또 감사허요 야!"

얼굴이 시커멓게 탄 백년동 성님이 밀짚모자를 벗고, 큰절을 거푸 세 번이나 올렸다.

그 절 올리는 몸짓이 얼마나 허풍스럽고 거창했던지, 둘러선 동네 사람들이 박장대소를 했다.

하늘의 조화는 묘했다.

백년동 성님의 허풍스런 큰절 세 번에 산신령님이 감복했는지, 둘봉산 꼭대기에 다시 싸한 바람 한 무더기가 지났다.

하늘에서는 손바닥만 한 검은 구름이 점점 풀어지면서 하늘을 덮기 시작하는 것이 아닌가.

천우신조天佑神助라더니 세상에는 알 수 없는 일이 많았다. 동촌 사람들은 또 한 번 둘봉산 산신령님의 영험을 감탄하지 않을 수 없었다.

하늘에 점점 검은 구름이 햇볕을 덮고, 둘봉산 꼭대기에 시원한 바람이 무더기로 휩쓸려 지났다. 동네 사람들은 서둘러서 산을 내려가고 있었다.

산에 올랐던 동촌 사람들이 장군 바우 꼭대기를 지나 줄바우등에 이르렀을 땐, 검은 구름에 덮힌 하늘에선 빗방울이 하나둘 뚝 뚝 옷깃을 적시고 있었다.

몸이 가볍고 발걸음이 잰 강욱이는 다른 사람들보다 훨씬 앞서서 산을 뛰어 내려왔다. 그랬는데도, 댓문을 들어서는 강욱이의 몸은 온통 빗물에 젖어 있었다. 세찬 바람과 함께 굵은 빗줄기가 마구 쏟아져 내렸기 때문이었다. 순식간에 먹구름이 하늘을 덮고, 뇌성벽력이 사납게 하늘을 우르릉거렸다.

제비들이 처마 밑으로 쫓겨 들어오고, 참새떼들도 나뭇가지 사이로 급하게 몸을 피하고 있었다. 마을 여기저기에 숲을 이루고 있는 감나무숲에서는, 갑자기 울어대는 청개구리 울음소리가 온 동네가 떠나갈 것처럼 울어대고 있었다.

"형, 세상엔 이런 얼척(어처구니)없는 일도 다 있당게……."

물에 빠진 생쥐 꼴이 된 강욱이가 빗줄기를 피해 토방(봉당)으로 뛰어들며 하는 말이었다.

"이거…… 소가 웃을 일 아니우?"

강욱이가 얼굴에 흘러내리는 빗물을 닦아내며, 별 요상한 일도 다 있다며 헛웃음을 흘렸다.

"클씨(글세) 말이다, 나도 어렸을 적에 한 번 겪었어야. 그때에도 이렇게 짜락비가, 막 쏟아졌어야……."

"참 재밌는 일도 다 있구망 잉!"

"그러면 너는, 비가 올 거라는 확신도 없이, 그냥 연장 들고 따라갔었냐?"

"형도, 참……, 내가 뭐 멧등 파고, 기우제 지낼라고, 따라 갔간디? 허파에 바람 넣을라고 갔었구만은……."

"싱거운 녀석, 아무튼 잘했다. 너 같은 어정충이가 다, 괭이를 들고 나섰으니, 산신령인들 비 안 주고 버티 겄냐!"

"아무튼, 비가 옹게 인자 살겠네. 비도, 비도, 엄청나게 쏟아져 버리구망 잉…….."

"아이고 잘 되얐다. 그 징헌 놈의 며루 다 죽어서 인자 한시름 돌렸다."

7

그동안 일 년 사이에 새 풀이 많이 돋아 있었다.

4·19 때 죽은 영식永植의 무덤이다.

그날 영식은 광화문 쪽에서 쫓겨 내려오는 소방차 위에 있었다. 장갑차를 앞세운 경찰진압대가 벌써 중앙청 앞을 지나 광화문 쪽으로 방향을 틀고 있을 때였다.

영식은 선혈이 얼룩진 머릿수건을 질끈 동여맨 자세였다.

운전석 오른쪽 창문을 붙잡고 커다란 도끼 하나를 꼬나들고 있었다. 무서운 얼굴이었다.

경찰진압대가 쏘아대는 총알을 피해, 성욱이 국회의사당 건물로 몸을 피하기 직전의 일이었다. 이것이 마지막 본 영식의 모습이었다.

"영식아! 영식아!"

성욱이 아무리 소리를 질러도, 영식은 알아듣지를 못했다.

경찰진압대가 쏘아대는 총성에, 될 대로 되어버린 혁명의 거리. 출렁거리는 광장의 노호, 군중의 함성. 영식을 태운 소방차는 시청 앞을 지나 쏜살처럼 반도호텔 쪽으로 사라졌다.

영식과 같은 소방차에 동승했던 자취방 친구 홍형이 전하는 말은 이랬다.

영식과 홍형이 탄 소방차가 반도호텔을 지나서 을지로 입구 내무부 앞을 지날 때였다. 도끼를 꼬나들고, 소방차 앞에 버티고 서 있던 영식이 갑자기 짚둥처럼 무너져 내렸다. 앞쪽에서 들리는 총성과 함께 길바닥으로 떨어져 나뒹굴었다.

내무부 청사 담벼락에 몸을 숨긴 경찰들의 무차별 난사였다. 영식의 반대편 문짝을 잡고 서 있던 학생도, 운전석 지붕 위에 있던 다른 여러 명의 학생들도, 동시에 길바닥으로 떨어져 나뒹굴어 졌다.

"아, 서울놈은 뭐 종자가 따로 있깐디이……."

처음 성욱을 따라 상경했을 때 영식의 제일성第一聲이었다. 고향을 버리고 다 서울로 오면 어떻게 하느냐는 물음에 대한 답이었다.

"씨팔 것, 허다허다 안 되면, 한번 뒤집제!"

뚝섬에서 일거리가 없어서 끼니를 거르다가 신설동 부로크 찍는 데로 떠나면서 뱉은 말이었다. 구차하게 밥자리를 찾아 이리저리 옮겨 다녀야 하는, 그의 속마음이 얼마나 뒤틀렸을 것인가.

"이눔들아! 내 자식 살려내라! 못 입고, 못 먹고 큰 내 자식, 영식아! 이눔아……, 서울은 죽으러 왔디야? 돈 벌어서 잘 살자더니……."

영식이 아버지 밤골 아재가 영식의 관을 부여잡고 울부짖었다. 계엄사령부의 통보를 받고, 밤골 아재가 팔자에 없는 서울 구경(?)길에 올라 밤차로 긴급 상경을 한 것이다. 서울역 앞 세브란스병원에서 4·19 희생자 유해가 유족들에게 인계되고 있었다.

그 후 밤골 아재는 홧병으로 실어증에 시달렸다. 몸도 제대로 움직이지 못하는 폐인이 되었다가 얼마 전 세상을 떠났다. 비명에 간 아들 곁에, 채 흙이 덜 마른 또 하나의 무덤이 되어 누워 있었다.

지난해 5월에도 성욱은 영식의 무덤을 찾았었다.

그땐 군복이 아니었다. 진만씨의 헌 베 바지저고리를 입고, 유달산 자락 강혜임의 집을 찾았다가 돌아오는 길이었다. 쑥국새 울음소리가 갈미봉 능선을 타고 넘어 들었다. 저만치 쪽빛 산도라지 한 송이가 피어 있었다. 그날은 피울 줄 모르는 담배 생각이 어찌나 간절했던지, 뻐쓰를 내린 삼거리 주막에서 사슴(담배) 한 갑을 사 넣었다. 아직 흙이 덜 마른 영식의 무덤 곁에 앉아서 사슴 가치를 피어 물었다.

열 개짜리 사슴 한 갑을 다 태우고야 자리를 섰다.

낯선 옷, 군복을 입고 있는 한성욱을 보고, 지금 영식은 무슨 말로 자신을 맞고 있는 것일까?

성욱은 발을 멈추고 한참 동안 영식의 무덤 앞에 서 있었다. 멍하니 정신이 나간 사람처럼 서 있었다.

오늘도, 왜 이리도 피울 줄 모르는 담배 생각이 이렇게 간절할까.

성욱은 천천히 발걸음을 옮겨 영식의 무덤을 한 바퀴 돌았다.

그리곤 갈미봉 쪽으로 몇 걸음을 거슬러 올랐다.

성욱은 털썩 그 자리에 주저앉고 말았다.

멀리 바다가 건너다보이고, 간척지 논 들판이 내려다보였다.

동촌 뒷산, 당산나무, 정려각, 그리고 이마를 맞대고 엎드린 초가 집들의 마을 전경이 환하게 다 내려다보였다.

지금 성욱이 앉아 있는 이 능선이 바로 진재 장령, 옷밥골재 옷밥 골고개인 것이다.

벼가 한창 자라는 동촌 앞 들판이 눈부시게 푸르다.

어제 쏟아져 내린 장대비로 모든 작물들이 생기를 되찾은 것이다.

바다와 간척지를 일직선으로 가른, 4키로가 넘는 뚝길이 길게 누워 있었다.

　성욱이 고향에 오면 맨 먼저 찾는 곳이 바로 이 뚝길이었다.

　철부지 어린 나이에도 뚝길은 너무 좋았다. 뚝길 너머엔 들물이 한 바다가 되어 철썩거리고, 썰물이 빠져나간 십 리나 먼 갯펄은 펀펀한 갯바닥을 드러내 보이고 있었다.

　길고 아련하게 뻗어 나간 뚝길, 여름엔 푸른 잔디가 덮여 있고, 겨울엔 하얀 눈길이 누워 있었다. 넘실거리는 바닷물, 출렁거리는 파도 소리도 좋았지만, 자로 선을 그은 듯 길게 뻗어 나간 뚝길은 알 수 없는 어떤 아련한 꿈의 통로인 것만 같았다.

　어린 한성욱의 마음속에 아련하게 피어오르는 아름다운 것들이 있었다. 그 아름다운 것들이 오고 가는, 푸르고 하얀 길이었다.

　전쟁이 나던 해, 가을이었다.

　누렇게 익어가는 나락밭 사이로, 은영恩煐이는 가물가물 사라져 갔다. 은영이는 여자 중학생들이나 입는 예쁜 쎄라복을 입고 있었다.

　그날 성욱은 뚝길에 혼자 남아 있었다.

　쌕쌕이(무스탕 전폭기) 두 마리가 돌머리 있는 쪽에서 날아와 군유산 쪽 하늘로 사라졌다. 은영이가 지나간 너른 들판을 가로질러 하늘을 두 쪽으로 갈라 버릴 것 같은 굉음을 쏟아냈다. 두 줄기 하얀 구름줄을 남겨 놓았다. 하늘은 한없이 맑고 푸르렀다.

　은영이와 쌕쌕이가 지나간 넓은 황금 들판은 따사로운 가을볕을 받고 조용했다. 뚝길 너머 바닷물까지 썰물이어서 온 세상이 적막했다.

　전쟁 다음 해 학교 문이 열렸지만, 은영이는 보이지 않았다.

　은영이 소식을 들은 것은 징집 영장을 받고 하향하는 열차에서였다. 천만뜻밖이었다.

동갑내기 이웃 고향 동무 고이석으로부터였다.

순해 빠진 이석이 별난 생각을 했다. 지금까지 당하고만 살아온 제 인생을 정리하기 위해서 종삼鍾三(종로3가)을 찾았다. 입대를 계기로 못난 총각 딱지를 떼기 위해서였단다. 이석으로선 일대 결단이었다.

여기서 은영이를 만났다.

성욱의 안부를 묻더라는 것이다.

그러고는 "이제 양공주라도 할까 부다."라며, 깔깔거리고 웃더라는 것이었다.

폐가가 다 되어버린 은영이네가 살던 서촌西村 집에는, 먼 친척뻘 되는 할머니가 혼자서 집을 지키고 있다는 소문이 있었다.

4284년(1951년) 2월 군유산君遊山 작전이 끝나고도, 은영이네 식구는 모두 살아 있었다.

군유산 작전이 끝나고 보름 뒤에 불갑산佛甲山 작전이 전개되었다.

은영이네 식구들은 군유산 작전 때 용케도 몸을 피하여 불갑산으로 잠입하는 데 성공했다. 구사일생으로 군유산 작전의 불구덩이에서 살아나와 밤길을 이용한 불갑산 진입이었다.

지난가을, 맥아더의 인천상륙작전으로 전세가 급전직하急轉直下로 역전되었다. 노령산맥 서남지구에도 그 여파가 밀려왔다. 동촌면 인민위원장이었던 은영이 아버지는 입산入山 준비를 서두르지 않을 수 없었다.

10월로 접어들면서 전세는 더욱 급박하여, 최경남 위원장이 이끄는 동촌면 인민위원회는 더 이상 인민을 위한 대민사업을 지속할 수가 없게 되었다.

우선 급한 대로 무장을 갖추고, 이 지역에서 가장 높은 산인 군유산으로 자리를 옮겨야 했다.

이때의 군유산은 하나의 작은 용광로와도 같았다.

함평 영광 무안은 물론이고, 목포를 위시한 수많은 섬 지방의 집단 인력이 밤이면 뱃길을 이용해 집결하고 있었다. 각 지방 단위의 상당 수 무장력이 편제를 유지하고 있었고, 미처 후퇴하지 못한 일부 인민 군 정규군 무력도 건재했다.

해발 4백여 미터의 크지 않은 산이지만, 기세등등 용기백배, 전의 에 불타는 종합 특수 사령부와도 같았다. 쫓기는 집단답지 않게 뜨거 운 열기가 하늘을 찌를 듯했다.

일찍이 해방 공간의 입산 유격대원(구빨치산)들은 더욱 전의가 넘 쳐났다. 은영 아버지를 위시한 구빨치들은 필승의지, 자신감, 반드시 이긴다는 신념이 강철 같았다.

이런 정보를 경찰 쪽에서도 미리 알고 있었기 때문에, 감히 군유산 지구를 건드릴 생각을 못 하고 있었다. 직접적인 군유산 토벌은 그만 두고, 군유산이 소재하는 동촌면과 인근 몇 개 면 지역엔 경찰 진주조 차 불가능했다. 동촌면 일대를 아예 '모스크바'라 부르고 경찰 진입을 망설이고 있었다.

이듬해 2월까지 인민 해방구가 되어, 은영 아버지 최경남 인민위원 장 휘하에선 대민사업이 그대로 명맥을 이어가고 있었다. 때때로 궐 기대회를 열고, 미국과 남쪽 정부를 규탄하고, 동촌 면민들에게 반제 反帝 반미反美사상을 고취시켰다. 사제私製 무기를 만들어 경찰 진주에 대비하고 식량을 비축, 유격전의 장기화 대책도 수립해나갔다.

4284년(1951년) 2월 5일 새벽 미명, 경찰 토벌대의 군유산 작전이 시작되었다.

음력으론 섣달 그믐날 아침이었다.

압도적인 병력의 우세에 야포, 박격포, AR기관총, 우수한 연발력과 파괴력을 자랑하는 케라반21, 엘에무지(LMG) 등 기관포들이 동원되었다.

이 무렵의 군유산은 3, 4개월 전 입산 초기의 군세軍勢가 아니었다.

지역사령부가 있는 불갑산, 백아산, 백운산, 지리산 등지로 많은 무장력이 빠져나간 상태에 있었다.

지리산지구에서 한숨 돌린 백선엽의 토벌사단과 서남지구 전투사령부, 그리고 경찰토벌대 주력이 노령지구에 눈을 돌렸다. 군유산지구의 잔여 무장력으로는 불가항력이었다. 더 이상 버틸 수 있는 힘이 없었다.

군유산 근거지를 잃어버린 모든 인력과 잔류 무장력은 불갑산을 향해서 대이동을 감행했다. 최경남 동촌 면당 위원장과 그의 가족들도 이 대열에 포함되어 있었다.

노령산맥의 주봉主峰 중의 하나인 불갑산은 삼한 시대부터 백제 이후, 영산靈山이었다.

우선 그 이름부터가 심상치 않다.

삼국시대 때, 이 땅에 불교가 제일 먼저 들어왔다 하여, 부처 불佛짜에 첫째 간지 갑甲짜를 쓰는 것이다. 중국 동진東晉으로부터 인도 승려 마라난타가 백제 침류왕 1년(384년), 처음으로 영광 법성포法聖浦를 통해서 불교를 전해 왔다.

법성포라는 용어도 그렇거니와 불갑산의 불갑사佛甲寺 또한, 부처님을 처음 모신 절이라는 뜻이다.

한쪽 발은 군유산群遊山, 임금이 노니는 산 또는 구미산(부처님의 산)

이라 일컫는 군유산에 두고, 다른 한쪽 발은 장성 태청산에 걸친 대단한 명산이다. 한양 도성을 향해 고개를 빳빳하게 들고 노령의 서녘을 막아선다. 전라 북녘 큰들(호남평야)과 전라 남녘 큰들(나주평야)을 번갈아 보며, 눈을 부라리고 호령하는 산세인 것이다.

산세가 두텁고 유현하여 덕을 쌓고 기름이 삼한三韓 제일이라. 그 정기가 위로는 황해 구월九月 평안 묘향에 통하고, 아래로는 월나月奈 낭주郎州, 영암 월출月出, 영주瀛州 한라漢拏에 이른다.

노령의 험준한 산줄기가 영동永同의 민주지산을 깃점으로, 무주 적상산 북덕유, 진안 운장산으로 숨가쁘게 굽이쳐 내렸다. 깃대봉 사두봉 장안산을 거쳐, 장수長水에서 잠시 숨을 고르다가 훌쩍훌쩍 건너뛰어, 좌로 순창 국사봉 회문산 장군봉이라. 우로 정읍 내장산 신선봉 방장산으로 내리꽂힌다. 장성 태청산에서 한걸음 멈추었다가, 마지막 남은 힘을 다해 한번 솟구친 것이 천하제일 명산名山, 부처님 처음 모신 불갑佛甲 영봉靈峰이며, 이를 연실봉連實峰이라 이르기도 한다.

부처님 처음 좌정하신 영뫼(靈뫼)는 항상 뜻을 안고 있었다.

이 세상 우주 돌아가는 심오한 이치와 원리를 그윽하게 품고 있었다. 세상 돌아가는 근본 이치는 생명의 원리, 사람의 원리이고, 나라의 원리였다. 이 세 가지 3대 원리는 저 혼자 스스로 살아서 꿋꿋하게 일떠서는 것이다. 땅, 우주에 발을 딛고, 꿋꿋하게 하늘을 향해 머리를 들고, 제 힘으로 제 의지로 일떠서는 것이다.

저 혼자 제 스스로 하는 것이다.

우주 만물의 근본 제1원리인 것이다.

아주 먼 옛일들이야 접어두더라도, 이 영뫼(靈뫼)가 일천 년 내에 끼친 덕이 허다하다.

고려가 처음 나라를 시작하였을 무렵, 이 고장(靈光)은 김심언金審言을 내어 나라의 중심이 서경西京(平壤)이어야 함을 가르쳤다. 제 일을 제 스스로 처리하는 나라다운 나라일려면 나라의 초석을 잘 놓아야 한다는 깨우침이었다. 불갑산을 품은 영광靈光은 땅 이름 그대로, 신령스런 빛을 발하여 중생을 구제하고, 수많은 사람들에게 생령生靈을 불어넣어 목숨을 살렸다. 정신을 살게 하여 혼과 넋을 불어넣었다.

조선대朝鮮代에 들어와서도, 이 고장 사람들은 나라다운 나라, 백성이 주인 되는 나라를 쟁취하기 위해, 끊임없이 반기를 들고 싸웠다. 이극규李克揆 등의 봉기가 잇달았다. 폐정타파, 탐관오리의 가렴주구에 반기를 높이 들었던 함평민란咸平民亂의 지도자 정한순鄭翰淳, 이방헌李邦憲도 모두 불갑산의 정기를 받고 태어난 사람들이다. 봉건 왕조에 대한 민중봉기民亂 갑오농민혁명, 일제를 향한 의병투쟁의 봉화가 꺼질 줄을 몰랐던 고장이었다.

이 영靈뫼의 음덕을 입은 무장(고창), 영광, 장성, 함평 등지는 동학농민전쟁의 분화구였다.

이 영靈뫼의 으뜸 봉우리 연실봉連實峰은 성스러운 진리인 법法의 열매, 즉 거룩한 진리의 결실이 여기에서 비롯되었음을 말한다.

해방!

해방은 해방인데, 세상은 뒤죽박죽이었다. 나라가 없었다.

그렇지만 부첫님 처음 뫼신 불갑산은 의연했다.

노령지구 유격군사령부가 연실봉 아래 있었다. 조선 땅의 곡식 창고, 기름진 큰 들판, 서남지방을 진무鎭撫하고 있었다. 분단에서 전쟁으로 찢긴 땅덩어리, 흩어진 백성을 안아 품고 우뚝 서 있었다.

전쟁 다음 해, 4284년(1951년) 2월 20일, 그 이름도 거창한 정월 '대보름작전'이 전개되었다.

"아조, 피가 똘물 내려가버렀당께는……, 똘물 내려가버렀어!"

'똘물'은 함평 영광사람들의 사투리다. 도랑물, 시냇물을 말한다.

그러니까 피가 흘러서 도랑물 냇물을 이루어 흘렀다는 표현이다. 함평 영광사람들이 불갑산 작전(대보름작전)을 말할 때면 항상 입에 달려서 두고 쓰는 말이다.

"아이고, 말도 마씨요 잉! 그냥 쏘 되야버렀어라우……."

눈을 희번덕거리고 훼훼 손사래를 치다가, 잔뜩 겁먹은 표정으로 혓바닥을 내둘러대는 것이다.

그날 새벽어둠이 채 가시기 전이었다.

함평 월야면 밀재능선과 해보면 모악산 구수재 능선에서 휘황찬란한 섬광이 일었다. 광주 광산 송정리 쪽에서 출동한, 백(선엽) 야전사 소속 토벌군이 쏘아 올린 신호탄이었다.

이를 시작으로, 영광 묘량면 연암리 쪽에서도 신호탄이 올랐다. 불갑면 방마리 압수 쪽에서도, 건무리 건무산 아래 단산 쪽에서도, 우곡리 쪽에서도, 연이어 신호탄이 작열했다. 백 야전사부대와 서남지구 전투사령부 소속 경찰 토벌대 사이에 약속된 작전 개시 신호인 것이다.

백 야전사 토벌부대와 경찰토벌대 사이 사이엔 영광, 함평, 장성 3개 군의 경찰부대가 끼어 있었다. 각 군별 경찰부대는 각 군별 방위군과 청년단 병력의 근접 엄호를 받고 있었다.

이날 투입된 병력은 백 야전사 정규군 2개 연대, 전투경찰 토벌대 3개 중대, 함평 영광 장성 경찰서별 직할부대와 각 군 방위군, 청년단 등 육천여 명에 이르렀다. 이중 삼중으로 불갑산 전체를 겹겹이 에워

쌌다. 물샐틈없는 포진이었다. 개미 새끼 한 마리 새어 나갈 수 없는 토끼몰이 전법이었다.

백 야전사가 입수한 정보의 공식기록은 무장 빨치산 5백 명에, 비무장 3천 명이었다. 만주를 점령한 일제 관동군이 산속에서 유격 활동을 하는 조선독립군을 토벌할 때에 써먹던 전술이 그대로 적용되었다. 유격군 병력의 10배 이상을 투입해야 성공적으로 작전을 수행할 수 있다는 것이다. 일본 군대의 공식 전투이론 전투지침에 철저하게 충실했다.

토벌부대가 이렇게 겁을 먹을 만큼, 불갑산 근거지가 강력했다. 전쟁 전 해방 공간에서 이때까지, 노령지구 유격군사령부의 전술과 투쟁력은 신출귀몰 백전백승의 빛나는 업적을 가지고 있었다. 은영 아버지 최경남 동촌 면당 위원장도 이 산자락에서 잔뼈가 굵었다. 1945년 해방 공간에서 1950년까지의 남쪽 유격군 투쟁사에서, 노령지구사령부 불갑산 부대만큼 강력하고 치밀한 조직력으로, 완전무결한 유격전술을 구사, 수없이 되풀이되는 전투에서 통쾌한 승리를 쟁취한 부대도 드물다.

최경남 위원장의 완전한 조국 해방과 자주독립에 대한 신념, 못 입고 못 먹고 사는 절대다수 인민에 대한 사랑은 바윗돌과 같았다. 물론 이 신조는 불갑산 부대의 성취 목적이었다. 무적 불갑산 부대, 노령지구 유격군사령부가 추구하는 신조와 목적은 불멸이다.

영광 불갑산 부대, 구빨치 무장대원 최경남은 총자루를 굳게 잡았다.

불갑산은 이 땅 중생구제의 첫발을 내디딘 땅이다. 영광은 신령스런 빛의 땅, 광채 찬란한 영광이 정의로운 전사들을 길러낸 것이다. 친일, 친미, 외세의 앞잡이들에게 결단코 비겁할 수는 없다.

승리는 인민들의 것이다. 여기는 영광靈光이요, 법성法聖이요, 불갑佛甲의 땅이 아닌가!

8

토벌부대의 총성이 울렸다.

휘황찬란한 야광탄 불빛이 사라지자, 동서남북 어디 한군데 빼놓은 데 없이, 불갑산 자락 전 지역에서 총성이 울려대기 시작했다.

야포 박격포 소리가 새벽하늘을 가르며, 천둥소리처럼 울렁거렸다.

연발 속사 기관총 소리도 드르륵 드르륵 간헐적으로 긁어댔다. 야포와 박격포 소리가 시간 간격을 거의 두지 않고, 여기저기에 마구 터지는 것으로 보아, 정규군 대부대가 투입되었음을 알 수 있었다. 중기기관포 사격도 불갑산 전역 사방에서 능선과 골짜기를 뒤흔들었다.

소규모 경찰 부대의 제한적인 한시 작전이 아니고, 정규군의 본격적인 장기 토벌 작전임을 직감할 수 있었다.

수십 수백 개의 골짜기, 능선 나무 밑 숲속, 바위 아래서, 새우잠을 자던 사람들이 혼비백산 이리 뛰고 저리 뛰고, 전 산덩어리 전체가 혼란에 빠졌다. 살고자 하는 본능이 우선 뛰고 보는 것이다.

토벌군의 공식기록이 비무장 3천으로 집계되었으니, 이것은 민간인 살상을 적게 했다는 증거를 남기기 위한 변명자료였다.

불갑산에 비해 그 규모가 훨씬 작았던 군유산 작전 때에도, 비무장 민간인 규모가 2천에서 2천5백을 헤아렸다. 토벌 후에 나온 육군본부 전투 상보의 기록이니, 누가 그것을 믿을 수 있을 것인가. 적게 잡아도 5, 6천에서 칠천을 헤아릴 것이라는 게, 그날 살아남은 사람들의 입과 입을 통해서 전해온다.

추위에 떨며 몸을 웅송크리고, 긴긴 겨울밤을 지새운 사람들이 새벽 총성에 놀라 황급하게 은신처를 뛰어나온 것이다. 온 산천이 맨손의 민간인, 흰옷 입은 사람들로 하얗게 뒤덮였다.

새벽 시간 기습을 당한 불갑산 무장 빨치산부대는 아침 해가 떠오를 무렵부터 대오를 정비하고 조직적인 전투태세에 돌입했다.

유격부대의 기본 전술인 소단위 편성으로, 곳곳에서 토벌대의 기습 공격에 맞섰다. 지리에 밝은 구빨치들의 맹활약으로, 유리한 지형지물을 선점 이용하여 기민한 투쟁을 전개했다. 축지법을 쓴다는 소문이 날 정도로, 치고 빠지는 빠른 이동은 모든 것이 열세인 유격군의 약점을 크게 보완할 수 있었다. 무장력 성능이 떨어지는 개인화기를 가지고도 눈부신 투쟁력을 과시할 수 있었다.

과연 노령지구사령부 불갑산부대의 명성에 걸맞은 전투력을 보였다. 압도적인 병력, 우수한 개인화기를 가진 토벌군과 맞서서 아직 6, 7부 능선을 지켜내고 있었다.

침착한 정조준 사격으로 토벌군의 빠른 진격을 막았다. 조준사격에 의한 상대방의 인적 피해는 토벌군의 진격을 저지하고, 겁을 먹게 하는 이중효과가 있었다. 2, 3명의 적은 수의 조組들이 재빨리 인접 진지에 모여 집중 사격을 가하고, 다시 신속하게 원위치에 복귀하는 전법도 매우 효과적이었다.

산악지형에 단련된 체력, 준비된 굳건한 정신력, 풍부한 전투경험을 가진 구빨치들은 물 만난 고기처럼 펄펄 날았다. 토벌대의 전면을 공격하는가 싶었는데, 곧장 측면에 나타났다가 번개처럼 타격하고 바람처럼 사라지는 유격 전법이었다. 공격군의 시야를 교란하고, 갈팡질팡하는 적에게 막대한 피해를 입히는 전술이었다.

비무장 대원들도 전력을 다해 싸웠다.

몸에 지닌 수류탄 한 개로, 토벌대의 진격을 막고 그들의 간담을 써늘하게 만들었다. 산 위로 도망가는 것이 아니고, 토벌대가 밀고 올라오고 있는 산 아래를 향하여, 내려가서 몸을 숨겼다가, 토벌대를 향해 근접 투척하는 용감무쌍한 대원들도 있었다.

심지어 몽둥이나 죽창으로 맞서다가 최후를 맞는 대원들이 속출했다.

비무장 민간인들은 각자의 옷차림만큼이나 그 신분이나 입장이 형형색색이었다.

입산 피난민들은 대다수 민간인이었다.

사람 사는 세상엔 이런저런 헛소문도 많고 빈말도 무성하다.

인민군이 처음 들어올 때도 그랬다. 아무 죄도 없거나 별문제 될 일도 하잖았는데, 괜스레 사람 마음이 불안했다. 세상 분위기가 그랬다. 전쟁 시기라서 그럴 수밖에 없었다.

세상이 바뀌면 사람 마음이 불안해지는 것은 당연한 일이다. 세상이 두 번씩이나 바뀌었는데, 불안하지 않을 사람이 어디 있을까.

경찰이 들어오면 죽일지도 모른다. 토벌대가 들어오면 여자들을 가만히 놔두겠나? 경상도 거창서는 아무 죄 없는 사람들을 모아놓고, 수백 명이나 다 죽였다고 하더라. 어디서는 토벌대들이 새각씨를 신랑 보는 데서 겁탈을 했다더라.

이런 소문에 몸을 피하여 산으로 숨어든 사람들이 대부분이었다. 주로 큰 산 밑 주변에 사는, 아무 세상 물정도 잘 모르는 산골 사람들이었다. 은영이네처럼 유격대원의 가족도 있었고, 인민공화국 시절,

대민업무에 관계했거나 가까이서 대민사업에 협조적인 사람들도 있었다.

이들은 산으로 몸을 숨기지 않으면 부역자로 몰려 처형을 당할 사람들이었다. 가만히 앉아서 죽을 수는 없어서 산에 오른 사람들이었다.

심지어는 새벽잠 잘 자다가 개 짖는 소리에 토벌대들을 발견하고, 무서워서 무작정 산으로 올라온 사람들도 있었다.

젖먹이를 등에 업은 아주머니들, 대여섯 살 먹은 딸 아들을 양손으로 붙잡고 있었다. 아이를 붙잡지 않은 아주머니들은 옷이나 이불 봇따리를 들고 있었다. 그 정신에도 재봉틀 대가리를 머리에 이고 있는 아주머니도 있었다.

아이들은 총소리 대포 소리에 놀라 우는 것도 잊어버렸다. 어른들을 따라 이리 밀리고, 저리 밀리고 맹목적으로 그냥 뛰어다니고만 있었다.

곰방대를 괴춤에 꽂은 할아버지도 있었다. 교복을 그대로 입은 중학생들도 보였다. 어떤 학생은 일찍 초가을에 집을 나왔는지, 하복을 그대로 입고 있기도 했다. 겁에 질려서 허둥거리는 가녀린 여학생들의 모습도 보였다. 댕기 머리 처녀들도 보였다. 단발머리 어린 소녀들도…….

때가 절은 핫퉁이를 입은 촌 머슴애들도 보였다.

이리 뛰고 저리 뛰고, 사람들은 총알을 피해 이리저리 몰려다니고 있었다.

중과부적衆寡不敵에다가 야포와 박격포, 속사 기관포를 당해낼 길이 없었다.

신출귀몰 전법에 초인적인 투쟁으로, 6, 7부 능선을 지키기 위해 사투를 벌였으나, 7, 8부 능선으로 밀리지 않을 수 없었다.

노령지구 유격군사령부에도 노획한 박격포가 몇 문 있었다. 포격 개시 한 시간이 못 가서 포탄이 바닥이 났다. 유격군이 근원적으로 안고 있는 치명적인 약점이었다. 화순탄광에서 보급해온 폭약으로 제조한 수제 수류탄도 모두 바닥이 났다.

개인화기에 지급되는 탄약도 문제였다.

아무리 조준사격으로 실탄을 아껴 쓴다고 해도, 바로 코앞에 다가오는 적을 발견하고 방아쇠를 안 당길 수는 없는 것이다. 촌각을 다투는 전투상황에서, 실탄 절약이란 한계가 있었다.

토벌대의 우수한 화력에 밀려 7, 8부 능선으로 물러설 즈음엔, 유격군사령부가 보유한 모든 개인화기의 실탄이 바닥이 났다. 따지고 보면 초인적인 인내였다. 강철같은 의지와 투쟁력이었다.

전투 개시 다섯 시간을 버틴 것이다. 과연 불갑산부대의 영예요, 영웅적인 혈투였다. 단 한 사람의 전사戰士도 전투 대오를 이탈했거나, 유격대원의 명예를 욕되게 한 자가 없었다.

총알이 떨어진 대원들은 총신에 착검을 하고, 토벌군의 총구 앞에 맞섰다. 마지막 남은 수류탄 하나로 공화국 만세를 부르며, 자폭을 감행하는 대원도 있었다.

7, 8부 능선은 토벌군 포병대의 야포 박격포의 탄착점이 되어 먼지와 포연이 자욱했다.

노령지구 유격군사령관의 최후 명령이 하달되었다.

"더 이상의 다른 명령은 없다. 모든 대원들은 현 위치를 사수하라! 우리들의 조국, 조선 민주주의 인민공화국 정부는 영용한 불갑산 부대 전사들을 기억할 것이다"

이때까지 살아남은 무장대원들은 더 이상 비무장 인민들을 지켜낼 힘이 없었다. 총알이 없는 총은 쓸모없는 막대기에 지나지 않았다. 대원들은 착검을 하고 뛰어나가 달려드는 토벌대와 맞서는 길을 택했고, 여기저기서 인민공화국 만세 소리가 터져 나왔다.

민간인들은 이제 완전한 무방비상태였다.

그들의 울타리가 사라졌다. 무장부대가 전멸한 것이다.

사람들은 여기저기 쓰러져 시산혈하屍山血河를 이루었다. 불갑산 8부 능선엔 때아닌 진달래 철쭉이 만발했다. 하얀 조선옷을 입고 쓰러진 시체들에서 붉은 피가 무더기 무더기로 피어올랐다.

그런데 이것은 또 무슨 날벼락인가.

난데없이 하늘이 두 쪽으로 갈라지는 폭음이 불갑산 8부 능선을 뒤흔들었다.

무쇠 철판을 찢는 듯한 바람 소리가 들리는가 싶더니, 시커먼 오지그릇 몇 개가 하늘에서 떨어져 그대로 땅 위로 내리꽂혔다.

천지가 다 내려앉아 버리는 폭음이 일고, 불갑산 산덩어리가 지진을 만난 듯 아주 흔들흔들 몸을 가눌 수가 없었다.

산이고 나무고, 사람이고 흙이고, 세상의 모든 것이 다 어디론가 날아가 버리는 것 같았다.

하! 그런데, 또 이것은 무슨 천재지변인가. 세상이 다 망해버리는 것인가.

굉음을 쏟아내며 멀리 사라졌던 날개 달린 검은 물체가, 또 어디서 갑자기 다시 굉음을 몰고 나타난 것이다. 독수리 주둥이처럼 생긴 앞대가리에서 번쩍번쩍 불을 토해 내는 것이 아닌가.

기총소사, 기관포 사격이 시작된 것이다.

"두두, 두두두두…… 두두, 두두두두…… 두두두두, 두두……."

멋지게 장단도 잘 맞췄다.

코 큰 조종사 두 명이 서로 웃음보를 터뜨리면서 기관포 사격을 즐기며, 곡예비행을 했다. 내려꽂혔다가 솟구치고, 또 내려꽂혔다가 솟구치고를, 네다섯 번을 되풀이했다. 아주 묵사발을 만들고 곤죽을 만들어버리는 판이었다.

"아후—악!"

"악, 악 , 으—으—"

"흐악— 흐하악……."

비행기의 폭음, 기총소사에 사람들의 비명소리는 들리지도 않았다.

기관포 포탄에, 공기 찢어지는 소리에 묻어서, 이따금 한 번씩 들리는 것도 같고, 들리지 않는 것도 같았다. 모깃소리 같은 것이 귓바퀴를 맴돌다가 사라졌다.

환청이었을 것이다.

죽어가는 사람들의 모습을 보고, 귀가 저 혼자서 소리를 만들어 내었을 것이다.

기총소사를 끝낸 비행기 편대는 그동안 재미있었다는 듯, 날개를 서로 번갈아 몇 번 흔들고는 푸른 하늘 멀리멀리 까마득하게 사라져 가버렸다.

이때였다.

토벌대의 소총 소리가 불갑산 8부 능선 전역에서 일제히 후드득거렸다. 토벌대들의 마지막 토끼몰이 소탕전이 전개된 것이다. 야포와 박격포 사격이 중지되었다. 중기 기관포 사격도 멎었다. 마무리 근접 소탕전이어서 토벌군끼리의 오폭 방지를 위한 것이었다.

어떻게 살아남았는지, 8부 능선에도 살아남은 사람들이 있었다. 총알엔 눈이 없었다. 사람을 찾아다니면서 죽이지는 않았다. 총알이나 폭탄의 탄도는 직선이어서 옆으로 비껴 선 사람들을 피해서 갔다.

얼마나 많은 사람들이 목숨을 보존하기 위해서 이 생명의 땅, 부처님 처음 뫼신 곳으로 모여들었던지, 아직도 살아남은 사람들이 수백 명은 되는 것 같았다.

시쳇더미 속에서 벌떡벌떡 일어나 무조껀 산봉우리 쪽으로 뛰어올랐다. 토벌대의 총알이 아래서 위로 올라왔기 때문이다.

불갑산의 최고봉, 연실봉 정상이었다.

흰옷 입은 사람들로 흰 연꽃이 피었다.

어미 등에 업힌 젖먹이도, 아비 손을 잡은 일곱 살짜리 개구쟁이도, 한 송이 연꽃이 되었다.

잠시 총소리가 멎는 것 같았다.

총성이 멎어도 이제 더 이상 갈 곳도 없었다. 막바지 불갑산 맨 꼭대기였다. 어떻게 무슨 힘으로 뛰어올랐는지 정신이 없었다. 모두 쓰러져서 땅바닥에 뒹굴었다. 제정신이 아니었다.

그런데 또 어떻게 알고 왔는지, 한참 만에 이승만의 처갓집 비행기, 호줏기가 다시 나타났다. 쌕쌕이 편대의 세 번째의 폭격이었다.

이승만의 처갓집은 유럽의 오지리墺地利, 오스트리아인데 사람들은 호줏기가 나타났다고 했다. 호주濠洲와 오지리, 오스트랄리아와 오스트리아도 구별할 줄 모르는 사람들이 불갑산 상상봉에 하얀 연꽃이 되어 피어 있었다. 다만, 이승만의 처가 우리 조선 종자가 아니고, 눈이 파란 코쟁이 종자라는 것만은 확실하게 알고 있는 사람들이었다.

쌕쌕이 편대는 불갑산 상상봉 연실봉을 아주 싹싹 뭉그러뜨리고,

갈갈이 찢어서 풍비박산風飛雹散을 내고 있었다.

쌕쌕이 편대의 세 번째 출격은 불갑산에 대한 토벌군의 증오의 표현이었다. 영용 무쌍한 불갑산부대에 대한 원한 맺힌 보복 살육이었다. 그동안 노령지구 유격군사령부 산하, 유격대원들의 영웅적인 투쟁에 대한 앙갚음이었다.

사실 세 번째의 전투기 편대의 출현은 순전히 살육을 위한 비인도적 출격이었다. 무장대원이 전멸한 상태에서, 연약한 아녀자가 대부분인 순수 민간인 살육행위였다.

연실봉 정상은 순식간에 피바다가 되어, 푸른 하늘 아래 붉은 연꽃이 피었다. 화사했다.

피비린내가 연꽃 향기처럼 온 산천에 퍼졌다.

피는 연실봉 상상봉에서부터 산의 능선 계곡, 어디 한 군데 빼놓은 데 없이, 무더기 무더기로 쌓이고 얽힌 시쳇더미들을 지나, 골짜기를 따라 골골이 흘러내렸다. 피는 그들이 태어난 땅의 향기로운 흙냄새를 맡으며 흘러내렸다. 오손도손 서두를 것도 없이, 옛 어매들이 가르쳐 준 전라도 흥글노래를 부르며 흘러내렸다.

아조 똘물이 되어 흘러내렸다.

이승만의 처갓집 비행기는 폭탄을 퍼부을 대로 퍼붓고, 기관포를 갈길 대로 다 갈기고 하늘 멀리 사라져 갔다. 마지막 폭탄을 쏟아붓고는, 코쟁이 조종사들은 환하게 웃음을 쏟아 내며, 서로 마주 보고 엄지와 검지로 동그라미까지 그려 보이며, 희희낙락했다.

불갑산이 조용해졌다.

세상천지가 조용해졌다. 적막강산이었다.

아니 세상이 거꾸로 뒤집어져 버린 것이다.

산천초목이 입을 열고, 돌 바우가 울었다.

산죽밭의 새들도 울고, 산 고개를 스치는 겨울바람도 울었다. 하늘을 맴도는 구름들도…….

저것들은 시체가 아니었다.

사람의 몸뚱이가 아니었다.

다리는 다리대로, 머리통은 머리통대로, 따로 떨어져 놀았다.

저것들은 사람의 형상이 아니었다.

푸줏간의 살코기들처럼, 붉은 살덩어리들이 갈가리 찢겨서, 널브러지고 튕기쳐서 땅 위에 걸렸다.

쎄라복을 입은 쬐끄만 단발머리 가시내 하나가, 그 허옇고 붉은 꽃무더기 속에서 비실비실 기어 나왔다.

가시내의 얼굴에도, 흰 저고리에도, 선홍빛 진달래가 피었다.

이 쬐끄만 가시내에게, 철 이른 진달래 꽃물을 선사한 전투의 이름은, 그 이름도 찬란한 정월 '대보름작전'이었다.

은영이는 별다른 기억이 없었다.

시쳇더미도 아니었다. 갈기갈기 찢긴 인육 더미를 비집고 나온 은영이는 토벌대들의 게걸스런 만세 소리를 들었을 뿐이었다.

그녀가 밥을 먹고 자란 곳은 송정리에 있는 규모가 큰 고아원이었다. 정월대보름작전을 지휘한 장성이 세운 사회시설이었다. 전쟁 당시, 형제 장성으로, 큰별 작은별로 통하는 사람들이 미국의 원조를 받아 세운 것이었다.

서촌 마을에 전해진 어렴풋한 은영이의 소식이었다.

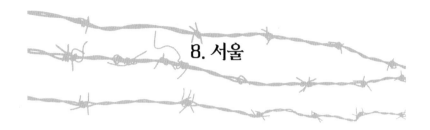

8. 서울

1

서울은 그랬다.

늘 뜨악한 표정으로 그를 맞았다.

활짝 웃어주지 않는 곳이었다.

언제나 굳어진 표정으로 한성욱을 맞고 있었다.

성욱도 마찬가지였다.

와락 껴안아 버릴 수 없는 그런 곳이었다.

사실 성욱은 사랑하고 싶었다. 높이고 추앙하고도 싶었다.

자신이 태어나고 자란 나라의 머릿저자, 왜 사랑하고 추앙하고 싶지가 않았겠는가.

성욱이 서울, 한양 땅에 처음 발을 디딘 것은 대학을 다니기 위해서였다.

무려 열다섯 시간이나 걸린 기차여행이었다. 읍내에 나와 밤잠을 자고, 새벽부터 서둘러서, 서울행 열차를 탄 것이다.

천신만고 끝에, 서울에 첫발을 내디딘 한성욱은 서울이 그렇게 정겨운 곳이 아니라는 것을 한눈에 느낄 수 있었다.

서울은 저만치에서 뜨악한 자세로 한성욱을 내려다보고 있었다. 손을 내밀어서 한성욱을 맞이하려 들지 않았다.

그 나름대로 정을 붙여볼려고 노력을 했었다. 살을 맞대고 살면서 2년여 동안 말을 걸고, 가까워 질려고 여러 가지 몸짓을 했었다. 그렇지만 서울은 선뜻 손을 내밀어 주지 않았다. 날이 갈수록, 서로 보여주지 말아야 할 것들만 보여주고 마는 결과가 되고 말았다.

성욱은 서울을 처음 만나기 전, 역사책에서 배웠거나, 어른들에게서 얻어들은 '서울의 모양'이 머릿속에 이미 그려져 있는 것이 있었다.

'서울' 하면, 한양漢陽이라는 옛 한짜 이름이 떠올랐다.

그래서 중 무학無學과 조선 태조 이성계李成桂가 연상되었다.

그러면 선죽교에서 쇠몽둥이에 맞아 죽은 정몽주가 떠오르고, 붉은 무덤의 최영 장군이 잇달아 떠오르는 것이다.

얼마나 원통했으면 목이 떨어져 나갔는데, 몸통은 그대로 서서 버티고 서 있었을까. 겨레의 탯집 같은 조상의 고토古土를 찾으려던 꿈이 하루아침에 물거품이 되었으니, 얼마나 분하고 원통했을까.

얼마나 원통했으면, 송도松都 백성들이 요강을 안방에 들여놓고, 전 방문을 다 닫아걸어 잠궜을까. 글짜 아는 두문동杜門洞 72인이 햇빛 보기를 거절했을까.

어떤 이는 말했다고 한다. 묘청妙淸의 서경천도西京遷都는 당시의 시운時運에 꼭 맞는 주장이었고, 우리 역사 일천년래의 기회였다고, 일천년래의 일대 사건이었다고…….

옛땅 생각해서 위로 기어올라가야지, 대륙 구토 다 내버리고, 좁으라진 삼각산 골짜기로 수그러들다니, 말이 되는 것이냐고…….

뭐 그런 것들이야 큰 사람들 얘기이고……, 성욱 자신 같은 조무래기 백성들이야, 우선 먹고살 일이 더 걱정이고 절실했다.

그렇다고는 하지만, 눈 달리고 코 달린 사람인데, 눈에 보이는 것을 안 보인다고 말할 수는 없는 일이 아닌가.

수도首都는 수도다워야 하는 것이 아닌가.

수도는 어떤 한 나라를 대표하는, 으뜸 저잣거리가 아닌가. 대표하는 나라의 전통과 특색, 위엄과 규모規模도 있어야 한다.

아무리 잘 봐줄려고 애를 써도 아니었다. 아무리 발버둥을 쳐도 볼만한 게 별로 보이지 않았다.

소박하고 단아하지도 않았다. 화려하지도 못했다. 웅장하고 장려한 맛도 없었다. 조선 기와집이 많아서 정답거나 고졸하지도 않았다. 거대한 삘딩들이 마천루摩天樓를 이룬 것도 아니었다. 혼을 빼어갈 듯한 휘황찬란한 고루거각들이 즐비한 거리도 없었다. 장장 5백년 사직社稷을 이어온 도읍지치고는 초라하고 보잘 것 없고, 부끄럽기 이를 데 없는 얼굴 모습뿐이었다.

댕기 머리 조선 가시내가 기모노를 입고, 입술연지만 빨갛게 칠한 촌티 풍기는 얼굴이었다. 짚세기에 스타킹을 신고 원피스를 걸친 촌 여인네의 모습이었다. 핫바지에 지까다비를 신고 갓을 쓴 노인, 게다짝에 당꼬바지에, 핫저고리를 입고 중절모를 쓴, 시골 장터거리 거간居間꾼 남자 같았다.

뭐가 뒤죽박죽이었다.

조선적인 것이 없었다. 이른바 한국적인 것이 없었다.

땅은 대한민국 땅인데, 서울은 대한민국의 수도인데, 대한민국다운 데가 없었다. 대한민국 냄새가 나지 않는 도시였다. 정체가 불분명한 서울이고 수도였던 것이다.

서울이 자랑하는 화신백화점 동화백화점은 일본 도꾜 긴좌 옆 뒷골목, 히비아공원 가는 길 근처에도 흔히 있는 건물이었다. 반도호텔은 네모 벽돌로 높기만 되게 높게 쌓아 올려서 촌놈 겁만 주는 건물이었다. 꼬리앙 돈은 냄새난다고 통용도 안 되고, 코쟁이 양키 돈만 받는데라, 조선호텔은 그야말로 국적 불명, 수다스럽기가 정신 사나웠다. 비잔틴 양식인지, 고딕풍인지 종잡을 수 없는 요란한 치장이었다.

서울의 첫 관문이라는 서울역에서부터, 성욱은 욕지기를 느꼈다.

쥐구멍이 있으면 들어가 버리고 싶었다. 적어도 동촌 촌놈 한성욱의 양심으로는 그랬다.

쪽발이들이 조선 경성역京城驛이라고 부르던, 별로 크지도 웅장하지도 않은, 이상야릇한 건축물이었다. 철도역의 편이성이나 산업번영의 상징성도 없었다. 르네상스식 궁전 양식에, 교회 건축양식을 혼합한 18세기 이후의 절충양식으로, 비빔밥 건축물이었다.

5백년 한양 도성의 관문인 남대문은 규모도 그런 데다가, 먼지에 찌들고 소음에 찌들어서, 보기에 차마 그 모습이 민망하기 이를 데 없었다. 조선의 도성, 한양성의 제일 관문이라기엔 너무 초라하고 보잘 것없어서 말문이 막힐 지경이었다.

한성욱 일등병이 뻐쓰를 내린 곳은 미도파백화점 앞이었다.

뚝섬(성수동 2가)에서 나오는 시내뻐쓰로는 이곳에서 내려야, 시

청 앞 광장이나 덕수궁 광화문으로 가는 가장 가까운 거리가 되는 것
이다.

성욱은 무릎에 힘을 주어 성큼성큼 걸었다.

1년 4개월 전, 한성욱 일등병 그는, 4월의 거리를 내닫던 '젊은 사
자獅子'였다.

한성욱은 기가 죽을 수가 없었다.

그는 단걸음에 보폭을 넓히고 빨리하여 시청 앞 광장에 섰다.

광장은 여전했다.

자동차들의 행렬이 광장을 사이에 두고, 이리저리 좌우로 포도鋪道
를 돌아 달리고 있었다.

"동지들이여, 총을 들자!

동지들이여! 총을…….."

한성욱 자신의 목소리가 광장 저쪽에서 포효를 한다.

……동지들이여!……, 동지들이여!

싸이렌 소리, 실려내리는 시체들, 불자동차 소리…….

도끼를 꼬놔 든 무서운 영식의 얼굴…

굴러내리는 장갑차의 케터필러, 총성…….

성욱은 총알을 피해 국회의사당 안으로 몸을 피했다.

삽시간에 광장은 텅텅 비었다.

피웅, 피웅, 광장엔 총알이 쏟아져 내렸다.

퉁퉁퉁, 누구인가 의사당 계단을 뛰어오르는 소리,

"서!

잇 쌔꺄!"

미처 몸을 숨기지 못한 성욱,

"갯 쌔끼!"

총구가 성욱을 향해 다가왔다.

"갯 쌔끼, 악질이구나!"

총구를 겨눈 전투복이, 성욱의 상의에 묻은 붉은 물 자국을 발견한 것이다. 경무대 앞에서 소방호스로 뿜어대던 붉은 물 자국이었다.

순간, 경무대 앞에서 붙잡힌 학생을, 이마에 권총을 대고, 그대로 쏘아 죽여버리던 모습이 떠올랐다.

성욱은 눈을 감았다.

"잇, 빨갱이 새끼!

뒈질려고 환장을 했구나!"

머리가 띵 울었다.

"……"

"총알이 아깝다.

잇 쌔끼, 빨리 꺼져!"

왜 안 죽였을까, 전투복은 권총으로 성욱의 얼굴을 후려 갈겼다.

지금 생각해도 알 수 없는 일이었다.

성욱은 그날, 국회의사당 건물에서 살아나와, 덕수궁 돌담을 끼고 영국대사관쪽으로 도망을 했었다.

2

성욱은 덕수궁 궁궐 매점 노천 의자에 앉아 있었다.

처음 계획은 시청 앞을 지나 태평로 광화문 네거리에서, 중앙청 앞

해무청을 지나 효자동 종점까지 가 볼 심산이었다. 길이 안 막히고(경비병들이 안 막아서면) 가능하면 청와대로 이름이 바뀐 경무대 입구까지도 꼭 가 보고 싶었다. 4월, 그날의 그 거리를 그대로…….

성욱은 계획을 바꾸어 마음을 쉬어 주기로 했다.

덕수궁에 들어가 조급한 마음을 조금 늦추어 보기로 자신을 타일렀던 것이다.

여러 달 동안 옥죄고 억눌러서, 제복 속에 묻어 두었던 감정들이 서로 다투어 솟구쳐 올랐다. 봇물 터지듯 터져 나오려는 것이었다.

성욱은 자기 자신이 너무 젊다는 것을 스스로 잘 알고 있었다. 자랑스럽고 벅찬 영광이면서도, 한편 두렵기도 한 것이 솔직한 그의 마음이었다.

성욱 앞에는 두 홉들이 커다란 냉차 잔이 놓여 있었다.

본래 이곳은 덕수궁의 정남향 정문(仁化門)이 있던 자리였다. 정문인 인화문의 내문(內門)인 중화문(中和門) 앞에, 석조전으로 가는 큰 산책로 건너에 구내매점을 연 것이었다. 매점 건물이 비좁아 옆자리에 의자들을 내놓았다.

이전에는 궁궐에 구내매점이 없었다. 군사정부가 덕수궁 돌담벽도 허물어버리고, 시청 앞 광장이 환히 보이게 다 터놓았다. 그 여세를 몰아, 궁궐 내에 장삿집을 열어 놓은 모양이었다.

사이다, 오렌지쥬스, 팥케이크(얼음 팥 막대과자), 냉차, 솜사탕 등을 팔고 있었다. 코카콜라는 미군 PX에서만 팔고, 아직 일반 시중에는 없었다.

냉차는 목침만 한 덩어리 얼음을 보리찻물에 담가서 냉각시킨 얼음물이라 시원해서 너무 좋았다. 설탕보다 몇 배나 달고 맛있는 사카린을 탔기 때문에, 단맛이 짙고 값이 싸서 서민들의 인끼품목 제1호, 청량음료가 되었다.

한성욱 일등병은 시원하게 꿀꺽꿀꺽, 커다란 냉차 잔을 반 컵이나 쏙 들어가게 비워냈다.

군사정부는 '국가재건' 깃발을 높이 들고, 날마다 국민의식 개혁이니, 정신계몽이니, 국민운동이니를 떠들어 댔다. 국토개발, 국토건설을 귀에 못이 박히게 선전을 해대며, 국민들을 욱대기고 몰아부쳤다.

하지만 서울은 여전했다.

교통 신호등 몇 개가 더 생기고, 주요 로타리마다 교통신호 위반 보행위반을 단속하는 경찰관과 헌병들의 순찰 순회가 더 늘었을 뿐이었다.

깡패와 밀수범들을 처단한다고, 주먹패들을 붙잡아 조기 두름 엮듯 엮어서, 조리를 돌리고 야단법석을 떨었다. 임화수, 이정재 등 정치깡패들을 소탕했다고 하지만, 뒷골목과 밤의 세계는 아직도 깡패들의 세상이었다.

밀수꾼들은 요즘 일본 쪽으로 눈을 많이 돌렸다. 홍콩 마카오 밀수도 아직 성황 중이었다.

게다가 흥청망청 돈을 벌어, 영국풍의 료마에 신사복으로 쪽 빼입고, 밤이면 주지육림에 춤바람이 한창이었다. 카바레 비밀 땐스홀이 초만원으로 넘쳐나고, 권력자 사모님, 돈많은 유한마담, 물찬제비 같은 춤 선생 쟁탈전에 사타구니에 열불이 나는 판이었다.

여염집 아낙네, 대학교수 부인, 여대생들까지, 가정집 안방 커텐 내리고 부르스, 탱고, 지르박 바람에, 하늘이 노랗고 눈알이 팽팽 도는 판이었다.

그런데 이렇게 살기 좋고 신나는 세상을 싫다고, 저 스스로 제 목숨을 끊는 녀석들도 있었다.

영등포구 문래동 맹씨 성을 쓰는 한 가장은 판잣집 단칸방에서 아들, 딸, 아내 일곱 식구와 함께 구공탄을 피워놓고 죽었다.

지게꾼 3년, 풀빵 장사 3년, 연탄배달 3년에도, 새끼들 하루 세끼도 못 먹이는 신세였다. 굶기도 한두 번이지, 이제 끼니 굶기 신물이 나고 이빨이 시어서, 그만 저세상으로 간다는 것이다.

옥수동 산4번지, 산꼭대기 움막에 살던 심씨 성을 쓰는 스물일곱 살 노처녀도, 세상 사는 것을 그만 사양했다.

배급 옥수숫가루 풀대죽에, 환갑 넘은 노모, 어린 동생들, 더 이상 먹여 살릴 길이 난망이라. 이웃집 뚜쟁이 여편네 찾아와서, 몸 팔아 밥을 사는 창녀 생활 권면이라. 한세상 태어나서, 허리 가는 여자로 시집 한번 못 가고, 한恨 세상 살고 간다! 긴치마 거꾸로 쓰고, 한강수 깊은 물에 몸을 던졌다.

서울은 뒤죽박죽이었다.

한성욱이 서울을 처음 오기 전, 설마 서울이 이러리라곤 상상할 수도 없었다.

그래도, 설마…….

조선 토종들이 5백 년이나 살았던 곳이 아닌가. 그래도 명색이 도성이었고, 눈 달린 사람들이 밥 먹고 똥 싸고 새끼를 까고 살았다.

똥뙤놈 화풍華風이야 그렇다 치자. 하도 오래전 일이고, 적장자嫡長子 고구려가 무너지고, 외세가 판을 친 것은 철딱서니 없는 막내 짓이었으니, 원통하고 분하지만 그렇다고 치자. 또 그땐 세상 땅덩어리 전체가 어두웠으니 말이다.

하지만 서구 마괴자魔魁子들도 이태리반도를 중심으로, 14세기 르네상스 운동이 있었고, 이어서 산업혁명과 시민혁명을 겪었다.

그 결과 인간의 생활 편이와 풍요, 기계문명 과학응용, 마침내 영토 확장에 의한 세계 지배를 지향했다. 동인도회사, 서인도회사 등을 설립하여 자원탈취, 산업생산 세계 지배에 눈에 불을 켰다.

만주벌 말달리던 옛 할배 뼈가 묻힌 땅, 다 내버리고, 중화문전中華門前 천자황天子皇 발굽 아래, 조선 땅은 허리도 못 펴고 납작 엎드려 있었다.

삼각산 백운대가 세상에서 제일 높은 봉우리라고, 인왕산 아래 웅덩이 하나 파고, 부아악北岳 아래 겨울잠 자는 개구리 신세라.

마괴자들의 이양선異樣船 함포소리에, 뻥뻥 강화도가 떨어지니, 중中형님 도와주소, 왜倭 아우 살려주소, 손이 발 되게 싹싹 빌고 읍소일세. 아무 준비 없이 엄동嚴冬 맞은, 개미집 앞의 베짱이 신셀러라.

결국, 왜의 잔꾀에 5백년 사직 망해 먹고, 두 동강 난 나라는 또다시 서양 마괴자의 손아귀 속에 잡혔다.

4월의 거리, 도끼를 꼬나들고, 불자동차 앞에 버티고 섰던 영식이 처음 서울을 보고 뱉은 말이었다.

"저 년, 조선 보지 다 찢어지겠네. 코끼리만 한 양좆 먹느라고, 얼굴이 다 히놀놀허네……."

촌놈은, 서울 하면 임금 살던 곳이고, 그러니까 궁궐 구경이 십상이었다. 성욱은 별생각 없이 영식이를 데리고 손쉬운 덕수궁엘 들렸다.

하필이면 그날이 일요일이었고, GI(미군)들이 양공주들과 팔짱을 끼고, 덕수궁 산책이 많았던 것이다.

오늘도 마찬가지였다.

토요일 오후라선지, 누런 살갗의 한국 가시내들과 흰둥이 양코 사병들의 쌍쌍이 외출이 유난히 많아 보였다.

성욱이 3년 전, 처음 서울 왔을 때에도 마찬가지였다.

서울 어디를 보아도, 이 땅 백성으로 자랑스러움을 느낄 수가 없었다.

한 나라의 수도로서의 전통과 특성, 정체성 같은 것을 느낄 수가 없었다. 내 나라의 수도는 내 어머니의 품속 같아야 하는 것이 아닐까. 적어도 한양 도성 5백년 도읍지로, 자신을 키워주고 귀여워하시던 할머니의 포근한 치맛자락 같아야 하는 것이 아닐까.

남의 어머니, 낯선 남의 할머니 얼굴만 같았다. 개가改嫁한 어머니, 정이 안 붙는 서먹서먹한 의붓할머니를 찾아온 느낌이었다.

조선 백성을 다스린다는 중앙청을 보면 정말이지 정나미가 떨어지는 것이다. 우리와는 아무 상관이 없는, 조선의 정서와는 아무 상관이 없는, 무작스레 덩치만 크게 지은 건축물이었다. 일제 때 엽서에서나 총독부 홍보물에서 보았던 일본 정청, 그들의 식민지였던 대만 정청과 똑같은, 전체주의 제국주의 냄새가 물씬 풍기는 모양새였다.

그것도 이씨네가 도읍을 정하고, 마음먹고 지은 정전正殿, 경복궁을 다 허물어버리고 지었다니, 벌어진 입이 다물어지지가 않는 것이다.

옛 6조 거리였던 광화문통엔 일제의 경기경찰청(현 경기도청사), 을지로 입구엔 동양척식회사(현 내무부 청사)가 버티고 있었다. 구 조선은행(현 한국은행), 상업은행(식산은행) 명동 시공관의 외형에서, 이 땅의 젊은이로서 어떤 자긍심을 느낄 수 있을 것인가.

그중에서도, 이른바 유엔군 사령부(미8군 사령부)가 있는 용산의 밤거리는 참담하기 이를 데 없는 풍경이었다.

　서울 시내 요소요소, 미군 주둔지는 허다하지만, 서울역에서 남영동을 지나 한강로 삼각지로타리 부근까지는 완전한 미군의 점령지였다.

　서울 시민이 시내뻐스를 타거나 전차를 타고 지나다니고 있기는 했다.

　그러나 대한민국 서울특별시 용산구 한강로 일대와 이태원 일대는 자랑스런 대한민국 법치가 통하지 않는 곳이었다. 치외법권治外法權, 주권국가인 민주공화국 대한민국의 영토 주권領土主權이 힘을 못 쓰는 곳이었다.

　서울 도심의 대로변인데도 담장이 높게, 또 길게도 둘러싸여 있었다. 담장 위에는 전쟁 냄새가 물씬 풍기는 가새철망이 둘려 있었다.

　이 지역은 민가나 상점도 없이, 미군 차량들이 주로 오가고, GI나 미8군 근무 군속들이 간간이 통행했다. 해가 밝은 대낮에도, 이곳을 지나다닐려면 양키들의 위세에 가슴이 조이고, 어깨가 움추러들었다.

　이 부근의 밤거리 풍경은 여간 살벌하고 참담한 것이 아니었다.

　밤길을 잘못 가다가 술 취한 GI라도 만나게 되면, 죄도 없이 얻어맞고 뼈도 못 추리는 판이었다. 한국 경찰이나 헌병대는 노 타치, 손도 못 대는 형편인 것이다.

　더욱 참혹한 것은, 국산 양색씨들이 빠크샤 같은 GI 팔에 매달려서 검둥이 병사의 입술을 빨아대는 모습이었다. 아무리 잘 보아 줄려고 노력해도, 동촌 촌놈 한성욱의 눈에는 참말이지 목불인견이었다.

　성욱은 운 좋게도 4·19가 일어나기 전, 저 지난해, 경무대景武臺라는 곳을 구경할 수 있었다.

화창한 봄날이었다.

이승만의 12년 독재가 막바지에 이르렀다. 정·부통령 선거를 1년 쯤 앞둔 시기였다.

그동안 이승만은 전쟁 시기 사람을 너무 많이 죽였다. 그 자신은 일제강점기 해외에 망명, 조선의 독립을 위해, 동분서주 나라 해방 투쟁에 앞장을 서기도 했다. 상해 임정에도 초기에 적극 참여하는 모습을 보이기도 했다.

언필칭 조선의 천재로 통했던 이광수나 최남선도, 초기에는 나라 독립 주권회복 운동에 몸을 담은 일이 있었다.

그러나 그들은 주체 독립의지가 투철하지 못하고, 민족적인 바탕의식이 빈약하여, 결국은 나라를 배반하고 민족을 팔아먹는 반민족행위자가 되고 말았다.

다 그런 것은 아니지만 재승덕박才勝德薄이라고, 머리 돌리기를 너무 좋아하면 뒷끝이 좋지 않은 것이다.

이승만도 미주美洲에 건너다니며 빠다기름을 너무 많이 먹어선지, 잔머리를 너무 돌리다가 저도 망하고 나라도 망쳐 놓았던 것이다.

명색이 독립운동을 했다는 사람이 친일 매국노들을 그렇게나 많이 등용했다. 그 매국 친일파들로 하여금, 조선 민족을 사랑하는 순수 민족주의자들을 좌익분자로 몰아 무차별적으로 학살하는 데 두목 노릇을 하였다.

거기에다 대통령 감투에 눈이 멀어, 남쪽만의 단독정부 수립에 미국의 앞잡이 노릇을 하였다. 양키 군정의 하수인이 되어 민족지도자를 암살하고, 수많은 애국지사들을 지하로 숨게 만들고, 자유당에 반기를 들거나 자신을 반대하는 애국 정치세력을 탄압하고, 평화통일을 주장하는 애국지사들을 가차 없이 처단하였다. 생각이 앞선 청년들을 빨갱이로 낙인을 찍어 거친 산속으로 내몰았다.

이승만에 대한 백성들의 원성怨聲이 무성했다.

백성들은 굶어 죽는데, 권력자들은 아랑곳하지 않았다. 민생은 파탄 나고 관리와 권력자들은 부정부패가 극에 달했다. 미국의 심부름꾼 노릇만 잘하면 되는 것으로 알고, 백성 사는 것과 나라 갈라진 것을 생각지도 않고 내팽개친 결과였다.

생각 있는 인민들 속에서, '지옥 같은 세상 살 수가 없다, 못 살겠다 갈아보자!', 민심이 흉흉했다.

이런 기운을 눈치채고, 자유당 일파들이 성난 백성들을 달래 볼 필요를 느꼈다.

그 궁여지책의 일환으로 경무대 개방을 꾸며 낸 것이다.

대통령 하면 봉건시대 임금을 떠올리고, 경무대 하면 임금의 거처를 연상했다. 이런 순박한 백성들이 남한 각지에서 구름처럼 몰려들었다.

강남 갔던 제비가 돌아온다는, 삼월 삼짇날이 지난 지도 벌써 보름이 지났다. 경무대 경내 벚꽃이 구름처럼 피었다. 4월 15일이 지나면 서울 창경원 벚꽃이 피기 시작한다. 4월 끝자락이고 보니 벚꽃이 난만하였다.

흰옷 입은 백성들이 임금 사는 집을 보겠다고, 밤차를 타고 몰려들었다. 곳곳에 줄을 쳐서 백성들은 줄길을 따라 움직였다. 겹겹이 줄을 섰는데, 얼마나 많은 사람들이 모여들었는지 그 끝이 보이지 않았다.

구경거리라고 해 보아야, 읍내 장날 장터 구경밖에 없었으니, 평생에 이런 큰 구경은 없었다. 시골 영감들, 할멈 손을 끌고 모두 상경한 것이다.

원래 경무대 터는 고구려의 새끼나라였던 고려 왕국의 남쪽 서울南
京이었다. 한양 부아악 밑에 있던 이궁離宮 자리였다.

조선 시대엔, 경복궁의 궐문 밖 어영御營으로, 연무장이나 과거 시험장
으로 쓰이던 곳이었다. 그 옆에, 왕실 친경親耕의 작은 논과 왕비와 궁녀
들의 길쌈을 위한 뽕나무밭이 있던 곳이었다. 조선 왕실의 뒤뜰이었다.

악명 높았던 데라우찌 초대 총독을 이은 제2대 하세가와에 의해,
조선총독부건물이 기공되었다. 낙성식은 3대 총독 사이또에 의해
4259년(1926년, 昭和1)에 이루어졌다. 그 이듬해인 4260년, 융무영隆武
營과 농경제農耕齊를 허물어버리고, 그 자리에 일본인 총독관저를 세운
것이다. 한성욱은 저만치 멀리 떨어져 있는 일본인 총독관저, 이승만
의 거처를 바라보는 순간, 온몸에 새피(전율)가 일었다.

크기나 높이가 대단해서가 아니었다.

건물의 규모나 모양은 새삼스러울 것도 놀랄 것도 없었다. 신문이
나 영화관 뉴쓰에서 자주 보았던, 별로 크지 않은 2층 건물이었다. 엄
청나게 넓은 경내나 정원을 빼면 외려 건축물의 규모가 작아 보이는
일본식 양옥이었다.

보아하니, 벽면은 화강암 같았고, 현관 입구 둥근 기둥은 대리석
같기도 했다.

성욱의 눈길을 끈 것은 둥근 기둥이 받치고 있는 지붕의 색깔이었다.

일본인들의 주요 건물이나 오래된 옛 건축물들은 하나같이 검정 암
키와였다. 그런데 기와가 청색이었다. 물론 왜인들이 좋아하는 매우
짙은 감청색이긴 했지만, 그들이 잘 안 쓰는 청색 기와인 것이다.

고려 이후 우리네 기와 색깔은 비색翡色까지는 아니더라도, 짙지 않
은 비교적 엷은 푸른색이었다. 그리고 암키와 위에 수키와를 얹은 게

우리네 풍속이었다.

그런데 왜인들이 우리네 풍속을 흉내 낸 것이다.

안 쓰는 청기와를 쓰고, 암키와가 아닌 수키와를 얹은 것이다.

역시 일인들은 속임수에 능하고, 약삭빠른 데가 있었다.

송도松都의 만월대滿月臺, 장려했던 고려궁에도 청기와를 올렸다고 전한다.

중국인들은 황하문명의 황토물에서 붉은 노랑을 좋아했지만, 우리네 사람들은 맑은 하늘 같은 푸른빛을 좋아했다. 투명하고 맑은 것을 선호했던 흰옷 겨레붙이들의 밝은 성정을 잘 드러낸 것이다.

만주 심양瀋陽 여진인들의 궁궐에도 청기와는 보이지 않는다.

흰옷 겨레붙이 고유의 푸른빛 수키와를, 왜인 총독관저에서 보는 한성욱의 마음은 야릇했고, 다시 한번 온몸에 전율이 흘렀다.

무단정치, 헌병 경찰제를 폐지하고 문화정책을 쓴다며, 조선 백성들을 엿 먹인 사이또놈의 장난질이 아니었을까. 유화정책에 너무도 잘 속아 넘어갔던 조선사회……. 속아서만 사는 흰옷 입은 사람들…….

남한 대통령, 이승만이 살았던 저 건물에는 일제 36년에 걸쳐 총 10명의 총독이 살았던 것이다.

데라우찌, 하세가와, 사이또, 우가끼, 야마나시, 미나미, 고이소, 아베, 그 이름만 들어도 치가 떨리는 것이다.

왜인들이 물러가자, 코쟁이 양키들이 오고, 별 세 개를 단 미국인 하—지가 남쪽의 점령군 사령관으로 저 관저에 둥지를 틀었다.

한성욱은 그날 경무대에서 못 볼 것을 많이 보았다.

그렇게나 많은 벚나무, 일본 사꾸라가 경무대 경내에 있는 걸 처음 알았다. 사꾸라 나무들은 숫자도 많거니와, 건강하고 싱싱하게 아름다운 사꾸라꽃을 구름처럼 피워내고 있었다. 너무도 잘 가꾸어지고 있었다.

사꾸라 나무만이 아니었다.

경무대에 들어서면, 제일 먼저 가장 많이 방문객의 눈길을 끄는 것이 있었다.

짙푸른 향나무 정원수들이었다. 잘 보호되고 잘 가꾸어지고 있었다. 이 아름다운 정원수들은 조선 토종 향나무가 아니었다. 한국산이 아니고, 일본에서 건너온 가이스까 향나무였다. 역대 총독들이 심고 잘 가꾸어서 너무 아름다운 모습을 자랑하고 있었다.

종전 후, 남쪽 점령군 사령관 하−지가 물 주고 거름 주고 키워서 이승만에게 잘 넘겨주었다. 이승만의 정원수 사랑은 대단했다. 아침 저녁으로 꽃가위를 들고, 애지중지 다듬고 가꾸는 모습이 신문에 자주 보도되고 있었다.

한성욱은, 자신의 머리로는 아무리 생각해도 잘 돌아가지 않는다는 것을 뼈저리게 느끼고 있었다.

사이또, 야마나시, 미나미, 아베 같은 총독들의 보금자리였고, 하−지와 이승만이 이어서 잘 가꾼 경무대, 참으로 잘 보존되고 있었고, 벽돌 한 장, 타이루 한 조각도 손상이 없었다. 이씨 조선 5백년 창업 도성, 한양성을 한눈에 내려다보고 있었다. 그 의연하고 귀골스런 모습이 부럽다.

몇 년 전, 경무대 앞에 허름한 조선옷을 입은 여자 노인 한 사람이 나타났다.

다음 날 어떤 조간신문은 '洋人양인 貴귀하고 韓人한인 賤천한가.'라는 제목으로, 이 여자 노인에 관한 간단한 기사를 실었다. 어디에서, 어떻게, 지금까지 살았는지, 전혀 알려지지 않았던 이승만의 본처本妻에 관한 2단짜리 기사였다.

그 조선옷 입은 한인韓人 여자 노인은 경무대 경찰서 경비경관에 의해 문전박대를 당했다. 그 여자 노인은 한평생을 기달렸는데, 한 번만 만나게 해 달라고 애원했으나 소용이 없었다.

저렇게 잘 보존 되고 있는 경무대, 일본인들의 총독관저를 보면서, 한성욱은 엉뚱하게도 이승만의 조선인 본처 생각이 떠올랐다. 망설이고 망설이다가, 살다가 살다가 못 살겠으니까, 경무대가 어디라고 거기를 찾아 왔을 것인가.

경무대, 청기와를 얹었다고는 해도, 한성욱의 눈에는 낯설고 낯선 모습이었다.

벽안碧眼의 낯선 양인洋人 여자가 안방 차지를 하고 앉아 있는 모습이 떠올랐던 것이다.

3

한성욱 일등병은 자리를 섰다.

냉차 컵은 무지막지하게 덩치가 컸다. 배고픈 세상, 물배라도 채워야 하는 판이다. 량이 많을수록 인끼가 있는 세상 풍조였다. 두 손으로 움켜 안아서 벌컥벌컥 성질대로 들이키고 난 다음이었다.

그는 성큼성큼 걸어서 중화문中和門을 넘어 들었다.

본래 중화문은, 궁의 정남正南에 위치한 정문(仁和門)의 중문重門이었다. 현재의 정문인 대한문大漢門은 대안문大安門이었고, 궁의 동문東門

으로 쓰이고 있었다.

조선 말, 고종황제가 독살을 당했다고 전해지는 함녕전咸寧殿이 동북 방향에 있었다.

성욱은 중화전中和殿의 용마루에 눈을 주었다.

어떤 이들은 말한다.

조선 기와집은 지붕이 너무 무겁다고……

사실 맞는 말이었다.

거대한 지붕에 눌려서 숨을 못 쉬고 엎드린 모습이다. 몸체나 높이에 비해 너무 두껍고 무거워 보이는 것이다. 그 중압감에 가슴 답답하고 숨이 막힐 지경인 것이다. 중국 대륙의 거대한 땅덩어리, 중국 조정의 압살적인 황제권皇帝權을 감당할 수 없었던 문화를 상징한다고 한다. 숙명적으로 안고 있는 조선사회의 굴레였다는 것이다.

그러나 조선 기와집의 경사면에 눈을 멈추면, 사정은 전혀 달라진다.

거침없이 일직선으로 골골이 솟구치는 골기와 골에, 먹줄을 퉁긴 듯 줄기줄기 줄지어 뻗쳐 흐르는 수키왓등, 아! 눈부신 직선들의 행렬, 힘이 저절로 솟는 입체감, 넘치는 힘이 용마룻등 언덕이 되어 누워 뻗었다.

직선으로 솟구쳐 올랐던 수키왓등이 마지막 끝에서 하늘을 향해 양쪽으로 고개를 들었다. 그렇게 아름다운 직선들의 행진이 마지막 끝에서 고개를 들어 위로 솟구치는 곡선이 되었고, 곡선으로 밀어 올린 용마루 줄기가 또 한 번 그 힘이 양 끝에 전해지면서, 하늘을 향해 날아오르는 두 마리의 용을 만들어 낸 것이다.

서기瑞氣를 품고 비상하려는 한 쌍의 용, 조선 기와집의 용마루는 언제 보아도 가슴이 뛴다.

희망이다.

무한한 가능성, 무한히 넓은 창공을 향하여 마악 솟구치려는 용솟음, 아니 용날음, 무한한 기쁨인 것이다.

한성욱, 그는 또 하나의 기쁨을 찾아 발걸음을 옮겼다.

하늘 높이 솟아오른 중화전 동쪽 추녀 끝이, 한성욱 그를 불렀다.

아니었다.

거기 조선의 한 사나이가 서 있었다.

너얼븐 갓 양태, 높은 갓 운두의 남자, 흰 두루마기 자락의 한 노인이 서 있었다. 긴 수염에 풍채가 헌칠했다. 조선 궁궐 조선기와 지붕 아래, 하얀 조선옷을 입은 노인이 서 있었고, 노인은 중화전 추녀 끝에 망연한 시선을 주고 서 있었다.

한성욱은 걸음을 재촉하여 다가갔다.

어쩐지, 그 노인이 금방 어디론가 사라져 버릴 것 같았고, 장대하게 뻗어 나간 중화전 추녀 끝을 따라 훌쩍 어디론가 훨훨 날아가 버릴 것 같은 생각이 들었던 것이다.

성욱이 가까이 다가갔을 땐, 그 노인의 시선은 먼 곳을 향하고 있었다. 노인의 잠자리 날개 같은 넓은 갓 양태가 약간 위로 들어 올려져 있었다.

노인의 머리 위로는 너무 훤하게 열린 추녀 끝이 길게 뻗어 나갔다. 흰 모시 두루마기 넓은 갓 양태가, 길게 뻗어 나간 추녀 끝으로 딸려 올라갈 것만 같은 착각이 일었다. 아까도 그런 착각이 있었다.

추녀 끝이 훤하게 들어 올린 빈 공간, 까마득하게 먼 텅 빈 창공은 조선 사람들의 마음이다. 조선인들의 이상理想이었다. 조선 기와집 안

쪽에서 보는 희망이고 기쁨이었다.

"저……, 할아버지……."

한참을 망설이던 한성욱 일등병이 노인의 등 뒤에 대고 인기척을 냈다.

"어? 어……, 나를 보고 말하는 것잉강?"

노인은 뜻밖이라는 표정이었다. 의아한 눈빛으로 한성욱을 보았다.

"네, 할아버지 말씀입니다."

한성욱은 군모를 벗고 허리를 굽혀 인사를 올렸다.

"어, 나를 어떻게 아시는공?"

그제사 노인은 한 발 다가서며 정색을 하고 반문했다.

"죄송합니다만, 이 추녀 아래 서 계시는 모습이……."

"어허!"

노인은 어이없기도 하고, 흥미롭기도 한 듯했다.

"전에 많이 뵈온 할아버님 같아서……."

"거 참, 별난 일이로고……."

"죄송합니다. 무례를 드린 것 같습니다."

"아 아니. 괜않아. 무례라니? 어허, 요즘 젊은이는 아닌 것 같구만……."

한성욱이 군모를 벗고 허리를 굽혀 인사를 올린 것에 대한 칭찬인 것 같았다.

"대단히 죄송합니다."

"아이구, 웬 천만에, 기특한 일이로고……."

노인은 뜻밖에도 한성욱의 손을 잡아 주며, 너털웃음을 터뜨리는 것이 아닌가.

군대에 나간 귀여운 손주 생각이라도 난 것이었을까.

이렇게 해서, 한성욱은 아까 냉차를 마셨던 매점 자리에 노인과 함께 마주 앉았다.

한성욱은 어린아이 쩍에도 어른들의 옛날이야기를 무척이나 좋아했었다. 긴 수염을 쓸며, 한씨 집안의 내력을 들려주시던 돌아가신 할아버지 생각이, 성년成年이 되어서도 문득문득 떠오르곤 했었다.

조금 전에도, 여름이면 모시 두루마기를 즐기시던 할아버지 생각에 잠겼는지 모른다. 평소에도 흰 두루마기자락을 펄럭이는 시골 노인들을 보면, 언제나 할아버지에 대한 그리움이 있었으니까…….

"내가 그때, 조선 나이론 열다섯 살이었제 아매…….”

노인은 경상도 안동 땅, 누울와(臥)짜 용룡(龍)짜, 와룡면이 고향이라고 했다. 김해김씨金氏 삼현파 자손이라고 했다. 함짜銜字는 옥돌민(珉)짜 솥귀현(鉉)짜, 민현이라고 일러주었다. 머리털 나고 처음 상경이라, 감회가 새롭다는 것이다.

"나라에서 단발령斷髮令이 내렸다꼬, 난리가 났었제……. 문중 어른들은 이제 세상이 망했다꼬 장탄식을 하고, 목을 내줄지언정 상투는 자를 수 없다꼬, 비분강개들을 했었제…….”

옛 궁궐터에 들르니, 소싯少時적 일이 새삼스러워지는 것 같았다.

"의병을 일으켜야 한다꼬, 주먹을 휘두르는 어른들도 있었지로…….”

김 노인은 냉차 컵을 들어 목을 축였다.

"66년 전 일을 기억하고 계시네요. 단발령은 동학 농민봉기 그 이듬해라고, 저희들은 배웠습니다.”

한성욱이 어린아이처럼 눈빛을 빛냈다.

"하모, 그렇지로……. 녹두장군이 전라도 고부古阜에서 창의군倡義軍을 일으켰지로……. 그래, 삼남三南 일대가 시끄러벘는 기라. 아이제 삼남뿐이 아이고, 해서海西, 관북 관서를 막론하고, 조선 8도가 확 뒤비졌는 기라"

"내사 마, 세상에 생기 나서, 팔십한살인 오늘까장, 하루 편할 날이 없었구마는……."

갓 운두 속에 불쑥 솟아오른 상투머리를 보호하기 위해 탄탄하게 조여 맨 망건편자가 땀방울에 젖었다. 김 노인의 눈언저리엔 굵은 주름살들이 깊게 패어 있었다.

"난리고, 전쟁이고, 만날 백성들은 목숨 사는 것이 전쟁이고 난리였는 기라!"

칼칼하던 김 노인의 목소리가 이 대목에선 무거운 짐을 내려놓듯, 한숨처럼 가라앉았다.

금년 연세가 81세라면, 신사생辛巳生 단기4214년(1881년) 출생이다. 조선왕조 끄트막에 태어나 4294년(1961년) 8월 오늘까지 난리, 전쟁, 정변, 사변, 사껀, 모든 세상 혼란을 다 겪어 온 것이다.

"허, 내 정신 좀 보래이……, 단발령 상투 이바구 하다가……."

호랭이도 제 말 하면 나타난다고, 김 노인 망건 속의 상투가 반응을 보였다. 한성욱의 눈엔 그렇게 보였다. 김 노인의 말결에 따라, 뭉뚝하게 솟은 머리뭉치(상투)도 고개를 끄덕이는 것만 같았다. 아닌 게 아니라 단정하게 잡아맨 망건 윗당줄 끄나풀이 김 노인의 말소리에 몸을 흔들었다. 김 노인의 고갯짓에 당줄 나부랭이도 한마음이 되어, 그렇다고 고개를 끄덕이는 것 같았다.

"할아버지 장하십니다!"

한성욱이 조금 큰 목소리로 말을 했다. 성욱의 마음이 고조되고 있었다.

팔십일 년의 생애, 김 노인의 갓 양태가 더욱 넓어 보였다. 보면 볼수록 더욱 높아 보이는 갓 운두. 망건 속의 상투가 더욱 커 보이고, 더욱 높이 솟아만 보였다.

한성욱은 김 노인 할아버지에게 술 한잔을 대접하고 싶었지만, 구내매점엔 술이 없었다.

"그래, 그땐 조혼早婚 풍습이 있었지로……. 내는 그때 상투쟁이가 되어 있었제. 서당에 가면 어른이라꼬 제법 유세도 했구망. 하 그란데, 청천백일에 날비락이라, 단발령이 내릿다꼬, 난리가 났는 기라. ……. 우리 조부님 성격에 통할 리가 있나, 택도 없지로! …… 그때 내는 어른(부친)께서 일찍 세상을 버리시고 조부님 슬하에 있었능기라. 조부님이 죽으락카먼 죽고, 살락카먼 사는 판이라."

"……."

"우리 조부님이 경신생庚辰生, 굉괴롭게도 이하응李昰應 대원위 대감과 갑장이라. 고집이 세기로 말도 몬 하고, 성질이 불호랭이라 이길 자가 없었제……, 언감생심 상투를 자르다니?"

차라리 죽을지언정, 상투를 자를 수 없다는 것이었다.

상투(머리 꼭대기 털)에 칼을 대다니? 조상의 목에 칼을 대는 것과 같다는 것이다. 신체발부身體髮膚는 수지부모受之父母라, 어디 감히 어버이가 주신 몸뚱이와 살갗과 털을, 함부로 허수히 대할 수 있다는 말인가?

도저히 용납될 수 없는 일이었다.

"내 한 몸이야 늙어, 이제 죽어도 한이 없다. 니는 아직 젊으니, 청춘이 구만리라. 이 난세를 피해, 천등산天燈山 봉정사鳳停寺에 들어 몸을 숨기거라! ……. 니는, 우리 김문金門의 준俊짜, 걸傑짜, 목사공牧使公 어른의 16대 종손인 기라. 글공부도 사람의 도리 후의 일이다. 일각이 화급하니, 어서 행장을 차려라!"

조부의 명령은 추상같았다. 3대 독자 외아들인 종손을 위해서, 김 노인의 조부께서는 천등산 봉정사에 벌써 줄을 놓아두었다.

김해김씨 삼현파 작은문중, 목사공 할배 16대 종손의 상투 하나를 보존하는 일이 그렇게 쉬운 일은 아니었다. 재물이 들어가야 하고, 무엇보다 당사자 김 노인의 고통이 이만저만이 아니었다. 길고 긴 산속 토굴 생활이 계속되었다.

"고생이, 고생이 말이 아니었제……. 그래도 고생이라꼬 생각해 본적이 없구망. 당연히 조부님 말씀이 옳다꼬, 생각을 했제……. 오늘이날 이쩍까지, 상투 트는 걸 귀찮게 여긴 적이 한 번도 없었구먼!"

김 노인은 단호했다. 그리곤 임진왜란 때 동래산성을 지킨 송상헌의 말을 덧붙였다.

내 목을 내어주기는 쉬워도, 성문을 열어 줄 수는 없다. 결단코 상투를 내어 줄 수는 없다는 것이었다.

"요새 젊은 사람들 말로, 흥선대원군을 쇄국주의자라꼬 하는데, 그기 생판 몰라서 하는 소리인 기라."

자신의 조부와 동갑내기라선진 몰라도, 김 노인의 말투는 흥선대원군을 여간 감싸는 것이 아니었다.

"그나마 대원위 영감이 나라 체면을 지켰제, 대원위마저 없었다카면, 나라 꼴이 뭐가 됐을꼬…… 나중에 서양세력캉 왜놈들이, 쇄국정책이니 뭐니 카고 모함을 해서 그렇제…… 그라면, 양인들캉 왜인들이 이양선을 몰고 들어와 총칼로 짓밟는데, 그대로 눈 뜨고 앉아서 보고만 있으라는 말인강?"

"……."

"대원위캉, 며늘 민씨캉 싸울 때에도, 백성들은 모두 대원위 편이었제. 아들 임금(고종)이 웡캉 줏대가 약해서, 며늘 민씨가 내주장을 했능 기라. 그래 마 백성들도 며늘 민씨를 암야시라꼬, 수근댔능 기라. 암탉이 울면 집안이 망헌다꼬, 불효막심헌 민씨가 미버서 입 달린 사람이면, 모다 입방아를 찧었는 기라!"

한성욱은 어안이 벙벙했다.

김노인의 말마따나, 머리 털 나고 난생 처음, 한양성에 들어와, 옛 임금이 머물던 궁궐을 찾았고, 백가지 감회가, 안동와룡면에서 상경한 김민현 노인을 사로 잡았다.

"줏대가 강한 대원위 영감이 서양세력이나 왜인들에 굴하지 않고, 맞서니까네, 그를 악평을 했능 기라. 음험한 양인洋人들은 인면수심人面獸心이고, 왜놈들은 섬놈 근성에 간악하기 이를 데 없었는 기라. 양인들은 야소교耶蘇敎 천주학天主學쟁이들을 선동하고, 왜놈들은 친일파들을 앞세워, 대원위 영감을 폄하했는 기라"

"……."

"오직켔으면, 동학東學 대장 전봉준이 척양척왜斥洋斥倭를 외쳤을 것잉강? 척양척왜가 아니 되면, 보국안민輔國安民 할 수 없다, 이 말이라카이! 대원위 영감캉 뜻이 상통했었제"

"아. 네에……, 말씀 듣고 보니 그렇겠습니다. 그런데 저희들은 고집불통 대원군 때문에 개항開港이 늦어졌다. 서구 문명을 빨리 못 받아들여서, 나라가 쇠락했다. 그렇게 배웠습니다."

"어허……, 그러니까네 큰일이지로……, 대원위 영감 잘한 것은 말로 안 허고, 잘못된 것만 갖다가 덮어씌우는구망. 국사(역사)는, 사사로운 개인 가정사 허고는 다르지로……, 실리는 두 번째고, 맹분明分이 먼저 서야 하는 기라. 요새도, 군인들이 군사헥멩이라꼬, 사회개혁이니, 조국 근대화니 쿼싸트만도, 내 소싯적에 들은 이바군데, 대원위 때도 엄청 사회개혁 많이 했능기라! ……. 아, 당색黨色 문벌 타파 인재등용, 부정부패 만연한 서원 철폐켔제, 토색질 가렴주구 일삼는 탐관오리 척결, 이양선으로 대포 실코 쳐들어오는 외세 막느라 3군부三軍部 설치했제……. 와 잘한 것은 말로 안 허는공? 잡세철폐, 군포제軍布制 개혁, 사회악습 개량, 복식 간소화, 사치 금지, 과부개가 寡婦改嫁……."

김 노인의 대원위 자랑은 끝이 없었다.

"네에. 할아버지! 저희가 몰랐던 것이 너무 많은 것 같습니다."

사실 한성욱은 대원군 이하응에 대해서 모르는 게 너무 많았다. 그러면서 속으로 깜짝 놀랐다. 시골 노인 김민현 할아버지의 기억력에 놀랐고, 대원군의 나라 사랑 줏대에 대한 소신이 유별났었던 것에 대해서도……

김 노인의 친조부와 갑장이었고, 자기주장 고집이 드셌던, 서로 닮은 성격 때문에, 대원군에 대한 애착이 남다른 것 같았다.

그러나 김 노인의 주장대로, 일본인들의 발호跋扈로, 정확히 말해서 서양세력의 앞잡이들과 친일파들의 중상모략으로, 대원군의 잘못만 부각된 면이 너무 많았다.

당시 조선 사회를 병들게 했던 족벌 세도정치 타파, 양반들의 봉건적 기득권에 대한 철퇴, 광산 채광권採鑛權 허가제 등 경제 재정개혁,

근대적 법리法理 통치를 위한 법전편찬 등. 특히 하층 민중의 족쇄가 되었던 사회적 봉건 악습의 속 시원한 혁파는 가히 혁명적이었다. 나라 경영의 안목과 백성 사랑의 줏대가 강했던 대원군 이하응이 아니고선 단행하기 어려운 일들이었다.

이렇게 과감하고 과단성 있는 조치로 나라의 앞날, 백성 생활의 원활을 위한 개혁적인 정치가로서, 대원군 이하응이 알려진 것은 별로 없었다. 쇄국정책으로, 나라를 허약한 후진국으로 만들었다는 불명예를 뒤집어쓰면서, 고집불통의 노인으로만 세상 사람들은 알고 있는 것이다.

이때 마침 희어멀쑥하게 생긴 GI 한 명이 다가왔다.

"코리안 머니, 유에스 머니 체인지? 어……, 체인지?"

한성욱더러 한국 돈으로 달러 한 장을 바꿔 달라는 것이다.

아마 날씨가 더워 쥬스가 먹고 싶었던 모양이다. 양산을 손에 든 양색씨가 저쪽 매점 입구에 서 있었다.

"코리안 머니 모자라, 어……, 모자라!"

GI 녀석의 손에는 30딸라짜리가 들려있었다.

"어……, 비 쇼트 머니!"

그제야 한성욱은 돈이 모자란다는 단어가 생각이 났다.

머쓱하게 서 있던 상사 계급장의 GI가 그대로 되돌아갔다. 조금 미안했지만, 한성욱 일병의 주머니에는 30딸라를 바꿔 줄 돈이 없었다.

"보시게 이 사람, 미국 군인이 무신 말을 했는공?"

호기심 어린 눈으로 김 노인은 몹시 궁금해했다.

"아 네, 할아버지……. 미국 돈을 한국 돈으로 바꿔 달라고 했는데, 제가 돈이 모자라서 바꿔 주지 못했습니다."

"허어, 그렇구망……."

김 노인이 고개를 한참 주억인다.

"지금은 양인들 세상이지로……. 저 사람들은 언제 즈그 나라로 돌아가는공?"

김 노인의 하얀 수염이 파르르 떨렸다.

"……."

한성욱은 할 말을 얼른 찾을 수가 없었다.

흥선대원군 이하응이 살아 있었으면 또 무슨 말을 할까.

"할아버지, 건강하십시요!"

한성욱은 대답 대신, 벌떡 일어서서 군모를 벗고 허리를 절반 꺾어 인사를 올렸다. 큰절을 못 올리는 대신 고개를 깊이깊이, 더 깊이 숙여 드렸다.

그러면서 한성욱은 함평 땅 동촌면, 날룡바우飛龍岩 선영에 묻힌, 자신의 할아버지 한찬국 영감을 불러보았다. 그 칼칼한 성질머리에 허허, 이놈들! 호령 소리 드높았던 한찬국 영감이 떠오른 것이었다.

"할아버지……."

4

명동 뒷골목이다.

중국대사관 담장이 길게 둘러있는 곳이었다.

예나 지금이나 찌린내가 코를 찌르는 곳이었다.

덕수궁에서 만난 김 노인을 뻐쓰정류장까지 배웅해 드리고, 곧장 이리로 온 것이다.

미도파백화점 쪽 명동 입구에서 조금 들어오다가, 오른쪽 중국대사관 뒷 담장길로 꺾이는 비좁은 골목길이다.

골목 초입에서 얼마 떨어지지 않은 곳이었다.

골목이 다시 오른쪽으로 꺾이면서 왼쪽에 작은 구석이 생겼다. 건물 벽에 판자쪽을 붙여서 만든 아주 작은 공간이었다. 뭐 공간이랄 것도 없이, 벽면에다가 술상 선반으로 판자쪽 하나를 걸치고, 그 아래 긴 판자쪽 의자 하나를 놓았다. 판자 두 개를 마주 붙인 탁자 하나에, 거기 딸린 판장 의자 두 개가 나머지 빈자리를 채웠다.

그리고 출입구 반대쪽 구석에 작은 술 항아리를 묻었다.

이 대폿집의 주인은 아직 댕기 머리를 그대로 땋아 내린 노처녀였다.

얼굴엔 마맛자국이 몇 개 있었다.

신체도 건강하고 성격도 덕성스러워서 믿음직한 인상이었다. 흠이라면 말수가 전혀 없어서 좀 그렇긴 해도, 드나드는 손님들의 마음을 편안하게 해주는 특징이 있었다.

성욱은 우선 대포 한 잔을 시켰다.

날씨도 덥고 목도 컬컬했다. 아까 덕수궁에서 김민현 할아버지와 함께 있을 때부터 왕대포 한잔 생각이 간절했다.

지금도 별로 달라진 것이 없지만, 전쟁으로 배가 고플 때, 왕대포 한 사발은 주린 창자를 달래는 데 참으로 큰 위안이 되었다.

막걸리는 얼큰하게 취해서 천천히 주기酒氣를 즐기는 데도 좋지만, 주린 창자를 달래는 데도 더 이상의 선약仙藥은 없다.

농사꾼들에게도 막걸리는 최상의 선약이다. 취기도 취기지만, 배고픔을 달래주는 더없는 대용식代用食이요, 최상의 보약이 되어주는 것이다. 그래서 사람들은 이 술을 농주農酒라고도 부른다.

서울 장안의 왕대포들이 다 그렇지만, 이 집의 왕대포도 어지간히 유명하다.

우선 잔부터가 그렇다.

두 손으로 우더들지 않고 한 손으로 들다간, 팔이 부러질 정도로 무겁고 두껍고 크다. 무게가 보통이 아니다. 여기에 잔이 넘치도록 꼭꼭 눌러서 따라주는 것이 이 술집 인심이다.

대학 초년생이던 그해 12월 24일 저녁이었다.

그냥 우연히 이 집에 들른 것이 인연이 되어 자연스레 단골이 되어버렸다.

양력 12월 25일은 2천 년 전 유대인의 메시아, 예수가 탄생한 날이었다. 동네 예배당에선 성탄절이라고 했는데, 요즘은 미국 세력이 하도 쎄서 모두 영어 발음 그대로 크리쓰마쓰라고 부른다.

세상이 거꾸로 돌아가는지, 일제 때에도 없던 야간 통행금지라는 것이 남한 땅에 생겼다. 해방이 되었으나 나라가 둘로 갈라져서 서로 싸우는 바람에 생긴 것인데, 하늘이 내린 저주였다. 한성욱은 이것을, 독립이 무엇인 줄도 모르는 백성에게 내린 천벌이라고 생각했다.

세상에 제 나라 땅에서 저 사는 동네를 걸어 다니는데 통행을 금지한다니, 입이 있어도 할 말이 없다. 아들 집에 갔던 어머니가 밤 열두 시가 지나면 제집으로 돌아올 수가 없다는 것이다. 밤중에 아들이 아파도, 딸이 아파도, 부모가 죽어도 찾아갈 수가 없다니, 이는 천벌이 아니고 무엇이란 말인가. 제 밥도 제대로 못 찾아 먹는, 우리 백성에게 내리는 하늘의 저주가 아니고 무엇이란 말인가?

아니, 힘센 강대국이 총칼로 약한 나라를 짓밟고, 죄 없는 백성들을 억압하고, 강제하는 횡포인 것이다. 36년 압박받은 식민지 인민들을 해방이라 거짓 속이고, 생살을 찢어 같은 피붙이를 둘로 갈라놓았다. 그것도 모자라서 밤길도 맘대로 못 다니게 하는, 그야말로 자연 섭리의 천부인권天賦人權을 짓밟는 범죄행위인 것이다.

직립 인간의 출현 이후, 제 발로 걸어 다닐 수 있는, 바탕 자유의 기본권리를 압제하는, 천인공노天人共怒할 폭압 행위인 것이다. 오로지 강대국 시민들의 자유와 번영을 위해서, 강대국의 수도와 도시들의 안녕과 평화를 위해서, 그들의 깊어가는 환락의 밤과 안전한 영업을 위해서, 약한 나라 인민들의 근원적인 자유와 권리를 강압하는 야만적이고도 흉악한 범죄행위가 자행되고 있는 것이다.

이런 흉악한 야만 행위가 일 년 중 단 하룻밤을 멈추는 날이 있었다.

흰옷 입는 백성들의 가장 큰 명절인 설날도 아니고, 두둥실 한가위 보름달이 떠오르는 추석날도 아니었다. 바로 유대인의 메시아 예수의 탄신일이고, 이른바 미국인들이 크리쓰마쓰라고 하는, 바로 그날인 것이다. 아이들 말로 크리쓰마쓰 이브 성탄전야를 말한다.

이날 밤만은 세계에서 가장 못나고 불쌍한 반도의 남쪽 땅 백성들도, 저절로 달린 두 발로 제 나라 땅을 마음대로 걸어 다닐 수가 있는 것이다. 이날 밤만은 미국인들의 1년 중 최대 명절인 크리쓰마쓰 전야이기 때문에, 그 어른들이 술도 마시고 밤늦게 색씨집도 가야 하기 때문이었다.

코가 납작한 엽전들은 이 어른들 덕택에, 개평으로 한밤중에도 걸어 다닐 자유가 주어지는 것이다.

걸어 다닐 자유, 서울 장안의 모든 백성들이 길거리로 쏟아져 나왔다.

젊은층들은 초저녁부터 집을 나와서 길거리를 헤집고 다녔다. 그럴 수밖에⋯⋯. 두 다리가 멀쩡한데, 밤만 되면 허구헌날 싸이렌을 두 번씩이나 울려대고, 순사들이 호르라기를 불어대서 갈 길을 막고, 잡아다가 통금 위반으로 구류를 살리니, 참말이지 미치고 환장할 일이었다.

한성욱도 기분이 좋았다.

뚝섬 자취부대의 일원인 홍형 앗싸군 등과 함께, 대한민국 수도 서울 명동거리에 진출했다.

일 년 내내 밤중 걷기를 억제당했던, 모든 발 달린 서울시민이 다 모여들었다. 명동 입구에서부터 헤집고 들어갈 틈이 없었다. 홍수를 만난 여울목처럼 사람의 물결이 범람했다. 장사치들은 장사치들대로, 이 대목을 놓치지 않기 위해 무더기로 쏟아져 나와 판을 벌였다.

미국영화에 나오는 카우보이 모자에, 미키마우스 가면을 쓴 굴러대장수가 한창 명동의 씸벌로 인끼리에 설쳐댔고, 그런가 하면 명동의 밤거리 주인공은 아무래도 엿 목판에 카바이트 등불을 켠 엿장수들이었다. 신나게 가위를 쳐대면, 젊은 쌍쌍이들은 어벌쩡한 가락엿 치기판으로 모여들었다.

군밤 니아까 옆엔, 오징어구이 연탄 화덕이 줄을 지었다. 옥수수장수, 풀빵 니아까, 솜사탕 풍선장수, 삐삐 뿡뿡 불어대는 피리 나발장수에, 삼베 귓때기과자 오꼬시 장수, 꽈배기 도나쓰에 찐빵장수, 껌팔이, 쏘주 니아까, 어헛 싸구려! 사거라, 먹어라! 온통 난장판이었다.

괜스레 한성욱들도 신바람이 났다.

다리에 이렇게 힘이 남아도는데, 밤마다 12시만 되면 꼼짝을 못 하고 움추려 있어야 하니, 어디 세상에 이런 해괴한 억압이 또 있을 것인가. 인간의 신체본능 기능 발달 진화를 가로막는, 반인류人類 범죄, 반생명 범죄인 것이다.

한성욱들은 쏘주 니아까에 달라붙었다.

홍형은 술을 꽤나 다루지만, 앗싸군은 쏘주 한 잔도 제대로 못 마시는 체질이었다.

한성욱과 홍형은 쏘주 맛이 꿀맛 같았다.

짭짤한 울릉도 오징어는 씹을수록 감칠맛이 도는 다리 안주가 최고였다.

입을 것, 먹을 것이 없어도, 사람들은 자유로운 것을 좋아한다.

크리쓰마쓰가 무엇인지, 예수가 누구인지 알 바가 없었다. 몰라도 상관이 없었다.

원래 유대 나라 이스라엘 민족의 명절이었는데, 지금은 구라파 사람들의 명절이 되어버렸다. 구라파도 그렇다. 그 전통이 일이백 년도 아닌데, 싱겁게 신흥 아메리카에 그 전통의 주도권을 빼앗기고 말았다.

아메리카 인디안들이 그들의 영해를 무단 침범한, 콜럼버스의 큰 돛단배를 처음 발견한 이후로는, 이 명절은 여간 시끄럽고 수선스럽고, 소란스런 날로 변질이 되었다.

뿐만 아니라, 아메리카 대륙을 무단 침략한 앵글로색슨들은 유대인과 이스라엘사람들의 메시아 예수를, 자기들 나라 것인 양 십자가에 매달아 앞장을 세워 가지고, 전 세계 오대양 육대주를 돌아다니며, 인간사냥 가축처럼 노예로 팔고 사고, 온갖 행악行惡 벼라별 못된 짓을 다 행했던 것이다.

미국 또한, 종주국 대영 제국의 흉내를 원형原型 손상 없이 그대로 모방해 영토침략, 자원수탈, 노동착취……, 정말로 예수를 앞세워 거짓 그리스도를 팔았던 것이다.

솔직히 이야기해서 나사렛 촌 목수木手, 주민등록 하러 가는데 여관비가 없어서, 마구깐에 잠자리를 마련했다가 거기서 애기를 낳았다. 그것도 사생아를 낳은 예수 어머니 마리아고, 그의 가짜 아버지 요셉이었다.

한성욱은 참 재미 있었다.

그가 쏘주 니아까에서 한잔 되어 거리를 향해 되돌아섰을 때쯤, 본능적인 걷는 자유를 위해 쏟아져 나온 서울 시민들로 명동거리는 차고 넘쳐 흘렀다.

비좁은 거리에 사람과 사람이 모이고 밀리다 보니, 저도 모르게 붕붕 떠다니는 꼴이 되었다.

사람들은 너무 좋아서 이성을 잃고 소리를 지르거나, 히히덕거리고 노래를 부르고, 씨부렁대고 웃고 떠들고, 우우 소리를 지르며 몰려다녔다.

성욱은 어머니 뱃속에서부터 성탄절 예수 탄일 크리쓰마쓰를 잘 알고 있었다.

그러니까 더욱 지금의 자유 해방 성탄전야를 보람있게 지키고 싶은 것이었다.

오늘 밤은 유대 나라 이스라엘의 메시아, 예수그리스도 탄생 전야였다. 이집트의 식민지였다가 로마제국의 말발굽 아래 신음하는, 힘이 없는 유대아의 구원자, 기다리고 기다리던 메시아의 탄생을 축하하는 전날 밤이었다.

그 유대인의 메시아, 유대의 정통종교 대제사장을 비롯한 수많은 유대아 백성들의 한결같은 바램과 희원希願은, 유대 백성을 구원할 메시아의 출현이었다.

일제 강점하 우리의 메시아는 조국해방 투쟁의 독립군 전사들이었다.

한성욱은 엉뚱하게도, 일제하 브나르도(vnarod)운동의 제창자이고 주동자인 소설가 심훈沈熏 선생을 떠올렸다.

일본 제국주의가 최고조에 달했던 단기 4260년(1927년)대 신문기자이고 소설가였던 심훈 선생은 노상방뇨, 길거리 오줌싸기를 즐겼다.

조선반도에서 가장 유명한 화신백화점 건너편에 종로파출소가 있었다.

심훈 선생은 '상록수常綠樹'라는 소설을 쓰기 전후에, 술이 한잔 되면 보신각 종루 건너편의 종로파출소 앞으로 달려갔다.

심훈 선생은 망설임 없이, 종로파출소 앞에다 오줌 줄기를 뽑아 게보단(경방단警防団) 뽐뽀스께를 감행했다.

"고라! 기샤마! 센징 빠까야로!"

"센징 기타나에!"

왜놈 순사가 욕설을 퍼부으며 쫓아 나왔다.

심훈 선생은 알았다는 듯, 미리 준비한 벌금 오 전짜리 동전 하나를 던져주고, 유유히 바지춤을 여몄다는 것이다.

아, 이게 웬일인가?

느닷없이 한성욱이 쏘주잔을 던져버리고, 명동파출소를 향하여 돌진하고 있는 것이 아닌가.

"한형! 한형!"

"어이! 성욱이! 성욱이……."

뒤를 따르던 홍형과 앗싸군이 갑자기 명동파출소를 향하여 쏜살같이 돌진하는 한성욱을 제지하느라 난리가 났다.

한성욱은 이럴 땐 번개 같았다.

언제 손쓸 새도 없이, 파출소 앞에 다다른 한성욱은 바지춤을 내리고 게보단 뽐뽀스께를 감행하는 것이 아닌가.

칼빙총을 메고 정문 보초를 서던 순경이 날벼락을 맞았다.

"어엇 이 새끼! 미쳤어?"

"어엇 미친 새끼! 잡아, 잡아!"

"저런, 저런……, 미친 새끼 잡아!"

순식간에 일어난 돌발사태에 파출소 안에 있던 경찰과 헌병들이 쏟아져 나왔다.

"잇 개에새끼! 여기가 어딘 줄 알고?"

"그 새끼 죽여! 족쳐! 쌍……."

정문 입초 순경 옆에 있던 헌병 두 명도 세차게 뽑아대는 한성욱의 오줌벼락을 맞았다.

폼을 재고 서 있던 헌병 두 명에 의해 한성욱은 파출소 안으로 끌려들어 갔다.

"갯새끼, 이거 까버려!"

"이거 정신병잔가? 빨갱인가?"

"이거 참! 완전히 정신병자야?"

한성욱을 밟고 차고, 파출소 안은 한성욱을 때리고 패는 일로 소란했다.

"까버려! 개새끼!"

흥분한 경찰 간부 한 사람은 이런 새끼를 그냥 두냐고, 권총을 빼들기까지 했다.

누가 보아도 오늘 밤 한성욱의 게보단 뽐뽀스께는 보통 일이 아니었다.

잘못하면 크게 걸릴 수도 있었다. 때가 때인만큼 노상방뇨路上放尿 차원을 넘어, 민주경찰 모독이니 어쩌고 넘어가면, 빨간색을 칠하는데 결국 그 귀결은 사상문제였다.

아까 권총을 빼어 들었던 경찰 간부는 지리산 토벌대 출신이었다.

이런 사람들의 눈은 눈동자가 새빨갛고, 세상 모든 것이 빨갛게만 보이는 것이었다. '어잇 까버려'라고 하지 않았던가. 말씨부터가 달랐다.

"전시 같음, 이런 개새낀 한방에 가……. 세상 참 많이 변했다. 아무리 크리쓰마쓰라고, 통금을 다 해제해 주고……."

나이가 좀 들어 보이는 또 다른 경찰관의 푸념이었다. 그도 토벌대 출신이 분명했다. 마음대로 갈기고 방아쇠를 당겨 까버리던 그 시절의 향수, 못내 그 끗발 좋던 시절이 그리운 것이다.

"하 옷새끼! 대학생이란 기……."

성욱의 주머니에서 신분증을 꺼내 든, 인상 험악한 또 다른 취조 경찰관의 경악이다. 끝내 정확한 신분 밝히기를 거부하자, 강제로 한성욱의 옷 주머니를 뒤져서 찾아낸 학생증을 보고, 하는 말이었다.

이때를 기회로라, 홍형과 앗싸군이 술을 빙자하여 한성욱의 선처를 호소했다. 일반인이나 보통 직장인에 비해, 대학생 신분은 사회적으로 각별한 신뢰와 인정을 받는 사회 풍조에 한번 기대어 보자는 속셈이었다.

크리쓰마쓰 이브의 통금해제에 대비해 경찰에는 갑호甲號비상이 걸렸고, 헌병들에게도 이에 상응하는 비상근무령이 내려져 있었다.

명동파출소엔 치안국장의 특별명령에 따라, 서울시 경찰국 경비계장이 직접 현장 지휘를 했고, 육본 직할 헌병중대가 특별 파견근무 중이었다.

때가 때이고 사안이 사안이었다.

비상근무에 임한 경찰의 자존심 문제이기도 했다.

세상에, 서울 한복판 그것도 크리쓰마쓰 이브, 비상근무 중의 명동파출소 앞에 고의적인 노상방뇨라니? 근무 경찰과 헌병을 향해 공개적으로 오줌을 갈겨대다니…….

근무 경찰과 헌병들은 도저히 용납이 안 되었다. 화가 머리끝까지 치밀었다.

그러나 지휘 경관은 달랐다.

크리쓰마쓰 이브 비상령은 시국 사안이 아니었다.

미국 코쟁이들의 명절 풍속에 의한 예외例外 조치였다. 시국과 상관없이 질서유지에만 치중하면 된다는 것이었다.

때마침, 크리쓰마쓰 전야 비상경비 책임자가 초미의 관심이 집중되고 있는 명동파출소를 순시 중이었다.

노상방뇨로 소란을 일으킨 주인공이 대학생이라는 말에, 바로 훈계 석방을 명한 것이다. 상황이 급박했던 6·25전쟁 때에도 대학생은 병역이 면제되었다. 대학생의 희소성의 사회적 가치를 경찰 경비지휘 책임자는 너무 잘 알고 있었다.

그날 저녁 구류를 면하고 훈방된 한성욱과 홍형, 앗싸군이 무심코 찾아든 곳이 바로 살짝곰보 노처녀의 왕대폿집이었다.

"소회라? 오줌소동 소회……."

입술이 깨지고, 코피가 얼룩지고, 눈탱이가 밤탱이가 된 한성욱,
그래도 표정엔 웃음이 만면했다. 그런데 그 웃고 있는 표정이 가관이
었다.

"정말로 환희로웠어, 세상에 태어난 보람을 했어……."

한성욱이 맷독으로 부어오른 얼굴을 찌그러뜨리며 큰소리로 웃어
댔다.

"어헛, 헛헛!"

"사람도, 참 으헛헛헛……."

"어헛, 헛헛! 어헛, 헛헛……."

홍형과 앗싸군도 배꼽을 잡고 웃어댔다.

5

인연이라면 인연이었다.

살짝곰보 노처녀 술집 말이다.

이 집은 한되 두되, 한 주전자 두 주전자로 계산하는 술집이 아니
었다.

왕대포 한두 잔으로 계산한다. 왕대포 사발이 얼마나 크고 무거
운지, 흉년에 밥 한 그릇 먹고는 잔을 들어 올리기가 쉽잖은 물건이
었다.

그 크고 무거운 잔에 철철 넘치게 꾹꾹 눌러서 술을 따라 준다. 이
술집 풍속이 그렇다.

그러니 한 되짜리 주전자 따위론 술 계산이 어려울 밖엔…….

저쪽 구석 바닥에 묻힌 술독에서 철철 넘치게 주전자로 하나 떠다 놓으면 제 마음대로 따라서 마시고, 몇 잔 먹었다고 계산하면 그만이었다.

여느 술집에선 손님이 주인에게 얼마 먹었느냐고 물어서 계산을 한다. 이 왕대폿집에선 손님이 계산하러 다가가면, 살짝곰보 주모가 몇 잔 먹었느냐고 묻는다. 거기에 안줏값을 보태서 계산한다.

기본으로 나오는 공짜 김치 깍두기만 먹은 사람은 계산이 편했다.

이 술집의 벽에 붙은 한 쪽짜리 술 선반에는, 지금은 소식이 끊어진 지유정池有貞과의 이야기들이 새겨져 있었다.

지유정과는 만나면 서로 툭탁거리는 일이 많았다.

길거리에서 입씨름하다가 입이 퉁퉁 부어 따라 오는 일도 있었다.

텁텁하고 토속적인 것을 좋아하는 한성욱의 고집 때문이었다. 또 하필이면 그의 전공학과가 민속문화학이어서 더욱 그렇게 느껴지는 면도 있었다. 그래서 보편적인 자기주장인데도, 텁텁하고 고리타분하게 받아들이는 경우도 한두 번이 아니었다.

지유정이 주로 앙탈을 부리는 이유로, 한성욱이 일마다 꼭 민속학과 티를 낸다는 것이다.

이 술집만 해도 그렇다.

하필이면, 찌린내가 진동을 하는 중국대사관 뒷골목, 별나게 으슥진 곳까지, 꼭 자기를 끌고 와야만 되겠냐는 것이다.

이 골목은 북쪽에서 나온 피난민들이 사는 판잣집 골목이었다. 양쪽 담벽에 한평 두평짜리 판잣집이 닥지닥지 붙어 있었다. 하루벌이 노동자, 지겟꾼, 구두닦이, 행상, 막일꾼들이 살고 있었다. 구석진 곳엔 오물과 쓰레기가 그대로 방치되어 있었다. 여름엔 파리가 끓고 악취가 코를 찔렀다.

지유정이 질색을 하는 것이었다.

도대체 한성욱은 여자를 불편하게 해주는 특별난 재주를 갖고 있다는 것이다.

술집을 가드라도, 환하게 밝은 햇볕이라도 잘 드는 집을 찾아가면, 어디 덧나는 일이라도 생긴다는 말인가?

극장 구경을 가는데도 그렇다.

영화 한 편을 보드라도, 산뜻한 기분으로 개봉관을 찾았으면 좋을 텐데, 기어코 2본 동시상영 백화점 옥상극장을 찾는다.

만원 사례 3류 극장은 앉을 자리가 없어서, 장장 3시간 이상을 서서 관람을 해야 한다. 옷은 쑤세미가 되고, 하이힐 코는 사람 등쌀에 이리 밟히고 저리 떠밀려 납작코가 된다. 오드리 헵번이 나오는 '로마의 휴일'이나 '아가씨와 건달들' 같은 좋은 영화는 개봉필림으로 보아야 기분이 산다는 것이다.

그렇다고 해서 한성욱은 또한 지유정이 마음에 쏙 드는 것은 아니다.

그녀는 불문과佛文科 프랑스어 전공이다.

한성욱이 출석하는 성동교회 여학생 회장이었다. 부친이 교회설립자(개인적으로)이고, 영수 장로로 좋은 환경에서 구김살 없이 자랐다. 그래선지 성격이 적극적이고 어떨 때는 저돌적이기도 했다.

성욱이 흠을 잡는 곳이 바로 이 점이다. 여자가 조금 조용하고 다소곳한 데가 없다는 것이다. 순하고 아늑한 맛이 없다는 말이다. 상대하기 편하고, 부담이 전혀 없는 여자이긴 한데, 성욱 자신을 통째로 던져버리기엔 어딘지 좀 그렇다는 생각이었다.

그래선지, 한성욱이 지유정을 대할 때는 넓지는 않았지만, 항상 반

뼘쯤의 간격을 두고 있었다. 그러던 성욱이 유정이를 반강제로 짓밟아버린 일이 일어났다.

입대를 며칠 앞둔 달이 밝은 밤이었다. 성욱의 입대를 위로하고 하향을 배웅하기 위해서, 유정이 작고 예쁜 꽃묶음을 들고 성욱을 찾았다.

엊그제 사월이 지나고 오월 훈풍이 달 밝은 청담靑潭나루를 스쳤다.

그들은 나루를 건너서 손을 마주 잡고 나루터 앞산을 오르고 있었다. 이 봉우리에서 봉긋봉긋 솟아오른 봉우리 두 개를 넘으면 바로 봉은사 뒷산이 된다.

큰 나무가 없는 민둥산이어서, 밝은 달빛에 온 산봉우리들이 다 환하게 내려다보였다.

하얀 강줄기를 따라 멀리 광나루 쪽이 올려다보이고, 바로 강 건너엔 그들이 살고 있는 뚝섬벌이 내려다보였다. 그 뚝섬벌 너머론 아련하게 아차산 능선이 달빛을 받고 있었다.

성욱의 입대를 앞둔 시점이어선지, 오늘 밤 이들은 전에 없이 다정한 모습이었다. 손을 마주 잡고 산을 오를 때에도 그랬고, 아까 노른산 집을 나설 때에도 그랬다.

유원지 나루터까지 걸을 때에도, 그들은 줄곧 밝은 표정이었다. 산 위에 올라서서도, 그들은 어깨동무하듯 몸을 가까이하고 이야기를 나누고 있었다.

4·19 때, 성욱이 매를 너무 많이 맞아서 자취방에 여러 날을 누워 있을 때에도, 지유정은 많은 위안을 주었다. 거의 날마다 유리병의 물을 갈아주고, 꽃송이 몇 개씩을 꽂아 주었다. 어떻게 찾아내었는지, 구석지에 처박아 놓은 속옷을 성욱 몰래 빨아서 말려 놓기도 했다.

"유정이, 건너다보이는 저 산 이름이 뭐지?"

성욱이 뚝섬벌 너머, 컨츄리구락부(골프장)가 있는 화양동 뒤쪽으로 펼쳐진, 아련한 산릉선을 가리켰다.

"그건, 왜? 다 알믄선……, 아차산이잖아! 짓궂긴……."

유정이 싱겁다는 듯 환하게 웃으며, 팔꿈치로 성욱 옆구리를 쿡 찔렀다.

"그래 맞았어. 아차산이야. 저 산은 앗차! 하면, 바보가 되는 산이야."

"무슨 뚱딴지야, 왜 또 무슨 얘길 할려구……."

"고구려장수 온달 장군이 신라군과 맞붙었다가 전사한 곳이야. 원래 온달 장군의 별명이 바보였잖아……, 저 아차산성 밑으로 강을 건너면 바로 백제 초기 한성백제 건국 터전으로, 우리 반도 땅의 중앙 요충이었지. 만약 온달 장군이 아차산성을 잃지 않았더라면 아마 바보라는 별명이 오늘까장 전해 올 리가 없었을 거야"

한성욱은 오늘따라 유난히 유정이에게 다정했다.

대화를 나누는 중에도 유정이의 손을 잡아 주거나, 상체를 기대어 정겨움을 표했다.

"유정이가 남자람 어쩌겠어?"

다정하게 눈을 마주치며 유정이에게 물었다.

"뭘 말이야?"

유정이도 평소의 저돌적이고, 왈가닥스런 몸짓을 버리고, 유난스레 여성스런 상냥함을 보였다.

"뭐긴 뭐야 군대 가는 거 말이지……."

"옷 주겠다, 밥 주겠다, 뭐가 문젠데?"

유정은 성욱의 풀린 태도에 저으기 마음을 놓았다. 가벼운 마음으로 장난끼를 담아 말대꾸를 하고 있었다.

"그래? 옷 주고 밥 주면 그냥 군대 가면 되는 거야?"

"그럼 다 가는 군대 안 가고, 못 갈 건 또 뭐가 있는데?"

"아까 내가 저 산이 아차산이랬잖아? 온달 장군이 전사를 한……, 앗차! 하면 바보가 되는 산…….."

"그래두, 나라는 지켜야 하는 것 아니야?"

"어떤 나라를 지켜?"

"우리 대한민국!"

4·19가 끝나고, 성욱이 자리에서 일어나 몸을 겨우 추슬렀을 때의 일이었다.

그때에도 유정이와 심하게 입씨름을 하고, 의견 충돌로 되게 비위가 상한 적이 있었다.

서울 시내 유수의 대학들 중에서 남자 대학으론 신흥대학, 여자 대학으론 이화여대가 4·19혁명 대열에 불참했다.

이 문제로, 그날 밤 유정이와 성욱은 심하게 말싸움을 하고 헤어졌다. 며칠을 두고 서로 연락을 끊고 씩씩거렸다. 유정이 재학 중인 여자 대학이, 4월 19일 날 혁명의 거리로 뛰쳐나오지 않았기 때문이었다.

오늘 저녁에도 처음엔 아무 문제가 없어 보였는데, 일이 이상하게 꼬이고 있었다.

한성욱은 저대로 뭔가 속에 두고 유정이의 동의를 받고 싶었는데, 유정이는 그냥 상황 되는 대로 말을 주고받고 있을 뿐이었다.

사실, 성욱은 늦게사 스무살 고개, 성인成人 통과의례를 치르고 있는 셈이었다. 4·19의 충격에 갑작스런 강혜임과의 사랑, 또 징집 영장(군대), 이 땅에 목숨을 받고 태어난 머슴아로서의 성년식成年式을 톡톡히 치르고 있는 중이었다.

이것들의 무게가 너무 무거웠다.

어쩌면 유정이에게라도 이 무거움의 고통을 덜어 지우고 싶었는지도 모른다. 유정이네 여자 대학이 4월 광장에 뛰쳐나오지 않았듯이, 유정이는 한성욱의 무거운 짐과는 아무 상관이 없는 여자였다.

성욱은 분노했다.

그리곤 이성을 잃고 유정이를 덮쳤다. 그러나 결코 이성을 잃고 있는 것은 아니었다. 다만 분노하고 있을 뿐이었다.

유정이가 반항을 하자, 성욱은 그녀의 뺨까지 후려갈겼다.

유정이건 어떤 여자이건, 이런 식의 완력 다짐에 순순히 굴할 여자는 없었다.

"안 돼! 강제론 안 돼!"

유정이도 마구 맞서서 덤벼들었다.

그렇다고 성욱이 물러설 자세가 아니었다. 거칠게 달려들었다.

그럴수록 유정이의 반항이 거세졌다.

"한성욱 너 이러기야? 안 돼! 강제론 안 돼에!"

그러나 성욱은 막무가내로 유정을 다루었다.

성욱은 유정이의 속옷을 찢어 내렸다. 놀라운 일이었다.

"난 이미 한성욱 니 것이었잖아! 내가 줄 땐 안 받구……."

유정이 소리를 지르며 울음을 터뜨렸다.

그러나 성욱은 여기서 바보가 될 수 없다는 생각이었다. 그는 내친 김에 유정이를 난폭하게 짓밟아 버렸다. 사자 같은 폭력이었다.

저돌적인 지유정, 말괄량이 왈가닥 기질의 억센 반항을 꼼짝 못하게 제압했다.

성욱 스스로도 놀랐다.

도대체 자신의 어디에 그런 난폭성이 숨어 있었을까. 어디서 그런 오만이 터져 나왔을까?

"그날 밤 장미장 여관에서, 난 이미 한성욱 니 것이었잖아!"

그녀는 그렇게 소리를 지르며 울음을 터뜨렸다.

그 말은 진심이었다.

저 지난해 겨울방학이 끝나고, 지유정과 함께 지금 앉은 왕대폿집이 자리에, 술잔을 놓고 앉아 있었다. 으리으리한 개봉관에서 '아가씨와 건달들'을 보느냐, 재개봉관에서 '은배銀盃'를 보느냐로 싸움질이 심했던 날이었다. 그날 자취부대의 쌀이 떨어져서 성욱이 배가 고픈 날이었다. 유정이 갑자기 나타난 구세주가 되어 짜장면을 곱빼기로 사준 점이 참작되었다.

그리하여 유정이의 주장대로, 오늘 단 한 번만이라는 조껀하에, 으리으리한 개봉관인 아카데미극장에서 '아가씨와 건달들'을 보는 것으로 낙착이 되었다. 잘 나가다가 삼천포로 빠진다더니 푹신한 의자에, 밝고 선명한 총천연색 스펙타클 화면으로 영화를 잘 보고 있었다.

아, 그런데 The end 자막으로 영화가 끝나고, 불이 환하게 켜지면서 문제가 생겼다.

영화 제목이 말하는 대로 화려하게 펼쳐지는 대형 뮤지칼 영화였다. 유정의 왈가닥 말괄량이 성격에 꼭 알맞은, 정말이지 마음에 꼭 들고, 취향에 꼭 맞는 영화의 흐름에, 그녀는 더없는 기쁨이었다. 대만족이었다.

한참을 저 혼자서 좋아서 영화 속에 푹 빠져 있었다.

영화 종료 벨 소리에 밝은 불이 켜졌다. 사람들이 자리를 서고 있었다.

그제사 유정은 정신이 들어서 옆자리의 성욱을 챙겨 보았다.

하마터면 유정이 꽥 소리를 지를 뻔하였다.

성욱이 입가에 침을 흘리며 세상모르고 잠속에 빠져 있었던 것이다.

유정은 너무 화가 났다.

모처럼 오늘 한 번만이라는 단서를 붙여서, 유정의 주장대로 개봉극장을 선택했던 것이다. 개봉극장도 개봉극장이지만, 영화 내용은 유정이 너무 좋아하는, 요즘 새로 유행하는 아메리카 음악의 신바람 나는 뮤지칼이었다.

그런데 이것은 도대체가 있을 수 없는 한성욱식의 오만이었다.

지유정 자신에 대한 성의 무시는 말 할 것도 없고, 처음부터 계산된 정서 취향 모독이 아닐 수 없었다. 유정은 화가 머리끝까지 치밀어 올랐다.

그동안 한두 번 당한 것이 아니었다. 조금 나아지겠지, 점점 나아지겠지, 하고 참아 주고 물러서 준 것이 어제오늘 일이 아니었다. 사랑은 오래 참는다는 말이 있지만, 그래도 분수가 있고 한계가 있다. 오늘은 도저히 더 이상 참을 수가 없었다. 결판을 내야 하는 것이었다.

유정은 속으로 중대 결단을 내렸다.

속이 부글부글 끓는데도, 유정은 이를 갈고 성욱의 사과를 받아주는 척, 그가 이끄는 대로 중국 대사관 뒷골목 대폿집까지 동행했다.

유정은 못 먹는 술을 마시며 속으로 올무를 놓았다.

오늘로 이른바, 한성욱의 장통臟桶이 깨지는 날인 것이다. 유정이 주장을 세우거나 고집을 부리면, 성욱이 유정이더러 '쟝통 깨진다'고 협박을 했다. 유정이 불어 전공인 것을 비꼬아서, '장통'을 '쟝통'으로 불어 유사발음을 흉내 낸 것이다.

유정은 오기를 내어 성욱이 권하는 대로 대폿잔을 들었다. 사실 뱃속의 불도 끄기는 꺼야 했다. 유정은 정신을 잃지 않기 위해서 성욱 몰래 이빨을 뽀도독 갈았다.

유정이가 오늘따라 술을 사양하지 않는 것에 성욱은 이상한 생각이 들었다.

술만 보면 질색인 유정이가, 오늘은 성욱이 따라 주는 대로 대폿잔을 받았다.

영화관에서 잠을 그렇게 늘어지게 잔 것은, 이유 여하를 막론하고 실례이고, 유정이에게 미안한 일이었다. 모처럼 개봉관에 들었다고, 유정이 제 주장이 관철되었다고 무척이나 좋아했다. 성욱의 손을 잡고 껌을 씹으며, 마냥 좋아서 성욱의 어깨 위에 제 얼굴을 얹고, 행복에 겨워했다.

아무리 주린 창자에 짜장면 곱빼기가 들어가서 식곤증이 왔었다고 해도, 도저히 용납될 수 없는 일이었다.

어쨌든 이 일로 인해서 성욱은 유정이에게 미안했고, 유정이는 기회를 잘 포착했다.

성욱의 장통을 깨기 위한 작전 계획을 실행할 절호의 기회를 잡은 것이다. 다른 때 같으면 어림도 없겠지만, 유정이가 놓은 올무에 걸려, 성욱은 신촌로타리에 있는 장미장여관까지, 어정쯩하게나마 끌려오고 말았던 것이다.

대폿집을 나와 유정이가 택시를 세워 성욱을 태웠다. 그런데 가는 방향이 뚝섬 쪽과 정반대여서 성욱이 당황하여 이의를 걸었다.

그렇지만 다른 때 같으면 꼬치꼬치 묻고 따질 것인데, 이날은 둘이다 술도 한잔 되어서인지, 유정이의 계획대로 일이 진행되고 있었다.

유정이는 작심을 하고 덤볐다.

그녀는 실오라기 하나 걸치지 않은 알몸이었다.

스물두 살, 그녀의 몸은 너무 아름다웠다. 물 밖으로 갓 튀어 오른 푸른 등줄기의 생선 새끼 같았다. 유정의 몸은 그녀의 성질처럼 자신이 만만했다. 머슴아인 성욱이 기가 다 죽을 정도로 활짝 펴고 덤벼들었다.

성욱은 당황했다.

말로는, 제가 유정이를 제압할 수 있는 것처럼, 평소 좀 과장된 표현도 해 보였다. 또 유정이의 솔직하고 거리낌 없는 행동이 약간 가벼워 보이는 면도 있었다. 그래서 유정이를 덜 어렵게 생각하고 있었던 것이다.

성욱은 깜짝 놀라고 있었다.

어떻게 피해 나갈 방법이 없었다. 성욱은 전혀 이런 일이 벌어지리라곤 예상을 못 했다. 아무런 방비책이 없었다. 기습이 아니고 급습을 당한 것이다. 마음에 아무런 준비가 없었기에 더욱 당황하고 쩔쩔매는 형세가 되었다.

잘못하면 꼼짝없이 당하게 생겼다.

유정이의 거침없는 몸뚱이 공세에 성욱은 턱이 덜덜 떨렸다. 진짜로 처음 당하는 일이었다. 그림이나 상상 속에서밖엔 다 큰 여자의 알몸뚱이를 이렇게 실제로 마주치기는 정말 처음 일이었다.

유정이의 살빛이 어찌나 화사하고, 그 언덕과 굴곡들이 어떻게나 황홀한지, 보통 때의 성욱답지 않게 허둥지둥했다.

여자라는 동물은 남자라는 동물과는 확실히 다른 데가 있었다.

옷을 입었을 때에도 구별이 되지만, 옷을 걸치지 않았을 때 확연하게 서로 다른 면이 대비되었다.

여자의 알몸 앞에서 사내들은 왜 이렇게 가슴이 떨리는 것일까.

여자 몸뚱이가 눈이 부실수록, 그 몸뚱이가 공격적일수록, 머슴아들의 기가 죽는다. 그럴수록 벌벌 떨고 기가 죽는다.

유정이가 펄펄 끓는 몸뚱이를 이끌고 성욱 위로 기어올랐다. 성욱은 이제 꼭 죽게 생겼다. 유정이의 달아오른 살덩어리가 성욱의 아랫도리를 건드리고 달려들자, 성욱 그 자신의 의지와는 상관없이, 지금까지 마음을 졸이고 애만 태우던 한성욱의 가운뎃 머슴아가 기달렸다는 듯, 고개를 들고 부어오르기 시작한 것이다.

눈도 코도 없는 녀석이 불뚝 성질에 화를 내고 부어오르기 시작했으니, 감당이 불감당이었다. 이 녀석이 눈치코치도 없이, 한번 화를 내고 일어서면 제지할 다른 방법이 없었다.

극약처방이었다.

한성욱은 죽기 아니면 살기였다.

몸을 옆으로 돌렸다.

유정이 제 다리 하나를 성욱의 가리장이 사이에 끼워 넣었다.

성욱이 몸을 피했다. 유정이가 화가 났다.

유정이도 이판사판이었다. 성욱의 머슴아를 옷 채로 움켜잡았다.

성욱의 머슴아가 숨이 막혀서 옷 속에서 벌떡거렸다.

이제 성욱은 어쩔 수가 없었다. 유정이의 손아귀 속에서 죽느냐 사느냐, 아무튼 결판을 내야 했다.

유정이를 전격적으로 끌어내려 유정이를 배 밑에 깔아뭉갰다.

그리고 성욱은 유정이를 삼킬 듯이 입술을 주고받았다.

"유정아 난 아직 마음이 덜 굳어졌거든……."

유정의 귓부리에 대고 성욱이 숨을 토하듯 말을 밀어 넣었다.

"쩨쩨하긴!"

유정이 틈을 주지 않고 말을 받았다.

"그래두 땜질하는 것보단 낫잖아"

기달렸다는 듯 성욱이 되받았다. 요즘 유행하는 처녀막 재생 수술을 말하는 것이었다.

"쩨마리 자식!"

곧바로 유정은 분을 못 이기고, 제물에 저만치나 튕기쳐 나가버렸다.

그날 밤 아슬아슬하게 한성욱은 살아남았다.

살아남은 것이 다행이랄 수만은 없었다.

다 이제 지나가 버린 일이었다. 그렇지만 시간이 지날수록 지유정이에게 미안한 생각이 들었다. 이유를 대고 따질 것도 없이, 유정이에게 미안한 생각이 많이 남았다.

장미장여관 일이야 그렇다 치지만, 두 손을 마주 잡고 청담나루를 건넜던 달 밝은 밤의 일은, 성욱 자신이 너무 조급하고 난폭했었다는 생각이었다.

더구나 그때까지, 강혜임과의 사이에 있었던 일들을 유정은 전혀 모르는 상태에 있었다.

겨울이 끝나갈 무렵에 시작된 강혜임과의 일은, 정말이지 너무 전격적으로 이루어진 일이었다. 성욱 자신도 한바탕의 꿈속 같은 것이었다.

제 자신의 몸체를 불사르며 다가왔다가 사라져버리는 혜성처럼, 전광석화 같은 우주속도로 다가왔던 것이다. 그리곤 또 그렇게 서둘러서 번개처럼 사라져 가버렸다. 한성욱과 강혜임이 만든 한순간의 젊디젊은 한 덩어리의 우주는, 두 개체가 서로 부딪쳤다가 섬광처럼 산산조각이 나서 사라져 버렸다. 뜨거운 한 덩어리의 불타올랐던 우주는 번쩍 한번 눈부신 섬광을 남기고 종언을 고한 것이다.

그랬기 때문에 성욱은 제정신을 차릴 수가 없었다. 혼이 절반은 나간 상태가 되어 있었다. 석 달이 채 안 되는, 실제로 그들이 얼굴을 마주한 것은, 동촌에서의 집회 기간을 빼면, 단 세 번의 만남이었다. 지난해 오월, 한성욱이 혜임의 집을 찾은 네 번째 만남은, 만남이 아닌 일방적인 헤어짐 선언의 짧은 의식에 지나지 않았다.

순서고 절차고 사랑도 환희도, 언제 슬퍼할 틈새도 없었다. 그러니 충격이었고, 지진이었다. 온통 땅이 흔들리고, 모든 것이 뒤집어져 버린 것이다. 성욱은 성욱대로 한방을 제대로 얻어맞았고, 혜임은 혜임대로 산산조각이 났다. 그들은 마음을 서로 주었다가 다시 서로 거두어들인다는 게, 얼마나 어렵고 아픈 것인가를 실증적으로 체험을 했다.

혜임이도 빈 껍데기뿐이었고, 성욱도 다 깨어져 버리고 없었다.

혜임이는 빈 껍데기만 가지고 남의 여자가 되었고, 성욱은 성욱대로 세상 전부가 삶은 무우 맛이 되었다.

삶은 무우 맛, 이런 상태에서 성욱의 비늘을 잘못 거스른 것은 지유정이었다. 계획적이거나 고의는 아니었지만, 결과는 치명적인 실수가 되고 말았다. 어쩌면 성욱은 지유정에게서 엉뚱하게도 해묵은 집 간장맛을 기대하고 있었는지도 몰랐다.

-계속-